HEYNE <

A.L.
M.R

HELEN ROLFE

DAS KLEINE Café am Pier

ROMAN

Aus dem Englischen
von Kerstin Winter

WILHELM HEYNE VERLAG
MÜNCHEN

Die Originalausgabe erschien 2019 unter dem Titel
The Little Café at the End of the Pier bei Orion.

FSC
www.fsc.org
MIX
Papier aus verantwortungsvollen Quellen
FSC® C014496

Verlagsgruppe Random House FSC® N001967

Deutsche Erstausgabe 04/2020

Printed in Germany
Redaktion: Lisa Scheiber
Umschlaggestaltung: Eisele Grafik Design, München,
unter Verwendung von Bigstock
(Veneralla, sevtlanais, Yastremska, Happypictures, berry);
iStockphoto (Polke, JWackenhut); Shutterstock (orenkO);
Blumen Girlande: Hollandbikeshop.com
Satz: Leingärtner, Nabburg
Druck und Bindung: GGP Media GmbH, Pößneck
ISBN: 978-3-453-42382-4

www.heyne.de

Für meinen Mann und meine Mädchen

Prolog

In einer Wohngemeinschaft zu leben hatte den großen Vorteil, dass es sehr viel leichter war, einfach seine Zelte abzubrechen und zu gehen.

Als Jos Großmutter angerufen und ihr vorgeschlagen hatte, ihr Leben in Edinburgh aufzugeben und in ihren Heimatort Salthaven-on-Sea zurückzukehren, um in dem kleinen Café am Ende des Piers auszuhelfen, hatte sie nicht viel Überzeugungsarbeit leisten müssen. Jo war inzwischen einunddreißig und single und arbeitete ohne rechte Begeisterung als Lehrerin. Sie hatte das Gefühl, seit mindestens einem Jahr auf der Stelle zu treten, und hier bot sich die Veränderung, die sie sich gewünscht hatte. Also hatte sie ihre Siebensachen eingepackt, die Miete für die nächsten zwei Monate überwiesen, damit ihre Mitbewohnerinnen in Ruhe eine Nachmieterin finden konnten, und ihrer Schule eine E-Mail geschickt, in der sie erklärte, dass sie nach dem unmittelbar bevorstehenden Ablauf ihres befristeten Vertrags für keine weitere Lehrtätigkeit zur Verfügung stünde. Nun sah sie den neuen Herausforderungen mit Aufregung und Freude entgegen.

Mit ihrer gesamten Habe in ihrem altersschwachen VW-Käfer, die restlichen Kartons mit Gurten und Stricken auf dem antiken Dachgepäckträger festgezurrt, fuhr Jo nun auf ihr neues

Leben an der Südküste zu. Sie drehte die Heizung höher, als sie im Schutz der Dunkelheit Edinburgh verließ. Trotz tiefstem Winter gab es keinerlei Anzeichen für Eis und Schnee, und Jo sah das als gutes Omen; das Schicksal schien zu wollen, dass sie diese Reise unternahm. Nur noch vierhundert Meilen lagen zwischen ihrem alten und ihrem zukünftigen Leben, und zum ersten Mal seit langer, langer Zeit hatte sie das Gefühl, wieder frei atmen zu können. Ihre Großeltern waren immer für sie da gewesen, hatten sie bei Sportfesten angefeuert, ihr zu ihren Noten gratuliert und ihr gut zugeredet, wenn sie sich an der Uni geplagt oder sich Druck wegen der Prüfungen gemacht hatte. Und nun würden sie endlich wieder zusammen sein. Sie konnte es kaum erwarten.

Nachdem sie sich einige Stunden von ihrem Navi leiten hatte lassen, gelangte Jo schließlich wieder auf vertrautes Terrain. Sie bog von der Schnellstraße auf eine Landstraße und folgte ihr, bis sie sich verengte und das Schild »Salthaven-on-Sea, 10 Meilen« vor ihr auftauchte. Dieses Schild markierte für sie stets den Augenblick, in dem sie das Gefühl hatte, nach Hause zu kommen, und mit der Aussicht auf aufregende Veränderungen war dieser Effekt stärker denn je. Ihr Herz hüpfte in ihrer Brust, und sie musste sich zusammenreißen, um nicht fester auf das Gaspedal zu treten.

Kurz vor vier Uhr nachmittags passierte Jo das Salthaven-Hotel zur Linken und die Gästehäuser zur Rechten, steuerte durch den kleinen Kreisverkehr an einem Restaurant vorbei und fuhr dann den Hügel hinab auf den Ort zu, der sich zum Meer hin erstreckte. Ein strahlendes Lächeln breitete sich auf ihrem Gesicht aus, als sie links heranfuhr, um das Auto hinter ihr vorbeizulassen. Jo hatte es nicht eilig. Das hier war der Beginn von etwas Besonderem, und sie wollte den Sonnenuntergang genießen, vor dessen orange-rosa Pracht die fedrigen Wolken über dem Pier zu verblassen begannen. Unten an der Mole konnte sie eine junge Familie ausmachen, die dem stürmischen Neujahrswetter trotzte. Die zwei Kinder rannten in lila Stiefeln und leuchtend gelben Regenjacken am Wasser entlang und jagten den Wellen nach, und die Familie umgab eine Aura von Zusammengehörigkeit, nach der Jo sich sehnte. Sie hatte die Einsamkeit satt, die sie stärker empfand, als sie ihren Großeltern gegenüber hatte zugeben wollen.

Die Stützpfeiler des Piers wirkten schwarz gegen den Sonnenuntergang, und entlang der hölzernen Seebrücke leuchtete in regelmäßigen Abständen das Licht der Laternen, die im viktorianischen Stil gehalten waren. Sie sah sich im Geist mit nackten Füßen entlanggehen, roch den warmen Duft der Holzplanken und wich den Anglern aus, die selbstvergessen ihrer Leidenschaft frönten. Sie kannte den Pier so gut wie das Café, das an seinem Ende lag, doch wenn sie ihn nun betrat, würde es unter ganz anderen Voraussetzungen geschehen.

Sie legte den Gang wieder ein und fuhr weiter, am Pier vorbei und auf der anderen Seite wieder den Hügel hinauf, bis sie den Bungalow ihrer Großeltern erreicht hatte, von dessen erhöhter Position man einen traumhaften Blick auf das Meer hatte. Sie stellte den Wagen in die Garage, mühte sich in Mantel, Schal und Handschuhe und machte sich auf den Weg zurück zum Pier. Der salzige Wind wehte ihr das dunkle, wellige Haar aus dem Gesicht und schmeckte so frisch wie der Neubeginn, den sie sich erhoffte. Am Strand fühlte sie sich immer am wohlsten; nirgendwo sonst konnte sie so gut nachdenken wie hier.

Sie lief den Hang hinab und die Promenade entlang, trat auf den hölzernen Steg und ließ den Fish&Chips-Imbiss, die Eisdiele und den Laden, der in den wärmeren Monaten Strandzubehör verkaufte, hinter sich. Und als die Sonne am Horizont versank, stand sie endlich vor dem Café, das Teil des Orts, Teil des Piers und nun auch Teil ihres Lebens war. Nur zwei Gäste befanden sich im Inneren, und als das vertraute Glöckchen über der Tür ihr Kommen ankündigte, war Gramps gerade damit beschäftigt, die Auslagen aufzufüllen, während Gran einem Gast eine Teekanne auf den Tisch stellte.

»Jo!« Molly eilte um die Tische herum zu ihrer Enkelin und drückte sie an sich. »Wie schön, dich zu sehen!« Sie wich ein Stück zurück, packte Jos Oberarme und betrachtete ihre Enkelin. »Du siehst so glücklich aus, wie ich es im Augenblick bin.«

»Da ist sie ja endlich!«, rief Arthur. Seine Haare waren silbergrau wie Mollys, doch wenn man ihr Alter nicht kannte, hätte man die beiden leicht zehn Jahre jünger schätzen können. »Lass mich dich anschauen, du hübsches Ding.« Auch er begutachtete sie, ehe er sie in seine Arme zog. »Ich war so froh, als Molly sagte, du würdest tatsächlich herkommen, um uns beiden alten Knackern ein wenig unter die Arme zu greifen.«

Molly schlug mit dem Handtuch nach ihm, das sie in der Hand hielt. »Wenn du dich so nennen willst – bitte schön. Aber halt mich da raus.«

Sein herzliches Lachen hallte von den Wänden wider und durchströmte Joes Herz, als er einen Stuhl für seine Enkelin hervorzog. »Setz dich. Wir haben viel zu besprechen.«

»Alles zu seiner Zeit, mein Lieber«, mahnte Molly. »Das arme Ding ist schließlich gerade einige hundert Meilen gefahren. Sie muss im Augenblick noch nicht erfahren, wie die Kaffeemaschine funktioniert.«

»Ach, eigentlich kann ich es kaum erwarten«, gab Jo zu.

Arthur stieß einen Pfiff aus. »Glaub mir, es ist komplizierter, als es aussieht.«

Und Jo ahnte, dass sie bald schon herausfinden würde, wie recht er hatte.

1. Kapitel

Schon am nächsten Tag wurde Jo ins kalte Wasser geworfen. Sie band sich eine Schürze um die Taille, und als sie Notizblock und Stift in die Tasche schob, öffnete sich prompt die Tür, und der erste Gast des Tages trat ein.

»Du siehst aus wie die geborene Kellnerin«, sagte Molly. »Auf geht's. Das ist Angie. Keine Angst, sie beißt nicht.«

Mit einem Mal fühlte Jo sich wieder wie ein kleines Mädchen, das sich nicht traute, eine Fremde anzusprechen, und ihr Herz begann zu hämmern. Wo war Gramps überhaupt? Wollte er ihr denn nicht an ihrem ersten Tag unter die Arme greifen?

Zögernd bahnte sie sich ihren Weg zu dem Tisch unterhalb der Tafel mit den Tagesangeboten. An der Pinnwand gleich daneben hingen Ansichtskarten aus aller Welt, die Gäste aus dem Urlaub an das Café geschickt hatten. Jo erinnerte sich noch von früher daran; sie hatte es schon immer geliebt, die Karten zu lesen und sich von der aufgekratzten Urlaubsstimmung anstecken zu lassen.

»Guten Morgen.« Jo versuchte, selbstsicherer zu klingen, als sie sich fühlte, doch dann schalt sie sich selbst. So schwer konnte es doch nicht sein. Als Lehrerin hatte sie tagtäglich mit Kindern gesprochen, ihr Geplapper übertönen und sich Gehör verschaffen müssen. Hier musste sie bloß eine Bestellung aufnehmen, das Gewünschte servieren und ein wenig höfliche Konversation machen. Wo war das Problem?

»Hallo. Wen haben wir denn da?« Angie blickte neugierig auf; das neue Gesicht hatte offenbar ihr Interesse geweckt. Als Jo am Morgen noch im Dunkeln zum Café gegangen war, hatte sie sich gegen eine eisige Brise stemmen müssen, doch die grauen Locken dieser Frau lagen so akkurat am Kopf, als sei sie frisch vom Friseur gekommen. Sie zog Handschuhe und Schal aus und legte sie zu ihrem Mantel auf den Stuhl. »Ich glaube nicht, dass wir uns schon begegnet sind«, sagte sie und streckte Jo ihre Hand entgegen. »Ich bin Angie.«

Jo schüttelte ihre Hand. »Freut mich sehr. Ich bin Jo, Mollys Enkelin.«

Angie neigte sich zur Seite, um an Jo vorbeizusehen. »Sie ist genau so hübsch, wie du gesagt hast«, rief sie Molly zu.

Jo wurde rot. »Was darf ich Ihnen bringen? Möchten Sie hören, was es heute Besonderes gibt?«

Angie machte eine abwehrende Geste. »Nicht nötig. Ich hätte gerne ein Kännchen Kamillentee und ein Rosinenbrötchen.«

Jo machte sich nicht die Mühe, Block und Stift hervorzuholen, und fühlte sich gleich viel zuversichtlicher. »Kommt sofort.«

Molly, die sich in die Küche zurückgezogen hatte, um Jo die Führung zu überlassen, kam wieder heraus. »Gut gemacht. Als hättest du's gelernt.«

»Danke.«

Jo nahm eine kleine Kanne, Tasse und Untertasse, toastete das Brötchen, das am frühen Morgen frisch gebacken worden war, und stellte alles auf ein Tablett.

»Du lernst schnell«, sagte Molly, als die Türglocke erneut ertönte. Sie begrüßte den Mann, der eingetreten war, mit einem

Winken. »Das ist Mark, dein nächster Kunde. Komm, ich bringe Angie das Tablett. Sie liebt ihr Schwätzchen am Morgen.«

Jo wusste sehr gut, dass es Molly genauso ging. Ihre Großeltern besaßen eine gute Portion Geschäftssinn, aber sie waren auch ein Teil der hiesigen Gemeinde und gesellige Menschen. Molly war hier eindeutig in ihrem Element, und Jo konnte sich nicht vorstellen, dass sie und Gramps sich in ihren Bungalow zurückziehen und dort ihren Lebensabend verbringen würden. So waren sie einfach nicht gestrickt.

Jo stellte sich Mark vor, merkte sich seine Bestellung, brachte sie ihm und kassierte, und abgesehen von gelegentlichen beiläufigen Blicken und einer kurzen Hilfestellung mit der Kasse, blieb Molly im Hintergrund und überließ Jo den größten Teil der Arbeit im Café. Es war anstrengend, aber auch aufregend und machte Jo mehr Spaß, als sie seit Jahren als Lehrerin gehabt hatte. Kaum bemerkte sie, wie die Stunden verflogen, bis es auch schon Zeit war, das Café zu schließen.

Nachdem Molly das Schild an der Tür zu »Geschlossen« umgedreht hatte, schnappte Jo sich einen Lappen, um die Tische zu wischen, und stellte die Frage, die ihr schon den ganzen Tag im Kopf umherging. »Wo war Gramps heute eigentlich? Ist er denn sonst nicht immer mit dir hier?«

Molly zögerte, wandte sich ab und öffnete die Kasse, um das Geld darin zu zählen. »Wir dachten, es wäre gut, wenn du heute so viel wie möglich alleine machst, um ein Gefühl für die Arbeit zu bekommen.«

Beinahe hätte Jo ihr die Erklärung abgekauft, aber irgendetwas stimmte nicht. Mit dem Lappen in der Hand trat sie an die Theke. »Gran, hör bitte einen Moment auf. Gibt es etwas, das ich wissen sollte?« Gramps war ganz aus dem Häuschen gewesen, sie nach so langer Zeit wiederzusehen, aber heute Morgen hatte er noch geschlafen, als sie gegangen waren. Jo war davon ausgegangen, dass er spätestens zur Mittagszeit erscheinen würde, um sich selbst davon zu überzeugen, wie schnell sie sich in ihrer neuen Stelle zurechtfand.

Molly notierte sich den Betrag des gezählten Gelds, dann deutete sie auf einen Tisch und zog beide Stühle hervor. »Setzen wir uns. Es war ein langer Tag.«

Jo tat, wie ihr geheißen, und stellte fest, wie müde ihre Großmutter aussah. Und nicht nur von dem Arbeitstag, den sie gerade hinter sich gebracht hatten. Molly hatte gestern ein munteres Gesicht aufgesetzt und heute ebenfalls, doch vielleicht war Jo erst jetzt, da sie selbst in den Knochen spürte, was sie heute geleistet hatte, in der Lage, die grundlegende Erschöpfung ihrer Großmutter wahrzunehmen.

»Gramps geht es gut«, sagte Molly und tätschelte beruhigend ihre Hand. »Aber ehrlich gesagt brauchen wir nicht nur jemanden, der uns im Café ein wenig aushilft. Wir brauchen jemanden, der es ganz übernimmt – lieber früher als später.«

»Irgendwie habe ich mir das schon gedacht, als du mich anriefst.« Und dass sie nicht Sasha, ihre Tochter und Jos Mutter, angerufen hatten, verstand sich von selbst. Soweit Jo wusste, beschränkte sich ihr Kontakt seit Jahren auf eine Karte zu Weihnachten.

Erleichterung zeichnete sich in Mollys Gesicht ab. »Wir wollten dir keine unnötigen Sorgen machen, aber wir werden älter, und obwohl ich mir gar nicht vorstellen kann, nicht jeden Tag hier zu sein, ist es für Arthur und mich besser so. Was uns bisher davon abgehalten hat, uns zur Ruhe zu setzen, war der Gedanke daran, dass unser Café an Fremde gehen könnte, und ich bin mir nicht sicher, ob ich deinen Großvater hätte überreden können, das hier alles aufzugeben, wenn du nicht eingewilligt hättest, nach Hause zu kommen.«

»Das kann ich verstehen. Schließlich habt ihr den Laden zu dem gemacht, was er heute ist. Aber abgesehen von seiner Müdigkeit – geht es Gramps wirklich gut?«

»Er ist vergangene Woche gestürzt.« Jo richtete sich erschrocken auf, doch Molly winkte ab. »Ein kleines Stolpern, nichts weiter, aber die Ärztin sagt, er muss es in Zukunft ruhiger angehen lassen. Aber du kennst ihn ja. Versuch mal einen wilden Stier zu hypnotisieren, der das flatternde rote Tuch gesehen hat. Dein Großvater hat keine Ahnung, was das Wort ›ausruhen‹ bedeutet. Er ist heute nur zu Hause geblieben, weil du jetzt hier bist.«

Jo lächelte. »Dein Vorschlag kam genau zur rechten Zeit. Ich brauchte bloß einen kleinen Schubs in die richtige Richtung.«

»Tja, ich bin jedenfalls froh, dass wir dir diesen Schubs gegeben haben. Und wenn du mich jetzt nach Hause schubsen könntest, wäre ich dir ausgesprochen dankbar.«

Jo kicherte. »Ich fürchte, dafür fehlt mir die Energie. Komm, Gran. Lass uns aufräumen und gehen. Wir werden heute Nacht gut schlafen.«

Doch als sie abschlossen und sich auf den Heimweg machten, konnten weder Kälte noch Dunkelheit Jos Euphorie dämpfen.

Denn sie war hier, am Meer, wo sie immer schon am liebsten gewesen war. Und dieses Mal war sie diejenige, die jemandem zu Hilfe eilen konnte.

Die ersten zwei Wochen in Salthaven-on-Sea vergingen unglaublich schnell. Die Zeit rauschte vorbei, als wollte sie der Brandung Konkurrenz machen, die man vom Pier aus beobachten konnte. Nicht, dass Jo die Muße gehabt hätte, aus dem Fenster zu blicken, um die größte Attraktion des Ortes zu bewundern: die wunderbare Aussicht auf den Ärmelkanal und die malerische Küste, die sich bis zum Horizont zu erstrecken schien. Von dem Moment, in dem sie das Café betrat, bis zum Feierabend verging der Tag wie im Flug, und während sie sich um die Bestellungen kümmerte, versorgte Molly sie mit Wissenswertem zu jedem Neuankömmling. Für viele schien das Café ein Treffpunkt zu sein. Bis vor einiger Zeit hatte es noch zwei andere Cafés im Ort gegeben, doch seit aus dem einem ein Restaurant und aus dem anderen eine Bäckerei geworden war, war es hier voller denn je.

»Bringst du das bitte an Tisch drei?«, fragte Molly und stellte einen Cappuccino auf ein Tablett neben ein Glas mit frisch gepresstem Orangensaft und einem Teller mit Keksen. Etwas leiser fügte sie hinzu: »Der Mann heißt Ben, der Junge Charlie.«

Jo seufzte. »Nie im Leben werde ich mir all diese Namen merken können.«

»Doch, doch, das kommt noch.«

Jo nahm das Tablett, brachte es an den Tisch und stellte sich vor – was sie inzwischen schon so oft getan hatte, dass es einfacher und zeitsparender gewesen wäre, sich ein Schild um den Hals zu hängen, doch andererseits machte es ihr großen Spaß, all die Leute kennenzulernen, die schon seit Jahren regelmäßig hierherkamen.

»Vielen Dank und hoffentlich bis bald«, sagte sie anschließend zu Peter und Vince, zwei Brüdern, die auf einen Cappuccino hereingekommen waren, nachdem sie mit den Rädern erst quer durch die Stadt, dann den Hang hinauf bis zum Nachbarort und von dort aus den ganzen Weg wieder zurückgefahren waren. Sie hatten ihr von ihrer Leidenschaft fürs Radfahren erzählt; Vince hatte einmal die London-to-Brighton-Fahrt mitgemacht, und Peter war am Wochenende oft so lange mit dem Rad unterwegs, dass seine Frau sich manchmal als Fahrradwitwe bezeichnete.

Als Molly Jo auch mit Melissa bekannt machen wollte, die auf dem hiesigen Postamt arbeitete, stellten die beiden belustigt fest, dass sie zusammen in die Schule gegangen waren. Eine Weile plauderten sie über ehemalige Klassenkameraden und was aus ihnen geworden war, und es stellte sich heraus, dass sie beide eine Verbindung zu Schottland hatten, als Melissa ihr gestand, dass sie sich in die Isle of Skye verliebt hatte, nachdem sie einmal dort Urlaub gemacht hatte.

»Mein nächster Zugang zum Meer war Portobello«, erklärte Jo. »Ein wunderschöner Ort. Ich bin, so oft ich konnte, hingefahren, um am Strand spazieren zu gehen.«

»Jedenfalls ist es großartig, dass du wieder hier bist.«

»Hört, hört«, sagte Arthur, der hinter ihnen mit einem Tablett voller Tassen vorbeiging.

Jo sah ihm lächelnd nach. »Danke.« Sie hatte bereits begriffen, dass man nicht lange in Salthaven-on-Sea leben musste, um von den Einwohnern wieder als einer der ihren willkommen geheißen zu werden. Sie mochte eine lange Zeit fort gewesen sein, fühlte sich jedoch schon wieder zu Hause.

Sie nahm Melissas Bestellung auf, und ehe Molly übernehmen konnte, stellte Jo sich vor dem Kaffeeautomaten in Position. »Lass mich das machen«, bat sie. »Ich muss es ja lernen, und je mehr Übung ich bekomme, umso besser.«

Widerstrebend trat Molly zurück. Sie hatten in den vergangenen Tagen oft darüber gesprochen, dass Jo schnell praktische

Erfahrungen sammeln musste, wenn sie eines Tages das Café in Eigenregie führen sollte. Jo versuchte, sich nicht allzu genau auszumalen, bald für alles allein verantwortlich zu sein, denn es war nicht ausgeschlossen, dass sie dann in Panik geriet und letztendlich doch noch Reißaus nahm.

Sie füllte den Milchkrug bis zur erforderlichen Markierung, reinigte die Dampfdüse des Automaten, stellte den Krug darunter, sodass sich die Spitze gerade eben unter der Oberfläche der Milch befand, und lauschte dem nun schon vertrauten Zischen des heißen Dampfs, der die Milch erhitzte.

»Genau so«, sagte Molly, wie immer darauf bedacht, die Getränke exakt so zuzubereiten, wie die Gäste es am liebsten hatten. »Und nun klopfst du das Kännchen auf die Arbeitsfläche«, fügte sie hinzu, als die Milch die richtige Temperatur erreicht hatte.

Jo führte das Prozedere inzwischen weitgehend selbstständig durch; viel musste sie nicht mehr nachfragen. Doch ihren Großeltern bei der fachmännischen Bedienung der Maschine zuzusehen war, als würde man einem Turner beim Radschlagen zuschauen: Man konnte es sicher auch schaffen, doch niemals mit derartiger Kunstfertigkeit.

»Bald machst du das, ohne darüber nachdenken zu müssen, glaub mir«, bemerkte Molly, als könne sie Gedanken lesen.

»Danke, Gran.«

Arthur gesellte sich zu ihnen, nachdem er eine weitere Bestellung in die Kasse eingegeben hatte, diesmal für Eddie, einen Lehrer, der für seinen Beruf eine Leidenschaft an den Tag legte, die Jo niemals hätte aufbringen können. Sich mit ihm zu unterhalten hatte ihr bestätigt, dass die Entscheidung, ihre Lehrtätigkeit aufzugeben, um herzukommen, die richtige gewesen war.

»Wisst ihr«, sagte Arthur, während er Jos Werk inspizierte, »für mich sieht das aus wie der perfekte Cappuccino.« Er zwinkerte seiner Frau zu. »Ich glaube, wir haben unsere ideale Nachfolgerin gefunden – was meinst du?«

Molly und Arthur schauten einander an, und einen Moment lang war Jo wie gebannt. Die beiden waren seit über fünfzig Jahren verheiratet und noch länger zusammen, doch der Blick, den sie wechselten, löschte die Jahrzehnte aus, als seien die beiden noch immer die zwei Jugendlichen, die sich an genau diesem Pier kennengelernt hatten. Jo sehnte sich danach, eines Tages dem Menschen zu begegnen, mit dem sie selbst eine derart besondere und alles überdauernde Beziehung führen konnte, glaubte aber langsam nicht mehr daran, dass es diesen Menschen für sie gab.

»Komm, Jo«, drängte Molly jetzt. »Lass Melissa nicht länger warten als nötig.«

Jo riss sich zusammen und setzte sich in Bewegung, um den Cappuccino zu servieren. Wenig später blätterte Melissa in einer Zeitschrift, Jo wischte den Tisch direkt neben der Tür, Arthur plauderte mit Eddie, und Molly lachte über etwas, das ein anderer Gast sagte. Jo hatte seinen Namen vergessen, würde ihn aber bald der immer länger werdenden Liste neuer Bekannter hinzufügen, dessen war sie sich sicher. Sie blickte zu Ben mit seinem Sohn Charlie, der noch immer seine rote Jacke trug und keine Anstalten machte, sie auszuziehen, und fragte sich, ob dic Leute wohl ebenso sehr wegen der gemütlichen Atmosphäre kamen wie um der leckeren Getränke und Kuchen willen. Funkelnde Lichter schmückten die Fenster, um jeden noch so trüben Tag zu erhellen, und acht Tische mit jeweils vier stabilen Stühlen füllten den Raum aus. Hölzerne Fensterbänke mit dicken Kissen säumten die hohen Fenster links und rechts von der Tür, auf denen die Gäste aufs Meer hinausblicken oder Passanten beobachten konnten.

Als Jo in die Küche zurückkehrte, folgte Arthur ihr. »Bist du müde, Liebes?«

»Das sollte ich dich fragen.«

Als er sie nur ansah, schenkte sie ihm ein Lächeln. »Ich bin absolut erledigt.« Mit einem leisen Lachen fügte sie hinzu: »Ihr beschämt mich mit eurer Energie. Ich bin nicht einmal halb so alt wie ihr.«

»Das liegt nur an der Seeluft«, behauptete er. Dass seine Leidenschaft für diese Stadt und das Café noch immer ungebrochen war, bestärkte Jo in ihrer Entschlossenheit, alles in ihrer Macht Stehende zu tun, um den beiden zu helfen. Seitdem Gran ihr erzählt hatte, dass der Arzt Arthur dringend empfohlen hatte, es ruhiger angehen zu lassen, fiel ihr immer deutlicher auf, wie erschöpft er tatsächlich wirkte, und sie wünschte sich nichts mehr, als dass Molly und Arthur den sorglosen Ruhestand bekamen, den sie längst verdient hatten.

»Als wir mit dem Café anfingen, hatten wir nur löslichen Kaffee«, bemerkte Arthur. »Das war um einiges einfacher.«

»Kann ich mir vorstellen.« Sie deutete auf den Kaffeeautomaten, der nach zwei Wochen schon nicht mehr ganz so einschüchternd wirkte, an manchen Tagen aber immer noch ihr Erzfeind war. »Das Ding da ist ja wie ein Raumschiff, dessen Bedienung man erst beim Fliegen begreift.«

»Dafür schmeckt der Kaffee verdammt gut«, sagte Arthur grinsend.

Sie legte einen Arm um seine Schultern und drückte ihn sanft. »Ich bin froh, dass ihr mich nach Salthaven geholt habt.«

Sie war noch nicht lange fort von Edinburgh, aber bisher bereute sie ihre Abreise nicht und konnte sich auch nicht vorstellen, dass sich das ändern würde. Was sie allerdings vermisste, waren die Spaziergänge am Wasser, denn tatsächlich verbrachte sie den ganzen Tag im Café, um möglichst schnell zu lernen, was immer es zu lernen gab. Immerhin konnte sie das Meer nun jeden Tag sehen. Es war da und wartete auf sie, und das jeden Morgen.

Molly begrüßte eine junge Frau in Laufbekleidung, die sich die Kopfhörer aus den Ohren zog, als sie eintrat; Jo bekam mit, dass sie Jess hieß. Sie schien eine weitere Stammkundin zu sein, und Jo verspürte plötzlich einen Stich. Sie bereute es, Salthaven je verlassen zu haben. Sie hatte auch in Edinburgh Freunde gefunden und zu einer Clique gehört, mit der sie nach der Arbeit in den Pub gegangen war, aber es war anders gewesen als hier. In Salthaven konnte man nicht durch die Stadt schlendern, ohne mindestens jeden Zweiten zu kennen, und das hatte Jo gefehlt.

Jo hatte in den vergangenen zwei Wochen viele neue Gesichter kennengelernt. Molly und Arthur stellten ihr die Gäste nicht nur vor, sondern lieferten meistens gleich eine Art mündlichen Lebenslauf mit. Jedes Mal jedoch, wenn sie damit konfrontiert wurde, dass Leute ihren Alters hier bereits ihren Platz gefunden hatten, wurde sie sich bewusst, dass sie an einen Scheideweg gelangt war.

Jeder Tag brachte unendlich viel Neues, und wenn er vorbei war, fiel Jo völlig erschlagen ins Bett. Sie fing langsam an sich zu fragen, ob es in ihrem Leben je wieder schöne, faule Abende geben würde. Denn mit der Schließungszeit war die Arbeit natürlich noch nicht vorbei. Aufräumen, die Einnahmen zählen und im Safe verstauen, übrig gebliebenes Essen entsorgen und noch verwendbare Zutaten einpacken, Tische und Theke wischen, gläserne Oberflächen polieren, bis man sich darin spiegeln konnte ... es gab immer etwas zu tun. In den vielen Jahren, die ihre Großeltern das Café nun führten, hatten sie keinen einzigen Tag nachgelassen, und Jo würde sie jetzt, da sie sie um Hilfe gebeten hatten, ganz sicher nicht enttäuschen. Sie wollte, dass sie so stolz auf ihre Enkelin sein konnten, wie sie es auf ihre Großeltern war. Das Café florierte, weil sie es stets mit Herzblut und Engagement geführt hatten, und die Verantwortung aus den Händen zu geben würde ihnen nicht leichtfallen. Jo wollte tun, was immer sie konnte, um den Abschied weniger schmerzvoll zu machen.

Molly seufzte. »Komm, Jo, wir setzen uns einen Moment lang, du hast es dir verdient. Arthur erledigt in der Küche den Rest. Gönnen wir uns ein bisschen Ruhe, ehe wir in der eisigen Kälte den Berg hinaufmüssen.«

Jo deutete auf die Fensterbank. »Dann bitte dort. Da können wir aufs Meer hinausblicken.«

Molly setzte sich und lehnte sich an ein mit roter Spitze gesäumtes Kissen zurück. Sie schirmte die Augen mit den Händen ab und blickte angestrengt durchs Fenster. »Viel sieht man nicht. Es ist stockdunkel da draußen.«

Jo, die noch die Schürze über der schwarzen Bluse und der Jeans trug, sank gegen ein Samtkissen. »Stimmt, aber ich kann die Wellen hören, und das reicht mir.«

»Ja, ein wunderbares Geräusch.« Molly schloss die Augen. »Beruhigend.«

»Ich hätte nie gedacht, dass ich mal so froh sein würde, mich setzen zu können.«

Molly schlug die Augen wieder auf. »Du bist noch jung, du gewöhnst dich dran.«

»Dabei dachte ich, ich wäre besser vorbereitet.«

»In welcher Hinsicht?«

»Na ja, die Lehrtätigkeit ist ziemlich anstrengend. In meiner Klasse waren achtundzwanzig Kinder im Alter von acht und neun Jahren, und sie haben mich ordentlich auf Trab gehalten. Aber das hier ist etwas ganz anderes. Was ich positiv meine«, fügte sie hinzu.

Sie blickten hinaus in die Dunkelheit. Die Straßenlaternen säumten die Bucht. Jo hatte so viel zu tun gehabt, dass sie es bis jetzt nicht einmal in den Ortskern mit seinen hübschen Pubs und dem Kopfsteinpflaster geschafft hatte. Sie hoffte, dass der Buchladen, der Kurzwarenladen und das Süßigkeitengeschäft, in dem sie als Kind ihr Taschengeld gelassen hatte, noch da waren.

»Und was denkst du inzwischen?«, fragte Molly. Arthur schloss die Jalousien an den Fenstern, ließ aber ihre unberührt. »Über das Café, meine ich.«

»Keine Sorge. Ich mache keinen Rückzieher.« Da Molly nicht überzeugt wirkte, fügte sie hinzu: »Ich habe mein Zimmer gekündigt, ich kann gar nicht zurück. Im Übrigen würde mein armes, altes Auto es gar nicht mehr nach Schottland zurück schaffen. Ich fürchte, es würde einfach den Geist aufgeben, wenn ich es ihm auch nur vorschlüge.«

»Du brauchst ein neues.«

»Niemals«, antwortete Jo grinsend. »Es ist vielleicht alt, aber großartig.«

»Genau das sage ich auch immer von deiner Großmutter«, flüsterte Arthur Jo im Vorbeigehen laut zu.

Molly blickte ihn so konsterniert an, dass er stehen blieb, sie in die Arme nahm und auf die Lippen küsste, und Molly wurde rot.

»Du musst deinen Großvater entschuldigen.« Molly sprach laut, damit Arthur, der in Richtung Küche verschwand, es auch bestimmt hören konnte. »Nun, da wir zu dritt sind, wird er wohl lernen müssen, sich zu benehmen.«

Jo hätte den beiden stundenlang zusehen mögen. Nie würde sie der Zärtlichkeit, die zwischen ihnen bestand, dem Miteinander, das keine Worte brauchte, überdrüssig werden. »Was macht er dahinten überhaupt?«, fragte sie, als Gramps nicht mehr wiederkam. Vielleicht begann er endlich, etwas gegen die Zettelwirtschaft im Café zu tun. Jo hatte Papiere in Schubladen, zu Hause in einem Aktenschrank und weitere in der Küche entdeckt. Die Bücher waren ein einziges Chaos, und Jo wusste, dass sie sich sehr bald damit beschäftigen musste, aber das war nichts, worauf sie sich freute.

»Keine Ahnung.« Molly zuckte die Achseln und kehrte zu ihrem ursprünglichen Thema zurück. »Jedenfalls bist du zur rechten Zeit hergekommen, Jo. Und wir haben dich auch bewusst jetzt schon hergebeten und nicht erst im Hochsommer.«

Jo schnappte nach Luft. »Das Sommergeschäft hätte ich nie und nimmer schaffen können. Allein daran zu denken versetzt mich in Panik.«

»Du schaffst das schon, aber um diese Jahreszeit konnten wir dich ins kalte Wasser werfen, ohne dir einen zu großen Schock zu versetzen. Im Sommer kommen nicht nur die Stammgäste, sondern auch Touristen, und dann kann es schon ein wenig anstrengend werden.«

»Um diese Zeit ist es immer relativ ruhig, oder?«

»Ja. Das Weihnachtsschwimmen bringt uns noch einiges an Kundschaft, die letzten Ferientage ebenso. Im Januar und Februar herrscht mäßiger Betrieb, bis im Frühling die Leute aus dem Winterschlaf erwachen. Aber dieses Auf und Ab hat etwas Gutes. Man hat zwischendrin Zeit, die Batterien aufzuladen, bevor es wieder richtig anstrengend wird.«

»Veranstaltet ihr immer noch Themenabende?«

»Oh, davon gab es gar nicht so viele. Wir ändern noch immer die Karte, wenn im Herbst das Feuerwerk stattfindet und die Leute sich auf dem Pier versammeln. Von hier aus hat man nämlich einen schöneren Blick als aus der Nähe, die Raketen spiegeln sich im Wasser.«

»Darauf freue ich mich schon.«

»Außerdem versuchen wir uns etwas für den Maifeiertag einfallen zu lassen, und manchmal setzen wir zu Ostern mehr Schokolade auf die Karte.«

Arthur hatte endlich gefunden, was er gesucht hatte. »Ich wusste doch, dass ich das Ding hier hineingelegt habe.«

Molly setzte ihre Brille auf, als er näher kam. »Was hast du denn da?« Dann schlug sie überrascht die Hand vor den Mund. »Ist es das, was ich denke?« Ein breites Lächeln erhellte ihr Gesicht.

Arthur grinste ebenfalls und schien durch und durch zufrieden mit sich. Jo verstand nichts. »Was ist das? Hast du den aus einem Kaugummiautomaten?«

Arthur nickte. »Allerdings.« Mit Zeigefinger und Daumen hielt er ihr einen Plastikring aus mit Goldfarbe angemalten Blümchen und einer blauen Perle hin.

»Gran – ist alles in Ordnung?« Die Augen ihrer Großmutter hatten sich mit Tränen gefüllt, während sie ihren Mann unverwandt anblickte.

»Sie wird gerade ein bisschen sentimental«, erklärte Arthur, aber Jo konnte sehen, dass es ihm nicht anders ging. »Du musst wissen, dass wir dachten, wir hätten ihn verloren. Das ist unser erster Verlobungsring.«

Jo lachte, hielt dann aber inne. »Meinst du das ernst?« Sie beugte sich vor, um den Ring zu inspizieren. Hatte sie ihn unterschätzt? Aber auch bei näherer Betrachtung sah das Ding aus wie ein billiges Stück Plastik.

Arthur zwängte sich auf die Fensterbank zwischen sie und Molly und legte einen Arm um seine Frau. »Ich hab ihn wiedergefunden, als ich für Jo das Gästezimmer aufgeräumt habe«, erklärte Arthur. »Er hatte sich in einem Wollknäuel verfangen und steckte in der Stricktasche, die du ganz hinten in den Kleiderschrank gestellt hast.«

»Jetzt erinnere ich mich wieder.« Molly nahm ihm den Ring aus den Fingern. »Ich habe ihn in unserem alten Haus in die Wollschublade gelegt, damit er nicht verlorengeht, und als wir umgezogen sind, habe ich Wolle, Nadeln und Strickmuster in die Tasche gestopft. Ich habe den Ring gesucht wie verrückt, aber er muss so hoffnungslos verwickelt gewesen sein, dass ich keine Chance hatte.«

»Allerdings. Ich habe ihn auch nur gefunden, weil mir die Tasche heute Morgen hingefallen ist und alles auf den Boden kullerte. Als ich die Knäuel aufhob, blitzte etwas Blaues in der beigefarbenen Wolle auf – und da war er. Aber ich wollte warten, bis im Café Ruhe eingekehrt ist, ehe ich ihn dir gebe.«

Molly drückte sein Knie. »Du bist ein ganz wunderbarer Mann, weißt du das?« Sie legte ihre Hände an Arthurs Gesicht und küsste ihn. Jo fühlte sich vorübergehend fehl am Platz, bis Arthur sich ihr wieder zuwandte.

»Mit diesem Ring habe ich Molly einen Heiratsantrag gemacht.«

»Aha? Und warum kenne ich die Geschichte noch nicht?«, fragte Jo und nahm den Ring.

»Ich habe sie dir bestimmt erzählt, als du noch klein warst«, sagte Molly.

Jo schüttelte den Kopf. »Nein. Daran könnte ich mich erinnern.«

»Dann wohl deiner Mum.« Molly nahm ihr den Ring wieder ab, als könne sie nicht ertragen, ihn so lange aus der Hand zu geben.

»Jetzt erzählt schon.« Jo setzte sich auf den kleinen Holztisch gegenüber der Fensterbank, damit sie beide ansehen konnte.

»Erzähl du«, sagte Molly zu Arthur, und ihre Augen glitzerten.

Arthur nahm ihre Hand. »Es war am Valentinstag, 1964. Der Wind heulte, und es war eiskalt, und wer auch nur ein bisschen Verstand hatte, blieb drinnen vor dem Feuer sitzen.«

Molly konnte nicht widerstehen; die beiden hatten jahrzehntelange Übung darin, sich gegenseitig zu ergänzen. »Wo ich auch bleiben wollte, als Arthur bei uns klopfte, um mich zu einem Spaziergang abzuholen.«

Nun übernahm Arthur wieder. »Wir hatten uns in der Eisdiele kennengelernt, ein Jahr vor dem Abend, von dem ich erzählen will. Sie hatte ihr Eis fallen lassen und sah ziemlich traurig aus, also gab ich ihr ein neues aus und fragte sie bei der Gelegenheit, ob sie mit mir tanzen gehen wollte.«

Molly grinste breit. »Und weil er mir so gut gefiel, beschloss ich, das Risiko einzugehen.«

»Danach gingen wir jeden Abend auf dem Pier spazieren«, fuhr Arthur fort. »Manchmal aßen wir Fish&Chips, manchmal ein Eis, wir sahen den Wellen zu und blickten aufs Meer hinaus.«

»Aber an besagtem Abend wäre ich wirklich gerne zu Hause geblieben«, wandte Molly ein.

Arthurs Lachen klang wie ein Rumpeln. »Du hättest mal ihre Miene sehen sollen, Jo, als ich mich nicht abwimmeln ließ.«

»Er hat mir den Mantel um die Schultern gelegt und mich praktisch aus der Tür geschubst.«

»Stimmt«, sagte Arthur. »Aber es hat sich gelohnt.«

Jo entging der Blick nicht, den die beiden wechselten. Mochten sie auch älter und grauer geworden sein, ihre Liebe hatte dieselbe Kraft wie damals, als sie noch jung gewesen waren. »Und wie ging es weiter? Kommt schon, spannt mich nicht auf die Folter.«

»Wir machten uns auf unseren üblichen Abendspaziergang, aber es war wirklich ungemütlich. Der Wind blies so stark, dass der Regen uns waagerecht entgegenschlug, und in kürzester Zeit waren wir völlig durchnässt. Ich nahm ihre Hand, und wir rannten über den Pier. Sie wollte mich zurückhalten, meinte, dass es zu gefährlich sei, die Wellen schlugen hoch, doch ich zog sie in die Arme und versicherte ihr, dass ich immer auf sie aufpassen würde. Und dann standen wir vor diesem Gebäude.« Er blickte hinauf in den spitzen Giebel, in Gedanken viele, viele Jahre weit weg. »Damals war es heruntergekommen und stand leer. Zuvor hatte man hier Tee bekommen, wahrscheinlich auch Hotdogs oder Ähnliches, aber ich hatte eine Vision. Ich war nicht besonders gebildet, doch ich wollte eine Familie ernähren können und träumte von einem eigenen Laden. Das war es eigentlich gewesen, was ich mit Molly an jenem Abend besprechen wollte, aber der Sturm und das Tosen der Wellen hatte etwas so Ursprüngliches, Drängendes, dass ich plötzlich auf die Knie ging.«

Jo schlug sich die Hände vor den Mund, als wieder Molly übernahm.

»›Willst du mich heiraten?‹, fragte er. Doch er hatte keinen Ring, also antwortete ich, dass er eine solche Frage nicht stellen könne, ohne das Abkommen mit irgendetwas zu besiegeln.«

»Oje. Und was dann?«, fragte Jo entzückt.

»Er sagte, er könne sich im Augenblick nicht beides leisten, habe aber das Gebäude, vor dem wir standen, bereits angezahlt und würde mir damit eine gemeinsame Existenz anbieten. Er wolle ein Café hier eröffnen. Mit mir. Unser eigenes Geschäft. Und dann sah er mich so erwartungsvoll an, als würde er gleich platzen.«

Nun setzte wieder Arthur die Erzählung fort, und Jo bewunderte einmal mehr ihr stillschweigendes Einvernehmen. »Sie meinte, sie könne sich schlecht ein Café an den Finger stecken, das sei wohl etwas zu groß. Also schleppte ich sie zum Kaugummiautomaten, der mit Spielzeugringen gefüllt war, kramte in der Tasche nach dem richtigen Geldstück, steckte es in den Schlitz und drehte den Schalter. Aus dem Schacht fiel dieser Ring.« Alle drei betrachteten ihn andächtig. »Ich versprach ihr, ihr einen richtigen zu schenken, wenn sie einwilligte, bis in alle Ewigkeit an meiner Seite zu bleiben.«

»Und der Rest ist, wie man so schön sagt, Geschichte«, schloss Molly und blickte mit einem Lächeln auf den goldenen Saphirring an ihrem Finger herab.

Der Wind rüttelte an den Fenstern. »Dass ich bisher noch nie davon gehört habe!«, sagte Jo.

»Na ja, deine Mum ist nicht gerade romantisch veranlagt, und wenn man so viel zu tun hat wie wir in den vergangenen Jahren, vergisst man im Alltagstrott manches. Und nachdem wir dachten, dass wir den Ring verloren hatten, haben wir die Geschichte wohl beide aus unseren Köpfen verbannt. Schließlich ist viel passiert seit jenem Valentinstag.«

»Kommt, Mädels.« Arthur stand auf und nahm sein Schlüsselbund, ehe er die Lichter an den Fenstern ausschaltete und die restlichen Jalousien herabließ. »Gehen wir nach Hause, und machen uns heiße Schokolade mit Marshmallows. Was haltet ihr davon?«

»Gute Idee«, sagte Jo, holte ihren Mantel aus dem Schrank neben der Küche und zog ihn an. »Solange nicht ich diejenige bin, die sie zubereiten muss.«

2. Kapitel

Die Geschichte ihrer Großeltern hatte Jo nachdenklich gemacht. Der Februar war inzwischen angebrochen, und wie vorausgesagt hatte sich der Cafébetrieb etwas beruhigt. Ohnehin bekam Jo langsam Routine, und sie war nicht mehr die Erste, die abends todmüde ins Bett fiel.

Der heutige Tag war trübe und ungemütlich, und sobald sich eine Flaute im Gästestrom bemerkbar machte, bat Jo ihre Großeltern um Aufmerksamkeit. Seit einigen Tagen ging ihr eine Idee im Kopf umher, und sie wollte sie ihnen unterbreiten.

»Nachdem wir neulich über die Themenabende gesprochen haben, ist mir eine Idee gekommen«, begann sie, »und wenn ihr nichts dagegen habt, würde ich gerne etwas Neues ausprobieren, um Kundschaft anzuwerben.«

»Ich bin ganz Ohr«, sagte Arthur, musste dann aber doch wieder aufstehen, weil ein neuer Gast auf eine Tasse Earl Grey und einen Haferriegel hereingekommen war.

»Ich auch«, sagte Molly eifrig, aber etwas leiser, da sie nun nicht mehr allein im Café waren. »Ich muss zugeben, dass uns in letzter Zeit die Inspiration fehlte, aber du bist jung und hast die nötige Energie, Neues in Angriff zu nehmen.« Ihre Großmutter war so aufgeregt, dass sie kaum stillsitzen konnte. »Nun sag schon, und lass mich nicht länger zappeln.«

Der Valentinstag rückte näher, und Jo würde ihn einmal mehr allein begehen, doch sie hatte es satt, sich selbst zu bemitleiden. Sie hatte eine Familie, was mehr als nur eine Kleinigkeit war, ein großartiges Verhältnis zu ihren Großeltern und eine neue Aufgabe, in die sie sich mit ungebremster Begeisterung stürzen konnte. In ihren einsamsten Momenten jedoch hatte Jo sich häufig gefragt, wie viele Menschen sich außer ihr nach Gesellschaft oder etwas Neuem, Aufregendem sehnten, und daher wollte sie etwas vorschlagen, das vielleicht vielen alleinstehenden Menschen in dieser Stadt zugutekommen konnte.

»Ich würde gerne eine Valentinsaktion planen.«

»Das klingt spannend.« Molly beugte sich aufmerksam vor, aber schließlich war sie allem gegenüber aufgeschlossen, was von ihrer Enkelin kam. Jo konnte nur hoffen, dass sie ihren Vorschlag als echte Geschäftsidee betrachtete und nicht nur zustimmte, weil sie Jo damit glücklich machen wollte.

»Es soll einen Themenabend geben, einen *Abend der Liebe* im Café am Ende des Piers.« Während sie sprach, malte sie den Titel der Aktion mit Schnörkeln in die Luft. »Ansprechen möchte ich damit Singles und Paare, und ich will nicht nur die Liebe, sondern auch die Freundschaft feiern.«

Molly lehnte sich zur Seite, winkte Arthur, damit er in ihre Richtung blickte, und bat lautlos um zwei Tassen Kaffee. »Meinst du denn, dass auch Singles kämen?«, fragte sie, als Arthur das Gewünschte brachte.

»Wir sollten es auf jeden Fall einplanen. Wir wollen doch niemanden ausschließen, oder?« Jos Begeisterung wuchs, je länger sie über die Idee sprach. »Wir können die Fenster mit weiteren Lichterketten schmücken, überall Blumen und Kerzen verteilen, vielleicht die Tische weiß eindecken und mit Rosenblättern bestreuen. Wir könnten ein besonderes Menü planen – natürlich nur im Rahmen unserer Kochkünste«, fügte sie hastig hinzu, ehe Molly noch glaubte, sie habe den Verstand verloren; Jo wollte ihrer Großmutter den Plan als Ganzes unterbreiten und erst dann hören, was sie davon hielt. »Wir könnten Fingerfood oder etwas wie Tapas machen, was man gerne zu zweit isst, oder wir entscheiden uns für Herzhaftes wie Bœuf Bourguignon oder Gramps' wunderbare Garnelen-Cremesuppe. Oder ein Käsefondue. Wir könnten auch Vorspeisen anbieten, zum Beispiel die mit Parmesan überbackenen Muscheln oder die Austern Kilpatrick, die du so liebst.«

»Ich bin mir nicht ganz sicher, ob das Café der richtige Ort für Aphrodisiaka ist.« Als Jos Lächeln verblasste, beugte Molly sich hastig vor und drückte ihre Hand. »Aber das Konzept klingt großartig.«

»Und das sagst du jetzt auch nicht einfach so?«

»Ich bin zu alt, um derart rücksichtsvoll zu sein, und zu sehr Geschäftsfrau, um dich in etwas zu bestärken, an das ich nicht glaube.«

Arthur hatte zwei weitere Gäste bedient – Jerry und Scott, Jo hatte die Namen gehört, als Gramps sie begrüßt hatte –, und nachdem er den beiden, die nun auf der Fensterbank auf der anderen Seite saßen, ihren Kaffee serviert hatte, gesellte er sich zu Molly und Jo.

»Setz dich, Arthur«, wies Molly ihn an. »Ich übernehme und du hörst zu, was sich deine Enkelin hat einfallen lassen.« Sie klopfte beiden gleichzeitig auf die Schulter. »Ich glaube, das wird etwas Großes.«

Nachdem sie sich Arthurs und Mollys Segen geholt hatte, begann Jo mit der Planung, und in den kommenden Tagen fuhr sie hierhin und dorthin, um einzukaufen, was immer sie brauchte. Sie besorgte sich im nächsten Dekoshop Accessoires, hielt am Blumenladen, um Sträuße und Rosenblätter zu bestellen, fuhr zum Supermarkt, um die Vorräte aufzustocken, und orderte frisches Obst und Gemüse bei jenem Lieferanten, dessen Namen sie sich hoffentlich eines Tages würde merken können. Im Augenblick kam es ihr so vor, als sei ihr Gehirn überlastet: Alles, was über einen bestimmten Umfang an Informationen hinausging, fiel durch ein Raster und wurde nicht mehr gespeichert.

Als der vierzehnte Februar endlich kam, war Jo so aufgeregt wie schon eine Ewigkeit nicht mehr. Ein Bekannter von Arthur hatte Werbeflyer entworfen, die sie in den örtlichen Geschäften ausgelegt, in die Briefkästen der Einwohner geworfen und an Passanten am Pier verteilt hatten. Vor dem Café stand eine große Tafel, auf der Jo, eingerahmt von roten Herzen und einer Lichterkette, in großen, schwungvollen Buchstaben *Ein Abend der Liebe* im Café am Ende des Piers geschrieben hatte. Auch im Inneren des Cafés hatte sie noch weitere Lichterketten angebracht, und selbst die Theke funkelte nun anheimelnd.

»Zu viel?«, fragte sie Molly, die gerade Angie bedient und länger mit ihr geplaudert hatte als üblich, sich nun aber zu ihrer Enkelin gesellte, während Jo ein Kabel mit einem Klebstreifen an der Wand befestigte. »Das war die letzte.«

Molly sah sich um. »Es sieht sehr romantisch aus, das muss man dir lassen.«

Als der letzte Tagesgast gegangen war, klebte Arthur einen Zettel an die Tür, um potenzielle Kunden zu informieren, man habe in der nächsten Stunde geschlossen, um letzte Vorbereitungen für den großen Abend zu treffen. Dann verriegelten sie die Tür gegen den eisigen Wind, ließen die Jalousien herunter und machten sich an die Arbeit.

»Arthur, du fängst mit den Vorbereitungen für das Essen an«, befahl Molly. »Oh. Entschuldige, Jo. Ich wollte nicht einfach das Kommando übernehmen. Sag mir, wenn ich die Dinge zu sehr an mich reiße.«

»Mach du nur«, antwortete Jo. »Es ist mein erstes großes Event. Ich brauche jede Hilfe, die ich kriegen kann.«

Molly gesellte sich zu Arthur, um sich mit ihm zu besprechen. Sie hatten beschlossen, bei Kanapees und Tapas zu bleiben, weil die sich leicht vorbereiten und einfach servieren ließen und darüber hinaus gerne geteilt wurden, wodurch sie hervorragend zum Thema des Abends passten.

Inzwischen holte Jo die Tischdecken aus dem Schrank. Sie hatte sie gestern Abend vor dem Fernseher gebügelt, während sich Meg Ryan und Tom Hanks auf dem Bildschirm per E-Mail ineinander verliebten. Kopfschüttelnd dachte sie an die Liebeskomödie zurück; sie wünschte, ihr Leben wäre auch so simpel.

Auf die weißen Tischtücher legte Jo die neu erstandenen roten Platzdeckchen und streute gerade so viele Rosenblätter auf die Tische, dass es romantisch aussah. Dann rollte sie die Servietten auf, schob sie in silberne Ringe, platzierte sie und stellte jeweils ein großes Glas mit einer Kerze in die Tischmitte.

Für den letzten Schliff sorgten langstielige rote Rosen, die sie auf zwei Bodenvasen verteilte und an die rückwärtige Wand und vorne an die Theke stellte, und sobald alles arrangiert war, dimmte sie die Lichter im Café.

Zufrieden stellte Jo fest, dass sie noch genug Zeit bis zur Öffnung hatten, und als sie sich zu ihren Großeltern in die Küche gesellte, hatten Molly und Arthur schon einen großen Teil der Vorbereitungen erledigt. Die Austern waren bereits präpariert, also zerkleinerte Jo den Speck und stellte Worcestersoße und ein großes Paket grobes Salz bereit, auf dem die Muscheln serviert werden würden. Sie wusch die kleinen Kartoffeln und schob sie in den Ofen, damit sie vor dem Servieren mit Sauerrahm und Schnittlauch gefüllt werden konnten, und schnitt die Brownies und den Himbeer-Cheesecake, die Molly und sie am Nachmittag gebacken hatten, in mundgerechte Stücke, und keinen Augenblick lang ließ ihre Begeisterung für ihr Vorhaben nach.

Lautes Donnergrollen ließ Arthur heftig zusammenfahren. Er legte sich unwillkürlich die Hand aufs Herz, ehe er fortfuhr, das Innere eines Topfes mit einer Knoblauchzehe einzureiben.

Jo sah ihm über die Schulter. »Ist das für das Fondue?«

»Allerdings. Wir nehmen eine Mischung aus Gruyère, Emmentaler und Cheddar.« Er zwinkerte ihr zu. »Plus einen anständigen Schluck Wein, versteht sich.«

»Wenn das hier gut angenommen wird, könnten wir uns vielleicht richtige Fondue-Sets mit Stövchen besorgen. Ich könnte mir vorstellen, dass das den Gästen gefallen würde.«

»Bestimmt. Du kennst doch Hilda Jenkins, nicht wahr? Die im Spielzeuggeschäft arbeitet? Sie kommt ursprünglich aus der Schweiz. Sie weiß ein gutes Fondue bestimmt zu schätzen.« Arthur maß eine Portion Wein ab – sehr großzügig, wie angekündigt. »Du bist ein helles Köpfchen, Jo. Ich bin stolz auf dich, dass du dich so ins Geschäft gestürzt hast.«

Sie küsste ihn auf die Wange. »Und ich werde euch ewig dankbar sein, dass ihr mich darum gebeten habt. Das hat mein Leben verändert.«

Sie blickten einander einen Moment lang an, ehe Arthur die Augen verdrehte. »Oh, nun verschwinde, bevor nicht nur Wein, sondern auch noch Tränen im Fondue landen. Hilda würde das bestimmt nicht gutheißen.«

Jo ließ das Brot noch liegen; es würde erst kurz vor dem Servieren in dicke Würfel geschnitten werden, damit es frisch in die Käsemischung getunkt werden konnte. Sie hoffte sehr, dass sich jemand für das Fondue entscheiden würde. Was konnte romantischer sein, als sich an einem kalten Valentinsabend etwas so wunderbar Wärmendes zu teilen?

Ein greller Blitz erleuchtete das gesamte Café und ließ das Küchenlicht flackern, und Jo sah ihre Großmutter besorgt an. »Hoffentlich kommt bei diesem Wetter überhaupt jemand.«

»Aber natürlich. In Scharen werden sie kommen, du wirst schon sehen.« Sie holte die Frühlingsrollen heraus, die sie zuvor zubereitet hatte, und arrangierte sie auf einem Blech, damit sie zur gegebenen Zeit in den Ofen geschoben werden konnten. »Wir haben die Werbetrommel gerührt, und die Leute lieben unseren Laden. So, und wo sind jetzt die Erdbeeren?«

Jo liebte es, wie sie einander zuarbeiteten. »Hier.« Sie griff ins Regal nach der Schüssel, die mit einem Geschirrtuch abgedeckt war. »Ich habe sie schon gewaschen und wollte sie auf die Spieße stecken, wenn du dafür die Schokolade hacken und zum Schmelzen in die Glasschüssel geben würdest.«

»Ja, Boss.«

Jo hielt inne. »Hab ich den Bogen überspannt?«

»Und wenn schon. Spann ihn ruhig weiter, dazu bist du hier«, sagte Arthur, ohne sich umzudrehen.

Während ein Blitz nach dem anderen das Café erhellte und der Donner es ihnen schwer machte, einander zu verstehen, beendeten sie die Vorbereitungen, und Jo holte tief Luft und zog die Jalousien hoch. Sie öffnete die Tür und hielt sie fest, damit der Sturm sie ihr nicht aus der Hand riss, griff herum und nahm den Zettel ab, damit die Gäste wussten, dass alles fertig war und sie hereinkommen konnten.

Eine halbe Stunde später lehnten Molly, Arthur und Jo noch immer an der Theke und warteten. Jo sah auf die Uhr. »Wir hatten doch sieben Uhr angegeben, oder?«

»Hatten wir. Die kommen schon.«

Ein weiterer Donnerschlag ließ Jo heftig zusammenfahren. Sie spürte eine Hand auf der Schulter, und mit einem Mal stiegen ihr Tränen in die Augen. »Das Angebot ist doch gut – ein romantischer Abend in einem Lokal, das bei allen Einwohnern beliebt ist!«

Arthur grunzte. »Es liegt am Unwetter, nicht an dir.« Er klang wütend, als ob er dem Wetter persönlich zürnte, und vielleicht war das auch so. Entschlossen trat er an die Tür und baute sich dort auf, als wolle er die Gäste durch pure Willenskraft herbeizitieren. »Wenigstens einer«, hörte Jo ihn murmeln.

Er hatte recht. Ein Gast war um Längen besser als keiner.

Doch eine weitere Stunde verstrich, und Jo sank gegen die Theke.

Eine Träne stahl sich ihr aus dem Augenwinkel und rann die Wange herab. Wieder blitzte es, und es kam Jo vor, als deute der Himmel mit einem grellen Pfeil auf sie herab: Schaut mal, da ist es, das dumme kleine Mädchen, das geglaubt hat, sich einen albernen Traum zu erfüllen. Doch als eine zweite Träne sich löste, hatte sie genug. So nicht!

»Setzt euch«, befahl sie.

»Wie bitte?« Molly, die gerade die Rosenblätter auf dem

niedrigen Tisch vor den Fensterbänken neu arrangierte, hielt verdutzt inne.

»Setzt euch. Beide. Sucht euch einen Tisch aus.« Jo schniefte und hob das Kinn.

»Was hast du vor?«, fragte Arthur und gab seinen Wachposten an der Tür auf.

»Wann seid ihr zum letzten Mal am Valentinstag verwöhnt worden?«, fragte Jo.

Molly dachte einen Moment lang nach. »Um uns muss niemand Wirbel machen. Dazu sind wir zu alt.«

»Unsinn, für so was ist man nie zu alt. Wir haben all diese Köstlichkeiten hier, ihr habt endlich Hilfe in eurem Café, das ihr euch ganz allein aufgebaut habt, und heute sollt ihr zwei einen Valentinstag erleben, an den ihr euch noch lange erinnern werdet. Denkt zurück an das Jahr 1964, an jenen Tag, an dem euer Leben eine aufregende Wendung genommen hat.«

Molly kicherte kokett, sah sich um und setzte sich schließlich an den Tisch ganz hinten am Fenster, und Jo flüsterte Arthur etwas ins Ohr. Er flüsterte zurück, und Jo zog los und fischte sein Smartphone aus der Tasche seiner Jacke, die in der Küche hing. Sie scrollte, bis sie gefunden hatte, was sie suchte, dann stellte sie das Handy im Café auf die Ladestation.

Molly sah lächelnd zu ihr herüber und formte mit den Lippen ein »Danke, Jo«.

Während im Hintergrund *Close to You, She Loves You* und viele andere Lieder erklangen, die Jo zwar mitsummen konnte, aber keinem Interpreten hätte zuordnen können, ging sie in die Küche, um zu kochen. Sie schmolz den Käse mit dem Wein, schnitt das Brot in Würfel, arrangierte alles auf einem Tablett und brachte es hinaus zu ihren Gästen. Sie wusste, dass es sich um Arthurs Lieblingsessen handelte, und sie stellte sich vor, wie die beiden einander ansahen, während sie das Brot aufspießten und es in die Käsemischung tauchten.

»Setz dich zu uns, Jo«, sagte Molly.

»Auf gar keinen Fall. Das ist euer Abend«, erwiderte sie und hielt präventiv eine Hand hoch. »Und es hat keinen Sinn zu protestieren, ich meine es nämlich ernst.«

Sie kehrte in Richtung Küche zurück, blieb dann aber im Schatten des Durchgangs stehen, wo sie nicht zu sehen war, und beobachtete das Paar, das schon seit Jahrzehnten zusammen war und mit einer Vertrautheit miteinander umging, von der Jo nur träumen konnte. All die harte Arbeit, die sie in dieses Café gesteckt hatten, und ihr wollten sie es übergeben! Sie mochte in gewisser Hinsicht heute Abend allein sein, doch in jeder anderen war sie Teil von etwas ganz Besonderem.

Was, wenn sie noch mehr daraus machte?

In einer Eingebung lehnte sie die Küchentür an, schaltete das Licht an und holte sich den Notizblock, den ihre Großeltern für Einkaufslisten oder Merkzettel nutzten. Sie setzte sich auf den Hocker neben dem Herd, während der Regen unaufhörlich auf das Dach trommelte, spähte hin und wieder durch den Spalt in der Tür zu Arthur und Molly, die sich vermutlich auch nicht voneinander hätten ablenken lassen, wenn ein Blitz neben ihnen eingeschlagen wäre, und machte sich an die Arbeit.

Denn Jo hatte einen Plan für dieses Café. Molly und Arthur hatten so viel gegeben, und Jo wollte es ihnen gleichtun. Sie würde der Stadt, die sie willkommen geheißen hatte, etwas zurückgeben, und sie hatte auch schon eine Idee, auf welche Weise sich vielleicht sogar ein bisschen Magie nach Salthaven holen ließ.

Frühling

3. Kapitel

Fast vier Monate lang war Jo nun schon wieder in Salthaven-on-Sea. Der April neigte sich dem Ende zu, und Jo hatte kaum einen Moment Zeit gehabt, um Luft zu holen. Sie hatte das Café ihrer Großeltern inzwischen ganz übernommen und oben am Hang eine Mietwohnung mit traumhaftem Blick auf das Meer bezogen, von wo aus es nicht weit bis zum malerischen Stadtzentrum war. Molly und Arthur hatten das Städtchen nie verlassen, und Jo konnte nachvollziehen, warum nicht. Die hiesige Gemeinschaft war immer ein großer Bestandteil ihres Lebens gewesen, und die Einwohner waren stets zur Stelle, wenn Not am Mann war.

Seit dem Valentinstag gärte der Gedanke in ihr, im Café etwas vollkommen Neues zu etablieren, und nun schien die Zeit gekommen, ihre Pläne umzusetzen. Sie wollte diesen wunderbaren Menschen, die jederzeit und mit größter Selbstverständlichkeit für ihre Großeltern da waren, etwas Gutes tun. Als einige Jahre zuvor in das Café eingebrochen worden war, hatte sich die ganze Stadt versammelt, um aufzuräumen, zu helfen und sich zu vergewissern, dass Molly und Arthur nichts geschehen war. Man wechselte sich ab, um mehrmals am Tag nach den beiden zu sehen, denn der Einbruch hatte ihnen stark zugesetzt, doch dank der Ortsgemeinschaft hatten sie sich rasch erholt. Als es in einem Winter stark geschneit hatte, was es an der Südküste nur selten tat, hatten ihre Großeltern das Café zeitweise schließen müssen, weil sie nicht einmal den Hügel hinuntergekommen waren. Der kleine Toby Secombe, der Sohn des Zeitungsverkäufers, hatte ihnen mit dem Schlitten Brot, Milch, hausgemachte Cottage Pie und eine Schachtel Teebeutel gebracht, was sich, laut Arthur, für ihn durchaus gelohnt hatte: Molly hatte ihn zum Dank nicht nur fest umarmt, sondern ihn auch noch mit einer Dose selbstgemachter Brownies beschenkt.

Jo betrat die Holzplanken des Piers und blieb stehen, um ein Foto von der Szenerie zu machen: das Meer in der Ferne, das Café am Ende der Seebrücke, im Vordergrund die Holzkonstruktion, über die sie schon so viele Male geschlendert war. Sie schickte das Foto ihrer Freundin Tilly, die prompt antwortete, sie wünschte, es sei Sommer und sie hätte auch dort sein können.

Jo lief weiter, vorbei an der Eisdiele, der Fish&Chips-Bude und dem Lädchen für Strandzubehör, in dem man im Sommer alles kaufen konnte, was man für einen Tag am Meer benötigte: Sonnenhüte, aufblasbare Schwimmhilfen, Kindertaucherbrillen und Eimer und Schaufeln, um weiter unten im goldenen Sand Sandburgen zu bauen.

In der Wohngemeinschaft in Edinburgh hatte Jo auf engstem Raum mit ihren Mitbewohnerinnen gelebt, sich aber manchmal dennoch überraschend einsam gefühlt. Seit sie hier in Salthaven angekommen war, fragte sie sich immer öfter, wie viele Menschen ihre Einsamkeit hinter einem freundlichen Lächeln oder einer belanglosen Plauderei im Café verbargen. Und immer öfter versuchte sie, hinter die Fassaden der Gäste zu blicken, die ins Café kamen: War die Frau, die jeden Morgen ihre

Runde lief, wirklich glücklich, wenn sie am Ende eines langen Tages erschöpft nach Hause kam? War Angie, eine ihrer treusten Kundinnen, wirklich immer so fröhlich, wie sie sich gab? Konnte es sein, dass der Angestellte in der Eisdiele hinter dem Lächeln, das er Jo schenkte, wann immer ihre Wege sich kreuzten, dieselbe Einsamkeit verbarg, die Jo so oft selbst verspürte?

Abgesehen von dem einzelnen Angler hinten am Ende der Seebrücke, war keine Menschenseele in Sicht, und als Jo am Café angelangte, hatte sie zu überlegen begonnen, wen sie auswählen sollte, um ihren Plan in die Tat umzusetzen. Sie hatte noch nie jemanden bewusst zu verkuppeln versucht, aber genau das war es, was ihr mit ihrem *Abend der Liebe* vorschwebte.

Sie hatte noch immer zwei Stunden Zeit, bis sie öffnen würde, und die wollte sie nutzen, um den Frühjahrsputz, den sie gestern begonnen hatte, zu beenden. Sie hatte die Küche bereits geschrubbt, jedes einzelne Regalbrett abgewischt und mit Hilfe von Steve, der auch ihren Großeltern oft zur Hand gegangen war, sogar den Kühlschrank nach vorne gezogen und all den Staub und Schmutz entfernt, der sich im Laufe des Winters darunter gesammelt hatte. Steve hatte zwei wackelige Tische repariert, während Jo die winzige Toilette einer Grundreinigung unterzogen hatte, bis sie regelrecht funkelte. Das Bad in ihrer WG in Edinburgh war schon sehr alt gewesen, sodass es selbst nach einer Stunde Schrubben nie so sauber ausgesehen hatte.

Während sie in ihrer Tasche nach dem Schlüssel wühlte, blickte sie die Fassade hinauf. Bei ihrer Ankunft im dunklen, kalten Januar war es ihr kaum aufgefallen, doch mit dem Anbruch des Frühlings hatte sich nicht mehr übersehen lassen, dass das Äußere des Cafés in einem traurigen Zustand war. Seit Jahren war nicht mehr renoviert worden, und da sie nun diesen Betrieb leitete, hatte sie eine Entscheidung getroffen und Steve damit beauftragt, dem Café einen neuen Anstrich zu verpassen.

Als sie Schritte hinter sich hörte, wandte sie sich um. »Guten Morgen, Steve!«, rief sie fröhlich. In Salthaven schien es ihr unmöglich, sich nicht jedes Mal zu freuen, wenn sie die salzige Luft einatmete oder das Meer an den Strand branden hörte.

»Guten Morgen.« Steve strahlte wie immer; Jo bezweifelte, dass er den Ausdruck »schlechte Laune« überhaupt kannte. »Dir ist klar, dass deine Großeltern mich nie so früh herbestellt haben, oder?«

»Tut mir leid. Ich verspreche, keine furchtbare Chefin zu sein.«

Steve grinste und stellte Werkzeugkasten und zwei Farbdosen ab. Wann immer es im Café etwas zu tun gab, war er zur Stelle.

»Das war ein Scherz. Für mich ist es nicht früh. Ich war schon surfen und duschen und kann loslegen.«

»Ich war eigentlich nie ein Morgenmensch«, gestand Jo. »Aber die Seeluft hat eine seltsame Wirkung.«

»Allerdings. Wenn man die Möwen hört und die Sonne am Horizont aufgehen sieht, kann man einfach nicht mehr liegen bleiben.«

»Sagt der echte Salthavener.« Sie hatte in Edinburgh immer mit sich ringen müssen, morgens aus dem Bett zu kommen, doch sie hatte keine Ahnung, ob es ihre Umgebung oder die neue Arbeit war, die sie verändert hatte. Aber was immer die Ursache war – das Meer und alles, was dazugehörte, tat ihr ungeheuer gut, und wieder in ihrer Heimatstadt zu sein verlieh ihr frische Energie.

»Du solltest es auch mal versuchen.«

»Hm?« Sie steckte den Schlüssel in die Tür und schloss auf. »Surfen meinst du? Vergiss es. Ich würde bloß das halbe Meer schlucken.«

»Das weißt du doch gar nicht, ehe du es nicht probiert hast.«

»Lass gut sein, ich bleibe lieber an Land.« Sie stieß die Tür wie jeden Morgen mit der Schulter auf und ließ Licht ins Innere. Nun, da die wärmeren Monate im Anzug waren, konnte sie die Tür ein Weilchen offen lassen, um das Café durchzulüften.

»Eins nach dem anderen«, sagte Steve und stellte seinen Werkzeugkasten an der Tür ab. Sein blondes Haar schimmerte in der Sonne. »Schauen wir mal, warum das Ding klemmt. Du holst dir noch eine Schulterprellung, wenn du ständig mit so einem Kraftaufwand reinplatzt.«

»Das wäre wirklich blöd. Dann könnte ich ja gar nicht surfen.«

»Warte nur ab, eines Tages probierst du es doch. Und wenn du einmal auf dem Brett gestanden hast …«

Ihre Miene besagte, dass er darauf lange warten konnte.

Sie ließ Steve an der Tür zurück und ging in die Küche, um einen Eimer mit warmem Wasser und Putzmittel zu füllen und sich Handschuhe überzustreifen. Langsam, aber sicher trug ihre Arbeit sichtbare Früchte. Vergangene Woche hatte Steve am schönsten Tag, den sie in diesem Jahr bisher gehabt hatten, die Innenwände gestrichen. Sie hatten nach Feierabend angefangen, Fenster und Türen aufgerissen und den milden Abend genossen. Für die nächsten Tage war kein Regen vorhergesagt, sodass Steve nun mit den Außenwänden und dem Schild fortfahren konnte. Jo reinigte derweil den Innenraum bis in den hinterletzten Winkel und reparierte mit dem mitgebrachten Nähetui zwei Kissen. Gründlich befreite sie die hohen Fenster von Fingerabdrücken und Schmutzflecken, ehe sie sie mit einem weichen Tuch auf Hochglanz polierte.

»Tür ist repariert.« Um es ihr zu demonstrieren, öffnete und schloss Steve sie, und tatsächlich klemmte nichts mehr. »Das Holz war oben aufgequollen. Ich habe die Kante abgeschliffen und die Scharniere neu eingestellt.«

Jo wischte noch einmal über die letzte Scheibe. »Was würde ich nur ohne dich machen?«

Er zuckte die Achseln. »Ich bin eben unersetzlich.« Er legte einen Schraubenzieher zurück in den Werkzeugkasten, deutete mit dem Kopf auf die Fensterrahmen, trat an einen heran und strich mit der Hand über die abblätternde Farbe. Die Härchen auf seinen Armen leuchteten golden im Sonnenlicht. »Die brauchen auch dringend einen neuen Anstrich.«

»Und ob. Jetzt, da die Wände so gut aussehen, fällt es noch viel stärker auf.«

»Ich fange heute mit dem Schild draußen an, dann bin ich bis morgen fertig und schaue sie mir mal an.«

Als Jo Steve das erste Mal begegnet war, war ihr sofort aufgefallen, wie gut er aussah. Groß, gut gebaut, stark durch den körperlich anstrengenden Job und braungebrannt vom Surfen, wie sie nun wusste. Darüber hinaus war er witzig und in der Lage, sich vernünftig zu unterhalten. Nicht zum ersten Mal fragte sie sich, wieso noch keine Frau ihn sich geschnappt hatte. Vielleicht lag es an seinem unbekümmerten Auftreten. Er wirkte wie ein Mann, mit dem man viel Spaß haben konnte, der aber keine feste Beziehung einging.

»Allerdings muss ich erst ein paar Kleinigkeiten reparieren«, bemerkte er. Als Jo ihn fragend ansah, fügte er hinzu: »An den Fensterrahmen«, und grinste angesichts ihrer Tagträumerei. Sie war nur froh, dass er unmöglich wissen konnte, woran sie gerade gedacht hatte. »Das wird aber kein Problem werden, und wenn wir ihnen eine ordentliche Portion Farbe gegönnt haben, werden sie so gut wie neu aussehen.«

Während Steve seine Leiter aufklappte und mit Eimer und Bürste hinaufstieg, um das Schild für den Neuanstrich zu präparieren, begann Jo mit den Vorbereitungen für den Tag. Mit dem Café hatte sie auch die Angewohnheit ihrer Großeltern übernommen, nach Ladenschluss konsequent aufzuräumen und zu putzen, ehe sie nach Hause ging. Zum Glück. Auch wenn man am Abend erledigt war und sich überwinden musste, war nichts frustrierender als am nächsten Tag früher kommen zu müssen, um verkrustete Töpfe zu schrubben, die Kaffeemaschine zu reinigen oder Essensreste zu entsorgen. Wie viel angenehmer war es dagegen, jeden Tag frisch und unbelastet zu beginnen.

Sie hörte Steve fröhlich vor sich hinpfeifen und dachte automatisch erneut an sein und ihr Single-Dasein. Durch familiäre Vorbelastung und Erfahrungen hatte sie wenig Vertrauen in ihre eigene Fähigkeit, eine solide und dauerhafte Beziehung zu führen, und so sehr sie es sich auch wünschen mochte, hatte sie doch schon vor einer ganzen Weile akzeptiert, dass es vielleicht einfach nicht sein sollte. Vielleicht waren Steve und sie sich ähnlicher, als ihr bisher bewusst gewesen war. Nur schien er im Alleingang durch das Leben zu schlendern, ohne sich besonders daran zu stören.

Jo zwang ihre Gedanken weg von den Dingen, die sich nicht

ändern ließen, und dankte Gott, dass die Küche noch so gut in Schuss war, als sie sich daran machte, erst ein Blech Buttermilchkekse, dann ein weiteres mit Brownies zu machen. Mit Ausnahme einer Schranktür, die sich vergangene Woche gelöst hatte, konnte sie sich nicht beklagen. Ihre Freundin Eliza oben in Edinburgh arbeitete ebenfalls in einem Café und hatte sich ständig über die mangelhafte Ausstattung oder den eigenwilligen Herd beschwert, doch die kompakte kleine Küche dieses Cafés bot alles, was Jo benötigte, und sie hatte nicht lange gebraucht, um sich zurechtzufinden.

Nach Arthurs Rezept bereitete sie den Teig für einen Birnen-Himbeer-Kuchen zu, und während er buk, legte sie Mollys berühmt-berüchtigte Buttermilchkekse auf einen Teller, um sie in die Auslage zu stellen.

»Ich habe zwar gut gefrühstückt, aber der Duft macht schon wieder Appetit«, sagte Steve. Er hatte das Schmutzwasser über das Piergeländer ins Meer gekippt und war in die Küche gekommen, um den Eimer wieder aufzufüllen.

»Such dir deine Droge aus«, sagte sie und deutete auf die Glasvitrine, in der bereits diverse Köstlichkeiten standen.

»Lass das bloß keinen Stammgast hören.«

»Es gibt Buttermilchkekse, Brownies und Birnen-Himbeer-Kuchen, der allerdings noch im Ofen ist.«

Er tätschelte seinen sehr flachen Bauch. »Das klingt leider viel zu heimtückisch. Hast du nichts Frisches?«

In diesem Augenblick traf Matt, der Lieferant, mit einer Kiste farbenfrohem Obst und Gemüse ein. »Gerade rechtzeitig«, strahlte Jo. »Steve gelüstet es nach etwas Gesundem. Anscheinend achtet er auf seine schlanke Linie.«

Steve stieß einen Pfiff aus. »Die Melone sieht gut aus.«

Jo verdrehte die Augen. »Ich schneide sie dir.« Sie nahm Matt die Kiste ab und ließ die Männer allein, um die Lieferung in die Küche zu bringen. Beide arbeiteten schon seit Jahren für Molly und Arthur und kannten einander gut.

In der Küche sichtete sie die Ware und nahm außer der Melone den Rhabarber heraus, aus dem sie heute Abend oder morgen Crumble herstellen würde. Eins der Merkmale, durch die sich dieses Café in Jos Augen von den anderen in der Umgebung unterschied, war die Vielfalt der Speisen. Natürlich hatten sie auch eine Standardkarte – diverse Kaffee- und Teespezialitäten, Kekse, Brownies und eine recht gute Auswahl an kalten Getränken. Doch von Molly und Arthur hatte sie gelernt, die Tageskarte von dem abhängig zu machen, was der saisonale Markt hergab oder Matt beschaffen konnte. Anfangs hatte Jo geglaubt, dass es ihr schwerfallen würde, ständig etwas anderes anzubieten, aber inzwischen liebte sie die Abwechslung, und den Gästen ging es genauso. Melone brachte Matt ihr allerdings nun schon seit gut zwei Wochen jeden Tag mit, und Jo gönnte sich jeden Morgen etwas davon zum Tee.

»Wie geht's Arthur?« Matt hatte Steve den Teller mit Melonenstückchen gebracht, war in die Küche zurückgekehrt und reichte Jo nun eine Schachtel Eier.

Sie verstaute den Rhabarber in einem Korb auf der Ablagefläche neben dem Getränkekühlschrank. »Ganz gut. Der Ausflug ins Krankenhaus hat ihm offenbar einen anständigen Schrecken eingejagt.«

Gramps war eines Morgens schwindelig geworden, weil sein Herz zu rasen begonnen hatte, und sie hatten befürchtet, dass es ein Herzinfarkt gewesen war. Der Notarztwagen hatte ihn mit Blaulicht in die Klinik gefahren, wo man ihn zahllosen

Tests unterzogen und zwei Tage später mit der Diagnose Bluthochdruck entlassen hatte. Die ganze Geschichte hatte Molly und Jo große Angst gemacht, aber wenigstens akzeptierte er nun endlich, dass er es ruhiger angehen, Stress vermeiden und vielleicht sogar ein paar Pfund abnehmen musste. Jo war überrascht, dass ihre Mutter nicht gekommen und Gramps besucht hatte, obwohl Jo viele Nachrichten geschickt und mehrmals angerufen hatte, aber die Beziehung der beiden war ein Mysterium, und jemanden zu bitten, sie aufzuklären, war sinnlos.

»Und wie hält er sich an seinen Vorsatz, sich gesünder zu ernähren?«, wollte Matt wissen.

»Anfangs ist es ihm schwergefallen. Molly kocht großartig, und nichts liebt sie mehr, als andere mit Köstlichkeiten glücklich zu machen, aber beiden ist klar, dass sie ihre Essgewohnheiten ändern müssen.«

»Ich bringe ihnen gleich noch eine Kiste Obst und Gemüse.«

»Das ist lieb von dir.«

»Mach ich gern.« Mit seinen nussbraunen Augen blickte er sich im Inneren des Cafés um, das sich in den vergangen Wochen gehörig herausgeputzt hatte. »Hier in Salthaven passt man aufeinander auf, wie du weißt, aber es ist dennoch gut, dass du jetzt auch hier bist. Nichts kann die Familie ersetzen.«

»Aber ihr steht euch auch alle sehr nah. Ich bin jedenfalls froh, dass Molly und Arthur ausgerechnet hier leben.« Jo nahm Zwiebeln und Knoblauch aus der Gemüsekiste und legte sie in stapelbare Kunststoffkörbe.

»Die Gemeinschaft hier ist wirklich sehr gut«, stimmte Matt ihr zu. Als sie einander zum ersten Mal begegnet waren, war er sehr zurückhaltend gewesen, doch allmählich taute er ihr gegenüber auf. »Habe ich mir das nur eingebildet, oder hat Arthur mit Rasenbowling angefangen? Ich dachte gestern, ihn dabei gesehen zu haben.«

»Erstaunlich, nicht wahr? Er hat immer schon gesagt, dass er es eines Tages machen will, und nun hat er endlich die Gelegenheit. Er meint es ernst damit, sein Stresslevel zu reduzieren. Und ich denke, dass es auch Gran guttut, wenn er ihr nicht ständig vor die Füße läuft.«

Matt lehnte sich an die Theke. »Es ist bestimmt seltsam für die beiden, nicht mehr ständig hier zu sein.«

»Keine Sorge, Gramps kommt immer wieder vorbei, um nach mir zu sehen. Gestern zum Beispiel. Es war ihm anzumerken, dass er sich am liebsten in die Küche gestellt hätte, aber ich habe ihm Tee und Kekse gebracht und ihn dazu verdonnert, sich hinzusetzen. Letztlich reicht es ihm wohl auch, sich zu vergewissern, dass hier alles glatt läuft.«

»Das klingt, als würde es dir Spaß machen.«

»Und ob. Das tut es.«

Steve trat ein. »Matt, ich will anfangen, über der Tür zu streichen, wenn du also in absehbarer Zeit gehen willst, solltest du es jetzt tun. Gleich blockiert die Leiter nämlich alles.«

»Okay, dann bin ich jetzt weg.« Die Goldsprenkel in seinen Augen waren wie kleine Sonnenflecken. »Ich muss zurück auf den Hof. Oh, und bevor ich es vergesse …« Er steckte die Hand in die Tasche und zog eine Visitenkarte hervor. »Hier ist die Nummer des Steuerberaters, nach der Molly gefragt hat. Obwohl ich annehme, dass du sie dazu gedrängt hast. Ich habe sie schon ein paarmal mit dem Papierkram kämpfen sehen, aber sie hat immer behauptet, sie habe alles im Griff.«

Jo nahm die Karte. »Vielen Dank. Und, ja, das behauptet sie schon viel zu lange.« Im Zuge ihres Frühjahrsputzes hatte Jo jedes einzelne Stück Papier, das das Café betraf, zusammengesucht und sortiert, um mit den Unterlagen zu Mollys Steuerberater zu gehen. Aber nachdem sie ihn kennengelernt und begriffen hatte, dass er keinesfalls bereit dazu war, jemals ins digitale Zeitalter einzutreten, und überdies noch plante, nach Northumberland zu ziehen, befand sie, dass eine Fernbeziehung zu ihrem Steuerberater nicht das war, was sie sich vorgestellt hatte. Zu ihrem Neustart gehörte offenbar, sich jemand anderen zu suchen.

»Diese Kanzlei hat für uns immer gute Arbeit geleistet«, sagte Matt nun.

»Ich bin jedenfalls froh über die Empfehlung. Und vielen Dank für die wunderbare Ware. Besonders der Rhabarber sieht köstlich aus.«

»Gern.« Er neigte den Kopf zum Gruß. »Bis später, Jo.«

Sobald Matt seiner Wege gegangen war und Steve mit Hilfe eines Schraubendrehers den Deckel von der ersten Dose Farbe gehebelt hatte, meldete sich der Timer am Ofen. Jo holte den Kuchen heraus und stellte ihn zum Abkühlen beiseite. Als Nächstes kamen die Quiches an die Reihe; sie hatte Brokkoli in der Gemüsekiste entdeckt und einen großen Vorrat an Eiern. Und als sie zwei Quiches zubereitet hatte – eine mit Speck, die andere als vegetarische Variante –, war es auch schon Zeit, das Café zu öffnen. Sie schnitt den Kuchen, richtete ihn auf einer Platte an und stellte ihn zu den anderen Leckereien in die Glasvitrine. Je nachdem, wie viel verkauft wurde, musste sie flexibel für Nachschub sorgen, wenn gerade nicht so viel zu tun war, und sie liebte den Adrenalinschub, den ihr das Multitasking verschaffte – von der Tatsache, ihre eigene Chefin zu sein, ganz zu schweigen.

Steve entfernte die Leiter vor der Eingangstür, und Jo trat hinaus und lehnte sich mit dem Rücken an das weiße Geländer am Ende des Piers, um sein Werk zu begutachten. Bis auf die Fenstersimse, die noch auf Reparatur und Anstrich warteten, erstrahlten die Wände bereits frisch geweißt, und das Schild schimmerte in einem warmen Goldton, der zum Strand passte. Und wenn Steve morgen noch den Namen »Das Café am Ende des Piers« in Blau aufgemalt hatte, würde alles genau dem Neustart entsprechen, den sich Jo mit ihrer Rückkehr nach Salthaven vorgestellt hatte.

»Morgen, Jo.« Wie so oft war der erste Gast Angie, die immer für einen Schwatz zu haben war. »Ein prächtiger Tag heute.«

»Absolut. Wenn die Sonne scheint, ist immer alles besser.«

»Das ist die wahre Salthaven-Einstellung.« Angie bewegte sich zielsicher auf einen Tisch zu und streifte ihre schwere grobe Strickjacke ab, die ihr fast bis über die Knie reichte. Sie war schon längst in Rente – sie scherzte gerne über die Vorteile, umsonst Bus fahren zu können –, scherte sich aber in der Kleiderwahl nicht darum, was ihrem Alter entsprach.

»Ich habe mir übrigens eine Karte für *Kinky Boots* gekauft«, verkündete sie stolz.

»Und? Haben Sie Rabatt bekommen?« Jo wusste, dass dieses Thema einen hohen Stellenwert hatte.

»Und ob! Glaub mir, Jo, du solltest dem *Women's Institute* auch beitreten. Du bist noch jung und unabhängig, ich weiß, aber eines Tages wirst du dich darüber freuen.« Die Frauenorganisation tat nicht nur Gutes, sondern verschaffte ihren

Mitgliedern außerdem kleinere Vorteile. Erst im vergangenen Monat war Angie bei *Die Hexen von Oz* gewesen und hatte Jo nicht nur von der Darbietung vorgeschwärmt, sondern auch von der Ermäßigung, die sie und ihr Grüppchen von Frauen erhalten hatte. »Du musst dieses Jahr unbedingt auch einmal ins Theater gehen. Ich kann kaum glauben, dass du noch nie ein Musical gesehen hast.«

»Ich auch nicht.«

»Dabei macht es großen Spaß. Ich liebe es. Es erinnert mich an meine Jugend.«

»Haben Sie früher so viele gesehen?«

Steve steckte den Kopf durch die Tür. »Du weißt noch nicht viel über unsere Angie, was?« Er grinste der alten Dame zu, überließ aber jede weitere Erklärung ihr und kehrte zu dem zurück, was immer er gerade getan hatte.

»Ich war früher Tänzerin.«

Jo blieb der Mund offen stehen. »Und das behalten Sie für sich?«

»Was hätte ich davon, es herauszuposaunen?«

»Was haben Sie denn getanzt?«

»Zum Höhepunkt meiner Karriere bin ich im West End aufgetreten. In *42nd Street.*« Sie klopfte auf den Stuhl neben sich, und Jo wusste, dass ihr keine Wahl blieb, als sich zu setzen. Und da sich kein anderer Gast im Café befand, lauschte Jo die nächste Viertelstunde Angies Erzählungen – wie es sich anfühlte, auf der Bühne zu stehen, wie und wo sie getanzt hatte, und wie es war, sich in Salthaven-on-Sea in ihrem Reihenhaus am Hang zur Ruhe zu setzen, wo im Garten gerade genug Platz war, um an warmen Sommerabenden ein wenig vor sich hin zu tanzen.

»Übrigens riecht es hier gut«, sagte Angie schließlich. Sie hatte in die relativ kurze Zeit erstaunlich viele Einzelheiten quetschen können.

»Das dürfte der Birnen-Himbeer-Kuchen sein.«

»Hm, köstlich. Davon hätte ich gerne ein Stück. Und einen Pfefferminztee, bitte.« Da die Morgenluft noch recht frisch war und die Eingangstür offen stand, zog sie sich ihre Strickjacke vorsichtshalber wieder über.

»Kommt sofort.«

Steve steckte erneut den Kopf durch die Tür. »Ich hänge gleich die Tafel auf. Und die Pinnwand mit den Postkarten auch.«

»Dank dir.« Die Tafel, an der die Tagesgerichte ausgeschrieben waren, hatte ihr gefehlt. Normalerweise hing sie so, dass der Blick der Gäste als Erstes darauf fiel, wenn sie eintraten oder durchs Fenster spähten, aber Steve hatte zum Streichen alles, was beweglich war, abgenommen. Sobald Tafel und Pinnwand wieder hingen, würde es hier so gemütlich wie immer sein.

Summend bereitete Jo den Tee zu. Im Augenblick hätte sie nicht zufriedener sein können.

Bis das Telefon klingelte und sie abnahm.

Sie hatte in der Kanzlei angerufen und um einen Termin bei einem der Steuerberater gebeten. Man hatte ihr versprochen, sie zurückzurufen. Und als die Sekretärin ihr nun den Namen der Person durchgab, die für sie zuständig sein würde, bat sie sie, ihn zu wiederholen.

Harry Sadler.

Jo beendete das Gespräch und legte auf. Ihre eben noch heitere Stimmung war verflogen, als sie sich wieder an die Arbeit machte. Es wäre ein zu großer Zufall gewesen, wenn es sich nicht um den Harry gehandelt hätte, den sie einst so gut gekannt hatte. Und obwohl sie schon eine Ewigkeit keinen Kontakt mehr hatten, hatte sie die Zeit mit ihm doch nachhaltig geprägt.

Denn vor vielen Jahren war er die Liebe ihres Lebens gewesen. Bis er ihr das Herz gebrochen hatte.

4. Kapitel

Als Jo am nächsten Morgen das Café aufschloss, wollte sie sich gerade mit der Schulter gegen die Tür stemmen, als ihr einfiel, dass es ja gar nicht mehr nötig war. Steve hatte sie repariert. Wo stünde sie wohl ohne die Leute aus dem Ort, die ohne viel Federlesens einsprangen, wann immer Not am Mann war? Jo war dankbar für das Ansehen und den guten Ruf, den ihre Großeltern sich hier erarbeitet hatten; als ihre Enkelin profitierte sie nun davon.

Auf der Fußmatte lag die Post, und sie hob sie auf. Viel war es nicht: Zwei Broschüren von der Stadt, ein Umschlag mit den Blankopostkarten, die sie bestellt hatte, und ein Flyer mit dem Kinoprogramm. Doch Jo lächelte, als sie die Ansichtskarte aus Puerto Pollensa sah, dem kleinen Ort im Norden Mallorcas, in dem ihre Mutter seit fünf Jahren lebte. Es war nur eine kleine Geste, aber für den Augenblick reichte es.

»Du warst schneller.« Mit dem Surfbrett unterm Arm kam Steve, den Reißverschluss des Neoprenanzugs bis zur Taille geöffnet, über den Pier auf sie zu. »Ich werde nur eben das Board los, dann gehöre ich ganz dir.« Er schnaufte ein wenig; vielleicht hatte er sie ja kommen sehen und sich beeilt, zu ihr aufzuschließen.

Über seine breite, gebräunte Brust rannen einzelne Wassertropfen, und sie gab sich Mühe, nicht hinzusehen – ganz anders als zwei Mädchen, die in diesem Moment an ihnen vorbeikamen und ihn hemmungslos anstarrten. Steve schien jedoch nichts zu bemerken.

»Nur keine Eile«, sagte sie. »Du musst ja nur noch die Schrift auf dem Schild nachmalen, oder?«

»Ich wollte noch die Fensterrahmen lackieren, die ich gestern repariert habe.«

»Das wäre natürlich großartig. Es wird toll aussehen.« Sie blickte hinauf zu dem goldenen Schild, das in der Morgensonne schimmerte.

Sein Atem hatte sich beruhigt, und er stellte sein Surfbrett neben sich auf. »Wieso bist du überhaupt so früh hier? Ich dachte, du bist fertig mit dem Frühjahrsputz.«

»Bin ich auch, aber die Ansichtskarten sollen wieder zurück an die Pinnwand. Das habe ich gestern nicht mehr geschafft.« Sie hatte außerdem nicht besonders gut geschlafen, weil ihr der bevorstehende Termin mit dem Steuerberater, der ganz zufällig ihr Ex-Freund war, nicht aus dem Kopf gehen wollte.

Er nahm sein Board wieder. »Ich bin gleich zurück und fange dann direkt mit dem Streichen an. Immerhin ist das Wetter auf unserer Seite.«

Steve zog ab, und Jo schloss die Cafétür hinter sich. Die Tafel für die Tagesgerichte war schon wieder in Betrieb – sie hatte gestern Abend bereits eine Auswahl angeschrieben –, nun war die Pinnwand an der Reihe. Sie holte den Stapel von gut vierzig Ansichtskarten aus aller Welt hervor. Es gab eine von Vince von vergangenem Jahr aus Montreal, eine andere von Jess, der Ärztin im Ort, die im letzten Sommer nach Florida gereist war, dann eine von Angie aus Liverpool, wo sie *Les Misérables* gesehen hatte, und viele, viele andere von Leuten, deren Namen Jo nicht kannte. Ansichtskarten sollten an schöne Zeiten, gute Nachrichten, Abenteuer und Spannung erinnern – sie waren keine Überbringer von Traurigkeit oder Kummer.

Jo las die Karte ihrer Mutter. Sie war an sie, Molly und Arthur adressiert, obwohl Jo wusste, dass ihre Mutter das nur getan hatte, um nun, da Jo wieder nach Salthaven zurückgekehrt war, keinen Staub aufzuwirbeln. Was auch immer zwischen den dreien vorgefallen war – Jo hatte sich immer geweigert, sich in die Sache hineinziehen zu lassen und aus diesem Grund auch nicht nachgebohrt; ihr war ohnehin immer klar gewesen, dass sie nicht weit gekommen wäre.

Ihre Mutter schrieb im Plauderton über einen Tag am Meer mit Stuart, Jos Stiefvater, der der einzige Vater war, den Jo je gehabt hatte, da ihr Erzeuger sich aus dem Staub gemacht hatte, ehe sie überhaupt das Licht der Welt erblickt hatte. Sie hatte noch zwei Halbbrüder, Nicholas und Timothy, und zusammen hatten sie in Salthaven gewohnt, bis die Kinder alt genug gewesen waren, ihre eigenen Wege zu gehen. Früher hatte Sasha als Bankangestellte gearbeitet; heute fertigte sie Schmuck und verkaufte ihn auf diversen Märkten.

Ihre Brüder und sie hatten inzwischen ein recht gutes Verhältnis zu ihrer Mutter, aber Jo fragte sich, ob es nicht nur daran lag, dass Sasha endlich glücklich zu sein schien. Sie hatte immer gewirkt, als stünde sie in den Startlöchern zu einem Rennen, dessen Ziel nur sie kannte, doch seit sie in Spanien lebte, schien sie, soweit Jo das beurteilen konnte, zur Ruhe gekommen und emotional gefestigt zu sein. Vielleicht war Salthaven einfach nicht der richtige Ort für sie gewesen. Für Timothy oder Nicholas war es das schließlich auch nicht. Nicholas war Skilehrer und bereiste die Welt. Ihn hielt es genauso wenig an einem Ort wie seine Mutter früher. Jos jüngerer Bruder Timothy hatte vergangenes Jahr im zarten Alter von fünfundzwanzig geheiratet und führte nun seinen eigenen Gartenbaubetrieb in einem verschlafenen Dorf in Yorkshire – so weit im Landesinneren, dass das Meer ihm inzwischen wie aus einer anderen Welt vorkommen musste.

Jo war neben Molly und Arthur die Einzige in der Familie, die eine innere Verbindung zu Salthaven verspürte – und sie konnte es sich auch nicht anders vorstellen.

Als ihr Handy klingelte und Jo die Nummer auf dem Display erkannte, griff sie schnell danach. »Mum! Ich habe gerade eben deine Postkarte bekommen – der Blick auf den Hafen ist so schön wie in meiner Erinnerung.«

»Jo. Hallo.« Die Stimme ihrer Mutter war wie immer sanft; selbst wenn sie sich hinter verschlossenen Türen mit Molly und Arthur gestritten hatte, hatte Jo immer nur gedämpfte Stimmen gehört, die sie nicht hatte verstehen können. »Tatsächlich bin ich gerade genau an der Stelle, die auf der Karte abgebildet ist.«

»Bei den Booten?«

»Ganz genau. Ich trinke einen Smoothie und lasse die Welt an mir vorüberziehen. Vielleicht springe ich gleich noch mal ins Meer.«

»Das klingt traumhaft.«

»Du musst mich bald wieder besuchen kommen.«

Jo zögerte. »Das könnte aber noch ein Weilchen dauern.«

»Wie lange brauchen deine Großeltern dich denn?«

Dies war eine Gelegenheit, bei der Jo sich den Schulterschluss mit ihren Brüdern gewünscht hätte, um nicht immer zwischen allen Stühlen zu sitzen, aber sie hatte sich noch nie vor einer schwierigen Aufgabe gedrückt. »Diesmal ist es etwas Langfristiges.«

»Was heißt das?«

»Sie wollen in den Ruhestand gehen.«

»Nun, vernünftig. Es überrascht mich ehrlich gesagt, dass sie so lange durchgehalten haben. Ihr streckt also eure Fühler aus und sucht nach einem Nachfolger?«

Jo seufzte. »Sie möchten, dass das Café in der Familie bleibt.«

»Das ist ja alles schön und gut, Jo, aber du musst auch an dich denken. Du bist Lehrerin, wirf nicht einfach alles weg. Wenn du zu lange aussetzt, macht sich das in deinem Lebenslauf gar nicht gut.«

Das war genau die Art von Gespräch, die Jo im Augenblick nicht führen wollte. »Ich werfe nichts weg, Mum.«

»Wann gehst du zurück?«

Schweigen.

»Jo. Sag mir bitte, *dass* du zurückkehrst. Nach Edinburgh, meine ich.«

Jos Schweigen hätte vielsagender nicht sein können.

»Ach, Jo. Bist du sicher, dass du weißt, was du tust?«

»Ich möchte das machen, Mum.«

»Ach ja? Oder haben Mum und Dad dir einfach lange genug ein schlechtes Gewissen eingeredet? Immerhin bist du die Einzige, die auch nur ansatzweise die Neigung verspürt, wieder in Salthaven zu leben.« Bei ihr hörte es sich an, als sei das die schlimmste Bestrafung auf Erden.

»Sie haben mir gar nichts eingeredet, Mum.« Sie blickte sich im Café um und ärgerte sich, dass es ihrer Mutter gelungen war, Zweifel zu säen. Es mochte ja tatsächlich sein, dass ihr hier kein Neustart gelingen würde. Oder dass das Café unter ihrer

Leitung schließen musste. Was, wenn sie sich irgendwann eingestehen musste, dass sie einen Fehler begangen hatte?

»Jo, hörst du mir überhaupt zu?«

»Mum, bitte hör auf. Ich arbeite viel, ich bin müde.« Und mir gefällt es so, hätte sie am liebsten hinzugefügt, aber wozu? Ihre Mutter konnte es ohnehin nicht nachvollziehen. »Hör mal, ich muss auflegen. Es sind gerade Gäste gekommen.« Was nicht stimmte, aber sie hatte keine Lust mehr, dieses Gespräch fortzuführen. Angie mit ihrer Lust auf ein bisschen Klatsch und Tratsch wäre ihr nun sehr willkommen gewesen. »Und bitte ruf nicht Gran und Gramps an, um ihnen Vorwürfe zu machen. Es war meine freie Entscheidung herzukommen – niemand hat mich gezwungen.«

Sasha schnaubte. »Okay, ich melde mich bald wieder. Aber, Jo – überlege, ob es wirklich das ist, was du willst.«

Nachdem sie aufgelegt hatten, wandte Jo sich energisch Positiverem zu, und während sie die Ansichtskarten mit Heftzwecken an die Tafel pinnte, sagte sie sich immer wieder, dass ihre Mutter sich irrte. Sie war nicht aus Pflichtgefühl hier, und sie war auch weder erpresst noch bestochen worden. Sie wollte wieder ein Teil von Salthaven sein, sie wollte dazugehören, und je mehr Einwohner sie kennenlernte oder wiedertraf, umso zufriedener wurde sie.

Schließlich war beinahe die gesamte Pinnwand mit Ansichtskarten bedeckt – ein buntes Durcheinander aus Hochglanzfotos, die von Schnee, Eis und weißen Pisten über diverse europäische Städte bis zu Palmen und tropischen Stränden einen Querschnitt einer schönen Welt abbildete.

Sie wandte sich um, um den ersten Gast des Tages zu begrüßen. »Sie haben heute Angie geschlagen«, sagte sie mit einem

Blick auf ihre Armbanduhr, als Vince in seinem Radleroutfit eintrat.

»Und wahrscheinlich bin ich auch schon wieder weg, ehe sie hier ist«, antwortete er. »Für mich bitte heute zum Mitnehmen. Dummerweise muss ich an diesem herrlichen Tag arbeiten. Ich habe heute Morgen schon Steve surfen sehen.«

Sie dachte an Steves goldbraune Haut und das noch nasse Haar. »So ein prächtiges Wetter muss man ja ausnutzen! Er hat mir gestern erzählt, dass er dieses Jahr am Weihnachtsschwimmen teilnimmt.«

Vince verzog das Gesicht. »Ich ducke mich normalerweise sofort weg, wenn jemand mir den Vorschlag macht. Da bleibe ich doch lieber bei meinem Fahrrad.«

»Besser so. Also – was kann ich Ihnen bringen?« Sie band sich die braun-weiß-gepunktete Schürze um. Molly hatte behauptet, sie betone die Farbe ihrer Augen, welche Jo daraufhin prompt verdreht hatte. In letzter Zeit sprach Molly ihr Singledasein verdächtig oft an. Anscheinend hatte man mit einunddreißig zumindest auf dem Weg in eine feste Beziehung zu sein.

»Einen großen Milchcafé, fettreduziert und extra heiß.«

»Sofort.«

»Wie gefällt Ihnen die Wohnung?«, fragte er, während sie seine Bestellung fertig machte.

»Sehr gut. Und der Besitzer überlegt, sie zu verkaufen.«

»Aha? Und, kommen Sie ins Geschäft?«

»Ich hoffe.« Da sie in Edinburgh günstig zur Miete gewohnt hatte, hatte sie ein hübsches Sümmchen zusammengespart, das für eine Anzahlung reichen würde, falls der Wohnungsbesitzer tatsächlich ernst machte.

»Die Grundstückspreise ziehen gerade kräftig an. Machen Sie es bald, sonst bereuen Sie es.«

»Dann halten Sie mir die Daumen.« Sie drückte den Deckel auf den Becher, reichte ihn Vince und nahm sein Geld. »Genießen Sie Ihren Kaffee, und einen schönen Tag.«

»Ihnen auch.« Er wandte sich um und begrüßte Steve, der soeben eingetroffen war, um dem Schild über der Tür den letzten Schliff zu verleihen.

»Hm, lecker«, sagte er, als Jo »Rhabarber-Crumble« auf die Tafel schrieb.

»Und gefährlich.«

Wieder strich er sich über den Bauch, schüttelte den Kopf und ging hinaus.

Molly hatte am Abend zuvor darauf bestanden, den Crumble zu machen, und Jo freute sich immer, wenn sie ihr unter die Arme griff. Sie und Arthur hatten das Café so lange betrieben, dass es bestimmt nicht leicht war, die Zügel gänzlich aus der Hand zu geben. Daher hatte Jo am Morgen auf dem Weg von ihrer Wohnung, die sich in einem Mehrfamilienhaus etwas weiter hügelaufwärts befand, bei ihren Großeltern Halt gemacht und eine große Schüssel mit dem köstlichen Dessert abgeholt.

Jo blickte auf und winkte, als die Tür erneut aufging. Sie wusste inzwischen, dass das Café ein integraler Bestandteil von Bens Wochenende war. Molly hatte ihr von ihm und seinem fünfjährigen Sohn Charlie erzählt, und Jo ahnte, dass die beiden nicht nur herkamen, um sich etwas Gutes zu tun, sondern auch, weil es hier Menschen und Gespräche gab und man in der heimeligen Atmosphäre der eigenen Einsamkeit entkommen konnte.

»Bin fertig«, rief Steve, der mit Farbtopf und Pinsel in den Händen als Nächster eintrat. »Und es sieht toll aus, wenn ich das selbst so sagen darf.«

»Vielen, vielen Dank. Einen Moment, bitte.« Sie nickte den anderen Neuankömmlingen zu. »Ich schau es mir an, sobald ich Ben bedient habe.«

»Ich muss jetzt allerdings weg«, gab Steve zurück. »Mein nächster Auftrag, drüben auf der anderen Seite der Stadt. Praktisch, falls du mein Schild nicht leiden kannst.« Grinsend winkte er ihr zum Abschied.

»Danke.« Als sie vorhin einen Blick darauf geworfen hatte, war erst »Das Café am Ende des« fertig gewesen, und sie konnte es kaum erwarten. Aber natürlich hatten die Gäste Vorrang.

»Hallo, Ben, hallo Charlie«, sagte sie und trat an den Tisch, als die beiden saßen. Der kleine Junge, der trotz des Frühlingswetters seine heißgeliebte rote Jacke trug, schob ein kleines Auto über den Tisch. »Was darf ich euch bringen?«

»Ich hätte gerne einen Beeren-Smoothie«, sagte Ben.

Er war Architekt, ein freundlicher Mann, auf den man bestimmt niemals böse sein konnte. Nicht wie Steve, dachte sie plötzlich; sie konnte sich vorstellen, dass Steve andere durchaus zur Weißglut treiben konnte. Nicht, dass es bisher passiert wäre … Aber Ben war extrem sanftmütig und gehörte wahrscheinlich zu den Menschen, die sich für andere ein Bein ausrissen.

»Und du, Charlie?«

»Auch einen Beeren-Smoothie, bitte«, antwortete er. Wie immer es Ben mit der Erziehung seines Sohnes hielt, höflich war der kleine Kerl. Und dass Ben als Vater so präsent war, verschaffte ihm bei Jo jede Menge Bonuspunkte.

»Das hast du aber schön gesagt«, bemerkte Jo. »Das bedeutet wohl eine große Kugel Eis in deinem Smoothie.«

Charlie riss die Augen auf. »Ehrlich?«

»Wenn dein Vater nichts dagegen hat.«

»Bestimmt nicht. Und wir nehmen beide noch eine Portion Crumble. Wenn schon, dann bitte den vollen Zuckerschock.«

»Vernünftig. Charlie kann sich ja nachher am Strand austoben.«

»Können wir eine Sandburg bauen?«, fragte Charlie, und wieder leuchteten seine Augen auf.

Ben zuckte die Achseln. »Klar, warum nicht.«

Die beiden begannen, die Burg und den dazugehörigen Graben zu planen, und Jo kehrte in die Küche zurück, um das Bestellte zuzubereiten. Während sie die Crumble-Portionen erwärmte, gab sie Honig in zwei Gläser, die sie dabei drehte, damit der Honig gleichmäßig an den Wänden haftete. Dann pürierte sie im Mixer gemischte Beeren, Banane, Joghurt und Eiscreme, verteilte die dicke Flüssigkeit auf die Gläser und huschte hinaus, um sich das Schild anzusehen, ehe der Crumble fertig war.

Mit der Sonne im Rücken lehnte sie sich an das weiße Geländer und blickte auf das golden schimmernde Schild, auf dem in blauer Schreibschrift »Das Café am Ende des Piers« stand. Sie spürte, wie eine wunderbare Wärme sie durchströmte. Das war mehr als nur ein einfaches Schild. Es markierte einen weiteren Schritt in ihrer Selbstständigkeit und symbolisierte den Neuanfang mehr als alles andere.

Wieder im Café, nahm sie Crumbles und Smoothies und brachte sie Ben, der allein am Tisch saß.

»Ist das okay?«, fragte Ben und deutete mit dem Kopf in eine

Ecke, in der Charlie mit inzwischen drei Autos spielte. Den Geräuschen nach, die er machte, fuhren die Autos ziemlich schnell und erlitten häufig Unfälle mit dramatischen Blechschäden. »Wenn es zu sehr stört, dann hole ich ihn sofort zurück, aber er hat mal wieder Hummeln im Hintern.«

»Schon okay. Es ist ja noch nicht besonders voll.« Molly und Arthur hatten alles daran gesetzt, dieses Café zu einem Bestandteil der Gemeinde zu machen, und Jo hatte jede Absicht, es auch weiterhin so zu halten. Deswegen fand sich in dem Regal neben der Kasse auch immer noch ein Kartenspiel, ein zerschrammtes Schachbrett, ein erstaunlich gut erhaltenes Schachfigurenset, ein Stapel Papier zum Malen und ein Becher mit Buntstiften in allen Farben, die sich jüngere Gäste oft und gerne ausliehen.

»Danke, das ist nett. Wenn er sieht, dass es etwas zu essen gibt, wird er sowieso herkommen.«

»Sie sehen müde aus.« Jo legte zwei Strohhalme für die Smoothies auf den Tisch. »Wenn es nicht zu unverschämt ist, so was zu sagen.«

»Ist es nicht«, versicherte er ihr. »Denn ich bin wirklich müde.«

»Es muss anstrengend sein, sich um ein kleines Kind zu kümmern.«

»Das macht mir nichts. Meistens ist er sehr umgänglich.«

»Ist er oft bei seiner Mama?« Jo kannte die Antwort bereits von Molly, nicht aber die Geschichte dahinter.

»In letzter Zeit immer öfter, was großartig ist, aber … na ja, auch nicht einfach.«

Jo machte eine abwehrende Geste. »Ich bin viel zu neugierig. Es tut mir leid.« Sie wandte sich zum Gehen, aber er hielt sie auf.

»Nein, bitte, Sie sind nicht zu neugierig. Im Gegenteil: Ich bin froh, mal wieder mit einer Erwachsenen zu reden. Charlie ist normalerweise rund um die Uhr bei mir, und wer kann schon immer mit Autos spielen oder mit verstellter Stimme sprechen?«

Mit seinem wirren, dunklen Haar und den tief liegenden freundlichen Augen war Ben einer von Jos Lieblingsgästen; mit ihm zu plaudern war ihrer Meinung nach niemals vertane Zeit.

Und Ben brauchte keine Aufforderung, um sich ihr mitzuteilen. »Lorna – meine Frau – hatte immer schon Probleme mit Depressionen. Als dann Charlie auf die Welt kam, war sie deutlich überfordert, und es wurde immer schlimmer, bis sie eines Tages ihre Sachen packte und ging.«

»Oh, Ben. Das tut mir so leid.«

Er machte eine wegwerfende Geste. »Es ist schon eine Weile her, und mir geht es gut. Es ist Charlie, der mir leidtut.«

Jo setzte sich nicht, lehnte sich aber an den Tisch und blickte zu Charlie hinüber. »Mein Vater ging, noch bevor ich auf der Welt war. Meine Mutter mag ja ihre Fehler haben, aber sie war immerhin da. Sie sagen, Lorna kümmert sich inzwischen wieder mehr?«

»Sie hat ihn ein paar Tage in der Woche, was mir eine echte Atempause verschafft. Anfangs habe ich ihr nicht vertraut.« Er zögerte. »Als er noch sehr klein war, hatte sie einen Nervenzusammenbruch … und zwar, als Charlie bei ihr war.«

»Kann er sich daran erinnern?«

»Nein, dazu war er zu klein, aber ich hatte Angst, dass es wieder geschieht.«

Seine zusammengezogenen Brauen verrieten seine Besorgnis, und er spielte mit dem Löffel, ohne den Crumble anzurühren.

»Jedenfalls ist es gut, dass sie in seinem Leben wieder eine Rolle spielt«, sagte Jo. »Ich drücke Ihnen die Daumen, dass alles gut wird.« Auch wenn sie noch nicht lange in Salthaven war, so waren ihr die Leute doch längst ans Herz gewachsen.

»Das hoffe ich auch. Manchmal ist mein Dasein doch etwas einsam.«

»Falls es Ihnen etwas bedeutet: Ich finde, Sie machen Ihren Job als Vater ganz großartig. Charlie ist ein tolles Kind.«

Schließlich kehrte Jo wieder in die Küche zurück. Die Gästeschar an diesem Tag war eine Mischung aus auswärtigen Besuchern und Einheimischen, mit denen sie etwas länger plaudern konnte. Sie gewöhnte sich langsam daran, selbst ein Teil des Geschäft zu sein, und sie wurde immer besser darin, Snacks und Drinks zuzubereiten, ohne die Gespräche abbrechen zu lassen, die sich um das Wetter, Surfen, Angeln, besondere Ereignisse und den nahenden Maifeiertag drehten, wenn die Touristen in Scharen kommen würden – Vorboten dessen, was in den Sommermonaten die Regel sein würde. Bea und Grant vom Fish&Chips-Imbiss kamen vorbei und bewunderten das neue Schild, das in der Frühlingssonne glänzte. Für morgen war Regen vorhergesagt, aber sie hatten Glück, denn Steve hatte die Fensterrahmen bereits von innen und außen gestrichen. Das Café am Ende des Piers war wieder ein echter Hingucker geworden, und Jo hätte nicht stolzer sein können.

Nachdem sie geschlossen und aufgeräumt hatte, lief Jo nach Hause, duschte, zog sich wieder an und lief den Hügel hinab, bis sie unten links auf das gepflasterte Sträßchen einbog, das in den Stadtkern und zum historischen Pub, Salthaven Arms, führte. Strand und Pier waren die größten Touristenmagneten des Ortes, doch das malerische Zentrum mit seinen hübschen Geschäften stand in der Rangfolge nicht weit dahinter.

Melissa hatte einen Tisch draußen ergattert; es herrschte viel Betrieb, da jeder noch das frühlingshafte Wetter vor dem angekündigten Regen ausnutzen wollte.

Jo hatte sich wieder mit ihrer ehemaligen Schulkameradin, die, anders als sie, nie aus Salthaven weggezogen war, angefreundet und traf sie regelmäßig, um in den Pub oder ins Kino zu gehen. Melissa ging am liebsten samstags aus, da sie auf dem Postamt arbeitete, das am Sonntag geschlossen hatte, »möge es noch lange, lange so bleiben«, hatte sie beim letzten Mal gesagt, als sie um die Häuser gezogen waren.

Da Jo nun auf den Tisch aufpassen konnte, lief Melissa hinein, drängte sich zur Bar durch und kehrte wenig später mit zwei Gläsern Prosecco zurück. Sie stießen an.

»Prost«, sagte Jo. »Auf das Ende einer hektischen Woche – für dich zumindest. Ich habe morgen geöffnet.«

»Und wie kommst du mit der Sieben-Tage-Woche zurecht?«

»Eigentlich arbeite ich ja nur fünfeinhalb Tage. Du darfst nicht vergessen, dass Molly und Arthur mir normalerweise den Sonntagmorgen und den ganzen Dienstag abnehmen. Das sind die ruhigsten Zeiten, und es klappt gut. Ich glaube, sie genießen es auch.«

»Denkst du, dass sie dir auf die Finger schauen?«

»Nein, überhaupt nicht. Das Café ist einfach immer noch ihr Baby. Sie scherzen gerne darüber, dass sie nun bei mir angestellt sind, statt umgekehrt, und ich glaube, dass ich irgendwann wohl wirklich jemand anderen einstellen sollte, aber im Augenblick ist alles noch gut so, wie es ist.«

Sie plauderten über die Stadt, über ehemalige Schulkameraden, die geblieben waren, und andere, die es in andere Städte oder Gegenden gezogen hatte – einen sogar bis nach Kanada –, und über James, mit dem Melissa seit zwei Jahren zusammen war. Als Jo Matt entdeckte, winkte sie ihm, wandte ihre Aufmerksamkeit aber wieder Melissa zu.

»James hat mich gefragt, ob wir zusammenziehen wollen.«

»Wirklich? Und was denkst du?«

»Wenn es nach mir gegangen wäre, hätte ich das schon nach unserem ersten Date getan.«

»Na, dann brauchst du meinen *Abend der Liebe* jedenfalls nicht.« Sie dachte schon eine Weile darüber nach, wen sie zuerst verkuppeln sollte, welche einsamen Herzen wohl zueinander passten. Es gab diverse Möglichkeiten, aber die ultimative Idee war ihr noch nicht gekommen. »Ziehst du zu ihm oder er zu dir?«

»Ich zu ihm, denke ich.« Ihre roten Locken leuchteten in der Abendsonne. »Er hat ein Haus, ich nur eine Mietwohnung. Außerdem wohnt er näher am Postamt, sodass ich selbst im dicksten Winter zu Fuß gehen könnte.«

»Das klingt großartig, Melissa! Ich freu mich so für dich.«

»Danke.« Sie nippte an ihrem Glas, hielt den Blick jedoch auf Jo gerichtet. »Man munkelt, dass Harry wieder in der Stadt ist.«

Jo musste sich anstrengen, um sich nicht zu verschlucken. »Aha? Woher weißt du das?«

»Maisy, meine Kollegin, hat ihn letzte Woche gesehen. Sie ist total verknallt in ihn.« Als Jo nur die Augen verdrehte, sprach Melissa weiter. »Was ist denn eigentlich damals zwischen euch passiert? Ihr wart doch das Traumpaar schlechthin. Wir waren alle so neidisch auf euch, und dann verlässt er plötzlich die Stadt und du verschwindest nach Schottland.«

Manchmal vergaß Jo, wie klein Salthaven-on-Sea tatsächlich war. »Er hat praktisch von einem Tag auf den anderen Schluss gemacht.« Sie hatte mit Melissa bisher noch nicht über das Thema gesprochen; Harrys Name war einfach nicht gefallen, und sie hatte nichts dagegen gehabt, dem Thema aus dem Weg zu gehen.

»Oh, komm schon, damit gebe ich mich nicht zufrieden. Erzähl's mir – was genau ist passiert?«

»Es ist schon so lange her.«

»Das macht nichts. Los doch. Geteiltes Leid ist halbes Leid.«

Also erzählte Jo ihrer Freundin nach einem weiteren Glas Prosecco alles.

Melissa hörte zu und sagte kein Wort, bis sie die ganze Geschichte kannte. »Tilly hat mir nie was gesagt, aber ich bin froh, dass du dich wenigstens ihr anvertrauen konntest. Und ich kenne Harry ja nicht wirklich, aber ich hätte größte Lust, ihn dafür an seinen Du-weißt-schon-was aufzuhängen.«

»Danke, aber das ist nicht nötig.«

»Du musst am Boden zerstört gewesen sein.«

»Ja, war ich. Ich habe mich betrunken. Mit Tequila.« Sie verzog das Gesicht. »Und das Zeug seitdem nicht mehr angerührt.« Sie konnte sich noch lebhaft daran erinnern: Die Tränen, ihr Schluchzen, und wie ihre Mutter sie erwischt hatte, als sie torkelnd vom Strand nach Hause kam, nachdem sie dort nur in Begleitung einer Flasche und eines Schnapsglases in ihrem Elend versunken war. An diesem Abend hatte es zwischen ihrer Mutter und ihren Großeltern den schlimmsten Streit aller Zeiten gegeben.

»Alles in Ordnung?«, fragte Melissa.

»Sorry. Ich war gerade ganz weit weg.«

»Klingt, als sei es eine furchtbare Zeit für dich gewesen.«

»Ja, aber wie gesagt – das ist lange her. Ich bin drüber hinweg, also mach dir keine Gedanken.« Sie schob sich eine Haarsträhne hinters Ohr und schauderte, als ein leichter Wind herüberwehte. »Ich treffe ihn übrigens am Montagabend. Harry, meine ich.«

»Ist nicht wahr! Oh, bitte sag mir, dass du irgendetwas Gemeines machen wirst, ihm in den Kaffee spucken oder so.«

Jo lachte. »Nein. Er ist mein neuer Steuerberater.«

Melissa hob ungläubig die Hände. »Du gibst dem Kerl auch noch Arbeit? Nach allem, was geschehen ist?«

»Ich wusste nicht, dass er für die Kanzlei arbeitete, als ich dort einen Termin gemacht habe, und als ich den Namen hörte, kam es mir albern vor, um einen anderen Mitarbeiter zu bitten. Mir ist es sowieso lieber, ihm auf dieser Ebene zu begegnen, als dass ich irgendwann in ihn reinrenne, wenn ich nicht darauf vorbereitet bin.« Außerdem konnte Jo Leute nicht leiden, die kniffen, wenn es komplizierter wurde. So hatte sie noch nie sein wollen.

»Na gut, verstehen kann ich es ja. Oh, Gott, aber du willst ihn doch nicht zurückhaben, oder?«

»Keine Angst, ich habe nicht die Absicht, denselben Fehler zweimal zu machen.« Obwohl sie zugeben musste, dass sie sich durchaus fragte, ob er wohl immer noch so gut aussah wie damals, als sie zusammen gewesen waren. Und ob sie sich nun, da er erwachsen war und einen verantwortungsvollen Beruf ergriffen hatte, wohl erst recht zu ihm hingezogen fühlen würde. Und sie musste sich ebenfalls eingestehen, dass sie aufgeregt war, ihn bald wiederzusehen, wenn sie sich auch gleichzeitig davor fürchtete. Würde sie sich nicht immer fragen müssen, wie alles gelaufen wäre, wenn sie sich damals nicht getrennt hätten?

»Wie auch immer. Schluss mit elenden Ex-Freunden«, sagte Melissa energisch; offenbar hatte sie bemerkt, dass Jo erneut gedanklich abdriftete. »Hast du eigentlich schon etwas von deinen Plänen für das Café in die Tat umgesetzt?«

»Du meinst, seit dem Desaster am Valentinstag? Nein.«

Melissa nippte vorsichtig an ihrem Prosecco, damit die Erdbeere im Glas ihr nicht in den Mund rutschte. »Das war nicht deine Schuld. Das Mistwetter hat die Leute davon abgehalten. Oder sie wussten einfach nichts davon. Denk nicht mehr dran. Ich bin jedenfalls hoffnungslos romantisch, und hätte ich nicht schon James, wäre ich gerne deine erste Kandidatin.«

»Das wäre bestimmt lustig.«

»Aber ich bin sehr glücklich mit ihm. Also – wer wird das erste Opfer von Amors Pfeil sein?«

Jo trank noch einen Schluck Prosecco. »Ich habe tatsächlich schon jemanden im Sinn.« Verschwörerisch beugte sie sich vor. »Kennst du Ben, den Architekten?«

»Natürlich«, flüsterte Melissa. »Der mit dem Sohn, der von seiner Frau verlassen wurde. Der ist niedlich.«

»Ja, das ist er, und … na ja, ich glaube, ich habe die ideale Partnerin für ihn.«

Melissas Augen leuchteten auf, und während sie ihre Sachen nahmen und zusammen den Pub verließen, erzählte Jo ihr, was sie geplant hatte.

5. Kapitel

Früh am Montagmorgen überprüfte sie die Unterlagen für den Steuerberater-Termin auf Vollständigkeit. Sie durfte an Harry nur in seiner offiziellen Funktion denken, andernfalls würde sie sich in ihre Nervosität hineinsteigern.

Sie hätte gerne gewusst, ob Harry ihren Namen schon in seinem Terminkalender gesehen hatte, ob er sich dieselben Gedanken und Sorgen machte, wie sie beide nach all den Jahren aufeinander reagieren würden – und ob ihm bewusst war, dass ihre Trennung auf einer Bewertungsskala aller Trennungen in ihrem Leben die allerschlimmste gewesen war.

Harrys und Jos Beziehung hatte vier Jahre gedauert, und jeder einzelne Tag davon war glücklich gewesen – zumindest hatte Jo es so empfunden. Und dann war sie fünfundzwanzig Jahre alt geworden. Außer Blumen von ihren Großeltern, Kleinigkeiten von Body Shop und Tickets für das nächste Robbie-Williams-Konzert in Wembley hatte sie eine Postkarte bekommen. Keine Hochglanz-Ansichtskarte von herrlichen Stränden oder verschneiten Pisten unter strahlender Gebirgssonne, sondern eine schlichte, langweilige Postkarte in schmutzigem Weiß. Und im Textfeld links neben ihrer Adresse stand eine Nachricht von Harry. »Ich denke, wir sollten uns trennen. Tut mir leid. Harry.«

Er hatte nicht einmal den Mumm gehabt, es ihr persönlich zu sagen.

Zuerst hatte sie es für einen schlechten Scherz gehalten, aber nachdem sie stundenlang vergeblich versucht hatte, Harry anzurufen, begriff sie, dass es ihm ernst war. Sie sagte ihren Großeltern nichts, um sie nicht zu beunruhigen, und rief Tilly an, die sofort alles stehen und liegen ließ und vorbeikam, um sie zu trösten und ihr Gesellschaft zu leisten. Am nächsten Tag meldete sich Jo bei der Grundschule, an der sie seit ihrem Schulabschluss beschäftigt war, krank. Am Abend kam Tilly mit Junk Food und einem Stapel DVDs zurück, und sie aßen, schauten Filme und schluchzten gemeinsam.

Eines Tages dann kam Tilly nach der Arbeit bei ihr vorbei und verkündete, man habe ihr eine Stelle als Marketing Managerin in Edinburgh angeboten. Jo war am Boden zerstört, bis Tilly ihr vorschlug, einfach mitzukommen. Zuerst weigerte Jo sich; sie war niemand, der weglief – sie doch nicht! Doch Tilly ließ nicht locker: Wenn Jo in Edinburgh eine Stelle ergattern konnte, sollte sie mitkommen, und sie beide hätten bestimmt viel Spaß zusammen. Würde aus dem Job nichts werden, konnte sie immer noch hierbleiben, weitermachen wie bisher und sich mit den Nachwirkungen der Trennung auseinandersetzen. Kaum hatte Jo ihre Fühler ausgestreckt, wurde sie auch schon eingestellt, und so war sie sechs Jahre zuvor nach Schottland gezogen. Harry hatte sie nie wiedergesehen. Er hatte nicht nur per Karte Schluss gemacht, sondern war auch gleichzeitig mit dem Rucksack auf Europa-Tour gegangen.

Nun stand sie im Café und strich über die dicke Ledermappe, in der sie die Unterlagen gesammelt hatte. Es war Zeit, die Vergangenheit ruhen zu lassen und sich an die Arbeit zu machen, also deponierte Jo die Mappe auf dem obersten Regalfach in der Küche. In der Zwischenzeit war Geoff, ein passionierter Hobby-Angler, hereingekommen, und Jo bereitete ihm seine große Tasse mit schwarzem Tee zu, die er wie immer mit nach draußen nehmen würde, um sich auf seinen morgendlichen Fang vorzubereiten. Als Nächste trat Valerie ein, die erst kürzlich nach Salthaven gezogen war, und bestellte Kamillentee, während sie mit einer Freundin darüber sprach, wie man aus dem letzten Jahr der Vierziger das Beste machte und wie sehr sie sich wünschte, vor dem gefürchteten Nuller-Geburtstag beim Yoga noch den Kranich zu meistern.

Jo hatte erst wenige Gäste bedient, als Molly und Arthur eintraten.

»Deine Mutter hat sich gemeldet«, sagte Arthur, ohne ihr in die Augen zu sehen, was er meistens vermied, sobald sie über Sasha sprachen. Vielleicht fiel es ihm leichter, das angespannte Verhältnis zu ertragen, wenn er sich von der Tochter, die er nicht verstand, distanzierte.

»Wie geht's ihr?«, fragte Jo, ohne zu verraten, dass sie schon mit Sasha gesprochen hatte. Aber das war auch nicht nötig.

»Das weißt du. Sie hat uns erzählt, dass ihr telefoniert habt.«

»Ah.«

»Du musst das nicht vor uns verheimlichen«, sagte Molly. »Sie ist schließlich deine Mutter.«

Und eure Tochter, hätte sie am liebsten hinzugefügt.

»Sie macht sich Sorgen, dass du wegen uns deine Karriere aufgibst.«

Jo nahm mit der Zange einen Haferriegel, legte ihn auf einen Teller und stülpte den Glasdeckel wieder über die restlichen

Kekse. »Ich tue das für mich, für niemanden sonst, das habe ich ihr bereits gesagt.«

»Aber du tust es auch für uns«, bemerkte Arthur.

Jo brachte den Teller mit dem Riegel und eine Schüssel mit frisch ausgestochenen Wassermelonenkugeln an Vince' Tisch, während Arthur und Molly sich mit ihrem Kaffee auf einer Fensterbank niederließen. Den Kaffee hatten sie sich selbst gemacht, obwohl Jo versucht hatte, ihnen klarzumachen, dass sie sich als Gäste fühlen sollten.

Als sie sich wenig später zu ihnen gesellte, sagte sie: »Wenn ihr beide mich nicht gebeten hättet, wäre ich jetzt nicht hier, das stimmt. Aber ich brauchte dringend eine Veränderung, und je länger ich hier bin, umso deutlicher wird mir, dass es das Richtige für mich ist. Mum versteht es nicht, weil sie nicht dieselbe Verbindung zu Salthaven hat wie ich.« Ihr entging nicht, dass die Augen ihrer Großeltern kurz aufleuchteten. »Es war klar, dass sie euch anrufen würde, sobald sie erfährt, was ich hier mache.«

»Wenigstens hat sie uns nicht angeschrien«, sagte Molly und versteckte sich hinter ihrer Kaffeetasse. »Das ist doch schon mal was.«

»Sie kann gar nicht schreien«, gab Arthur zurück. »Sie hat deine sanfte Stimme geerbt.« Er lächelte seine Frau an. »Manchmal wünschte ich, sie käme uns besuchen, damit wir uns einmal vernünftig unterhalten könnten.«

Womit er zum ersten Mal zugegeben hatte, dass die drei ein Problem miteinander hatten. Normalerweise wischte er jede Bemerkung darüber weg wie den Sand, der im Sommer immer ins Café wehte. Vielleicht hatte er nun, da ihm mehr Zeit und Muße zur Verfügung stand, intensiver über die Beziehung zu seiner einzigen Tochter nachgedacht.

»Sie war nicht gerade glücklich, dass du das Café übernehmen willst«, sagte Molly. »Dabei hätte man meinen können, dass sie sich freut, wenn es in der Familie bleibt. Als sie klein war, ist sie so gerne hier gewesen. Sie kam jeden Tag, wischte die Tische sauber und fegte mit Handfeger und Kehrblech jedes noch so kleine Stäubchen vom Boden. Sie war so eifrig. Wenn die Tür aufging, kehrte sie wieder alles zusammen, auch wenn gar nichts hereingeweht worden war.«

Arthur legte seine Hand auf Mollys, und ihr Lächeln verblasste. »Sie ist ihren eigenen Weg gegangen.«

Manchmal hätte Jo am liebsten trotzig auf den Boden gestampft und alle angebrüllt, dass den eigenen Weg zu gehen nicht zwingend bedeutete, die eigenen Wurzeln zu kappen oder alles zu vergessen, was einem einst lieb gewesen war. Gramps redete, als sei etwas unwiederbringlich vorbei. Als würde Sasha niemals zurückkehren und nicht mehr wirklich zu ihrem Leben gehören.

»Ich werde versuchen, sie zu überreden, hier Ferien zu machen«, sagte Jo.

Arthur schnaubte. »Sie hat doch dort auf Mallorca Wärme, Sonne und das Meer – warum sollte sie kommen? Wann war sie denn überhaupt zum letzten Mal hier?«

Jo konnte sich tatsächlich nicht erinnern. Im vergangenen Jahr war Sasha nach Edinburgh gekommen, um Jo zu besuchen, und gemeinsam hatten sie die Stadt unsicher gemacht, aber sie wusste, dass ihre Mutter bei dieser Gelegenheit nicht an die Südküste gefahren war. Und als Jo und Sasha sich in London getroffen hatten, weil ihre Mutter zu einer Hochzeit eingeladen war, ebenfalls nicht.

Jo fiel etwas ein. »Sie hat eine Postkarte geschrieben – und zwar an uns alle.« Sie trat an die Pinnwand, nahm sie ab und brachte sie Molly und Arthur, als Matt mit der Lieferung Obst und Gemüse eintrat. »Hey, Matt.«

»Hallo, Jo. Molly, Arthur, schön, euch zu sehen.« Er reichte Jo die Kiste und hielt ein Schwätzchen mit ihren Großeltern, die die Karte aus Mallorca vor sich auf dem Tisch noch nicht einmal angerührt hatten.

Jo brachte die Kiste in die Küche und packte sie aus. Heute gab es unter anderem Blumenkohl, Zwiebeln, Salat und eine weitere süß duftende Melone.

Matt folgte ihr in die Küche. »Sie sehen gut aus, die beiden«, sagte er mit gesenkter Stimme; er kannte Molly und Arthur gut genug, um zu wissen, dass sie es gar nicht leiden konnten, wenn jemand auf sie aufzupassen versuchte – auch nicht in ihrem Alter. »Arthur wirkt auf jeden Fall nicht mehr so erschöpft.«

»Das stimmt. Er hat letzte Woche noch einen Arzttermin gehabt, und es scheint wirklich alles in Ordnung zu sein.« Sie nickte mit dem Kopf in die Richtung der beiden. »Wie sie so dasitzen, sehen sie beinahe wie Gäste aus, nicht wahr? Aber als ich hier anfing, haben sie mich praktisch nichts machen lassen, ohne helfen zu wollen.«

»Oder dich zu behindern«, fügte er hinzu.

»Auch das.«

»Wie kommst du mit dem Steuerberater zurecht?«

Durch die Sache mit ihrer Mutter hatte Jo Harry recht gut aus ihren Gedanken verdrängen können, aber nun fiel ihr wieder ein, was sie nach Ladenschluss noch vorhatte. »Der Termin ist erst heute Abend.«

Wieder war Jo versucht, Harry abzusagen, kämpfte das Bedürfnis aber nieder. Mit ein bisschen Glück machte ihm die bevorstehende Begegnung genauso zu schaffen wie ihr; so, wie er damals mit ihr Schluss gemacht hatte, hatte er das mehr als verdient. Außerdem wollte sie ihm zeigen, dass sie sich längst erholt hatte. Ja, sie war damals am Boden zerstört gewesen, aber sie hatte sich wieder aufgerappelt, und nun ging es ihr verdammt gut. Sie mochte noch immer Single sein, aber sie war an der Sache gewachsen und weitaus selbstbewusster als damals, als sie dem Strand Südenglands den Rücken gekehrt hatte.

Nachdem Matt sich verabschiedet hatte, kehrte Jo zu ihren Großeltern zurück, die Sashas Karte inzwischen wenigstens gelesen hatten. Molly legte sie auf den Tisch zurück.

»Als ich mit ihr telefoniert habe, saß sie genau da«, erklärte Jo und deutete auf das Foto auf der Karte, auf dem eine idyllische Hafenszene zu sehen war. »Warum tut ihr beide euch nicht einmal etwas Gutes und macht dort Urlaub? Ihr habt doch noch nie gesehen, wo sie jetzt wohnt.«

Arthur schüttelte den Kopf. »Deine Gran hat mich nicht einmal dazu überreden können, in ein Flugzeug nach Edinburgh zu steigen, da werde ich wohl kaum in ein fremdes Land fliegen.«

»Die Welt liegt euch jetzt zu Füßen, Gramps«, sagte Jo leichthin, um zu überspielen, dass sie den wahren Grund für seine Weigerung kannte, nämlich dass sich nicht voraussehen ließ, wie die drei in ein und derselben Stadt existieren sollten – von ein und demselben Haus erst gar nicht zu reden.

»Wir haben ein bisschen Geld gespart«, begann Molly nachdenklich, fügte dann aber mit Blick auf ihren Mann hinzu: »Aber ich denke nicht, dass es eine gute Idee ist, schließlich ist Arthur nicht ganz auf der Höhe. Und Reiseversicherungen sind für Leute unseren Alters ja fast unerschwinglich.«

Ausreden, alles Ausreden, dachte Jo und verdrehte innerlich die Augen. Ihre Großeltern würden alles vorbringen, um nicht zu fliegen; in puncto Sturheit schenkte man sich in dieser Familie wirklich nichts. Zumindest Arthur und Sasha nicht. Sie mochten glauben, grundverschieden zu sein, in mancher Hinsicht waren sie sich aber nur allzu ähnlich.

»Denkt einfach mal drüber nach«, sagte Jo.

»Haben wir Druck auf dich ausgeübt?«, fragte Molly plötzlich, als Jo sich umwandte, um zur Theke zu gehen. »Ehrlich, bitte.«

Jo drehte sich wieder um. »Ihr habt keinerlei Druck auf mich ausgeübt. Und das meine ich vollkommen ernst.« Sie sah die beiden nacheinander an. »Ja, ich bin hoffnungslos romantisch und ich liebe meine Tagträume, aber ich habe von Mum – und von dir, Gramps – eine gehörige Portion Realitätssinn geerbt und meine Entscheidung rational gefällt. Ihr kennt mich – ich haue nicht einfach ab, wenn es heikel wird. Ich bin damals nur nach Edinburgh gegangen, weil ich dort eine Chance für mich gesehen habe. Und in diesem Fall war es dasselbe. Ich war nicht glücklich als Lehrerin. Lange Zeit war es in Ordnung, ich war nicht unzufrieden, aber mir fehlte die Begeisterung für den Beruf. Als ihr anrieft und mir den Vorschlag machtet zurückzukehren und euch zu helfen, war es, als hättet ihr ein Streichholz genommen und das Feuer entzündet. Hier will ich sein, und hier will ich auch bleiben.«

Beruhigt drückte Molly ihre Hand, und als in diesem Moment Angie eintrat und sofort auf sie zusteuerte, verließ Jo die drei, damit sie sich in Ruhe austauschen konnten, und kümmerte sich um den nächsten Gast.

»Hallo. Was kann ich für Sie tun?« Jo kannte den Mann

nicht, er war ihres Wissens noch nie hier gewesen. Er trug einen Anzug und Krawatte und wirkte nachdenklich.

»Ich hätte gerne einen Kaffee. Schwarz.«

»Kommt sofort. Noch etwas?«

»Nein, danke, das ist alles.« Er blickte sich um. »Netter Laden.«

»Danke.«

Aber er sah sie nicht an, sondern ließ seinen Blick durchs Innere schweifen, und in Jo wallte Stolz auf, dass sogar ein Fremder Interesse an ihrem Café zeigte. Sie machte ihm den Kaffee und kassierte, und er ließ sich weiter hinten im Raum an einem Tisch nieder und begann, auf seinem iPad zu tippen, um nur hin und wieder aufzublicken. Doch da immer mehr Leute hereinkamen und mit ihr plauderten, während sie ihre Bestellungen aufgaben, hatte sie keine Zeit mehr, auf ihn zu achten und darüber nachzudenken, was ihn wohl hierher geführt hatte. Er war groß, dunkelhaarig und recht attraktiv mit seinem kantigen Kinn und dem gepflegten Auftreten, und als er ging, nahm sie an, dass Salthaven nur ein kurzer Stopp auf seiner Reise gewesen war.

Molly und Arthur blieben länger im Café, als Jo angenommen hatte, hielten sich aber weiterhin im Hintergrund. Es war nett, zu wissen, dass sie da waren und sehen konnten, wie gut Jo zurechtkam. Außerdem hatten die beiden auf diese Art die Möglichkeit, Bekannte und Freunde zu treffen und auf dem Laufenden zu bleiben, und Jo hatte insgeheim den Verdacht, dass sie vor allem deswegen gekommen waren. Noch nie hatte Jo einen solch spürbaren Gemeinsinn wie in Salthaven erlebt, und sie hoffte inständig, dass ihre Mutter mit Stuart in Spanien ein echtes Zuhause gefunden hatte. Beide schienen zwar glücklich zu sein, aber wenn Jo mit *ihrer* Mutter einen solchen Streit gehabt hätte, dann würde diese nervliche Belastung ihr gesamtes Dasein prägen, da war sie sich sicher. Jo hasste schwärende Konflikte; sie sprach Probleme lieber direkt an, damit sie ein für alle Mal bereinigt werden konnten.

Als der Tag sich dem Ende zuneigte, Jos Füße zu schmerzen begannen und die Sonne dicht über dem Horizont hing, drehte sie das Schild zu »Geschlossen« um und spürte, wie ihr Herzschlag sich bei der Aussicht, gleich Harry gegenüberzutreten, zu beschleunigen begann. Sie war nach Salthaven zurückgekehrt, ohne ihm mehr als einen flüchtigen Gedanken zu widmen, da sie davon überzeugt gewesen war, dass er die Stadt ein für alle Mal verlassen hatte. Salthaven war zu klein für Harry Sadler, jedenfalls hatte sie die Karte, mit der er damals Schluss gemacht hatte, so interpretiert.

Jo wischte sorgfältig jeden Tisch. Sie füllte die Serviettenspender auf und stellte die Geschirrspülmaschine zum letzten Arbeitsgang des Tages an. Sie polierte das Glas der Auslage, wo unten winzige Fingerchen und oben Erwachsenenhände Abdrücke hinterlassen hatten. Sie füllte gerade einen Eimer mit Seifenwasser, um damit zu beginnen, den Boden zu wischen, als eine Gestalt an der Tür ihr verriet, dass das Warten ein Ende hatte.

Draußen stand Harry.

Sie drehte den Schlüssel und öffnete die Tür, was nur mit ein wenig Geruckel ging, da sie wieder zu klemmen begonnen hatte.

»Hallo, Harry«, sagte sie und brachte ein kleines Lächeln zustande.

»Jo. Freut mich, dich wiederzusehen.«

Sie betrachtete ihn einen Moment lang. Kurz geschnittenes Haar, das dunkler war, als sie es in Erinnerung hatte, das Fehlen des Ohrrings, den er früher immer getragen hatte, die Veränderung der Züge, die aus einem jugendlichen Mittzwanziger einen seriös wirkenden Mann mit Hemd und Kragen und Aktentasche in einer Hand gemacht hatte. »Büro« und »Harry« waren zwei Begriffe, die sie sich früher niemals in ein- und demselben Satz hätte vorstellen können.

Sie trat einen Schritt zurück. »Komm rein.«

Als er an ihr vorbeiging, erhaschte sie einen Hauch seines Aftershaves, ein holziger Duft, den er tatsächlich schon damals benutzt hatte und der so viel subtiler gewesen war als das übliche Drogerie-Zeug, das die anderen Jungen in der Schule ausgedünstet hatten, und erstaunlicherweise fand sie diese Vertrautheit beruhigend.

»Möchtest du einen Kaffee?« Sie hatten Unmengen an Papierkram zu erledigen, aber sie brauchte noch einen Moment Ablenkung – Beschäftigung für ihre Hände. Aber mehr noch wollte sie ihm freundlich begegnen, damit er selbst sehen konnte, dass sie längst über dem stand, was damals gewesen war.

»Gerne. Schwarz, keinen Zucker. Danke.« Er stellte seine Tasche auf einem der Tische ab. »Tut mir leid, dass ich etwas zu früh bin. Ich hatte gerade noch einen anderen Termin, und es kam mir albern vor, für zwanzig Minuten ins Büro zurückzufahren.«

»Schon okay«, rief sie aus der Küche, wo sie seinen Kaffee und einen schwarzen Tee für sich zubereitete.

»Du siehst gut aus, Jo.«

»Danke«, antwortete sie, obwohl sie nicht wusste, ob er sie hörte oder nicht. Normalerweise war die Tür zwischen Küche und Café offen, doch sie hatte sie zugedrückt, damit er nicht sah, wie sie die Augen schloss und ein paarmal tief ein- und ausatmete, ehe sie ein Lächeln aufsetzte und wieder in den Gastraum zurückging.

Sie stellte die Tassen auf den Tisch und zog sich einen Stuhl heran. Auch Harry sah gut aus, aber sie dachte ja gar nicht daran, es ihm zu sagen.

»Ich war, zugegeben, etwas überrascht, deinen Namen in meinem Terminkalender zu finden«, begann er, ohne Anstalten zu machen, seine Aktentasche zu öffnen. »Ich dachte, du hättest Salthaven für immer verlassen.«

Witzig, wirklich. Hatte sie nicht zuvor genau dasselbe über ihn gedacht? Aber hier saßen sie sich nun beide gegenüber.

»Ich finde es großartig, wieder hier zu sein«, bemerkte sie, ohne ihm eine Erklärung anzubieten oder ihn ihrerseits zu fragen, warum er wieder in der Gegend war. Sie verfluchte sich, als ihr einfiel, dass sie die Papiere in der Küche vergessen hatte, und stand wieder auf. »Ich hole eben die Unterlagen, einverstanden? Dann können wir loslegen.«

Sie kehrte in die Küche zurück, nahm den dicken Stapel Papiere vom Regal und kam mit frischer Entschlossenheit zurück, und in der folgenden Stunde gingen sie die letzten Steuerbescheide durch, damit Harry ihr alles ganz genau erklären konnte. Molly und Arthur hatten ihr Bestes gegeben, aber Jo erkannte schnell, dass die beiden oft nicht gewusst hatten, was zu tun war, weswegen sie dem vorherigen Steuerberater freie Hand gelassen hatten, und obwohl diese Vorgehensweise für sie wahrscheinlich die beste gewesen war, war Jo entschlossen, es anders zu machen. Sie wollte lieber wissen, was die verschiedenen Punkte auf der Steuererklärung bedeuteten und welche

Vorarbeiten sie zu leisten hatte. Und während Harry ihr geduldig erklärte, welche Ausgaben in den vergangenen Jahren geltend gemacht worden waren und welche Extras der ehemalige Steuerberater offenbar übersehen hatte, machte Jo sich gewissenhaft Notizen.

»Das alles ergibt kaum ein großartiges Plus«, gab sie zu, »aber ich denke, dass es sich auf Dauer summieren wird.«

Als er lächelte, erschienen seine Grübchen, und er sah ganz so aus wie der Harry von früher. »Anfangs ist sehr viel zu beachten. Aber von dem, was ich aus den früheren Steuererklärungen erkennen kann, scheinen Molly und Arthur nicht einmal halb so viele Posten geltend gemacht zu haben, wie sie es hätten tun können.«

Jo schüttelte den Kopf. »Ich habe sie wegen dieses Termins um verschiedene Belege gebeten, aber entweder hatten sie sie irgendwo verlegt, verloren oder schon weggeworfen.«

»Nun, du wirst vermutlich bewusster damit umgehen. Und je eher du mir die Belege zukommen lässt – einmal im Monat wäre, wie ich schon sagte, ideal –, umso mehr Zeit habe ich, mir ein Bild zu machen und dir zusätzliche Vorschläge zu unterbreiten.« Er klang ganz und gar förmlich. »Wenn du Zweifel hast, ob sich ein Posten absetzen lässt oder nicht, schick mir die Unterlagen einfach, dann überprüfe ich sie.«

»Danke. Das wäre wunderbar.«

»Darf ich fragen, warum du nicht mehr als Lehrerin arbeitest?«

»Fragen darfst du, aber vielleicht antworte ich nicht.« Als er die Achseln zuckte, sagte sie: »Ich brauchte eine Veränderung, und ich wollte eigentlich immer schon nach Salthaven zurück. Mir ist sozusagen eine Gelegenheit in den Schoß gefallen, und es macht mir großen Spaß. Auch wenn es viel Arbeit ist.« Sie würde ihm gegenüber nicht eingestehen, dass sie anfangs fast blauäugig an die Sache herangegangen war. Ja, sie hatte die Vorstellung von hektischen Tagen zwischen Bestellungenaufnehmen, Servieren und Kassieren gehabt, sie hatte Saubermachen, Planen, Einkaufen und Kochen mit eingerechnet, aber sie hatte nie einen ernsthaften Gedanken an den Papierkram verschwendet oder an das, was sie sich an buchhalterischem Wissen würde aneignen müssen. Es war erstaunlich, mit wie vielen Formularen und langatmigen formellen Verfahren die Behörden einen traktierten, wenn man ein eigenes Unternehmen führen wollte. Jo verstand immer besser, wie es bei Molly und Arthur zu einer so grundlegenden Erschöpfung hatte kommen können.

»Du warst schon immer gut organisiert«, sagte er und klappte seine Tasche mit einem entschlossenen Klacken zu. »Du wirst den Laden auf Vordermann bringen. Wenn jemand es kann, dann du.«

Schmeichelei? Damit würde er nicht weit kommen. Sie hatte es geschafft, diesen Termin – wenigstens nach außen hin – mit Zuversicht und Selbstvertrauen durchzustehen, doch daran erinnert zu werden, dass er sie einst viel besser gekannt hatte, brachte sie aus dem Gleichgewicht.

Also gab sie sich nonchalant. »Ich hätte nie gedacht, dass du dein Geld einmal als Steuerberater verdienen würdest.« Diese Tatsache beschäftigte sie, seit sie von der Sekretärin der Kanzlei seinen Namen gehört hatte. »Du wolltest doch eigentlich immer Mechaniker werden. «

»Und das bin ich auch. Ich habe als Mechaniker gearbeitet, bis ich vor drei Jahren von meinen Reisen zurückkam.«

»Und was hat dich bewogen, die Richtung zu ändern?«

»Ich schraube immer noch gerne an Autos herum, aber ich

wollte etwas mit mehr Entwicklungsmöglichkeiten. In London bekam ich einen Ausbildungsplatz bei einem Wirtschaftsprüfer, und als sich hier im Süden eine freie Stelle auftat, nutzte ich die Chance zurückzukehren.« Sie sahen einander einen Moment lang an. »Ich freue mich, dich wiederzusehen, Jo.«

Hatte er das nicht bereits gesagt?

»Ich mache jetzt besser weiter. Ich muss noch den Boden wischen.« Sie griff nach den Tassen, stand auf und brachte sie in die Küche.

Als sie zurückkehrte, stand er, die Hände in den Hosentaschen, vor der Ansichtskartensammlung »Die Pinnwand wird ja immer voller«, sagte er. »Ich weiß noch, wie wir früher immer auf einen Milchshake herkamen und darüber gesprochen haben, wohin wir unbedingt reisen wollten. Bali war, glaube ich, auf meiner Liste ganz oben, während du von Portugal geträumt hast.«

Jo begegnete seinem Blick zum ersten Mal an diesem Abend direkt. »Dafür erinnere ich mich noch sehr gut an den Text einer anderen Karte, die mir so ziemlich den Boden unter den Füßen weggezogen hat.«

Er nahm die Hände aus den Hosentaschen und rieb sich das Kinn. »Es war mies, dir das anzutun.«

»Hast du eigentlich ansatzweise darüber nachgedacht, wie ich mich gefühlt haben muss?« Sie ließ nicht zu, dass ihre Stimme bebte. »Es war schlimm genug, dass du einfach ohne Vorwarnung Schluss gemacht hast, während ich noch dachte, dass wir zusammen glücklich sind – aber musste es per Postkarte sein? An meinem Geburtstag?«

Er schüttelte den Kopf, und sie glaubte, in seiner Miene Reue zu erkennen, aber sie dachte ja gar nicht daran, ihn so leicht davonkommen zu lassen.

»Ich werde mir das nie verzeihen, Jo, bitte glaub mir. Aber das mit uns wurde wirklich ernst, und ich habe wohl einfach Panik bekommen. Seitdem bin ich ein gutes Stück erwachsener geworden.« Er räusperte sich, während seine Entschuldigung im Raum nachklang. »Wäre es dir lieber, wenn ich deine Akte einem meiner Kollegen gebe? Ich meine, wenn du nicht mit mir zusammenarbeiten willst.«

Sie dachte einen Moment lang darüber nach. Wahrscheinlich war es leichter für sie. Aber war es nicht auch viel leichter für ihn? Schließlich würde er ihr dann wieder einfach aus dem Weg gehen können. »Nein, schon okay. Das ist schließlich alles schon ziemlich lange her.« Was der Wahrheit entsprach, doch dass er jetzt hier mit ihr zusammen im Café war, zerrte die Erinnerungen wieder an die Oberfläche.

Er schien gerade etwas sagen zu wollen, als es an der Tür klopfte und Steve durch die Scheibe spähte.

Jo machte ihm auf. »Hey, Steve.«

»Ich habe dir die Schablonen gebracht.«

»Ah, ja. Für das Schild.«

Er reichte ihr ein Kunststoffkästchen. »Es sind ein paar dabei, die für dich passen könnten. Muscheln zum Beispiel, sogar ein Surfbrett, falls du magst. Sag mir einfach Bescheid, was du haben willst, und ich bringe es dir auf. Allerdings brauche ich die Schablonen ziemlich schnell wieder. Ich habe sie von einem befreundeten Maler ausgeliehen, und er hat morgen einen Renovierungsauftrag in Brixham, für den er sie mitnehmen muss.«

»Kein Problem. Komm rein.«

Er zögerte. »Ich störe hoffentlich nicht?«

»Ach was, ganz und gar nicht.« Obwohl er es eigentlich doch tat, doch in Jos Augen hätte der Zeitpunkt nicht besser sein können. »Das ist Harry, mein Steuerberater. Wir sind gerade alle Unterlagen durchgegangen, sind aber jetzt fertig.« Sie konnte Harry in diesem Moment nicht einmal ansehen, aber er verstand zum Glück den Wink und wandte sich zum Gehen.

»Ich melde mich«, sagte er abwartend, doch als sie nicht reagierte, sondern so tat, als blicke sie konzentriert in den Kasten, verließ er ohne ein weiteres Wort das Café.

»Das war dein Steuerberater?«, fragte Steve, als Harry fort war und sie sich gesetzt hatten, um die Schablonen durchzusehen.

»Genau.«

»So, wie er dich angesehen hat, schien da mehr zu sein.«

Mochte Steve mit dem Blondschopf und den Muskeln auch wie der unbekümmerte Surfer wirken – viel entging ihm offenbar nicht.

»Na los, raus damit«, sagte er nun.

»Wir waren früher mal zusammen.«

»Ah, das erklärt so einiges. Lange?«

»Ein paar Jahre. Vier, um es genau zu sagen.«

Steve stieß einen Pfiff aus. »Hast du mit ihm Schluss gemacht?«

»Wie kommst du darauf?«

»Weil er dich nicht ansieht, als ob er dich hat gehen lassen, sondern als ob er etwas Neues mit dir anfangen wollte.«

Ernsthaft? War das der Grund, warum er sie als Klientin angenommen hatte? Und sich nach all den Jahren entschuldigte?

»Komm«, sagte sie und verdrängte Harry aus ihren Gedanken. »Lass uns etwas aussuchen, damit wir beide nach Hause gehen können.«

Er ließ das Thema fallen, und nach kurzer Überlegung entschied sich Jo für die Muschelschablone. Das Design war schlicht, passte zum Strandthema und war die ideale Ergänzung für den Namen des Cafés, wie sie fand.

Steve wandte sich zum Gehen, blieb jedoch im Türrahmen stehen. »Du siehst ziemlich erschlagen aus, wenn du mir die Bemerkung erlaubst.«

Immerhin musste sie lachen. »Ziemlich gruselig, meinst du?«

»Das habe ich nicht gesagt.« Er legte ihr eine Hand auf den Arm. »Mach ein bisschen langsamer, hm? Einen eigenen Laden zu haben ist harte Arbeit, und du bekommst es großartig hin.«

Als sie die Tür abschloss, das inzwischen kalt gewordene Wasser ausschüttete und neues, heißes in den Eimer laufen ließ, musste sie sich eingestehen, dass Steve recht hatte. Sie war erschöpft, und nicht einmal die Freude, ihr eigenes Café zu haben, änderte dieses Mal etwas daran.

Harry wiederzusehen hatte es nicht besser gemacht.

6. Kapitel

Das Wetter war seit einer Woche wechselhaft, um es vorsichtig auszudrücken. Am Tag nach Jos Termin mit Harry hatten stürmische Böen Regen über den Pier gepeitscht und bedrohlich dunkle Wolken mitgebracht, und erst am folgenden Montag zeigte sich der Himmel ein wenig heller, was sich dummerweise kaum auf Jos Stimmung auswirkte. Sie hatte einen Techniknotdienst anrufen müssen, weil der Ofen ausgefallen war und sie nicht ohne arbeiten konnte, und natürlich musste sie für die schnelle Reparatur eine Extragebühr bezahlen. Düster überlegte sie, wie viele ungeplante Ausgaben wohl noch auf sie zukommen würden. In der vergangenen Woche hatte sie einen ganzen Satz Geschirr ersetzen müssen, weil die meisten Teller und Tassen angeschlagen und fleckig gewesen waren, die Woche davor war es eine Stromrechnung gewesen, die ihr irgendwie entgangen war, und die Mahngebühren hatten es in sich gehabt.

Dennoch war Jo entschlossen, auch weiterhin positiv zu denken, und da es im Augenblick recht ruhig im Café war, hatte sie endlich wieder die Möglichkeit, sich auf ihren Plan zu konzentrieren, ein bisschen Magie in den Alltag der Salthavener zu bringen. Außerdem lenkte sie das von den Gedanken an Harry ab, die ihr Bewusstsein stärker heimsuchten, als es ihr lieb war.

Sie nahm Matt die Obst- und Gemüselieferung ab und unterhielt sich mit ihm über eine Band, die am Samstag im Pub gespielt hatte. Und als Jess wie an jedem Wochentag in aller Frühe das Café betrat, begann Jos planerischer Verstand auf Hochtouren zu laufen.

Jess war die perfekte Partnerin für Ben, doch die beiden liefen sich eigentlich nie über den Weg. Jess kam jeden Wochentag, Ben jedes Wochenende. Jess hatte eine Arztpraxis im Ort, während Ben entweder zu Hause arbeitete oder in der Nachbarstadt.

»Die Tür klemmt schon wieder«, sagte Jess, als sie die Kopfhörer aus den Ohren gezogen hatte und die Tür zuzudrücken versuchte.

Jo schüttelte den Kopf. »Ich muss Steve unbedingt noch einmal darauf ansetzen, er übernimmt alle Reparaturen«, fügte sie erklärend hinzu.

»Ja, ich weiß. Ich habe ihn hier schon häufiger gesehen.«

Jo blickte hinaus, in der Hoffnung, ihn vielleicht zufällig zu entdecken, aber der Strand war leer, bis auf ein älteres Paar, das tapfer seine beiden schokoladenbraunen Labradore ausführte. Verflixt. Nun, dann würde sie ihm eine Nachricht schreiben.

»Wie war der Lauf?«, fragte Jo. »Kein schöner Tag zum Joggen.«

»Wenigstens regnet es nicht.« Jess trug funktionale Laufkleidung, das Smartphone steckte in einer wasserdichten Hülle, die um ihren Oberarm befestigt war. »Außerdem könnte man eine Woche nicht besser beginnen. Es braucht schon einen ausgewachsenen Sturm, um mich am Laufen zu hindern.«

»Neben Ihnen sehen wir alle alt und faul aus«, sagte Jo. »Kommen Sie, wie viele Kilometer waren es heute?« Sie stellte sich hinter die Theke und nickte zum Gruß zwei Neuankömmlingen zu, die zunächst die Tafel mit den Tagesangeboten studierten, sich anschließend aber mit den Ansichtskarten beschäftigten und offenbar ermittelten, wo sie schon gewesen waren und wohin es noch gehen sollte.

»Zehn«, antwortete Jess strahlend, noch ganz im Endorphinrausch der körperlichen Anstrengung. »Der letzte als besondere Herausforderung über Sand.«

»Meine Güte. Ich schäme mich nahezu – über schnelles Gehen komme ich zurzeit nicht hinaus.«

»Gehen und Wandern sind ausgesprochen effektiv. Das sage ich meinen Patienten auch immer.«

»Sie haben auch eine Walking-Gruppe, richtig?«

»Genau.« Jess leitete die städtische Fitnessinitiative. »Jeden Sonntagmorgen, und jeder kann mitkommen. Wir treffen uns am Pier, gehen durch die Stadt, laufen den Hang hinauf und kommen auf der anderen Seite wieder herunter.«

Jo hatte schon gesehen, wie sich sonntags Leute am Wegweiser scharten, der zum Café und den anderen Geschäften auf dem Pier wies. Und manch einer kam nach der Wanderung zur Stärkung ins Café. Jo musste immer wieder grinsen, wenn die Gäste sich Kuchen und Kekse hineinschaufelten, als seien sie einen Marathon gelaufen, obwohl sie nur siebeneinhalb Kilometer spaziert waren.

»Das Übliche?«, fragte Jo, während Jess sich ein Glas Wasser aus dem Krug einschenkte, der auf einem Seitentischchen zur freien Verfügung stand.

»Ja, bitte«, antwortete Jess. »Und was duftet da so wundervoll?«

»Wahrscheinlich die Käse-Speck-Quiches, die ich eben in den Ofen geschoben habe.« Der Servicetechniker hatte zwar eine stattliche Rechnung aufgestellt, aber es hatte sich gelohnt; der Ofen war in null Komma nichts wieder einsatzfähig gewesen.

»Ich würde mir gerne eine mitnehmen, falls sie bis in zehn Minuten fertig sind.«

Jo blickte auf ihre Uhr. »Das klappt. Ich verpacke sie Ihnen in einer Pappschachtel. Möchten Sie Salat dazu?«

»Oh, ja, gute Idee. Ich habe nie Zeit, mir selbst etwas zu Mittag zu machen. Dabei wäre es wirklich notwendig.«

»Na ja, erst laufen, dann den ganzen Tag arbeiten … wann haben Sie eigentlich mal fünf Minuten für sich?«

»Eigentlich nie.«

»Aber das müssen Sie. Gehen Sie wenigstens aus?« Sie musste wissen, wie Jess' Gewohnheiten waren, wenn ihr Plan funktionieren sollte. Amor war längst bereit, seinen Pfeil abzuschießen, aber sie musste ihm zumindest ein lohnendes Ziel präsentieren.

»Eigentlich verbringe ich meine Abende meistens halb schlafend vor dem Fernseher«, gab Jess zu. »Ja, ich weiß, langweilig, aber es bleibt wirklich wenig Zeit neben der Arbeit. Wir sind ja nur zwei Ärzte in der Praxis, und der Patientenansturm ist kaum zu bewältigen. Wir würden gerne noch jemanden einstellen, wenigstens halbtags, aber es fehlt uns an den nötigen Mitteln.«

Jo gab die Zutaten für den Erdbeersmoothie, den Jess nach dem Sport am liebsten trank, in den Mixer. »Ich bin abends auch meistens so erledigt, dass der Fernseher mein bester Kumpel ist. Abgesehen von den Abenden, an denen Molly mich zum Essen einlädt oder meine Freundin Melissa mich in den Pub schleift. Kommen Sie doch einfach mal mit.«

»Danke, Jo. Vielleicht mache ich das ja.«

Jo machte den Smoothie fertig, drückte den Deckel auf den Kunststoffbecher und reichte ihn Jess.

»Wie viele das inzwischen schon sind!«, sagte Jess. Sie stand vor der Pinnwand und betrachtete die Ansichtskarten. »Leider nicht viele von mir.«

»Schauen Sie sich die mal an.« Jo holte eine weitere Karte, die neben der Kasse gelegen hatte. »Die kam erst heute Morgen.«

»Hamilton Island. Wo ist das denn?« Sie betrachtete die Karte genauer. »›The Whitsundays, Australien.‹ Wow. Da muss es herrlich sein. Darf ich?« Als Jo nickte, drehte Jess die Karte um, um sie zu lesen. »Von Andrea … und sie ist verlobt!«

»Ich bin den beiden ein paarmal begegnet«, sagte Jo. »Es freut mich sehr, dass die Leute noch immer Karten schicken, obwohl inzwischen ich das Café leite und nicht mehr Gran und Gramps.«

»Aber das Café ist doch noch immer dasselbe. Und Sie sind nun eine von uns.«

Jo wurde warm ums Herz. Es war schön, das zu hören. »Und so fühle ich mich auch.«

Jess seufzte. »Ich wusste doch, dass Andrea und Toby heiraten würden. Die zwei passen einfach zu gut zueinander.«

Jo kannte zwei andere Personen, die ebenso gut zusammenpassten, und ihr lag eine Bemerkung auf der Zunge, aber sie hielt den Mund. Blieb nur zu hoffen, dass ihr Plan funktionieren würde. Jess brauchte mehr als nur Arbeit in ihrem Leben, und ihre Reaktion auf das Happy End der anderen bewies es. Jo nahm eine Heftzwecke aus der Schachtel im Regal und befestigte die Karte damit an der Pinnwand. Das Blau des Meeres im Kontrast zu den grünen Palmen machte den trüben Tag an der britischen Südküste ein wenig heller.

Nachdem Jess mit ihrer Quiche gegangen war, schrieb Jo Steve wegen der Tür eine SMS, und wie Steve eben war, antwortete er prompt, er würde nach der Arbeit auf der Baustelle noch rasch vorbeikommen.

Wieder musste sie an Jess denken. Jess, die schwer arbeitende Ärztin, fit und gesund, lustig und lieb, und definitiv alleinstehend. Jess, die hübsche, junge Frau, die ihr privates Glück noch nicht gefunden hatte.

Da der Wunsch, helfend einzugreifen, plötzlich überhandnahm und Jo gerade etwas Luft hatte, holte sie die Karten hervor, die sie bestellt hatte, um ihren Plan in die Tat umzusetzen. Sie nahm den Kalligrafiestift, den sie eigens zu diesem Anlass gekauft hatte, und war nach ein paar Übungsbuchstaben auf einem Notizzettel bereit, ihre erste Einladung zu verfassen.

Seit ihr nach dem Reinfall am Valentinstag die Idee gekommen war, hatte Jo kaum Zeit gehabt, sich weiter damit zu beschäftigen, doch nun konnte es losgehen. Jess und Ben waren beide einsam und im Alltag viel zu stark eingespannt, um sich selbst um ihr privates Glück kümmern zu können, und Jo fand, dass es an der Zeit war, ihnen einen kleinen Stups zu geben.

Aufgeregt und ein bisschen nervös, beschriftete sie die Karten mit Datum und Zeit – nächsten Samstagabend, wenn keiner von beiden arbeiten musste, und falls Ben einen Babysitter brauchte, würde Jo nur allzu gerne einspringen. Es war ein Blind Date, und sie konnte nur hoffen, dass beide sich darauf einlassen würden. Zum Schluss schrieb sie auf jede Karte »Komm zum Café am Ende des Piers – der Liebe wegen!« und steckte beide beschwingt in die passenden roten Umschläge. Das Glöckchen über der Tür ertönte.

Steve trat ein, stellte den Werkzeugkasten ab und fuhr sich mit der Hand durchs Haar. »Ich bin zu früh, ich weiß, aber ich dachte, ich nutze einfach die Mittagspause.«

»Mein Retter.« Sie sah zu, wie er die Tür zu schließen versuchte, die an der gleichen Stelle klemmte wie zuvor. »Ich muss mich wieder dagegenstemmen, wenn ich morgens aufschließe.« Ohne Steves rasche und unkomplizierte Hilfe, wäre Jo längst aufgeschmissen gewesen. Seine Preise waren fair, manche Kleinigkeiten erledigte er sogar umsonst, und dass er es meistens unverzüglich tat, verhinderte potenzielle Umsatzeinbußen.

»Und das dürfen wir keinesfalls zulassen, nicht wahr?« Er zwinkerte ihr zu und bückte sich, um aus seinem Werkzeugkasten einen Holzblock zu nehmen, der mit Sandpapier umwickelt war. »Es liegt wahrscheinlich an der zunehmenden Wärme. Ich schleife die Tür diesmal ein bisschen mehr ab und ziehe das untere Scharnier fester. Es wird nicht lange dauern.«

Sie dankte ihm erneut und lächelte Angie entgegen, die im Türrahmen erschien und sich an Steve vorbeiquetschte. Da es noch immer ruhig war, ließ Jo sich von ihr für ein Schwätzchen in Beschlag nehmen, obwohl die roten Umschläge ihr fast ein Loch in die Schürzentasche brannten.

Denn am liebsten hätte sie ihre Pläne jetzt und hier und mit Nachdruck vorangetrieben.

Zumal dies sie auf wunderschönste Weise von den Gedanken an Gewinne und Ausgaben und von ihren Zweifeln ablenkte, ob sie verrückt gewesen war, ein regelmäßiges Einkommen gegen die Unsicherheit eines eigenen Geschäfts einzutauschen.

7. Kapitel

Der Maifeiertag war ein einziger Reinfall. Schwarze Wolken hingen über dem Pier. Der Regen prasselte gegen die Fenster des Cafés und durchnässten jeden, der sich nach draußen wagte, während wütende Wellen mit weißen Schaumkämmen an die Küste brandeten.

»Ich glaube kaum, dass uns heute ein Besucherstrom beschert wird.« Jo trat vom Fenster weg und gesellte sich zu Molly und Arthur, die sich die Hände an ihren Teetassen wärmten. »Wo ist der Frühling hin?«

»Ich weiß gar nicht, was du hast.« Arthur grinste. »Der Maifeiertag ist in England schließlich traditionell so.«

»Der ist aber tapfer«, sagte Molly und deutete auf einen Mann, der mit seinem Hund über den Strand lief und sich die Kapuze zum Schutz mit den Händen ins Gesicht zog.

»Wohl eher ziemlich dumm«, bemerkte Arthur. »Ich bin froh, dass wir schon hier waren, ehe der Himmel seine Schleusen geöffnet hat. Sogar die Möwen haben sich irgendwo untergestellt. Wirklich schade ist allerdings, dass der Tanz um den Maibaum oben auf der Wiese abgesagt worden ist. Die Kinder freuen sich doch immer so darauf.«

»Ich kann mich noch gut daran erinnern. Ich fand es auch immer herrlich.« Jo wäre gerne pragmatisch an die Sache herangegangen, aber sie hatte sich den heutigen Tag ganz und gar anders vorgestellt: Strahlender Sonnenschein, ein überfüllter Pier, Kinder, die mit gefährlich rutschenden Eiskugeln im Hörnchen über die Holzplanken rannten, und sie, die im Gästeandrang kaum eine Sekunde zur Ruhe käme, weil der Maifeiertag den Beginn einer prächtigen Touristensaison markierte.

Molly und Arthur leisteten ihr den ganzen Vormittag Gesellschaft, aber kaum einer ihrer Bekannten wagte sich hierher, und irgendwann hatten auch sie das triste graue Tosen satt, das den Pier einhüllte, und verließen sie um die Mittagszeit.

Den Rest des Tages über kamen immer wieder vereinzelt Gäste, doch dummerweise erinnerten sie Jo nur daran, wie wenig der Tag zu dem geworden war, was sie sich erhofft hatte. Statt T-Shirts, Flip-Flops und dem Geruch von Sonnencrème sah sie sich langen Gesichtern, tropfenden Mänteln und schmutzigen Stiefelabdrücken gegenüber, und nicht einmal die Narzissen, die auf den Tischen standen, konnten die Gäste aufmuntern. Als Matt dem Café unerwartet einen Besuch abstattete, lehnte Jo zum ersten Mal seit ihrer Ankunft in Salthaven frustriert an der Theke.

»Du siehst so elend aus, wie das Wetter draußen ist«, sagte er, als er die Tür hinter sich schloss.

Seine Anwesenheit entlockte ihr ein Lächeln. »Was machst du denn hier?«

Ein kleines Mädchen war nach ihm eingetreten. Es war so niedlich, dass Jo ihm die nassen Fußspuren, die die pinken Gummistiefel auf dem Boden des Cafés hinterließen, sofort verzieh. Es trug eine warme Weste über dem Rollkragenpulli, und die rotbraunen Locken fielen ihm bis über die Schultern.

»Poppy wollte heute unbedingt um den Maibaum tanzen«, erklärte Matt. »Wir haben uns das schon vor einer Ewigkeit vorgenommen, nicht wahr?« Das Mädchen sah ihn mit großen Augen an und nickte, und die Röte, die ihr in die Wangen stieg, verriet ihre Schüchternheit. Matt beugte sich verschwörerisch vor, sodass nur Jo ihn hören konnte. »Ich hoffe, du hast etwas richtig Ungesundes auf der Karte, mit dem ich sie ein bisschen trösten kann. Ich habe ihrer Mutter versprochen, sie ihr heute abzunehmen, und möchte ihr ein glückliches Kind zurückbringen.«

»Ist das deine Tochter?« Eine Ähnlichkeit war jedenfalls vorhanden.

»Nein, die meiner Schwester. Anna kriegt bald ihr zweites Kind und ist ziemlich erledigt.«

Wie nett von ihm! Vermutlich würden nicht viele Männer bereitwillig ihren einzigen freien Tag in der Woche opfern, um ein Kind zu beschäftigen, dessen war Jo sich ziemlich sicher. Zumal der Hof ein Familienunternehmen war und ihm ohnehin nur sehr wenig freie Zeit ließ. »Überlass das nur mir«, sagte sie, trat an den Tisch, an dem Poppy saß, und ging vor ihr in die Hocke. »Du weißt bestimmt schon ganz viel über Obst und Gemüse, oder?« Die Kleine nickte, und Jo fragte: »Magst du Pflaumen?«

Das Mädchen riss die Augen auf und nickte wieder. »Sehr«, sagte es scheu.

»Wusstest du, dass ich heute Morgen schon ganz früh aufgestanden bin und Pflaumen-Schokokuchen gebacken habe?« Poppy blickte sie aufmerksam an. »Möchtest du vielleicht etwas davon?«

Poppy blickte zu Matt, der sich nun seiner Nichte gegenüber ebenfalls an den Tisch setzte. »Wir nehmen zweimal den Kuchen«, sagte er.

»Mit Schokoladensoße?«

Matt lachte. »Da fragst du noch?«

Während der Kuchen erwärmt wurde, schmolz Jo Schokolade im Wasserbad, fügte Sahne, Zucker und Wasser hinzu und gab jeweils eine großzügige Menge davon über beide Kuchenstücke.

Sie hatte gerade die Teller vor die beiden gestellt, als die Tür aufging und Steve mit einer blonden Frau eintrat, die Jo noch nie gesehen hatte. Sie ließen sich an einem Tisch in der Mitte nieder und bestellten Kaffee und ein Stück Pflaumen-Schoko-Kuchen, das sie sich teilen wollten. Jo hatte größte Lust, Steve aufzuziehen, dass Gesundheit und flacher Bauch heute anscheinend keine Rolle spielten, ließ es aber. Sie hatte gewisse Zweifel, dass diese Art von Vertrautheit bei den beiden so gut ankommen würde.

Am späten Nachmittag hatte der Regen immer noch nicht nachgelassen, und nachdem eine Stunde lang kein Gast mehr hereingekommen war, beschloss Jo, früher zu schließen. Immerhin hatte sie ausnahmsweise Zeit, in Ruhe aufzuräumen und zu putzen, und das hatte, wie sie zugeben musste, durchaus seine Vorteile. Da sie erst später mit Melissa verabredet war, setzte sie sich an einen Tisch, um sich weitere Gedanken für ihren Plan zu notieren.

Um einen *Abend der Liebe* im Café zu veranstalten, musste sie eine romantische Atmosphäre erzeugen, und sie hatte schon verschiedene Ideen. Die hintere rechte Ecke sollte der etwas abgeschiedene Bereich für die Blind Dates werden, die sie arrangieren wollte. Der Tisch würde mit Blumen und Kerzen geschmückt werden und unter einer Art Pergola stehen, die für mehr Privatsphäre sorgte. Sie hatte noch keine Ahnung, wie genau sie das bewerkstelligen sollte, da sie etwas brauchte, das sich mit minimalem Aufwand aufstellen und wieder abbauen ließ, aber das war der Clou an der Geschichte, und ihr würde schon etwas einfallen. Mit frischer Energie stand sie auf. Je weiter ihre Pläne gediehen, umso aufgeregter wurde sie.

Als Jo das Café verließ, hatte sich die dicke Wolkendecke gelichtet, und ein leichter Nieselregen, vermischt mit salzigem Sprühwasser, folgte ihr über den Pier an Land, über die Straße und in die Stadt hinein.

Im Pub entdeckte sie Melissa an einem Tisch nah beim Feuer, das hell loderte, als hätten sie noch tiefsten Winter und nicht längst Frühling. »Was trinkst du da?«

»Billys Maibowle.« Melissa hob das Glas und deutete mit dem Kopf auf den Wirt. »Ich hab ihn gefragt, was drin ist: frische Erdbeeren, Weißwein, Limo und irgendeine Kräuterzutat, deren Namen ich schon wieder vergessen habe. Sobald ich Weißwein hörte, hatte er mich.«

Jo hängte ihren Mantel über die Stuhllehne, und als Billy mit langstieligen Gläsern zwischen den Fingern vorbeikam, nahm sie ebenfalls eine Maibowle.

Die Wärme des Feuers vertrieb das Frösteln, das sie den ganzen Tag nicht hatte loslassen wollen, und die Bowle tat ein Übriges.

»Und? War der Tag im Café zäh heute?«

»So zäh, dass ich mich zwischendurch ernsthaft gelangweilt habe. Das ist mir hier bisher noch nie passiert.«

»Das sieht dir wirklich nicht ähnlich. Oder dem Café.«

»Ich weiß. Das Wetter war einfach scheußlich.«

»Das ist der Fluch der Feiertage«, sagte Melissa. »Ich jedenfalls habe es genossen. Ich bin den ganzen Tag nicht vor die Tür gegangen.«

»Sag bloß nicht, dass James auch noch bei dir war.« Jo verspürte einen Stich. Ungemütliche, verregnete Tage waren herrlich, wenn man sie drinnen mit jemandem teilen konnte. Als Harry und sie noch zusammen gewesen waren, hatte es so manchen Wintertag gegeben, an dem sie sich aneinandergekuschelt hatten und sich selbst vollkommen genug gewesen waren. Sie wusste, dass einige der Gäste des heutigen Tages gekommen waren, weil sie nicht allein hatten sein wollen, und sie konnte das Gefühl sehr gut nachvollziehen.

»Nein, tatsächlich war er nicht da. Er ist bis morgen bei seinen Eltern in Wales. Und ich fand es herrlich, Zeit für mich ganz allein zu haben, bevor wir zusammenziehen.«

Während sich ihre Unterhaltung Melissas und James Plänen zuwandte, suchten sie sich einen anderen Tisch weiter weg vom Feuer.

»Puh, das ist besser. Jetzt, da ich wieder trocken bin, wurde es mir doch etwas zu warm.«

Als sie an ihrem Glas nippte und sich umsah, fiel ihr Blick aus der neuen Position direkt auf Harry, als hätte der Gedanke an ihn ihn aus dem Nichts erscheinen lassen. Er stand am Billardtisch, und es war zu spät, um in Deckung zu gehen: Er hatte sie gesehen und steuerte bereits auf sie zu.

»Jo, wie schön dich zu sehen.« Er blieb, das Queue in der Hand, an ihrem Tisch stehen. »Schreckliches Wetter, was? Ausgerechnet am Feiertag.«

Als sie ihm in seiner offiziellen Funktion begegnet war, hatte sie sich darauf vorbereiten können, doch hier, privat, war alles anders. »Schlecht fürs Geschäft.«

»Das kann ich mir vorstellen.«

»Harry – das ist Melissa. Kennst du sie noch?«

Als Harry es bestätigte, bedachte Melissa ihn mit einem äußerst knappen Hallo. Und als nach mehreren holprigen Versuchen noch immer kein Gespräch zustande kommen wollte, verstand er den Wink und ging wieder zu seinen Kumpels.

»Der hat Nerven. Nach allem, was er dir angetan hat.«

Jo schüttelte den Kopf. »Lange her. Ich bin darüber hinweg.« Doch aus dem Augenwinkel konnte Jo sehen, dass er zwischendurch immer wieder zu ihnen hinüberblickte. Und sie musste verärgert feststellen, dass er sich langsam, aber sicher wieder in ihr Herz schlich, ob nun rein platonisch oder auch nicht.

Sie verließen den Pub lange vor der Sperrstunde, denn Jo wollte früh ins Bett gehen, um frisch und ausgeschlafen ihren einzigen echten freien Tag der Woche auszunutzen. Außerdem hatte Harry einmal zu oft zu ihr hinübergeschaut, sodass sie irgendwann ihr Glas geleert hatte, aufgestanden war, ihren Mantel angezogen und der verblüfften Melissa vorgeschlagen hatte, sich am besten jetzt gleich auf den Weg zu machen.

Es hatte zu regnen aufgehört. Sie gingen ein Stück zusammen nach Hause und verabschiedeten sich an einer Kreuzung. Jo überquerte die Hauptstraße gegenüber der Promenade und lief an dem kleinen Teich neben einem der Hotels entlang. Als Kind hatte sie hier viele Stunden mit Nicholas und Timothy gespielt. Sie hatten kleine Spielzeugboote ins Wasser gelassen und zugesehen, wie der Wind in die Segel fuhr und sie auf die Reise geschickt hatte. Sie passierte den Pier und kehrte schließlich auf die Straße zurück, die zur Stadt hinaufführte, und kam dabei auch an dem Süßigkeitengeschäft vorbei, das es schon immer an dieser Ecke gegeben hatte. Harry und sie hatten sich bei ihrer ersten Verabredung dort Leckereien gekauft, ehe sie in das winzige Kino am Stadtrand gegangen waren.

Jo blieb stehen und kehrte dem Laden den Rücken zu, um erneut zum Pier zu blicken. Sie sah die Eisdiele, das hintere Ende der Seebrücke, wo tagsüber die Angler saßen, den Imbiss und den Wegweiser, unter dem sie Harry zum ersten Mal geküsst hatte. Sie hatte ihn vorher beim Surfen beobachtet, und er hatte nach Salzwasser, Sonne und allem, was gut war auf dieser Welt, geschmeckt. Damals war sie der Überzeugung gewesen, dass sie ewig zusammenbleiben würden, doch wie so viele erste Beziehungen war auch diese schließlich auseinandergegangen. Sie konnte immer noch kaum glauben, dass sie beide wieder in Salthaven lebten, und sie war sich nicht sicher, ob das eine gute Sache war. Sie konnte nicht einmal sagen, ob es richtig war, ihn weiterhin als Steuerberater zu beschäftigen, aber sie war ihm zugeteilt worden, weil er als Neueinsteiger noch Kapazitäten frei gehabt hatte, und der Gedanke daran, sich auf die Suche nach einem anderen machen zu müssen und noch einmal von vorn beginnen zu müssen, war ihr zuwider. Was immer zwischen ihr und Harry gewesen war – seine Kanzlei war ihr empfohlen worden, und in Jos Augen war das immer noch die beste Referenz.

Sie begann den Anstieg den Hügel hinauf. Die Stadt hatte sich in vieler Hinsicht verändert. Es gab neue Parkverbotszonen, vor der Stadtgrenze war ein großer Supermarkt gebaut worden, und immer wieder machten neue Geschäfte auf. Aber so vieles war auch immer noch genau wie früher, vor allem die Herzlichkeit, mit der die Menschen hier jeden Neuankömmling willkommen hießen. Das war es letztlich gewesen, was Jo wieder hatte zurückkehren lassen. Diese Stadt hatte Herz und Seele, und das würde sich auch niemals ändern.

In ihrer Wohnung hängte sie den Mantel auf, drehte den Thermostat ein anständiges Stück weiter als die mageren fünfzehn

Grad, auf die er voreingestellt gewesen war, und machte sich einen heißen Kakao. Dann ließ sie sich mit ihrem iPad nieder. Ihr Liebesleben mochte brachliegen – der Rest der Welt aber hatte noch eins. Und nur weil sie selbst im Hinblick auf Beziehungen ein hoffnungsloser Fall zu sein schien, galt das noch lange nicht für andere, und es war schön, die gute Fee spielen zu können.

Sie recherchierte, was genau sie für ihren *Abend der Liebe* brauchte, und schrieb sich alles auf. Morgen, an ihrem freien Tag, würde sie alles besorgen, was ihr zur Umsetzung ihres Plans noch fehlte.

Froh, dass sie nach nur einem Glas Bowle Schluss gemacht hatte, griff sie voller Enthusiasmus nach ihrem Autoschlüssel und den beiden roten Umschlägen, die im Flur im Regal warteten, und wagte sich aus der kuscheligen Wärme ihrer Wohnung.

Ihr alter Käfer ächzte protestierend, als sie ihn zu starten versuchte, doch schließlich sprang er an und holperte durch die kleinen Straßen auf die andere Seite der Stadt, wo sie zuerst bei Jess anhielt, dort einen Briefumschlag einwarf, und dann mit dem Gefühl, etwas Verwegenes zu tun, wieder ins Auto sprang und zu Bens Haus fuhr. Jo hatte ungefähre Angaben zu den Wohnorten von Molly bekommen, aber mit Melissas Hilfe sogar die exakten Adressen ermitteln können. Melissa war genau wie Jo hoffnungslos romantisch veranlagt, obwohl sie sich zunächst gesträubt hatte, für diese Information ihren Job bei der Poststelle aufs Spiel zu setzen. Aber Jo hatte darauf hingewiesen, dass sie ja quasi mit Jess und Ben befreundet war und ihr bestimmt ein anderer weiterhelfen würde, wenn sie nur freundlich darum bat, woraufhin Melissa schließlich nachgegeben hatte.

Jo lieferte auch Bens Umschlag ab, und als sie gerade wieder in ihren Wagen steigen wollte, bog er in einem roten Range Rover auf die Auffahrt. Sie hielt den Atem an, winkte ihm im Vorbeifahren und floh. Sie konnte nur hoffen, dass er es so auffasste, wie es gemeint war.

Zurück in ihrer Wohnung schickte sie eine Nachricht an Steve, in der Hoffnung, dass er kein Rendezvous mit der blonden Frau von vorhin hatte und sie ihn störte, doch er schrieb innerhalb von zehn Minuten zurück, selbstverständlich würde er ihr bei ihrem Vorhaben helfen. Erfreulicherweise verschonte er sie außerdem mit spöttischen Bemerkungen über ihren Hang zur Romantik, aber vielleicht sparte er sie sich auch schlichtweg für später auf.

Mit allerlei rosaroten Gedanken im Kopf kroch sie ins Bett und war wenige Minuten später schon eingeschlafen.

Am nächsten Tag traf sie sich mit Steve beim nächstgelegenen Baumarkt, wo sie vier lange Pfosten aus Kiefernholz kauften, um daraus eine Art Pergola zu bauen. Steve verstaute das Holz, das Jo ohne seine Hilfe nicht einmal in die Nähe des Cafés hätte schleppen können, in seinem Transporter. Inzwischen lud sie den Rest aus dem Einkaufswagen aus: Diverse Schrauben und dicke Holzblöcke, die so schwer waren, dass sie sie einzeln auf die Ladefläche hieven musste.

»Du solltest wirklich surfen lernen. Du brauchst mehr Kraft in den Armen«, sagte er. Als sie ihn nur mit hochgezogenen Brauen anblickte, fügte er hinzu: »Ich meine es ernst. Dann könntest du diese Klötze da mühelos tragen.« Er demonstrierte es ihr, und sie schnaubte.

»Angeber!«

»Du treibst ziemlich viel Aufwand für andere.« Er zog die Sonnenbrille, die er auf den Kopf geschoben hatte, wieder über die Augen. Das grausige Wetter vom Tag zuvor war völlig umgeschlagen, und mit einem Mal herrschte wieder der prächtigste Frühling.

»Die Leute hier in Salthaven haben auch viel für meine Familie getan«, antwortete sie. »Als ich in Schottland war und es hier die schlimmen Überschwemmungen gab, hatten meine Großeltern zu jeder Zeit Hilfe von Freunden, Nachbarn und Gästen aus dem Café.«

Er ließ sich auf der Ladefläche des Transporters nieder, klopfte auf den Platz neben sich, und Jo setzte sich zu ihm. »Deine Familie ist sehr beliebt hier. Und du übrigens auch.«

»Danke«, sagte sie etwas verlegen.

»An das Hochwasser kann ich mich auch noch gut erinnern. Der Pier mag ein gutes Stück über dem Meer liegen, aber die Wellen, die die Flut mit sich brachte, waren gigantisch. Wir haben die Türen und alle Fenster des Cafés mit Sandsäcken verbarrikadiert. Bea hat eine ganze Woche lang für deine Gran gekocht, weil es deinem Großvater nicht gutging, und Angie hat ihn zum Arzt gefahren … obwohl ich mir nicht sicher bin, dass er bei ihrer ständigen Plapperei wirklich froh darüber war. Als der Sturm dann die Schindeln vom Bungalowdach geweht und einen Teil der Regenrinnen abgerissen hat, waren sofort viele Leute zur Stelle.«

»Du zum Beispiel.« Sie lächelte. Für jemanden mit seinem Selbstbewusstsein war er angenehm bescheiden.

»Deine Großeltern haben selbst viel getan. Als sich zum Beispiel Maggie, die Rektorin der Grundschule, das Bein gebrochen hatte, übernahm Molly den jährlichen Kuchenverkauf zugunsten der Schule. Sie organisierte alles und kommandierte jeden herum, bis auch das letzte Stück verkauft war. Sie hat in dem Jahr mehr Geld eingenommen, als es je zuvor jemand geschafft hat.«

»Kann ich mir vorstellen.«

Einen Moment lang hielt er ihren Blick fest, dann sah er zur Seite und grinste. »Sag mal, denkst du wirklich, du könntest mit deinem *Abend der Liebe* Amor spielen?«

»Das hoffe ich. Es ist heutzutage nicht leicht, jemanden kennenzulernen.«

»Und glaubst du, dass die, die du dir ausgesucht hast, auch kommen werden?«

»Kann ich nicht sagen, aber ich muss es wenigstens versuchen. Und ich habe so das Gefühl, dass die zwei, die ich im Sinn habe, sich darauf einlassen werden. Ich kann sehr überzeugend sein, wenn ich will.«

»Das glaube ich gerne.«

Sie schloss einen Moment lang die Augen, um die Wärme der Sonne zu genießen, die sie gestern derart im Stich gelassen hatte. »Wie willst du die Holzpfosten dazu bringen, aufrecht stehen zu bleiben?« Sie warf einen Blick hinter sich in den Transporter. »Sie sind verdammt lang. Nicht, dass sie am Samstagabend auf das glückliche – oder unglückliche – Paar stürzen! Hinterher verklagen sie mich, und dann gibt es im Café weder einen zweiten *Abend der Liebe* noch sonst irgendwas.«

»Wir haben doch diese dicken Holzblöcke gekauft, die du gerade angehoben hast … oder besser anheben wolltest.«

Sie stieß ihm spielerisch den Ellbogen in die Rippen. »Hey. Einen *habe* ich in den Wagen gehievt!«

Er nahm einen und hielt ihn hoch. »Sie sind schwer und dick, und wir nehmen sie als Basis und befestigen die Pfosten mit langen Schrauben daran. Die lassen sich auch einfach wieder herausdrehen, sodass ich das ganze Gerüst nach der Date-Night schnell abbauen und gegebenenfalls bei der nächsten wieder aufbauen kann.«

»Okay, das klingt gut. Und ich kann die Einzelteile in der Vorratskammer lagern, die jetzt nicht mehr mit Kisten voller Papiere zugestellt ist.«

»Ach ja, die ›Buchhaltung‹ deiner Großeltern.« Grinsend malte er Anführungszeichen in die Luft, was ihr ebenfalls ein Lächeln entlockte.

»Jedenfalls wird der Samstagabend bestimmt wunderbar.«

»Kochst du?«, fragte er.

»Selbstverständlich. Ich bin mir noch nicht ganz sicher, was es geben wird, aber das Menü wird ohnehin erst am Abend zubereitet und serviert. Außer mir und den beiden wird dann keiner mehr da sein, und ich kann mich in der Küche verstecken. Überleg mal – wenn das mit den beiden etwas Ernstes wird, dann kommen die Leute vielleicht demnächst der Liebe wegen ins Café.«

»Und du wirst zum Tinder von Salthaven.«

»Hey – ganz und gar nicht! Schließlich geht es mir nicht um unverbindliche Verabredungen und One-Night-Stands. Ich will echte Beziehungen anstoßen.« Einen Moment lang packten sie Zweifel; lud gerade der abgetrennte Bereich eher zu einem etwas fragwürdigen Date ein? Aber nein, Steve irrte sich. Mit der Pergola, den Blumen und den Kerzen würden die Zeichen ganz auf Frühlingsromantik stehen.

Sie fuhren zurück zum Café und verstauten die Materialien in der Vorratskammer. Hochkant nahmen die Pfosten kaum Platz ein, und die Holzblöcke ließen sich an der Wand stapeln.

»Noch einmal danke für deine Hilfe.« Jo machte ihnen beiden einen Milchkaffee zum Mitnehmen. Sie hätte Lust gehabt, sich ans Fenster zu setzen und aufs Meer zu blicken, aber Molly und Arthur waren an »ihrem« Tag hier ganz in ihrem Element, und Jo wollte ein bisschen am Strand entlangschlendern und ihre Freizeit nutzen.

»Du wirst mich übrigens bezahlen müssen.«

»Ich habe mir die Extrastunden schon aufgeschrieben«, sagte sie verdutzt. »Und das Material habe ich doch bezahlt.«

»Nein, das meine ich nicht. Aber du hast mich da in etwas reingezogen, das mit Romantik zu tun hat. Wenn das jemand herausfindet, ist mein Ruf hinüber.«

Unwillkürlich fragte sie sich, ob er Bezug auf die blonde Frau nahm, fragte aber nicht nach. »Und was schwebt dir vor?«

Er zog die Augenbrauen hoch.

»Oh, nein. Das meinst du nicht ernst.«

8. Kapitel

Ben Mulroney war seit drei Jahren Single. Seit seiner Frau alles zu viel geworden und sie gegangen war, kämpfte er sich als alleinerziehender Vater mehr schlecht als recht durch den Alltag, um im Spagat zwischen Vollzeitjob, Organisation des Familienlebens und Sorge um den Zustand seiner Frau, der er ihren Sohn nicht uneingeschränkt überlassen konnte, nicht unterzugehen. Ben hatte keine andere Verabredung mehr gehabt, seit er Lorna kennengelernt hatte – und sie hatten letztendlich geheiratet –, er war also in dieser Hinsicht so was von außer Übung, dass er nicht einmal darüber nachdenken wollte.

»Charlie, Frühstück.« Er stellte Charlies Batman-Teller mit dem French Toast auf den Tisch in der Küche des Reihenhauses, in dem sie schon seit zehn Jahren wohnten. Er hatte es nach einer Beförderung gekauft, und als Lorna dazugekommen war, hatte sie sich mit Begeisterung daran gemacht, es in ein Zuhause zu verwandeln. Heute strömte das Sonnenlicht durch die Doppeltür am Ende der Küche, und er öffnete sie, um den Frühling hereinzulassen.

Wieder rief er nach Charlie, der, noch im Bademantel, endlich herbeikam; er hatte den ganzen Morgen Zeichentrickfilme gesehen und mit seinen Autos auf dem Holzboden gespielt. Er war immer ausgesprochen früh wach, und Ben fragte sich oft, wann er wohl in jenes gesegnete Teenageralter eintreten würde, in dem man bis Mittag im Bett bleiben wollte.

»Was ist ein Blind Date?«, fragte Charlie mit vollem Mund.

Ben verschluckte sich fast an seinem Bissen. Er liebte den in Eiermilch getauchten und goldgelb ausgebackenen Toast genauso wie sein Sohn. »Wo hast du denn diesen Begriff gehört? Und sprich nicht mit vollem Mund.«

Charlie kaute hastig, schluckte und sagte: »Das stand auf dem roten Zettel in der Rieklingtonne.«

Hätte Ben den Brief bloß zerrissen, als er ihn in den Müll geworfen hatte! Auf der Einladung hatte »Komm zum Café am Ende des Piers – der Liebe wegen!« gestanden, und seit die Karte am Montag angekommen war, hatte er sie öfter wieder aus dem Müll geholt, um sie anzustarren, als er sich selbst eingestehen mochte. Einmal hatte er die Karte vor sich liegen gehabt, während sich sein Vater am Telefon bei ihm über einen Nachbarn beschwerte, der immer wieder seine Ausfahrt zuparkte, und gedankenverloren hatte Ben »Blind Date« in Großbuchstaben auf den Umschlag geschrieben, vielleicht um sich selbst zu vergegenwärtigen, wie irrwitzig die ganze Idee war. Doch da er bisher noch keine Chance gehabt hatte, Jo zu fragen, was sie sich eigentlich dabei gedacht hatte, war er bloß immer neugieriger geworden. Er hatte sie von seinem Haus wegfahren sehen, und das Date sollte in ihrem Café stattfinden – hieß das auch *mit* ihr? Sie verstanden sich gut, konnten stundenlang miteinander plaudern, sie kannte ihn momentan besser als jede andere Frau, und sie schien Charlie wirklich gern zu haben. Ganz zu schweigen davon, dass sie mit ihrem schulterlangen, welligen Haar wirklich hübsch war und ihr Lächeln das ganze Café erhellen konnte.

Irgendwie wünschte er sich fast, dass es tatsächlich sie und keine andere war.

»Hör mir mal zu, Charlie«, sagte er und wartete, bis sein Sohn ihn ansah. »Re-cy-cling.«

»Re …« Kauen. »Cy.« Kauen. »Cling.«

»Sehr gut. Drei Silben.«

»Und was ist das? Ein Blind Date?«

»Warum wühlst du in der Tonne?«

»Ich habe nach Pappe gesucht. Für eine Burg für meine Legomännchen.« Charlie zuckte die Achseln, als wäre das völlig normal. »Wir haben doch immer Pappe in der Riekling-tonne.«

Diesmal machte Ben sich nicht die Mühe, ihn zu berichtigen. »Na ja, das ist eine Verabredung von zwei Leuten, die sich noch gar nicht kennen.«

»Und wie geht das?« Er nahm einen Schluck von der Milch, die Ben neben seinen Teller gestellt hatte. »Wie verabredet man sich denn, wenn man sich noch nie gesehen hat?«

»Trink deine Milch«, sagte Ben und aß seinen Toast auf, ehe er aufstand und die Pfanne schrubbte, die schon im Spülwasser wartete. Das war eine weitere Herausforderung der Kindererziehung: die ewigen Fragen. Und selbst, wenn man eine Antwort fand, war das häufig nicht das Ende der Diskussion, denn jede Antwort führte zu einer neuen Frage und dann zur nächsten und so weiter, bis es einem irgendwann gelang, mehr oder weniger elegant das Thema zu wechseln.

Nachdem Ben die Küche aufgeräumt und Charlie sich endlich angezogen hatte, ging es in die zweite Fragerunde, als Charlie wissen wollte, ob er denn nun am Abend ins Café am Ende des Piers ginge.

»Setz dich hin«, sagte Ben und deutete auf die Treppe, an deren Fuß sie standen. Sie wollten sich die Schuhe anziehen und hinunter zum Teich gehen, um das Boot, das Charlie zum Geburtstag bekommen hatte, zu Wasser zu lassen. Lorna hatte es ausgesucht, und Charlie war vor Freude ganz aus dem Häuschen gewesen. Es war dunkelblau, hatte flatternde weiße Segel mit blauen Sternen und ein großes Ruder, das es durchs Wasser steuern würde.

»Du kannst ruhig gehen, wenn du willst. Mir macht das nichts. Maddy kann auf mich aufpassen. Sie ist nett. Bei ihr krieg ich immer Kekse und darf länger aufbleiben.«

»Ich bin mir nicht sicher, ob es klug ist, mir das zu sagen.« Charlie schlug sich die Hand vor den Mund und kicherte, als Ben ihn kitzelte. »Ich glaube, ich will gar nicht hin«, antwortete er schließlich. »Ich bleibe lieber hier bei dir.«

»Wieso? Weil du die andere nicht kennst?«

»Genau.«

»Aber vielleicht ist sie die Richtige für dich.«

»Aus dem Munde der jungen Kinder …«

»Was heißt das?«

Ging das schon wieder los! »Komm jetzt. Schuhe an und los.«

»Gehen wir nach dem Teich noch zum Café?«

»Ich dachte, wir holen uns zum Mittag heute Fish&Chips und spazieren ein bisschen am Strand entlang.« Da er die Gedanken an die Einladung nicht abschalten konnte, wollte er das Café im Augenblick meiden. Jetzt musste nur Charlie noch mitspielen.

»Und Eis?« Charlie griff nach seiner roten Jacke.

»Mal sehen.« Was normalerweise ja bedeutete, was Charlie wahrscheinlich wusste, wenn Ben sein breites Grinsen richtig deutete. Ben betrachtete die rote Jacke. »Die brauchst du heute nicht, die ist viel zu warm. Es ist herrlich sonnig draußen.«

Charlie ging nicht darauf ein. »Wenn du zu dieser komischen Verabredung gehst, bin ich auch um sieben im Bett.«

»Ach ja? Und wenn Maddy dir Kekse anbietet?«

Er dachte einen Moment lang darüber nach. »Dann sag ich, dass das heute nicht geht.«

»Hör mal, wie wär's denn damit: Ich gehe zu dieser komischen Verabredung, wenn du deine Jacke hierlässt.«

Charlie schien förmlich in sich zusammenzufallen, doch nur für einen Moment. Er streckte seinem Vater die Hand entgegen. »Abgemacht.«

Ben schüttelte seine Hand und zerzauste ihm das Haar, dann gingen beide hinaus in den prächtigen Frühlingstag und machten sich auf dem Weg zum Teich.

Also hatte Ben heute Abend eine Verabredung. Und ganz entgegen seiner Gepflogenheiten überlegte er bereits, was er anziehen sollte.

9. Kapitel

»Ich kann immer noch nicht fassen, dass ich das wirklich tue.« Jo stand im Sand, blickte aufs Meer hinaus und war froh über den Neoprenanzug, in den sie sich heute Morgen gequetscht hatte, bevor Steve sie zu Hause abgeholt hatte. Sie waren um die Bucht herum zu einer bei Surfern beliebten Stelle gefahren, und obwohl sie von hier aus den Pier sehen konnte, hätte sie nervöser nicht sein können.

»Du bist es mir schuldig, vergiss das nicht«, neckte Steve sie, während er seinen Reißverschluss zuzog. Sie hatte Steve heute Morgen bereits oben ohne gesehen, und es war ihr nicht leicht gefallen, das definierte Sixpack unter seiner gebräunten Haut zu ignorieren. Ganz offensichtlich tat er etwas für seine Muskeln. Nun wunderte es sie nicht mehr, dass er so oft ablehnte, wenn sie ihm im Café süße Leckereien anbot.

Jo nahm das Board von ihm entgegen. »Einfach so?« Entgeistert sah sie sich um. Außer ihnen waren noch andere Surfer da – nicht viele, aber immerhin.

»Entspann dich. Keiner hier achtet auf dich. Also. Wir wärmen uns zuerst ein bisschen auf.«

Sie legte das Brett neben seins in den Sand und folgte seinen Anweisungen, um Arme, Schultern, Oberschenkel und

Beine zu lockern und zu dehnen. Anschließend scheuchte er sie ein paarmal den Strand auf und ab und musste sich sichtlich ein Grinsen verkneifen, als sie ihn mit finsteren Blicken bedachte.

»Das Aufwärmen verringert wie bei jedem anderen Sport die Verletzungsgefahr«, erklärte er ihr. »Wir machen jetzt zunächst eine Trockenübung.«

»Können wir nicht einfach ins Wasser gehen, damit ich es hinter mir habe?« Die Sonne glomm über dem Horizont, aber es reichte noch nicht, um sie zu wärmen, und das Wasser wirkte dunkel und eisig.

»Jo, hör bitte auf mich, es ist wichtig.«

Also fügte sie sich und ließ es sich erklären. Sie legte sich auf das Board und tat, als paddele sie, obwohl sie nur feuchten Sand hinter sich schaufelte. Dann war es an der Zeit, das Aufstehen zu üben.

»Ich bin schon fix und fertig, ehe wir überhaupt im Wasser sind«, keuchte sie, als sie nach Steves Anleitung zum mindestens hundertsten Mal auf das Brett sprang. In der Theorie klang es relativ leicht: Man lag auf dem Bauch, stützte die Hände neben dem Brustkorb auf, winkelte gleichzeitig die Beine an, fand mit den Zehen halt und drückte sich ruckartig hoch, um mit den Füßen möglichst direkt in der richtigen Position zu landen. Jo zweifelte inzwischen daran, ohne den sicheren Untergrund je aufrecht auf dem Board stehen zu können.

Steve dagegen machte den Eindruck, als hätte er sich bloß gemütlich hingelegt. Er atmete nicht einmal schwer. »Mach dir nichts draus. Surfen fordert alle Muskeln.«

»Ich schäme mich langsam für meinen Mangel an Fitness.«

»Unsinn. Der Körper muss sich an jeden neuen Bewegungsablauf gewöhnen. Auf jeden Fall wirst du morgen Muskelkater haben.«

Wieder blickte sie über das Wasser. Ihre Liebe zum Meer endete gewöhnlich am Ufer, es sei denn, es herrschte eine Hitzewelle. »Na gut, tun wir's.«

»Ich glaube, ich habe gerade ein Lächeln gesehen.«

»Übertreib's nicht.«

»Hast du die Leine richtig befestigt?«

Sie überprüfte das Klettband um ihren Fußknöchel, das verhindern sollte, dass das Board von ihr wegtrieb, wenn – nicht falls – sie stürzte. »Ja, alles klar. Ich bin so weit.« Sie hatte sich nie gewünscht, selbst Wellen reiten zu können; es hatte ihr immer gereicht, die Eleganz und das Können erfahrener Surfer vom Strand aus zu bewundern. Steve war gut. Sie hatte ihn einmal beobachtet, als sie noch vor dem Öffnen des Cafés einen langen Spaziergang am Strand gemacht hatte, und als Surflehrer hatte er eine Engelsgeduld.

»Das ist ja eiskalt!«, rief sie entgeistert, als ihre Zehen das Wasser berührten, aber Steve watete direkt weiter hinein.

»Du kannst schwimmen, nehme ich an?«, rief er ihr über die Schulter zu.

»Wofür hältst du mich?«

Er zuckte die Achseln und wandte sich um. Er stand nicht einmal knietief im Wasser, legte sich aber aufs Board. »Fragen musste ich dennoch. Und jetzt komm, wir üben hinauszupaddeln.«

Sie gehorchte, erinnerte sich an das, was er ihr beigebracht hatte, und erreichte ihn ohne Zwischenfälle – abgesehen von einer vollen Ladung Wasser im Gesicht, weil sie vergessen hatte, sich über eine kleine Welle zu heben.

»Wir bleiben zunächst im flachen Wasser und üben hier, bis du es draufhast.«

Als Jo nach einigen Fehlversuchen tatsächlich lang genug auf dem Board stehen bleiben konnte, um auf einer kleinen Welle bis an den Strand zu surfen, lachte sie begeistert.

»Gib's zu.« Steve schüttelte sein blondes Haar wie ein nasser Hund, als sie sich wieder am Strand befanden. »Du hast Spaß gehabt. Und ich fand es toll, dass du dich darauf eingelassen hast.«

Tatsächlich konnte Jo nun verstehen, warum Surfer so süchtig nach ihrem Sport waren: Der Wind, der Geruch des Meeres, die Frische des Wassers und die Endorphine, die der Ritt auf den Wellen mit sich brachte – all das war schlichtweg unvergleichlich. »Es hat Spaß gemacht, ich geb's zu. Aber vielleicht dauert es ein bisschen, bis ich mich noch einmal hineinwage.«

»Ich verspreche dir, du wirst nie wieder aufhören wollen, wenn du einmal den Bogen raushast. Und wer weiß – vielleicht ist unter den echten Surffreaks ja die Liebe deines Lebens.«

»Ah. Wer ist denn hier nun der Romantiker?«

»Ich sag's ja nur. Kann bestimmt nicht schaden, dich ein bisschen mehr hier herumzutreiben.«

Sie reichte ihm das Board, damit er es zu seinem auf den Dachgepäckträger legen konnte. »Du findest mich langweilig.«

»Quatsch, davon war keine Rede. Aber du arbeitest ja praktisch nur. Du solltest dir hin und wieder eine Auszeit gönnen.«

Sie wollte sich wirklich nicht vor ihm ausziehen, aber so konnte sie auch nicht in den Van steigen, also nutzte sie die Zeit, in der er die Boards auf dem Dachgepäckträger festzurrte, zog den Reißverschluss auf und streifte hastig das T-Shirt über, das sie am Morgen eingepackt hatte.

»Probleme?«, fragte er, während sie vergeblich versuchte, das nasse Neopren von ihren Beinen zu schälen.

»Das ist ja wie eine zweite Haut. Wie kriege ich das runter?«

Er bedeutete ihr, ein Bein anzuheben, und zog den Anzug mit einem Ruck herunter, dann tat er dasselbe mit dem anderen Bein. Mehr als nur ein bisschen verlegen, kämpfte sie sich in ihre Shorts und stieg in den Transporter.

»Wie bist du deinen Anzug denn so schnell losgeworden?«, fragte sie, als er auf der Fahrerseite einstieg – in trockener Kleidung.

»Übung«, antwortete er. Er ließ den Motor an, und Jo drehte die Heizung auf. Er drehte sie wieder ab. »Ehe das Ding warm wird, bist du schon zu Hause.«

»Einen Versuch ist es wert.« Sie drehte sie wieder auf.

»Du bist eine echte Nervensäge«, konterte er.

Sie alberten herum, während er vom Parkplatz fuhr, doch als sie auf die Straße einbogen, die den Hang zum Kreisverkehr hinunterführte, entdeckte Jo Harry, der gerade dabei war, sein eigenes Board vom Dachgepäckträger zu holen, und ihre Blicke begegneten sich. Sie hätte wissen müssen, dass auch er hier anzutreffen sein würde. Sie winkte, doch seinem Gesichtsausdruck entnahm sie, dass er glaubte, sie und Steve seien mehr als nur Freunde. Und als sie wieder zu Hause angekommen war und geduscht hatte, wusste sie, dass das nur gut so war. Er musste begreifen, dass sie sich verändert hatte und man die Uhr nicht zurückdrehen konnte. Auch dann nicht, wenn man sich wehmütig an alte Zeiten erinnerte.

»Du bist heute aber vergnügt«, bemerkte Matt, als er die übliche Lieferung Obst und Gemüse brachte. »Was ist passiert?«

Jo nahm ihm die Kiste ab und spähte hinein. Sie entdeckte frische Eier, pralle Tomaten, glänzend schwarze Brombeeren und vieles mehr. »Ich war heute Morgen surfen«, erklärte sie.

»Wow, ich bin beeindruckt.«

»Und überrascht, nehme ich an. Ich übrigens auch, aber Steve hat mich überzeugt. Er ist der Meinung, dass ich Auszeiten brauche.«

»Womit er recht hat. Wie war es denn?«

Sie stellte die Kiste ab und winkte Angie zum Abschied, die bereits einen Ingwertee und Obstsalat zu sich genommen hatte und nun zu ihrem Buchclub wollte. »Besser, als ich dachte«, gab sie zu. »Ich habe eine Menge Wasser geschluckt, und am Ende taten meine Arme höllisch weh, aber es hat mich definitiv hellwach gemacht und war eine erstaunlich schöne Methode, in den Tag zu starten.«

»Das ist also das Geheimnis.«

»Du solltest es auch einmal versuchen. Steve ist ein guter Lehrer.«

»Ich hab's schon mal versucht.«

»Ach, tatsächlich?«

»Vor ein paar Jahren im Urlaub in Cornwall. Aber ich fürchte, es war nicht wirklich meins. Ich ziehe festen Boden unter den Füßen vor, es sei denn, ich fahre mit einem Boot.«

Sie begann, die Kiste auszuräumen. »Wie schafft ihr das bloß, eine solche Vielfalt zu produzieren?«

»Es ist harte Arbeit. Man muss dem jeweiligen Produkt viel Fürsorge und Aufmerksamkeit zukommen lassen.«

»Die Brombeeren sehen köstlich aus.« Sie hob das Schälchen unter ihre Nase und sog den süßen Duft ein, dann probierte sie eine. Sie war leicht herb, so wie sie sie am liebsten mochte. »Also, was denkst du? Lieber Brombeerecken oder Kuchen?«

»Hey, ich kann Obst und Gemüse ziehen, aber überhaupt nichts damit anstellen. Mir wäre beides absolut recht.«

Als er seiner Wege ging, war Jo immer noch unschlüssig, stellte jedoch rasch fest, dass sie so gut wie alle Zutaten für die Brombeerschnitten hatte, und da sie sie bereits für ein Schulpicknick in Edinburgh ausprobiert hatte, entschied sie sich für diese Option.

Sie schaute auf, als Jess das Café betrat, wie immer mit über die Schultern baumelnden Kopfhörern. Jo hatte sich bereits gefragt, wann sie auftauchen und nach der Einladung fragen würde, und wie es aussah, war der Zeitpunkt nun gekommen. »Hallo. Samstag ist doch gar nicht Ihr Tag.«

»Heute macht ein anderer Arzt den Samstagsdienst.«

»Wie war der Lauf?«

Jess schüttelte den Kopf. »Oh, nein, so leicht kommen Sie mir nicht davon. Sie wissen sehr gut, worum es mir geht.«

»Die Einladung«, antwortete Jo leise genug, dass es kein anderer hören konnte. Ein Klangteppich aus gedämpftem Gemurmel lag über dem Café, und jeder Tisch war besetzt, doch zum Glück wollte Jess nur einen Smoothie zum Mitnehmen.

»Ja. Die Einladung.«

»Werden Sie mich jetzt lynchen?«

»Zuerst hatte ich große Lust dazu. Ich bin nämlich keine einsame Jungfer, die vermittelt werden muss, wissen Sie?«

»Und inzwischen? Wenn Sie mich hätten lynchen wollen, hätten Sie es also vermutlich schon getan.«

»Ich war Dienstag hier, aber Sie nicht, und am Mittwoch hatte ich mich schon wieder etwas beruhigt.«

Eigentlich wollte Jo bloß wissen, ob Jess mitspielte. Ben wahrscheinlich schon, denn von ihm hatte sie nichts gehört, und sie hoffte, dass sie das als gutes Zeichen werten konnte.

»Also?«, versuchte Jo es erneut und kreuzte hinter der Theke die Finger.

»Ich komme.«

Hätte Jo nicht befürchtet, Jess damit zu verscheuchen, hätte sie einen Jubelschrei ausgestoßen.

»Sagen Sie mir, wer es ist?«

»Ganz sicher nicht.« Und damit ging sie in die Küche, um den Smoothie zuzubereiten. Als sie zurückkehrte, blickte Jess ihr besorgt entgegen. »Er ist ein wunderbarer Mensch«, versicherte Jo ihr. »Sonst würde ich doch nicht versuchen, Sie zusammenzubringen. Und ich freue mich wirklich sehr, dass Sie der Sache eine Chance geben.«

»Es ist auf jeden Fall einfacher, als sich selbst um eine Verabredung zu bemühen.« Sie nippte an dem dickflüssigen Getränk und schloss genießerisch die Augen. »Ich habe ja nie Zeit. Im Moment geht ein Infekt um, und jeder zweite scheint eine dicke Erkältung zu haben. Diese Woche war ich noch mehr Stunden in der Praxis als sonst.«

»Wenn Sie heute Abend kommen, werden Sie es nicht bereuen.«

»Was gibt's zu essen?«, fragte sie. Dass ihr Interesse geweckt war, war ein gutes Zeichen, fand Jo.

»Verrate ich nicht. Es wird Ihnen auf jeden Fall schmecken, versprochen.« Sie hatte ein wenig nachgeforscht, herausgefunden, was beide am liebsten respektive am wenigsten mochten, und auf dieser Basis ein Menü zusammengestellt.

»Na dann … bis heute Abend.«

»Bis heute Abend.« Jo holte tief Luft. Wunderbar. Jetzt musste sie nur noch Steve bitten, ihr bei den letzten Vorbereitungen zu helfen, dann konnte Amor seinen Pfeil abschießen.

Vorausgesetzt, es würden auch wirklich beide auftauchen.

Ben und Charlie ließen sich den ganzen Tag nicht blicken, und irgendwann war Jos Zuversicht geschwunden. Sie begann, sich Sorgen zu machen. Ihre Überzeugung, dass Bens Schweigen ein gutes Zeichen war, hatte sich verflüchtigt, und sie hoffte inständig, dass sie ihn nicht verärgert hatte. Denn eigentlich wollte sie doch genau das Gegenteil tun – sie wollte den Menschen hier etwas zurückgeben und ihr Leben schöner machen, nicht komplizierter.

War es ein Fehler gewesen, sich überhaupt einzumischen?

Kurz vor Ladenschluss traf Steve ein, damit sie anfangen konnten, die Pergola aufzubauen. Während er die Pfosten mit den Holzklötzen verschraubte, begann Jo mit den Vorbereitungen für das Menü. Sie hatte bereits eine Aioli vorbereitet, ebenso den Fisch, denn sowohl Ben als auch Jess liebten anscheinend Meeresfrüchte, und sogar für das Dessert war nach dem üblichen Ansturm fürs Mittagessen noch Zeit gewesen.

»Und? Wann gehen wir das nächste Mal Surfen?«, fragte Steve, als er den vierten Pfosten befestigt hatte.

»Hm, warte mal …«, sagte Jo mit einem verschmitzten Funkeln in den Augen. »Heute ist Samstag, morgen Sonntag, also … gar nicht?«

»Oh, komm schon. Du machst einen richtig fröhlichen, gelösten Eindruck heute Nachmittag. Ich weiß genau, dass es dir gutgetan hat.«

»Ich bin fröhlich und gelöst, weil ich einen *Abend der Liebe* organisiere.«

Er ließ nicht locker. »Irgendwann kriege ich dich schon wieder aufs Wasser.«

»Irgendwann«, bestätigte sie, während sie den Aufbau begutachtete. »Großartig. Wenn ich erst einmal die Lichterketten und Blumen angebracht habe, sieht es aus, als hätten wir den Frühling hereingeholt.«

Nachdem er gegangen war, schloss Jo die Tür, öffnete aber die Fenster, damit die Meeresbrise hereinwehen konnte, während sie die Eimer mit den Blumen aus der Vorratskammer holte. Molly und Arthur hatten sie heute Nachmittag für sie vom Händler geholt, und obwohl die beiden höllisch neugierig waren, was wohl am Abend geschehen würde, hatte Jo sie ermahnt, nicht wiederzukommen, um Mäuschen zu spielen. »Ich habe alles im Griff, und ihr vertreibt mir die beiden Turteltauben nur.«

Als Molly erfahren hatte, dass Jess heute Abend dabei sein würde, hatte sie zu schwärmen begonnen, wie reizend und nett sie sei und dass sie Arthur und ihr noch nie das Gefühl gegeben hatte, sie kämen zu oft zum Arzt, obwohl es ihnen selbst so vorgekommen war. »Sie hat ein Herz aus Gold«, hatte Molly gesagt, und Jo war einmal mehr ungeheuer froh, dass sie eine Chance hatte, einer derart beliebten Einwohnerin Salthavens etwas Gutes tun zu können. Ben stand übrigens ähnlich hoch in der Gunst ihrer Großeltern. »Ein hingebungsvoller Vater«, wusste Arthur zu berichten und erzählte Jo außerdem in epischer Breite, wie Ben einmal Arthurs Hut hinterhergejagt war, den ihm der Wind unerwartet vom Kopf geweht hatte.

Jo stellte eine runde Glasvase in die Mitte des Tisches, füllte sie zu einem Drittel mit Wasser und arrangierte Jasmin darin.

Sie hatte sich entschieden, ausschließlich diese Blüten zu nehmen, weil sie so hübsch nach Frühling aussahen und wunderbar dufteten. Dann begann sie, Jasminzweige mit Hilfe von Blumendraht an den Pfosten zu befestigen, bis sie auf Zehenspitzen stand, um das letzte Grün ganz oben anzubringen. Behutsam wand sie die Lichterketten zwischen Blüten und Blättern um die Pfosten, zündete Kerzen an, dimmte die Lichter und legte sanfte Cellomusik auf, als die Sonne draußen verblasste und Richtung Horizont sank.

Nicht mehr lange, dann würde es draußen ganz dunkel sein und die romantische Beleuchtung im Café zu voller Geltung kommen. Das Essen, das sie geplant hatte, war perfekt vorbereitet und brauchte nur noch eine minimale Nachbearbeitung, während Ben und Jess sich in ihrer Laube etwas näher kennenlernen würden. Sie selbst würde quasi mit dem Hintergrund verschmelzen.

Jo band sich eine schneeweiße Schürze um, die auch ihrer Aufmachung einen Hauch von Exklusivität verlieh, und fasste vor dem Spiegel ihr dunkles, welliges Haar zu einem Chignon zusammen, sodass nur einzelne zarte Strähnen ihr Gesicht einrahmten. Sie zog ihre Lippen mit kirschroter Farbe nach, bürstete ihre Augenbrauen in Form und trug einen Hauch Rouge auf, um sich als Gastgeberin in Bestform zu präsentieren. Und als sie ein Klopfen hörte, tat ihr Herz einen kleinen Satz. Sie holte tief Luft, stieß sie langsam wieder aus und begab sich nach vorn, um ihren ersten Gast zu begrüßen.

»Ben. Kommen Sie herein.« Sie gab sich Mühe, sich nichts anmerken zu lassen, doch sie war ungeheuer erleichtert, dass er aufgetaucht war. »Darf ich Ihnen etwas zu trinken bringen?« Seltsamerweise blickte er sich gar nicht nach einer weiteren

Person um und sah richtiggehend verblüfft aus, als es erneut klopfte. »Warten Sie bitte einen Moment.«

Und mit einem Lächeln begrüßte sie Jess. Endlich. Endlich ging es los.

10. Kapitel

Ben hatte vier verschiedene Hemden anprobiert, ehe er halbwegs zufrieden gewesen war, und während er eins nach dem anderen geprüft und wieder verworfen hatte – das beige mit weißem Karomuster? Nein! Hellblau, aber etwas abgewetzt an den Manschetten? Nein! Hellgrün und so gut wie neu? Auch nicht! –, hatte er unwillkürlich stets Jo als sein Gegenüber beim romantischen Dinner im Sinn gehabt. Nun jedoch stand er im schwarzen Hemd zu dunkelblauer Jeans und braunen Wildlederschuhen vor einer ganz anderen Frau.

»Freut mich, Sie kennenzulernen«, sagte er und schüttelte Jess die Hand. »Also, richtig, meine ich.« Stellte er es falsch an? Hätte er sie vielleicht sogar auf die Wange küssen sollen?

»Hallo, Ben. Irgendwie ist das alles etwas schräg, nicht wahr?«

»Ja, sehr, und danke, dass Sie das gesagt haben. Ich fühle mich direkt besser.«

Jo hatte sie einander vorgestellt und war dann in der Küche verschwunden, kehrte nun aber mit einem Tablett mit zwei Gläsern Sekt zurück. Jess nahm eins, Ben das andere, und Jo verschwand erneut, ohne ein weiteres Wort von sich zu geben.

»Sollen wir?« Er deutete auf den gedeckten Tisch in der Ecke.

Jess ging zuerst. Sie war schlank und groß und ausnehmend hübsch. Natürlich hatte er sie schon öfter in ihrem Laufoutfit vorbeirennen sehen, und als er nach Weihnachten wegen einer hartnäckigen Erkältung mit Charlie zum Arzt gegangen war, waren sie sich ebenfalls begegnet. Doch mehr als ein paar freundliche und belanglose Worte hatten sie bisher nicht gewechselt.

Beide versteckten sich hinter ihrem Sektglas, bis Ben das Wort ergriff. »Und? Was machen Sie?«, fragte er, schlug sich aber automatisch mit der flachen Hand vor die Stirn. »Verzeihen Sie, ich kann selbst kaum fassen, dass ich das gefragt habe. Ich weiß natürlich, dass Sie Ärztin sind.«

»Schon in Ordnung. Sie hätten mich auch fragen können, ob ich oft herkomme, und dann wäre ich wahrscheinlich aufgestanden und gegangen.«

Ihr Scherz brach endlich das Eis, und als Jo ein Amuse-Gueule aus sautierten Jacobsmuscheln mit Aioli brachte, unterhielten sie sich bereits angeregt über Jess' Liebe zum Skifahren und Laufen, über seine Arbeit als Architekt, seine Begeisterung für alte Gemäuer und über diverse Reiseziele in Europa, die er in der Vergangenheit besucht hatte.

»Welche ist Ihre Lieblingsstadt?«

»Muss ich mich entscheiden?«

»Oh ja.«

»Okay. Ich liebe Prag wegen des Glockenturms in der Altstadt, der ungewöhnlichen Form des Tanzenden Hauses und wegen der Aussicht oben von der Burg aus.«

»Und was steht als Nächstes auf Ihrer Liste?«

Ben wollte gerade antworten, als Jo an den Tisch trat. »Ich störe nur ungern, aber ich wollte Sie rasch über die Menüfolge informieren.«

»Wenn es ähnlich lecker ist wie die Muscheln gerade, bleibt bestimmt nichts auf meinem Teller«, sagte Jess, ehe sie das Gesicht verzog, als habe sie etwas Falsches gesagt.

»Als Hauptgang gibt es gebratenen Thunfisch mit Couscous und Zuckerschoten, als Dessert ist Zitronen-Frischkäsetorte mit einer Kruste aus dünnen, knusprigen Ingwerplätzchen geplant.«

»Gott, das klingt großartig.«

»Darf ich Ihnen noch ein Glas Sekt anbieten?«

»Aber immer«, sagte Jess, und als Jo sich wieder in die Küche verzog, fügte sie mit einem verlegenen Blick zu Ben hinzu: »Man sollte auf einem Date wohl nicht damit prahlen, wie viel man vorhat zu essen, oder?«

»Ah, deswegen Ihr merkwürdiger Gesichtsausdruck.«

»Es ist keine besonders attraktive Eigenschaft, finden Sie nicht? Vielleicht bin ich ja deshalb noch immer alleinstehend.«

»Ach, wenn ich so darüber nachdenke, esse auch ich wie ein Scheunendrescher.«

»Na, wir geben ja ein schönes Paar ab.«

Sie setzten ihre Unterhaltung fort und deckten beim Hauptgang und beim Dessert alle möglichen Themen ab: Von Geschwistern über Charlies lustige Aktionen bis zu ihrer Arbeit mit allen Höhen und Tiefen, und am Ende des Abends konnte Ben nicht leugnen, dass er sich prächtig amüsiert hatte.

»Danke, dass Sie mich nicht versetzt haben«, sagte er zu Jess, als sie beim Kaffee angelangt waren.

»Jo kann froh sein, dass wir zwei experimentierfreudig sind. Ich bin mir nicht sicher, ob ihr Plan mit jedem funktioniert hätte.«

»Es war dennoch eine wunderschöne Idee, finden Sie nicht? Viel besser, als es mit Online-Dating zu versuchen. Vor allem viel weniger beängstigend.«

»Damit haben Sie natürlich recht. Haben Sie es mal ausprobiert?«

»Online? Nein. Wie ich mich kenne, picke ich mir prompt die Irren raus.«

Jess war eine attraktive Frau mit freundlichen Augen und herrlich unkompliziert. »Und wie fanden Sie das Menü?« Und mir nichts, dir nichts waren sie wieder beim nächsten Thema, über das sie sich mühelos austauschen konnten: gute und schlechte Restaurants in der Umgebung.

Als sie etwas später unter dem Mantel der Dunkelheit das Café verließen und plaudernd den Pier entlangschlenderten, wusste Ben, dass er eine Freundin gefunden hatte. Er würde sie vielleicht in Zukunft sogar zum Essen ausführen, doch ein echter Funke war nicht übergesprungen, und er war sicher, dass sie es genauso empfand.

An der Straße trennten sie sich. Während Ben nach Hause ging, fragte er sich, wie der Abend wohl verlaufen wäre, wenn er mit Jo statt mit Jess verabredet gewesen wäre.

Der Ausgang hätte ein ganz anderer sein können.

11. Kapitel

Am Montagmorgen musste Jo erkennen, dass Steve recht gehabt hatte: Surfen forderte den ganzen Körper, sie konnte es in jedem einzelnen Muskel spüren. Am Samstagabend hatte das Hochgefühl, dass ihr *Abend der Liebe* hervorragend zu laufen schien, alles andere verdrängt, am Sonntag hatte sie ein leichtes Ziehen verspürt, als sie die Pfosten abgeschmückt und Steve dabei geholfen hatte, die Konstruktion zu zerlegen und zu verstauen, bevor Molly und Arthur den Laden öffneten, aber heute tat ihr so gut wie alles weh.

Jo brachte Melissa, die heute erst spät zur Arbeit musste, einen Cappuccino. Sie verzog das Gesicht, als sie den Becher abstellte; selbst die einfachsten Bewegungen schmerzten höllisch.

»Was ist denn mit dir los?«, fragte Melissa.

»Mir tut alles weh vom Surfen.«

»Ich dachte, du hättest Spaß gehabt.«

»Hatte ich ja auch, bis sich die Nachwirkungen zeigten. Ich kann kaum meine Arme heben, und wenn ich mich bücken will, um etwas aus dem Ofen zu holen …« Sie schüttelte den Kopf.

Melissa bedeutete ihr, sich zu ihr zu beugen, damit sie ihr etwas zuflüstern konnte. »Schau dir die mal an.« Sie blickte zu einem Grüppchen junger Frauen hinüber, das ganz hinten auf der Fensterbank verschwörerisch die Köpfe zusammensteckte.

»Wen?«

»Siehst du das Mädchen ganz am Ende, das mit den braunen Haaren? Und jetzt folge ihrer Blickrichtung.«

Jo hatte keine Ahnung, worum es Melissa ging, beobachtete das Mädchen aber heimlich, während sie einen Tisch abräumte und Krümel von den Stühlen fegte.

Schließlich kehrte sie zu Melissa zurück. »Süß. Sie ist schwer verknallt.« Das Mädchen konnte ihren Blick nicht von einem jungen Mann nehmen, der ebenfalls mit Freunden an einem Tisch in der Nähe der Tafel saß und offenbar gerade gehen wollte.

Melissa nickte ihm zu, als er auf dem Weg zur Tür an ihnen vorbeikam. »Das war Dan«, sagte sie. »Seine Mutter ist eine Kollegin von mir.«

»Und das Mädchen, das ihn beobachtet?«

»Maddy. Sie hat vor ein paar Tagen im Pub zu ihrem einundzwanzigsten Geburtstag eine große Party veranstaltet. Oh, und sie ist Charlies Babysitter.«

»Na, Dan sollte sich jedenfalls vorsehen«, flüsterte Jo, »denn sie hat sich eindeutig in ihn verguckt.«

»Ich glaube, dass es Dan genauso geht.«

Manchmal kam es Jo so vor, als dürfe sie in der Liebe immer nur zuschauen.

Melissa wandte sich wieder ihrer Zeitschrift zu, und Jo bewegte sich langsam und steif wie eine alte Frau durch das Café. Auch Angie, die kurz darauf eintraf, entging Jos Unbeweglichkeit nicht, und als Molly auf dem Weg zur Bücherei vorbeischaute, amüsierten die beiden sich auf Jos Kosten prächtig. Jo nahm es ihnen nicht übel – sie sah die komische Seite ihrer Misere ja selbst. Außerdem nahm sie an, dass die beiden froh waren, feststellen zu können, dass nicht nur alte Körper zuweilen den Dienst verweigerten.

»Meine Güte, ich kann gar nicht glauben, dass ich nicht längst gefragt habe«, sagte Melissa entgeistert, als der größte Schwung des Morgens abgeebbt war. »Wie ist es am Samstag gelaufen?«

»Ich glaube, wirklich gut.« Jo wischte den niedrigen Tisch vor der Fensterbank ab und holte Kehrblech und Handfeger.

»Und mehr Informationen kriege ich nicht?«

»Tut mir leid. Das geht nur die beiden Leute etwas an, die hier verabredet waren.« Sie schnappte nach Luft, als sie in die Hocke ging, fegte mit behutsamen Bewegungen die Krümel auf die Schaufel und erhob sich stöhnend, indem sie sich auf ihrem Oberschenkel abstützte. »Im Übrigen habe ich die zwei seitdem nicht mehr gesehen, ich weiß also eigentlich nichts. Aber sie haben sich den ganzen Abend angeregt unterhalten und wirkten ziemlich vergnügt, als sie gingen.«

»Oh. Du denkst also, es lief *richtig* gut?« Melissa zog die Augenbrauen hoch, und Jo verkniff sich ein Grinsen. Natürlich wusste sie genau, worauf Melissa hinauswollte.

Doch da in diesem Moment Jess eintrat, brachte Jo sie hastig mit einer Geste zum Schweigen. Sie sammelte einen leeren Becher ein, brachte ihn zur Spüle und kam zurück, um den neuen Gast zu begrüßen.

»Jess, wie schön, Sie zu sehen. Wie war der Lauf?« Natürlich würde Jo das Date mit keinem Wort erwähnen, bis Jess von allein damit begann … Sofern sie nicht versuchte, ohne ein Wort wieder zu gehen, in welchem Fall Jo zur Tür stürzen und ihr den Weg versperren würde, bis sie ihr in allen Einzelheiten von dem Abend berichtet hatte. Jo genoss die Rolle als weiblicher Amor, aber Geduld war nicht ihre Stärke: Sie konnte es nicht ausstehen, wenn man ihr Informationen vorenthielt. Als sie Kinder waren, hatte ihr Bruder Nicholas sie gerne zappeln lassen, wenn er etwas wusste, sie aber nicht, und im Laufe der Zeit hatte sie begriffen, dass gespielte Gleichgültigkeit sie am ehesten zum Ziel führte. Denn genauso wenig wie sie es ertragen konnte, nicht alles zu wissen, war es Nick unmöglich, etwas für sich zu behalten.

»Es ging so«, antwortete Jess auf Jos Frage. »Ich war nicht richtig fit. Muss daran gelegen haben, dass ich am Samstag dank Ihnen etwas zu viel Sekt getrunken habe.«

Jo grinste. »Ich habe ihn nur angeboten, aber niemanden gezwungen, ihn zu trinken. Also?«

»Den üblichen Smoothie, bitte.«

»Kommt sofort.« Leicht beunruhigt, dass Jess sonst nichts mehr sagte, verschwand Jo in der Küche.

Als sie zurückkehrte, streckte Jess schon die Hand nach dem Smoothie aus, bereit, den Trinkhalm durch den Deckel zu stoßen.

Jo tat, als ob sie ihn reichen wollte, zog den Becher aber wieder ein Stück zurück. »Hatten Sie Spaß am Samstagabend?«

»Ja, hatte ich, vielen Dank.« Diesmal streckte sie den Arm weiter aus und nahm Jo das Getränk ab.

Jo kassierte, aber sobald sie die Kasse geschlossen hatte, sah sie auf. »Oh, nun kommen Sie schon, ich will mehr wissen. Sie können mich doch nicht einfach so zappeln lassen.«

Eine Gruppe von Müttern aus dem Ort drängte in das Café, und Jo musste sich um sie kümmern. »Wehe, Sie hauen ab«, warnte sie Jess.

»Ich warte draußen«, antwortete sie.

Als Jo alle Kaffees und Tees zubereitet und Rosinenbrötchen und Apfeltaschen, die heute auf der Tafel standen, serviert hatte, gesellte sie sich zu Jess, die sich draußen an dem einzelnen Tisch niedergelassen hatte. Jo würde weitere Tische hinausstellen, wenn der Sommer kam, doch im Augenblick war das Wetter so unbeständig, dass einer ausreichte.

Jo spähte durchs Fenster hinein; von hier aus konnte sie alles sehen und schnell ins Café laufen, falls sie gebraucht wurde. »Bitte machen Sie meiner Neugier ein Ende.«

»Es war ein wirklich schöner Abend, Jo.«

Ihr Mut sank. »Aber …?«

»Es hat einfach nicht gefunkt. Das sehen wir beide so.«

»Das tut mir leid. Ich dachte wirklich …«

Jess schüttelte den Kopf. »Entschuldigen Sie sich bitte nicht. Es war genau das, was ich brauchte, und ich glaube, dass es Ben ebenso erging. Es ist eine Ewigkeit her, dass ich mich derart entspannt mit jemandem unterhalten konnte, und ich glaube, gerade weil keiner von uns ein Prickeln gespürt hat, konnten wir die Verabredung so genießen, wie es ihr gebührt.«

»Und wie?«

»Als gute Freunde.«

»Oh.«

»Jo, wirklich, seien Sie bitte nicht enttäuscht. Sie haben zwei Menschen einen wunderschönen Abend bereitet, und dank Ihnen haben wir uns gefunden. Wir haben uns schon für nächste Woche zum Kino verabredet und …« Sie brach ab und seufzte. »Und dafür kann ich Ihnen gar nicht genug danken. Eine Liebesgeschichte wäre sicher schön, und vielleicht entwickelt sich irgendwann eine, aber jemanden zu haben, mit dem ich mich so gut verstehe, dass ich mit ihm etwas unternehmen will, ist für mich von unschätzbarem Wert, bitte glauben Sie mir.«

Jos Enttäuschung löste sich auf und wich etwas, das Zufriedenheit sehr nahekam. Es war ihr gelungen, zwei Menschen, die es mehr als verdient hatten, etwas Gutes zu tun. Nun, sie hatten sich nicht Hals über Kopf ineinander verliebt, wie sie es sich in ihrer romantischen Träumerei vorgestellt hatte, aber – na und? Etwas anderes war entstanden, und zwar etwas ebenso Besonderes, also hatte sie ihre Mission erfüllt ... Wenn auch ein klein wenig anders, als sie ursprünglich beabsichtigt hatte.

Jess nahm ihren Smoothie. »Ich muss los. Ich muss heute die Sprechstunde übernehmen.«

»Und ich sollte wieder reingehen.« Jo beobachtete stirnrunzelnd, wie zwei kleine Kinder Zuckertütchen aufrissen und sie auf dem Tisch zu einem Häufchen ausleerten.

»Jo ... danke. Wirklich! Ich würde sie drücken, wenn ich nicht so verschwitzt wäre.«

»Ich komme drauf zurück«, grinste sie und ging wieder hinein, um die kleinen Plagegeister in ihre Schranken zu weisen, ehe ihr Zuckervorrat aufgebraucht war.

Der Rest des Vormittags verstrich ereignislos. Jos Gedanken waren bei Ben und Jess, und als das Telefon klingelte, erwartete sie alles Mögliche, aber keinesfalls einen Anruf ihrer Mum.

»Rufst du an, um mir einmal mehr zu erzählen, dass ich einen Fehler mache?«, fragte Jo, ohne sich mit Begrüßungsfloskeln aufzuhalten.

»Keine Sorge. Es würde ja ohnehin nichts ändern.«

»Ich bin hier sehr zufrieden, Mum.« Als ein letzter Gast das Café verließ und das Glöckchen über der Tür verklang, legte sich eine wohltuende Stille über das Café. Der Andrang der

Mittagsgäste hatte noch nicht eingesetzt; Sasha hatte einen guten Zeitpunkt gewählt.

»Warum bist du eigentlich nicht hier gewesen, als es Gramps so schlecht ging?«, fragte Jo nun.

»Ich hatte den Eindruck, dass ich nicht besonders erwünscht bin.«

»Oh, Mum. Könnt ihr nicht einfach Frieden schließen?«

»Jo, dazu gehören immer zwei – in diesem Fall drei.«

»Aber vielleicht kannst du einfach großmütig sein und den Anfang machen. Wie wär's, wenn du herkämst und uns besuchst? Ich kann momentan nicht nach Spanien kommen. Im Café ist zu viel los.«

»Ich denke drüber nach. Und gut, dass im Café viel los ist. Viele Gäste bedeuten mehr Einnahmen.«

Jos Puls beschleunigte sich. Bisher hatte sie noch niemandem von ihren Bedenken erzählt, die tagtäglich neue Nahrung bekamen. Erst heute Morgen war die Aufforderung für die Zahlung einer Versicherungsprämie gekommen, und sie erkannte immer deutlicher, wie blauäugig sie an das Unternehmen Cafémanagement herangegangen war. Bis vor Kurzem war ihr nicht einmal bewusst gewesen, was der Versicherungsaspekt im Gastronomiegeschäft alles beinhaltete. Harry hatte bei ihrem ersten Termin einige Fragen aufgeworfen, und sie hatte die Versicherungsgesellschaft angerufen, um sich über Produkthaftung, Arbeitgeberhaftpflicht und dergleichen mehr zu informieren. Auf Harrys Rat hin hatte sie einige Deckungssummen erhöht, wodurch die Prämien gewaltig gestiegen waren; wieder zusätzliche Kosten, die gestemmt werden mussten. Und dann war da noch alles andere, das mit der Leitung eines Cafés einherging: Vom täglichen Aufräumen und Putzen einmal abgesehen, musste sie dafür sorgen, dass sämtliche Gerätschaften einwandfrei funktionierten und regelmäßig gewartet wurden, dass immer genug Vorräte da waren und nie zu viel oder zu wenig bestellt wurde. Und an der Tradition festzuhalten, Matts Lieferung entsprechend stets etwas Neues auf die Tageskarte zu setzen, bedeutete, dass sie sich etwas ausdenken, ein Rezept suchen, die restlichen Zutaten besorgen und es schließlich zubereiten können musste. Sie war keine schlechte Köchin, aber für Gäste zu kochen war noch einmal etwas ganz anderes. Es musste einfach alles stimmen.

»Jo? Bist du noch da?«

»Entschuldige, Mum.« Als in diesem Moment die Tür aufging und ein neuer Gast eintrat, fügte sie hinzu: »Ich muss jetzt auflegen. Lass uns ein andermal plaudern.«

An der Theke begrüßte sie Hilda Jenkins, die Besitzerin des Spielzeuggeschäfts, das über Mittag geschlossen hatte. »Was darf ich Ihnen bringen?«

Während Hilda sich zu entscheiden versuchte, verdrängte Jo die Sorgen um das Café energisch aus ihrem Bewusstsein. Sie war hier in Salthaven, wo sie sein wollte, und das war die Hauptsache. Es war ihr noch nie um Reichtum gegangen. Sie hatte zu ihren Wurzeln zurückkehren und am Meer neu beginnen wollen, und das hatte sie getan. Sie dachte ja gar nicht daran aufzugeben. Für das Weglaufen waren andere zuständig – ihr Vater, Harry, ihre Mutter –, aber nicht sie.

»Ich hätte gerne ein Stück Zucchini-Quiche«, sagte Hilda schließlich. »Ich bin schon ein gutes Stück spazieren gegangen und habe entsprechend Appetit. Und dazu bitte ein Mineralwasser mit Kohlensäure. Mir ist zu warm für alles andere.« Hilda hatte ihren Schweizer Akzent nie ganz abgelegt. Wieder musste

Jo unwillkürlich an das Fondue denken, das sie vielleicht bei kühleren Temperaturen in die Karte aufnehmen konnte. Wer weiß – vielleicht hatte Hilda ja Lust, Testesserin zu sein.

Als Nächster trat Matt mit der neuen Lieferung durch die Tür.

»Es tut mir echt leid, Jo. Ich weiß, ich bin viel zu spät.«

Sie nahm ihm die Kiste ab. »Ist alles in Ordnung?«

Ein strahlendes Lächeln erschien auf seinem Gesicht und brachte die Goldsprenkel in seinen braunen Augen zum Funkeln. »Ich bin zum zweiten Mal Onkel geworden. Meine Schwester hat um drei Uhr in der Früh einen kleinen Jungen zur Welt gebracht.«

Ihr ging das Herz auf. »Oh, herzlichen Glückwunsch! Wenn das kein wunderbarer Grund ist, um zu spät zu kommen!« Neugierig spähte sie in die Kiste. »Und was für herrliche Sachen du mitgebracht hast. Ich sehe schon, ich muss wieder kreativ werden.«

»Diesmal ist ziemlich viel Rhabarber dabei. Du warst doch so begeistert davon.«

»Oh ja, und ich habe auch schon eine Idee dafür: Weiße Schokoladenmousse mit Rhabarberkompott. Einfach, herrlich frisch und perfekt für den Frühling.«

»Hmmmm, klingt lecker. Vielleicht muss ich morgen vorbeikommen und probieren.«

»Unbedingt. Und bring Poppy mit. Das wird ihr schmecken.«

Er hob die Hand zum Abschied, und während Jo das Obst und Gemüse in Regalen, Kühlschrank und Vorratskammer verstaute, war sie in Gedanken bei Matt. Ob er wohl plante, eines Tages eine eigene Familie zu haben? Wenn man sah, wie er mit Poppy umging, schien er einen natürlichen Draht zu Kindern zu haben.

Kopfschüttelnd, weil sie schon wieder über das Liebesleben anderer nachdachte, kehrte sie ins Café zurück, um dem Mittagsansturm entgegenzusehen. In dem kurzen Moment, den sie in der Küche gewesen war, waren zwei große Gruppen eingetroffen.

Am gleichen Tag kam Ben nach der Arbeit vorbei. Mit Anzug und Krawatte sah er ganz anders aus als der Mann, der jeden Samstag mit seinem Sohn vorbeischaute. Jo, die gerade den Boden fegte, richtete sich auf.

»Sie sind aber nicht gekommen, um mich zusammenzufalten, oder?« Jess hatte positiv reagiert, aber wer konnte schon sagen, ob es Ben genauso ging.

»Unfug. Ich wollte mich bedanken, dass Sie an mich gedacht haben. Jess ist ein reizender Mensch, und dass wir uns so gut verstehen, ist eine wunderbare Überraschung.«

»Ich bin so froh, dass Sie nicht sauer sind.«

»Warum sollte ich? Nur weil Amors Pfeil diesmal etwas danebengegangen ist?«

Sie plauderten noch ein wenig über Charlie, Ben bat um einen Kaffee zum Mitnehmen, und als er wieder ging, war Jo erleichtert, dass sie niemanden vor den Kopf gestoßen hatte. Tatsächlich begann sie bereits zu überlegen, wer für ihren nächsten *Abend der Liebe* in Frage kommen konnte.

Sie fegte zu Ende, wischte den Boden und vergewisserte sich, dass in der Küche alles abgeschaltet war. Als sie gegen den Herd stieß, fiel der Drehknopf ab, und sie fluchte. Heute Morgen hatte er eine Ewigkeit gebraucht, um aufzuheizen, und sie hatte die dumpfe Ahnung, dass das Gerät nicht mehr in Ordnung war. Sie hatte es schon einmal reparieren lassen, aber vielleicht würde es jetzt ganz den Geist aufgeben. Na, toll – wieder zusätzliche Kosten, die sie jetzt gerade überhaupt nicht gebrauchen konnte. Mit einem tiefen Seufzer schaltete sie das Licht in der Küche aus, dann die Lampen im Café, und stand einen Moment lang im Dunkeln da. Als sie schließlich die Tür aufzog, um nach Hause zu gehen, entdeckte sie eine Karte auf der Fußmatte.

Sie blickte links den Pier entlang zum Festland und nach rechts zum Geländer, doch niemand war zu sehen.

Sie drehte die Karte um und las.

Liebe Jo, du machst dir so viele Gedanken über das Liebesglück anderer, dass du den Wald vor lauter Bäumen nicht siehst. Vergiss nicht, dass die Liebe an den seltsamsten Orten zu finden ist.

Jo presste die Karte an ihre Brust und blickte sich erneut um, doch bis auf ein älteres Paar, das am Strand seinen Hund ausführte, war weit und breit keine Menschenseele zu entdecken.

Seltsam. Wer mochte ihr die Zeilen geschrieben haben? Sie schloss die Tür ab, steckte die Karte in ihre Tasche und ging über die Holzplanken auf die Promenade zu, während ihr ein leichter Wind durchs Haar fuhr. Im Augenblick wollte sie nur noch in ein heißes, duftendes Bad sinken, das ihre Erschöpfung vertrieb und ihren Kopf klärte, und vielleicht würde ihr dann auch einfallen, wer ihr die Postkarte auf die Matte gelegt haben konnte. Aufregung packte sie, und je intensiver sie darüber nachdachte, umso sicherer war sie, dass ihre Idee, die Liebe ins Café am Ende des Piers zu bringen, die richtige gewesen war. Denn wenn die Menschen, die sie aussuchte, eine ebensolche Hoffnung und Freude empfanden wie sie in diesem Augenblick, dann musste es einfach gut sein.

Sie wollte gerade in Richtung ihrer Wohnung abbiegen, als

sie auf der Promenade einen Mann entdeckte, der ihr bekannt vorkam. Er lehnte am geweißten Geländer, doch sobald er Jo bemerkte, stieß er sich ab und kam auf sie zu.

»Hallo.« Er streckte ihr die Hand entgegen. »Wir sind uns neulich bereits begegnet«, fuhr er fort, als erkläre das alles. »Ich heiße Curtis Durham.«

Sie nahm seine Hand und schüttelte sie, weil alles andere unhöflich gewesen wäre. Es war der gutaussehende Geschäftsmann, der vor einiger Zeit im Café gewesen war. Sollte er für die Postkarte, die sie gerade gefunden hatte, verantwortlich sein?

»Sind Sie die Besitzerin des Cafés?« Er sah sich zum Pier um, dann blickte er hinaus aufs Meer und zum Hügel, den Jo gleich hinaufgehen würde, als ob er sich die Umgebung einzuprägen versuchte.

»Ich leite es. Offiziell sind meine Großeltern die Pächter.« Seine Augen leuchteten auf. Tatsächlich lag das Formular zur Änderung des Pachtvertrags gerade zur Bearbeitung bei der entsprechenden Behörde, aber das brauchte er schließlich nicht zu wissen. Molly und Arthur hatten darauf bestanden, dass die Pacht auf sie überschrieben wurde, und nachdem sie sich mit ihren Brüdern in Verbindung gesetzt hatte und keiner von beiden einen Anspruch auf das Café erhob, schien der Schritt nur folgerichtig zu sein. Und sobald es so weit war, war Jo auch per Gesetz für alles verantwortlich.

Eine etwas erschreckende Aussicht, aber auf lange Sicht betrachtet nur gut. Hoffte sie zumindest.

»Was kann ich für Sie tun?«, fragte sie den Mann nun.

Er reichte ihr seine Visitenkarte. »Ich hätte Ihnen einen Vorschlag zu machen.«

Sommer

12. Kapitel

Auf dem Weg zum Café blieb Jo stehen, schloss einen Moment lang die Augen und genoss den warmen Sonnenschein im Gesicht. Die Hektik, die sie in der Anfangszeit nach ihrer Übernahme des Cafés empfunden hatte, war immer weniger geworden und schließlich einem Gefühl der Ruhe gewichen. Das galt zumindest für die Tage, an denen die Dinge liefen, wie sie sollten. Zweifel überfielen sie jedoch immer dann, wenn einmal mehr etwas Unerwartetes geschah – der Kühlschrank leckte, der Abfluss verstopft war oder der Toaster den Geist aufgab. Dann fragte sie sich unwillkürlich, ob ihre Mutter nicht doch recht gehabt hatte mit ihrer Vermutung, Jo sei aus Pflichtgefühl ihren Großeltern gegenüber nach Salthaven zurückgekehrt und nicht, weil sie es selbst so gewollt hatte.

Aber noch eine andere Sache wollte ihr nicht aus dem Sinn, und das war der Vorschlag, den Curtis Durham ihr unterbreitet hatte. Als sie ihn am Pier auf sie hatte warten sehen, hatte sie natürlich überlegt, ob er ihr die Postkarte mit dem Versprechen auf Liebe vor das Café gelegt hatte. Curtis war attraktiv, charismatisch und hatte, wie sie inzwischen wusste, eine Vision, was sie bewunderte. Dass er eine Frau auf solche Weise zu erobern versuchte, schien ihr nicht abwegig. Doch an jenem

Abend hatte er ihr ein geschäftliches Angebot gemacht, und das hatte es in sich. Curtis Durham besaß eine Kette von erfolgreichen Cafés mit Filialen überall in England und wollte gerade eine weitere eröffnen. Ein großer Teil des Erfolgs war auf sein Talent zurückzuführen, die besten Leute anzuwerben, doch für das neue Lokal fehlte ihm noch die richtige Person. Als er nach einer Runde mit eher enttäuschenden Bewerbungsgesprächen zufällig im Café am Ende des Piers Pause gemacht hatte, hatte er in Jo etwas Besonderes gesehen. Sie habe die notwendige Leidenschaft, Energie und den Antrieb, den er für seine Läden wolle, hatte er gesagt, und ihr die Stelle in Cornwall angeboten.

In den vergangenen zwei Monaten hatte Jos Arbeitsmoral nicht nur durch Molly und Arthur viel Auftrieb bekommen, sondern auch durch ihre beiden Brüder. Timothy, der selbst ein Geschäft besaß, war zu Besuch gekommen und hatte ihr ein paar dringend benötigte Grundlagen beigebracht, und auch Nicholas war hilfreich gewesen, wenn auch auf vollkommen andere Art. Er lebte momentan in Falls Creek, einem australischen Ski-Gebiet, und hatte ihr geschrieben, dass sie mit der Caféleitung mit Abstand die bessere Berufswahl getroffen habe als er, der seine Brötchen als Skilehrer verdiente und kreuz und quer durch die Welt jettete, ohne je irgendwo anzukommen. Offenbar konnten ihn nicht einmal mehr die Pisten und die Bars (und die Frauen, wie Jo vermutete) über seinen mageren Lohn und die Unwägbarkeiten der Freiberuflichkeit hinwegtrösten. Andererseits wusste Jo nur allzu gut, dass er diese Art von Leben auch nicht aufgeben würde. Der Job war seine Leidenschaft, und sie konnte nur hoffen, dass sie ihre gefunden hatte. Ihre Brüder hatten ihr jedenfalls frischen Mut gegeben und sie in ihrem Glauben bestärkt, dass sie aus den richtigen Gründen nach Salthaven zurückgekehrt war.

Als sie nun das Haus verließ und den Hang hinabging, schob Jo ihre Sorgen beiseite. Sie winkte Sally, die neben Molly und Arthur wohnte. »Ihre Rosen sehen heute besonders schön aus«, sagte sie und wurde lauter, als gleichzeitig in einiger Entfernung ein Rasenmäher ansprang. Molly sprach oft davon, sich nun, da sie Rentnerin war, öfter im Garten zu beschäftigen, aber dazu hätte man sie wohl aus der Küche schleifen müssen.

»Morris, guten Tag«, rief Jo Morris Eckles aus Nummer zweiundzwanzig zu, der mit der Zeitung unterm Arm den Hügel hinaufkam. »Was macht der Formschnitt?«

Er zog eine Grimasse. »Sagen wir, er ist in Arbeit.« Und mit einem Winken verschwand er durch das Tor in seinem Vorgarten.

Jo hatte Morris gestern dabei beobachtet, wie er ein Drahtgeflecht über einen Busch zu ziehen versucht hatte, doch sie war zu höflich gewesen, ihn zu fragen, was für eine Gestalt er denn anstrebte.

Jo überquerte die Straße. Eine frische Brise strich über ihr Gesicht, als sie den Pier erreichte, und die Planken unter ihren Füßen knarrten so vertraut, dass es ihr einen Moment lang die Kehle zuschnürte. Der Fish&Chips-Imbiss hatte zur Sommersaison blau-weiß gestreifte Liegestühle aufgestellt, und der Geruch nach Kartoffeln und Essig hing in der Luft und lockte Einheimische und Touristen gleichermaßen an. Das Geschäft für Strandzubehör brummte, und Jo winkte im Vorbeigehen Lena zu, die gerade den Drehständer mit den Ansichtskarten vor die Ladenfront schob, wo bereits sonnengelbe Eimer und himmelblaue Schaufeln auf Käufer warteten.

Jo wich aufgeregten Kindern aus und überholte Pärchen, die Hand in Hand über die Seebrücke schlenderten. Seit ihr Verkupplungsversuch von Ben und Jess nicht ganz zu dem erwünschten Resultat geführt hatte, hatte sie gezögert, ein weiteres Blind Date anzusetzen, aber bot sich der Sommer nicht nahezu an, um wieder ein bisschen mehr Romantik nach Salthaven zu bringen? Lange Abende, sonnendurchglühte Tage am Strand, gutgelaunte Menschen, die gewillt waren etwas zu wagen … Eigentlich brauchte sie nur den richtigen Mann und die richtige Frau, um Runde zwei in Gang zu setzen. Ihre Mutter, die genau das Gegenteil einer romantischen Seele war, hatte sie für verrückt erklärt, sich auch noch darüber den Kopf zu zerbrechen, obwohl sie mit der Leitung ihres eigenen Unternehmens alle Hände voll zu tun hatte. Ihre Großeltern sahen es jedoch anders. Sie fanden es wunderbar, dass Jo sich dem Liebesprojekt genauso widmete wie dem Café selbst, und sie hatten volles Vertrauen, dass sie den zwei glücklichen, wenn auch nichtsahnenden Teilnehmern Gutes tun würde.

Wie konnte sie überhaupt darüber nachdenken, ob die Entscheidung herzukommen richtig gewesen war? Sie war wieder am Meer, wo sie sein wollte, und betrieb ein Café, das seit Jahrzehnten zu ihrer Familie gehörte. Nein, Curtis Durham musste jemand anderen rekrutieren, denn ihr einziger, gültiger Plan bestand darin, hier zu bleiben.

»Jo. Ich grüße dich!« Arthur, der eine weiße Schürze um die Taille trug, plauderte draußen mit einem Gast, der verzweifelt versuchte, seine Zeitung zu glätten. »Briefbeschwerer«, fügte Arthur hinzu, als Jo an dem Tisch stehen blieb.

»Wie bitte?« Sie schenkte Bruce ein Lächeln.

»Ich brauche einen Briefbeschwerer – oder besser, Bruce

braucht einen, damit er seine Zeitung lesen kann.« Arthur klopfte dem Mann auf die Schulter, ehe er Jo hinein folgte.

Jo hängte ihre Tasche in den Schrank, ging in die Vorratskammer und stellte sich auf Zehenspitzen, um vom obersten Regalbrett ein Glas mit Kieseln zu holen. »Gib ihm das hier.«

»Ah, wunderbar. Danke.« Zufrieden machte Arthur kehrt.

Jo fasste ihr Haar zu einem Pferdeschwanz zusammen und machte sich bereit, die Sonntagnachmittagsschicht zu übernehmen.

Als sie ins Café hinaustrat, eilte Molly, die ganz hinten mit einem Gast geplaudert hatte, erfreut auf sie zu. »Jo. Wie geht's dir?«

»Ganz wunderbar, danke«, antwortete sie. Die Seeluft tat ihr definitiv gut. »Ich habe eben Morris getroffen, aber mich noch immer nicht getraut, ihn zu fragen, was er mit dem armen Busch eigentlich vorhat.«

»Sein Ziel ist ein Vogel. Mit dem Drahtnetz versucht er, die Blätter und Zweige so in Form zu bringen, dass sie den Schwanz bilden. Ich bezweifle aber, dass er das hinbekommt.«

»Das hast du ihm aber nicht gesagt, oder?«

»Selbstverständlich nicht.« Sie zwinkerte Jo zu. »Dass es nicht funktioniert, wird er selbst noch früh genug herausfinden.«

Jo seufzte und blickte hinaus. Das Sonnenlicht glitzerte auf der Meeresoberfläche. »Ist das ein prächtiges Wetter heute!«

»Und du bist nicht traurig, dass du den ganzen Tag im Café hocken musst?«

»Ganz sicher nicht«, antwortete sie, und das war die Wahrheit.

»Hast du schon die neuste Karte gesehen?«

Jos Herz begann zu klopfen. Gab es eine weitere anonyme Nachricht des heimlichen Verehrers?

»Sie ist von Vince«, fuhr Molly fort. »Er macht eine Radtour durch Frankreich.«

Jos Herzschlag verlangsamte sich wieder. Vielleicht war es reine Zeitverschwendung, sich darüber Gedanken zu machen. Seit dieser Karte waren viele Wochen vergangen; wer wusste schon, ob der Absender nicht in der Zwischenzeit beschlossen hatte, die Sache zu vergessen? Nein, da war es schon sehr viel besser, mit einem weiteren *Abend der Liebe* alleinstehenden Salthavenern zu ihrem Glück zu verhelfen. Obwohl sie sich unwillkürlich fragte, ob ihre Begeisterung dafür nicht der Hoffnung entsprang, eines Tages selbst die große Liebe zu finden.

Sie band sich eine Schürze um. »Ich lese sie später, Gran. Jetzt muss ich mir erst einmal einen Überblick über die Lage verschaffen.«

»Die Erdbeeren sind fast aus, und ich habe eben die letzte Mousse mit Rhabarber serviert«, brachte Molly sie auf den neusten Stand. »Dafür habe ich Himbeerschnecken gebacken und sie auf die Tageskarte gesetzt.«

»Die Erdbeeren sind dieses Jahr ein echter Traum. Und ich freue mich, dass die weiße Mousse so gut ankommt.« Es war jedes Mal wie ein Kompliment, wenn die Gäste eine ihrer Kreationen annahmen. »Danke für die Himbeerschnecken. Ich wische die Mousse am besten sofort von der Tafel.«

Molly nickte. »Ich wusste doch, dass ich etwas vergessen habe.« Sie stellte sich hinter die Theke, um zu kassieren. »Möchtest du vielleicht eine von den Schnecken probieren?«

»Sie duften himmlisch. Etwas später, ja?« Obwohl ihre Taille es ihr danken würde, wenn sie darauf verzichtete.

»Aber du musst etwas essen.« Molly drückte die Schublade der Kasse zu, und der Gast verabschiedete sich.

»Das habe ich schon. Jetzt hör auf, dir Sorgen um mich zu machen.«

»Ich darf das, ich bin deine Großmutter.«

»Hast du mir das Rezept für die Schnecken aufgeschrieben, falls sie mir ebenfalls ausgehen?«

»In der Küche steht noch ein großer Behälter mit einer zweiten Fuhre. Sie neu zu machen ist zeitlich zu aufwendig; der Teig muss gehen. An deiner Stelle würde ich ihn nachher vorbereiten und bis morgen früh ruhen lassen. Das Rezept klebt an der Küchenwand.«

Manchmal, dessen war sie sich sicher, vergaß Molly, wie neu das alles für Jo noch war. Sie hatte immer gerne gebacken, aber höchstens für ein paar Freunde – nicht für eine ganze Stadt.

»Du schaffst das schon, Jo«, sagte Molly, die ihr die Zweifel anscheinend ansah. »Du schaffst immer alles.«

Sie gingen in die Küche, damit Jo sich einen Überblick über das verschaffen konnte, was Matt heute Morgen an Obst und Gemüse geliefert hatte.

»Dein Großvater«, sagte Molly kopfschüttelnd. »Glaubt anscheinend, dass wir bloß deshalb eineinhalb Tage hier arbeiten, damit er sich über alles informieren kann, was in der Stadt passiert.«

Jo folgte ihrer Blickrichtung nach draußen, wo Arthur, ungeachtet der anderen Gäste, noch immer mit Bruce plauderte. Gerade betraten auch Ben und Charlie das Café, und Jo winkte ihnen. »Dafür geht es ihm gut. Und er hat tatsächlich ein paar Gänge runtergeschaltet.«

Mollys Schultern entspannten sich. »Ja, endlich hört er auf mich, isst vernünftiger, nimmt sich Zeit.«

Jo nahm die Hand ihrer Großmutter in ihre. »Und das solltest du auch tun. Es ist an der Zeit, etwas kürzerzutreten.« Als

Molly mit einem Hauch Panik in den Augen aufschaute, fügte sie hastig hinzu: »Keine Sorge, so war das nicht gemeint. Ich brauche eure Unterstützung noch. Zumal es schön ist, das alles mit euch teilen zu können.«

Jo bediente die nächsten drei, vier Gäste, ehe sie begann, für den Nachmittagsansturm Quiches zuzubereiten. Die viele Übung hatte sie in der Küche nicht nur schneller gemacht, sondern auch wagemutiger, und sie experimentierte gerne mit den frischen Kräutern, die Matt ihr von seinem Hof mitbrachte. Jo schlug Eier auf, schnitt Pancetta in kleine Würfel, rieb Gruyère und würzte die Mischung. Dann rollte sie den Teig aus, drückte ihn in die Quiche-Formen, verteilte die Eiermischung gleichmäßig und bestreute sie mit Schnittlauch, den Matt heute Morgen ebenfalls geliefert hatte.

Sobald die Quiches im Ofen buken, verabschiedete sie ihre Großeltern und küsste beide auf die Wangen. »Tut ihr mir noch einen Gefallen?«

»Jederzeit«, antwortete Gramps. »Solange ich keine Erdbeeren entstielen muss. Heute Morgen habe ich mindestens tausend Stück bearbeitet.«

»Sagen wir, ungefähr vierzig«, korrigierte Molly ihn. »Dein Großvater übertreibt mal wieder.«

»Es geht mir nicht um Erdbeeren.« Sie lächelte Ben zu, der sich mit Charlie ans Fenster gesetzt hatte und ihren Blick auffing. »Ich dachte, wir könnten doch jetzt, da es wärmer ist, mehr Tische rausstellen, findet ihr nicht? Was ist? Warum grinst ihr so?«

In diesem Moment rief Steve ihnen von der Tür aus ein Hallo zu, und wieder musste Jo sich eingestehen, wie attraktiv sie ihn fand. Er schien nach wie vor kein Interesse an festen

Beziehungen zu haben, aber manchmal überlegte sie durchaus, ob er nicht doch etwas gegen ihre Einsamkeit tun könnte … und wenn es auch nur für eine kurze Zeit wäre.

»Weil wir dir zuvorgekommen sind«, erklärte Molly. »Ich hoffe, du nimmst es uns nicht übel, aber wir haben heute Morgen eigenmächtig Steve angerufen und ihn gebeten, die anderen Tische und Stühle aus unserer Garage zu holen und auf den Pier zu bringen.«

Jo schüttelte die unangemessenen Gedanken rund um ihren Allround-Handwerker ab. »Ganz sicher nicht. Wie heißt es so schön? Zwei Seelen, ein Gedanke!«

Arthur beugte sich verschwörerisch zu Steve. »Ich glaube, sie nimmt es uns doch übel.«

»Tue ich nicht.« Jo trat vor und steuerte Molly und Arthur sanft in Richtung Tür. »Geht jetzt, überlasst den Laden für heute mir. Und vielen Dank, dass ihr so vorausschauend wart und mir das Mobiliar schon habt herbringen lassen. Ich wische rasch alles ab, dann können wir es benutzen.« Sie konnte Arthurs Miene ansehen, dass er seine Hilfe anbieten wollte, und energisch schob sie ihn hinaus. »Oh, nein, das tust du nicht. Ich bin durchaus in der Lage, mir einen Eimer Seifenwasser zu nehmen und meine Arbeit zu machen.«

Während Steve die Tische aufstellte, blieb Jo auf dem Weg zur Küche bei Ben und Charlie stehen. »Hallo, ihr zwei.«

»Hey, Jo.« Die beiden saßen vor einem Schachbrett, aber der Junge zeigte kein großes Interesse. »Ihm fehlt die Geduld«, erklärte Ben und packte widerstrebend die Figuren wieder ein. Charlie rutschte von seinem Stuhl, lief zur Theke und holte sich Stifte und Papier. »Versuchen wir es in ein, zwei Jahren noch mal.«

»Kann ich euch noch etwas bringen?«

»Gerne noch einen schwarzen Kaffee. Charlie?«

»Eine Erdbeermilch, bitte.«

»Kommt sofort. Hey, wir haben euch gestern vermisst. Ihr seid doch sonst am Samstagmorgen immer hier.«

»Wo waren wir gestern, Charlie?«

»Auf einer Party.«

Charlie malte in aller Seelenruhe sein Segelboot zu Ende.

»Tut mir leid«, flüsterte Ben. »Er ist heute nicht sehr gesprächig.«

»Er redet mehr als viele andere Kinder in seinem Alter.« Charlie sprach wenig, weil er mit anderen Dingen beschäftigt war, aber Jo wäre jede Wette eingegangen, dass er viel zu sagen hatte, wenn es um ein Thema seiner Wahl ging.

Mit der Zeit hatte Jo Ben recht gut kennengelernt. Zwischen ihm und Jess mochte sich keine Liebesbeziehung entwickelt haben, aber wie gutherzig und rücksichtsvoll Ben war, zeigte sich deutlich in seiner Zufriedenheit mit der platonischen Freundschaft, die er stattdessen bekommen hatte. Jo war noch immer ein bisschen enttäuscht, dass ihr Plan nicht gänzlich aufgegangen war, aber etwas Schönes bewirkt hatte sie dennoch. Blieb zu hoffen, dass ihr nächster Versuch auch auf romantischer Ebene erfolgreich sein würde.

Jo sah nach den Quiches im Ofen, und weil sie bereits goldbraun waren, holte sie sie heraus und stellte sie zum Abkühlen auf den Herd. Dann kümmerte sie sich um die Bestellungen und brachte sie an Bens und Charlies Tisch. Charlie hatte schon wieder zu zappeln begonnen.

»Komm schon, Kumpel«, sagte Ben. Er schien dringend eine Pause zu brauchen. »Wir haben doch schon einen langen Spaziergang hinter uns, und gleich spielen wir wieder im Sand, versprochen.«

Charlie schien ihm gar nicht zuzuhören.

»Wohin seid ihr denn heute Morgen gegangen?«, fragte Jo den Jungen. Als Lehrerin hatte sie gelernt, dass Ablenkung oft die beste Methode war, zu Kindern durchzudringen, die die Klasse störten. Vor allem die Kleinen schafften es häufig noch nicht, ihre Gefühle zu beherrschen und ihr Verhalten entsprechend anzupassen.

»Spazieren.«

»Schön. Und wohin?«

»Einfach so. Mit der Frau, mit der Daddy mal verabredet war.«

»Du meinst mit Jess?«

»Ja. Die ist nett. Aber Daddy und sie sind nur befreundet.« Er sagte das so ernst, dass Jo und Ben einander angrinsten. Charlie ließ sich gegen das Fenster zurückfallen und verfehlte nur haarscharf Bens Ellenbogen, was zu einer größeren Kaffeeüberschwemmung geführt hatte.

Mit einer kleinen Ablenkung war es offenbar doch nicht getan. »Sag mal, würdest du mir wohl einen Gefallen tun?«, fragte Jo das Kind, dessen Augen sofort aufleuchteten. »Hast du gesehen, dass wir jetzt Tische draußen stehen haben?«

Charlie drehte sich um, kniete sich dann auf die Fensterbank und spähte hinaus. »Ja. Eins … zwei … drei … vier … sind noch mehr da?«

»Insgesamt haben wir fünf. Also, ich mache die Tische gleich alle sauber, aber kennst du Bruce? Der das Kino betreibt?« Charlie nickte. »Vorhin wollte er draußen seine Zeitung lesen, aber sie flatterte ständig im Wind, was sehr ärgerlich war. Daher brauchen wir Zeitungsbeschwerer.« Sie streckte Charlie die

Hand entgegen, und er hüpfte von der Fensterbank. »Wenn du hinausläufst, die Treppe vom Pier in den Sand hinuntersteigst und dort bleibst, wo dein Daddy dich immer sehen kann, findest du dort eine Menge großer Steine.« Sie nahm sich einen Stift, zeichnete ein Oval auf Papier und reichte es Charlie. »Könntest du mir sieben oder acht schöne Steine von ungefähr der Größe sammeln? Nur falls dein Dad nichts dagegen hat, natürlich.«

»Klingt wie eine tolle Idee«, sagte Ben. »Lauf ruhig. Ich schau dir von hier aus zu. Komm aber zurück, wenn du fertig bist.«

Jo suchte nach einer stabilen Tasche und kleidete sie mit einer zweiten aus. »Nimm das hier zum Einsammeln. Du findest bestimmt ein paar schöne Exemplare.«

»Ich stoppe die Zeit«, sagte Ben. »Fünf Minuten hast du. Dann los.«

»Das schaff ich leicht«, rief er, und schon stob er los, rannte über die Holzbohlen und sprang die Treppe hinunter. In seiner roten Jacke war er leicht auszumachen, und Ben und Jo sahen zu, wie er auf der Suche nach den perfekten Steinen gebückt über den Strand schlich.

»Mal sehen, wie viel Tang er anschleppt«, bemerkte Ben.

»Igitt, bloß nicht. Ich hasse das Zeug. Übrigens Kompliment für die Idee mit dem Zeitlimit.«

»Ja, er mag solche Herausforderungen. Er tut eher das, was er soll, wenn ich es ihm als Spiel verkaufen kann.«

»Möge es noch lange andauern.«

»Dein Wort in Gottes Ohr.«

Natürlich war Charlie innerhalb von fünf Minuten zurück, und er hatte nicht nur eine prächtige Sammlung Steine und Tang mitgebracht, sondern auch ein Mädchen.

»Poppy, hallo!«, begrüßte Jo die Kleine, die heute ein himmelblaues Kleidchen trug. »Charlie und du, ihr kennt euch?«

Sie schüttelte den Kopf. Vielleicht war sie Charlie einfach nur hinterhergelaufen.

»Heißt du so?«, fragte Charlie, und als Poppy nickte, wandte er sich an Jo. »Sie hat mir bei dem letzten Stein geholfen.« Er zuckte die Achseln, als sei das als Erklärung vollkommen ausreichend.

Als Matt ins Café platzte und sich hektisch umsah, deutete Jo auf Poppy, die gerade gemeinsam mit Charlie ihre gesammelten Schätze in der Tasche begutachtete. »Lass mich raten: Sie ist abgehauen, ohne dir Bescheid zu sagen?«

Matt fuhr sich entnervt mit einer Hand durch das Haar, das durch die vielen Stunden Arbeit im Freien heller geworden war, und marschierte wortlos durchs Café, um der jungen Dame eine Standpauke über Gefahren durch Fremde und Ängste eines Onkels zu halten.

Anschließend trat er zu Jo an die Theke. »Ich fühle mich, als sei ich in den vergangenen zehn Minuten zehn Jahre gealtert.« Er seufzte erleichtert. »Aber da wir schon einmal hier sind, nehmen wir zwei Himbeerschnecken und zwei Apfelsaft, bitte.« Vorsichtshalber schaute er sich nach Poppy um, aber sie war noch da. »Dafür ist mir meine Schwester etwas schuldig. Auf ein Kind aufzupassen kostet Nerven genug, aber ein verloren gegangenes zu suchen …«

Jo goss zwei Gläser Saft ein und legte zwei Himbeerschnecken auf Teller. »Aber du machst das sehr gut mit Poppy. Und sie ist wirklich ein liebes Mädchen.«

»Das ist sie. Dennoch sollte man niemals allein mit Kindern an den Strand gehen.«

»Glaub mir, ich habe als Lehrerin genügend Ausflüge beaufsichtigt, um ganz genau zu wissen, was du meinst. Und Kinder in dem Alter tun es ja auch gar nicht mit Absicht. Ihre Gedanken schweifen ab und die Beinchen laufen einfach hinterher.« Sie führte Matt an einen leeren Tisch, wo sie das Tablett abstellte und Saft und Kuchen ablud.

Nachdem Poppy die Himbeerschnecke mit wenigen Happen verschlungen hatte, beschloss Jo, den beiden Männern eine Atempause zu verschaffen. »Okay, ihr zwei, kommt mal her.« Automatisch hatte sie auf ihren Lehrerinnentonfall umgeschaltet. »Ich habe eine Aufgabe für euch.«

»Das war genial«, sagte Ben eine Stunde später. »Ich weiß gar nicht, wie ich dir danken soll.« Er hatte in Ruhe seinen Kaffee ausgetrunken und ganz allein einen Spaziergang am Wasser gemacht, während Jo Charlie und Poppy beschäftigt hatte.

»Und ich konnte mich wieder vollständig von meinem Schock erholen.« Matt war lieber geblieben, um vom Außentisch aus neben der Tür ein Auge auf seine Nichte zu haben. Nicht, dass es schlimm gewesen wäre, an einem Tag wie diesem draußen zu sitzen, sich die Sonne ins Gesicht scheinen zu lassen und dem Summen der Gespräche im Café zu lauschen.

Jo hatte Poppy und Charlie draußen an einen der ungeputzten Tische gesetzt, wo sie die Steine in Sonnengelb, Himmelblau und leuchtendem Rot bemalt hatten, und nun gab es welche mit Tupfen, Streifen, Wirbeln und etwas, das wohl eine Giraffe sein sollte, aber eher nach abstrakter Kunst aussah.

»Großartige Arbeit, ihr zwei«, sagte Jo, als sie die Werke begutachtete. Vor zwanzig Minuten waren Molly und Arthur auf dem Weg ins Kino mit einem Eis in der Hand vorbeigekommen und waren nicht nur begeistert von den Steinen gewesen, sondern auch von Jos Idee.

»Wann können wir sie benutzen?«, fragte Poppy.

»Erst muss die Farbe richtig trocknen«, erklärte Jo, »dann muss ich sie noch ein-, zweimal mit Klarlack überziehen.« Sie hoffte, dass sie sich in Geduld fassen konnten. »Wie wär's denn, wenn ihr bald wieder vorbeikommt und euch anseht, wie sich die Steine im Gebrauch machen und meine Gäste sie benutzen, um etwas zu beschweren?«

»Zeitungen zum Beispiel?«, wollte Charlie wissen.

»Oder ihre Servietten«, sagte Poppy.

Jo nickte. »Genau.«

Charlie zupfte am Arm seines Vaters. »Wir sind doch nächsten Samstag wieder hier, oder?«

»Aber sicher.«

»Und wir? Können wir auch herkommen?«, fragte Poppy Matt.

War es sehr verwerflich, dass Jo beinahe neidisch auf dieses Pärchen war? Charlie und Poppy waren sich durch ein paar Steine nähergekommen, während Jo ihr ganzes Leben lang schon vergeblich versuchte, jemandem zu begegnen, mit dem sie sich so wortlos verstand wie die beiden. Nun, hoffentlich konnte sie mit ihrem nächsten *Abend der Liebe* etwas bewirken. Bei Ben und Jess hatte Amor knapp vorbeigeschossen, aber vielleicht zielte er ja beim nächsten Paar besser. Das Glück der anderen machte das eigene Leben stets auch etwas heller.

Kaum hatte sie Ben, Matt und die Kinder verabschiedet, traf ausgerechnet jene Frau ein, die sie sich für ihren nächsten Kuppelversuch ausgesucht hatte.

»Valerie – hallo! Ich habe Sie gestern Morgen am Strand beim

Yoga beobachtet.« Jo hatte sich an den Anblick gewöhnt, doch sie war jedes Mal aufs Neue beeindruckt. »Was macht die Taube? Und wie läuft es inzwischen mit dem Storch?«

Valerie lachte. »Die Taube tut mir sehr gut, und der *Kranich* wird immer besser, solange ich nur daran denke, nach vorne zu schauen, nicht nach unten. Ich bin mir nicht sicher, ob es eine Yoga-Stellung gibt, die ›Storch‹ heißt, aber vielleicht wissen Sie mehr als ich.«

Jo schüttelte den Kopf. »Mir ist schleierhaft, wie man sich all diese Stellungen merken kann. Machen Sie die Abfolge eigentlich jeden Tag?«

Valerie betrachtete die Tafel und entschied sich für einen Obstsalat mit griechischem Joghurt. »So ungefähr, aber mein Körper sagt mir meistens, welche Positionen ich als Nächstes einnehmen soll, wenn ich eine Abfolge beendet habe.«

»Komisch, mein Körper sagt mir, wann ich mich setzen oder aufstehen oder schlafen soll, aber das war's auch schon.«

»Sie haben das richtige Alter, um es zu probieren. Ich habe erst vor ein paar Jahren angefangen, und jetzt bin ich fünfzig, aber ich stelle fest, dass mein Körper immer wieder Neues lernt.«

»So beweglich bin ich einfach nicht.«

»Ich wette, Sie wären von sich selbst überrascht, wenn Sie erst einmal anfingen.«

»Glauben Sie ihr kein Wort«, sagte Steve, der just in diesem Moment das Café betrat. Er trug einen Neoprenanzug, dessen Reißverschluss bis zur Taille geöffnet war. »Sie ist beweglich genug. Und ein Naturtalent auf dem Surfbrett. Apropos. Wann üben wir weiter?«

»Ich bin überhaupt kein Naturtalent. In Wirklichkeit fällt es mir ziemlich schwer«, erklärte Jo Valerie. Dann wandte sie sich an Steve. »Ein andermal?«

Während Steve frustriert den Kopf schüttelte und Valerie einen kleinen Vortrag über Gleichgewichtsübungen und Körperspannung hielt, zog sich Jo hinter die Theke zurück. Auch Valerie war nicht immun gegen Steves Anziehungskraft, wie Jo erkannte; immer wieder verließ ihr Blick Steves Gesicht, um seine breite, gebräunte Brust zu bewundern. Als er eingetreten war, hatte er den Duft des Meeres mit sich gebracht, und Jo lenkte sich ab, indem sie den Obstsalat in eine Schüssel füllte, Pfefferminztee kochte und beides an Valeries Tisch brachte.

Als sie zurückkam, lehnte Steve lässig an der Theke. »Läufst du eigentlich den ganzen Tag halbnackt rum?«, fragte sie ihn leicht gereizt. Verdammt, es war nicht leicht, den Blick von ihm abzuwenden. Aber vielleicht war sie bloß ein bisschen verklemmt und sollte die Dinge lockerer nehmen.

»Sehr witzig. Ich war heute Morgen surfen und bin eben ein paar Runden mit dem Jetski gefahren. Großartig – der totale Kick.« Er blickte in die Auslage. »Aber jetzt brauche ich eine Grundlage. Ich hätte gerne ein Stück Quiche. Und Obstsalat nehme ich auch.«

»Keinen Kaffee heute?«

»Nein. Das ist mein Mittagessen. Danach geht's wieder aufs Wasser.«

Jo meisterte den Andrang der Gäste mühelos, bis das Telefon klingelte und sie am anderen Ende der Leitung Harrys Stimme hörte. Er wollte sie an ihren Termin am Mittwoch erinnern.

»Ja, natürlich bleibt es bei sechs Uhr, danke, Harry«, antwortete sie höflich. »Aber ich kann jetzt wirklich schlecht sprechen. Der Laden ist voll, ich habe alle Hände voll zu tun.« Zum Glück betrat in diesem Augenblick ein sehr lautes Grüppchen das Café, was ihre Aussage unterstrich. Sie hätte wetten mögen, dass es nicht Harrys Gewohnheit war, jeden Klienten an bevorstehende Termine zu erinnern – und schon gar nicht an einem prächtigen, frühsommerlichen Sonntag.

Als es Zeit war, den Laden zu schließen, schrie ihr Körper nach einer Pause. Die Gäste hatten kontinuierlich Sand hereingetragen, und sie hatte gefegt und gewischt, wann immer sie einen Moment Zeit gehabt hatte. Als sie nach den üblichen Aufräumarbeiten die Tür öffnete, um sich endlich auf den Heimweg zu machen, bemerkte sie einen Sprung im Glas. Sie drückte leicht dagegen, spürte, wie er nachgab, und fluchte leise. Wie war das geschehen? Der Sprung war nicht klein, und obwohl sie einen Augenblick lang versucht war, ihn zu ignorieren, wusste sie doch, dass sie das nicht konnte. Er befand sich direkt unter der Klinke, die täglich viele Hände benutzten, und sie durfte nicht riskieren, dass sich jemand verletzte. Sie würde also nach Glasern googeln, sobald sie zu Hause angekommen war. Wieder unvorhergesehene Kosten.

Und, ja, das Café lief gut, aber sie konnte Mollys und Arthurs tiefe Erschöpfung immer besser verstehen. Es lag nicht nur an der körperlichen Anstrengung, sondern auch an der permanenten Anspannung wegen tausend Dingen, die tagtäglich anfielen. Dass ihre Großeltern ihr im Vorfeld nichts davon erzählt hatten, lag nicht daran, dass sie ihr etwas hatten verheimlichen wollen, das wusste sie. Es war vielmehr, dass ihre Liebe zu diesem Café alles Negative auszublenden schien, und das konnte sie ihnen kaum verübeln.

Während sie müde über den Pier schlich, über den sie als Kind getobt war, als gäbe es keine Sorgen auf dieser Welt, kam ihr erneut Curtis Durhams Stellenangebot in den Sinn. Das Gehalt, von dem er gesprochen hatte, war sehr viel höher, als was sie je hier verdienen konnte. Der Managerposten in seinem Café bedeutete finanzielle Sicherheit bei einem weit geringeren Stresspegel.

Vielleicht war es doch nicht unklug, sich noch einmal mit Curtis' Vorschlag auseinanderzusetzen …

13. Kapitel

Seit Tagen schien die Sonne kräftig vom Himmel herab, und dennoch konnte an diesem Mittwoch weder der strahlend blaue Himmel noch die Blütenpracht auf den Beeten am Teich Jos trübe Stimmung heben. Sie hatte lächerlich hohe Anfahrtskosten zahlen müssen, damit der Glaser am Montagmorgen in aller Früh überhaupt erst zum Café gekommen war, um die Glasscheibe auszumessen, und heute traf sie sich mit ihm, noch bevor die Uhr in der Stadt sieben schlug. Aber was hatte sie schon für eine Wahl? Entweder sie zahlte den Glaser, oder sie riskierte unter Umständen einen Prozess, wenn jemand sie verklagte, weil er sich in ihrem Café verletzt hatte.

Seit Montag verschandelte eine provisorische Pappabdeckung über der gesprungenen Scheibe das Gesamtbild des frisch renovierten Cafés. Doch immerhin war der Glaser sein Geld wert und ersetzte die Scheibe in null Komma nichts, während Jo sich ans Geländer stellte und zum Strand blickte, wo Valerie Hilda gerade ein paar erste Übungen zeigte. Hut ab vor Hilda, die sich traute, es zu probieren, aber die Darbietung gab Jo eine Vorstellung davon, wie sie selbst dabei aussehen würde, und sie kam zu dem Schluss, dass sogar Surfen die bessere Option wäre.

Jo bezahlte den Glaser, und er zog ab, während sie versuchte, nicht mehr an die Ausgaben zu denken. Wenigstens war ein Ärgernis aus der Welt geschafft, und das Einzige, was ihr noch Sorgen machen musste, war der Termin mit Harry, der um sechs Uhr anstand. Und als Matt mit strahlendem Lächeln und voller Obst- und Gemüsekiste durch die Tür trat, tat sie das, worin sie es langsam zur Meisterschaft brachte: Sie lenkte sich ab.

Tief atmete sie den schweren Duft der frischen Früchte ein, als sie ihre Hände an die Kiste legte, doch Matt schüttelte den Kopf.

»Die ist heute besonders schwer«, warnte er sie. »Lass mich das machen.«

»Danke.«

Er trug die Kiste in die Küche und stellte sie auf die Arbeitsfläche. »Der Sommer ist definitiv gut fürs Geschäft. Für deins und meins.«

»So ist es. Lass mich mal sehen. Was haben wir denn heute Gutes?« Sie blickte in die Kiste und begann auszupacken.

»Die Erdbeeren sind momentan sensationell, deswegen habe ich dir mehr eingepackt.«

Sie holte eins der überdimensionierten Körbchen heraus. »Hm. Nichts spricht so deutlich von Sommer wie ein Körbchen voller reifer Erdbeeren.«

»Du solltest unsere Anzeigen schreiben.«

»Unnötig. Eure Ware spricht für sich selbst. Euer Geschäft geht doch bestimmt gut, oder?«

»Ja, tatsächlich tut es das, ich kann mich nicht beschweren. Ich habe übrigens noch eine Kiste für Molly und Arthur. Sind sie heute zu Hause?«

»Molly zumindest. Und sie freut sich bestimmt auch über

ein Extra an Erdbeeren. Sie hat erst vorgestern noch gesagt, dass sie unbedingt mal wieder Eton Mess machen will. Und ich fürchte, ich werde das Opfer sein.«

»Wieso? Du magst kein Eton Mess?«

»Das ist ja mein Problem: Ich liebe es! Aber es besteht nun mal nicht nur aus Erdbeeren, sondern auch aus Sahne und Baiser, und Molly ist der Ansicht, sie müsste mich mästen.« Obwohl Jo ihre Witze darüber riss, sehnte sich immer öfter nach den Abenden mit ihren Großeltern. Zwar war sie froh, eine eigene Wohnung zu besitzen, aber manchmal fehlten ihr die Gespräche als Ausklang am Abend oder das Geplauder am Morgen bei einer Tasse Tee doch. Dennoch musste sie sich ein eigenes Leben aufbauen, und wenn Molly und Arthur gewusst hätten, dass sie sich einsam fühlte, würden sie sich Sorgen – oder sogar Vorwürfe – machen, und das war das Letzte, was Jo wollte.

»Bevor ich es vergesse: Poppy hat mich gebeten, nach ihren Steinen zu sehen. Sie scheint sie ein bisschen als Haustiere zu betrachten.«

»Na ja, es sind ja auch nicht länger einfach nur Steine«, meinte Jo, während sie in die Vorratskammer voranging. Dort lagen die bemalten Kunstwerke aufgereiht im Regal. »Es sind Kunstwerke. Ich habe sie mit einer Schicht Klarlack überzogen, eine zweite kommt noch, dann können wir sie benutzen. Meinst du, sie kommt am Wochenende her?«

»Ich denke schon. Kommt Charlie denn?«

»Hofft Poppy darauf?«

»Ich glaube, sie hat sich total verknallt in ihn. Er ist ein ganzes Jahr älter als sie, was in dem zarten Alter ja wirklich viel ist. Warum schüttelst du den Kopf?«

»Weil mir gerade bewusst wird, dass die beiden mehr Romantik leben als ich. Wenn das nicht traurig ist!«

»Hallo? Jemand hier?«, erklang eine Stimme aus dem Café.

»Klingt nach Angie«, sagte Jo und eilte hinaus, ehe sie sich noch um Kopf und Kragen redete.

Als sie aus der Küche kamen, stand Angie vor der Tafel mit den Ansichtskarten. »Ich habe Vince' Karte gelesen«, sagte sie. »Er scheint sich ja prächtig zu amüsieren. Aber dass er sich direkt am ersten Tag einen üblen Sonnenbrand einfängt … man sollte doch meinen, dass ein erwachsener Mensch vernünftiger ist.«

Obwohl oder gerade weil Angie nichts so sehr liebte wie ein Schwätzchen, war sie zu einer von Jos Lieblingskundinnen geworden. Falls Jo tatsächlich nach Cornwall ginge, wie mochte das Umfeld dort sein? Würde man sich kennen und schätzen wie hier? Oder würde Jo in einem großen, unpersönlichen Laden fremde Gäste im Akkord abfertigen? Und würde es jemanden wie Angie geben, die zwar unaufhörlich plapperte, aber einer der gütigsten und liebsten Menschen war, die Jo je kennengelernt hatte?

Wieder in der Küche, räumte sie Matts Kiste aus und freute sich bei jedem Stück über die Qualität, die so viel besser war als bei Obst und Gemüse aus dem Supermarkt. Nun, da Jo ihre eigene Chefin war, wusste sie jede Zutat ganz anders zu schätzen. Was im rohen Zustand prall und gesund aussah, entfaltete im Mund seine ganze Geschmacksvielfalt, ob es sich nun um Rhabarber oder Rote Beete handelte.

Sie nahm die Salate heraus, wusch und schnitt sie, mischte in einer großen Schüssel Grünkohl, Rucola und zarte Spinatblätter in sattem Grün und streute Frühlingszwiebelringe darüber. Sie dämpfte Süßkartoffeln und Rote Beete, schnitt sie, als sie gar waren, in kleine Würfel, und gab sie ebenfalls in die große Salatschüssel, die sie zu den anderen, bereits fertigen Gerichten in die verglaste Auslage stellte.

Die Türglocke ertönte und herein kam Geoff, ebenfalls ein Stammgast und außerdem passionierter Angler.

»Einen wunderschönen Morgen«, sagte er, höflich wie immer. Tagaus, tagein stand er mit seiner Ausrüstung geduldig am Geländer und bot mehr oder weniger dasselbe Bild, es sei denn es regnete in Strömen, in welchem Fall er sich entweder unter einen Schirm kauerte oder sich gar nicht erst auf den Pier hinauswagte.

»Er ist wirklich wunderschön«, stimmte sie zu. »Und man sollte ihn nutzen. Gestern hatte ich frei und habe einen langen Spaziergang am Meer gemacht und die Surfer beobachtet. Es war herrlich.«

»So hört es sich auch an. Kann ich einen großen schwarzen Tee haben?«

»Das müssen Sie mir nicht extra sagen, ich weiß doch, was Sie trinken. Obwohl Sie ziemlich spät dran sind. Angeln Sie heute nicht?«

»Ich war schon.«

»Oh. Offenbar extrem früh.«

»Es liegt an der Sonne. Das Licht weckt mich, und dann kann ich nicht wieder einschlafen, also stehe ich auf. Zumal es wirklich schön ist, so früh draußen zu sein.«

Während Jo den Tee zubereitete, wanderten ihre Gedanken zu einer anderen Person, die es liebte, die frühen Morgenstunden am Pier zu verbringen. Jo sah sie fast täglich.

»Weswegen grinsen Sie?« Geoff nahm den Tee entgegen und sah sie misstrauisch an. »Sie führen etwas im Schilde.«

Sie riss die Augen auf. »Ich habe nicht die geringste Ahnung, wovon Sie reden.« Aber als er davonging, bebte sie beinahe vor Aufregung. Valerie und er mochten tatsächlich das ideale Paar sein. Sie wusste aus dem üblichen Gerede im Ort, dass Geoff schon seit einer Weile geschieden war, und niemand hatte ihn je mit einer anderen gesehen. Zwar hatte Jo neulich einmal zufällig ein Gespräch zwischen Valerie und einer Freundin mitgehört, in dem Valerie behauptet hatte, auch allein sehr zufrieden zu sein – *Ich bin fünfzig und single – na und? Kann ich deswegen kein gutes Leben führen?* –, aber das bedeutete ja nicht, dass sie nicht offen für eine neue Liebe war. Vielleicht hatte es sich ja nur um eine Art Zweckoptimismus gehandelt.

Am Nachmittag kamen Molly und Arthur auf dem Weg zum Buchladen im Café vorbei.

»Die Hitze ist wirklich unglaublich«, sagte Arthur, der sich mit einer Zeitung Luft zufächelte. Mit Temperaturen über zwanzig Grad war er noch nie zurechtgekommen, denn seine helle Haut verbrannte leicht. Ganz anders als Molly, die schon bei den ersten Sonnenstrahlen sommerlich braun wurde.

Arthur begutachtete die Pinnwand auf der Suche nach einer neuen Ansichtskarte und entdeckte eine. Sie war aus Bath und zeigte den Royal Crescent, jenes halbmondförmige Bauwerk, für das die Stadt berühmt war.

»Sie ist von Sally«, erklärte Jo, ehe er die Heftzwecke herausziehen und die Karte lesen konnte. »Sie kam erst heute Morgen.«

»Ist das nicht lieb?«, sagte Molly lächelnd. »Sie ist nur für einen Tag hingefahren, um ihre Schwester zu besuchen.« Sie drängte sich an Arthur, damit sie die Karte gleichzeitig lesen konnte. »Aber sie weiß genau, wie sehr wir uns alle immer über Post freuen.«

Arthur scheuchte seine Frau weg – ihm sei viel zu warm – und bat Jo mit Leidensmiene um etwas Kaltes zu trinken.

Molly verdrehte die Augen, als Jo mit dem Krug Eiswasser an ihren Tisch kam. »Heiße Tage hat er noch nie ausstehen können.«

»Du bist eher für süßen Kakao und Pantoffeln am Kamin, nicht wahr, Gramps?«

»Oh, das gefällt mir.« Molly deutete auf die Gurkenscheibe in ihrem Glas. »Du probierst Neues aus?«

»Ja. Wie findest du es?«

Molly trank einen Schluck. »Erfrischend. Sehr schöne Idee. Bravo, Liebes.«

Jo tat das Lob mit einer Handbewegung ab und setzte sich zu ihnen, und sie unterhielten sich ein Weilchen über Sally und Bath, wo ihre Großeltern in jüngeren Jahren oft gewesen waren.

»Ihr solltet auch mal wieder reisen«, schlug Jo vor. »Ich habe hier alles im Griff, ihr braucht euch keine Sorgen mehr um das Café zu machen.«

»Kommen wir zu oft vorbei?«, fragte Molly.

»Nein, das meinte ich damit nicht. Ich freue mich immer, euch zu sehen, deswegen bin ich ja nach Salthaven zurückgekommen. Aber ich finde, ihr sollt euren Ruhestand genießen. Ihr habt all die Jahre so viel gearbeitet! Wann seit ihr denn zum letzten Mal weggefahren?«

Molly konnte sich nicht erinnern, Arthur genauso wenig.

»Seht ihr?«, sagte Jo. »Also – wie steht's?«

»Wir könnten auch nach Bath fahren«, sagte Molly. »Oder vielleicht sogar hinauf nach Norfolk. Weißt du noch, wie wir einmal auf dem Cromer Pier waren?«

»Wie sollte ich das je vergessen?« Arthur lachte leise. »Es hat geschüttet, und wir haben uns furchtbar gestritten. Ich wollte

Molly mit meinem Mantel vor dem Regen schützen, aber als ich ihn über ihren Kopf hielt, fiel mein ganzes Kleingeld aus der Tasche. Während ich es hastig wieder aufsammelte, wurde ich pitschnass, aber deine Gran hat sich kaputtgelacht. Leider konnte ich damals nichts Lustiges daran finden.«

»Oh, ich schon«, sagte Molly. »Seine Miene war einfach zu schön. Ich war nur so gemein zu ihm, weil ich mich zuvor so ärgern hatte müssen. Ich hatte mir die Haare machen lassen, und der Regen hat die Frisur komplett ruiniert. Wir hatten geplant, ins Theater zu gehen, und ich hatte mich schon eine Ewigkeit darauf gefreut.«

»Gran, du hast Gramps doch nicht wirklich fürs Wetter verantwortlich gemacht!«

»Doch. Ich hatte Mantel und Schirm mitgenommen, aber zwischendurch war es schön, und er bestand darauf, beides für mich zu tragen. Wir paddelten auf dem Meer, und er holte mir aus einer dieser albernen Maschinen einen rosa Teddybären, doch dann öffnete der Himmel seine Schleusen, und wir stellten fest, dass er Mantel und Regenschirm im Bistro liegen gelassen hatte, wo wir zum Lunch gewesen waren.«

»Gramps!«, sagte Jo in gespielter Entrüstung, doch dann musste sie kichern. »Aber ihr könntet dieses Mal ja auch ganz woanders hinfahren. Vielleicht sogar in ein anderes Land.«

»Bloß nicht in die Hitze!«, sagte Arthur.

Kam also eine Reise nach Mallorca grundsätzlich nicht in Frage?

»Wir wollten doch schon immer nach Irland«, sagte Molly.

Das war ganz und gar nicht das, was Jo mit ihrem Reise-Vorschlag hatte bewirken wollen. Ihre Großeltern brachten alle möglichen potenziellen Ziele hervor, mieden aber geflissentlich das einzige, das Jo im Sinn gehabt hatte: Puerto Pollensa, wo ihre Mutter lebte.

Jo musste sich um einen weiteren Schub Gäste kümmern – diesmal waren es hauptsächlich Touristen, die Getränke und Snacks mit zum Strand nehmen wollten –, und als sie fertig war, beschloss sie auszusprechen, was ihr auf dem Herzen lag. »Gramps …«

»Setz dich, Liebes. Nutz es aus, dass gerade etwas Ruhe ist. Das haben wir auch immer so gehalten, nicht wahr, Molly?«

Molly hatte durchs Fenster aufs Meer hinausgeblickt, das in der Sonne glitzerte. Nun wandte sie sich ihrer Enkelin zu. »Er hat recht. Hol uns doch drei Himbeerschnecken, und setz dich noch für fünf Minuten zu uns.«

Die Gelegenheit war günstig, denn Jo wusste, dass ihr kaum mehr als fünf Minuten bleiben würden, ehe weitere Gäste eintrafen, also holte sie Schnecken und Holunderblütenlimonade und gesellte sich wieder zu ihren Großeltern.

»Ich habe gestern Abend mit Mum telefoniert«, begann sie.

»Ich hoffe, sie macht sich keine Sorgen mehr«, erwiderte Molly. »Aber natürlich ist das ihr Recht als Mutter. Wir waren schließlich nicht anders.« Arthur blickte unbehaglich zur Seite.

»Ich habe versucht, sie zu einem Besuch zu überreden«, fuhr Jo fort.

»Einen Besuch? Hier in Salthaven?«, fragte Arthur. Es klang, als hätte Jo ihre Mutter gebeten, ein Gefangenenlager zu besuchen, nicht den Ort, in dem sie aufgewachsen war. »Sag's mir nicht – sie hat nein gesagt, richtig?«

Jo hatte keine Ahnung, ob er sich ärgerte, weil Sasha nicht aufgetaucht war, als er im Krankenhaus gelegen hatte, aber das war ein Thema, das sie ein andermal ansprechen musste. Jo wechselte die Taktik. »Wisst ihr, ich habe nachgedacht. Jetzt, da ich das Café leite und hier eine eigene Wohnung habe, könnte man doch sagen, dass ich wirklich und wahrhaftig erwachsen geworden bin, oder?« Das war sie natürlich schon vor langer Zeit, aber die beiden schienen das manchmal zu vergessen.

»Du machst dich ganz wunderbar. Wir sind sehr stolz auf dich«, sagte Arthur.

»Danke.« Sie wollte den beiden nicht den Tag vermiesen, aber es war an der Zeit, dass sie Antworten bekam. »Ich denke, wir drei müssen reden. Und zwar vernünftig.«

»Ich bin mir nicht sicher, ob ich weiß, worauf du hinauswillst«, sagte Molly und brach ein Stück von ihrer Himbeerschnecke ab.

»Auf das, was zwischen euch beiden und Mum vorgefallen ist.«

Nun war es heraus, und sie hoffte inständig, dass die Cafétür noch einen Moment lang geschlossen bleiben würde.

»Wir hatten unterschiedliche Vorstellungen, das ist alles«, antwortete Arthur diplomatisch wie immer. Doch dieses eine Mal wünschte Jo sich, dass er es nicht wäre.

»Denkt ihr nicht, dass ich ein Recht darauf habe, es zu erfahren? Ich habe euch bisher nicht zu sehr bedrängt, weil ich euch nicht verärgern oder verletzen wollte, aber ich stehe immer außen vor. Was, wenn ich Fragen zu meiner Kindheit, zu meinem Vater habe?«

Das weckte ihre Aufmerksamkeit.

»Er war ein Nichtsnutz.« Arthur, der gewöhnlich nie ohne reifliche Überlegung aussprach, was ihm durch den Kopf ging, schlug sich zerknirscht die Hand vor den Mund. »Verzeih mir«, sagte er. »Das war unangemessen. Heißt das, du willst ihn suchen?«

»Ganz und gar nicht – ernsthaft«, fügte sie hastig hinzu. Beide sahen sie so entgeistert an, dass sie ein schlechtes Gewissen hatte, ihren Vater überhaupt erwähnt zu haben. »Aber ich habe immer das Gefühl, dass ihr euch sofort verschließen würdet, falls ich es wollte. Dass mein Vater meiner Mutter nicht gut getan hat, weiß ich von Mum selbst. Doch obwohl schon so viele Jahre vergangen sind, macht sich niemand die Mühe, mir auch nur ansatzweise zu erklären, was zwischen meiner Mutter und euch beiden vorgefallen ist. Die drei Menschen, die ich auf dieser Welt am meisten liebe, reden nicht einmal miteinander, und wenn ich es nicht vorantreibe, dann, fürchte ich, wird sich daran auch nichts mehr ändern.«

Der Schimmer in Mollys Augen sagte Jo, dass diese Situation auch ihr das Herz brach. Selbst wenn sie es gewöhnlich nicht zeigte.

»Wie ich schon sagte – wir sind sehr unterschiedliche Charaktere.« Da war sie wieder, Arthurs Diplomatie, und als die Türklingel ertönte und zwei kleine Kinder mit ihrer erschöpften Mutter und jeder Menge Sand im Kielwasser eintraten, hatte Jo keine andere Wahl, als das Thema vorübergehend fallen zu lassen, um sich um die Neuankömmlinge zu kümmern.

Während Jo mehr oder weniger geduldig darauf wartete, dass die beiden Kleinkinder sich für ein Getränk entschieden, nutzten Molly und Arthur ihre Chance zur Flucht. Jo hatte sie aus der Bahn geworfen, aber es hatte sein müssen. Wie sagte man noch so schön? Wer nicht fragte, bekam auch keine Antworten. Wenn sie weiterhin um den heißen Brei herumredete, würde sie niemals herausfinden, was in ihrer Familie eigentlich gespielt wurde.

Gegen drei Uhr, als Jo neben der Theke etwas aufgewischt hatte und sich gerade wieder aufrichtete, sah sie sich einem wunderschönen Blumenstrauß gegenüber. »Sind Sie Jo?«, erklang die Stimme des Boten, der ihr das Arrangement aus rosafarbenen Rosen, Palmblättern und zarten Lilien hinhielt.

Hinten im Café begannen Angie und Hilda augenblicklich zu spekulieren, von wem die Blumen stammen mochten. »Ja, das bin ich.« Sie nahm den Strauß entgegen, legte ihn vorsichtig auf die Theke, unterschrieb den Lieferzettel und verabschiedete den Boten.

»Und? Von wem sind die?«, fragte Angie und tätschelte ihre stramm sitzenden Löckchen, um sich zu vergewissern, dass sie makellos lagen.

»Das weiß ich noch nicht.« Jos Herz machte einen Satz. Die Blumen waren wirklich ausgesucht schön. Stammten sie von dem mysteriösen Bewunderer, der ihr auch die Postkarte auf die Matte gelegt hatte? Sie hatte nicht herausfinden können, wer es damals gewesen war, aber vielleicht hatte die Person einfach nur auf den richtigen Zeitpunkt gewartet, erneut in Aktion zu treten.

Atemlos zog sie den kleinen Umschlag heraus, der zwischen den Blüten steckte.

Hilda klatschte vor Aufregung in die Hände. »Oh, wir sind so gespannt, Jo. Wer hat sie geschickt?«

Jo öffnete den Umschlag, doch als sie das Kärtchen hervorholte, fiel ihre Aufregung in sich zusammen.

Enttäuscht betrachtete sie den Strauß, der ihr plötzlich gar nicht mehr so traumhaft vorkam.

14. Kapitel

Jos schlechte Laune hielt den Rest des Tages über an und besserte sich auch nicht, als Harry zu ihrem Termin eintraf.

Obwohl sie sich geschworen hatte, während ihrer Verabredung absolut sachlich zu bleiben, platzte es aus ihr heraus, sobald er das Café betrat. »Was hast du dir eigentlich dabei gedacht?«

Seine Verwirrung legte sich, als er die Blumen sah, die sie auf zwei Vasen verteilt hatte; eine stand auf der Theke, die andere auf dem Tischchen neben der Tafel. »Eigentlich bin ich davon ausgegangen, dass du den Strauß mit nach Hause nimmst.«

»Was soll das, Harry? Warum schickst du mir Blumen?« Sie schloss die Tür hinter ihm ab und deutete zu einem Tisch, auf dem sie bereits die Unterlagen, Stift und Notizblock deponiert hatte.

Er setzte sich. »Warum bist du so sauer?«

»Unsere Beziehung ist rein geschäftlich.«

»Beruhigt es dich, wenn ich dir sage, dass wir unseren Mandanten öfter Geschenke machen?«

»Blumen?«

»Manchmal.«

»Weil ihr ihre Steuererklärung macht?«

»Okay, normalerweise tun wir das hauptsächlich bei Großkunden, aber ich dachte, es würde vielleicht das Eis zwischen uns brechen.«

Jo zog die Stirn in Falten und klopfte mit dem Stift auf den Notizblock. »Was zwischen uns war, ist Vergangenheit. Es ist nicht nötig, sich zu entschuldigen oder überhaupt darüber zu reden.«

»Das sehe ich anders.«

Wen wundert's, dachte Jo säuerlich.

»Konzentrieren wir uns jetzt bitte auf die Arbeit, Harry.«

»Na schön«, gab er nach, doch sie kannte seinen Gesichtsausdruck noch von früher. *Du magst ja dieses Mal gewonnen haben,* besagte er, *aber die Schlacht ist beileibe nicht vorbei.* Es hatte eine Zeit gegeben, in der sie seine Zuversicht bewundert hatte, aber nun war sie sich nicht mehr so sicher.

Doch schließlich gingen sie die Steuererklärung durch, die Harry bereits erstellt hatte, und er erklärte ihr mit für Laien verständlichen Begriffen, was er getan und warum er es getan hatte. Jo wiederum übergab ihm zusätzliche Belege und stellte tiefergehende Verständnisfragen, und in nicht mehr als einer Stunde war die Arbeit getan.

Jo stand auf. »Und du machst alles fertig und reichst die Steuererklärung ein?«

»Sicher. Ich melde mich, wenn es so weit ist, und schicke dir die endgültige Erklärung für deine Unterlagen. Du wirst dann den üblichen Bescheid bekommen, den du bitte bis Ende Januar ausgleichst.«

»Ausgleichen? Was meinst du damit? Wir zahlen doch bereits vierteljährig. Ich habe die Zahlen gesehen. Und wir haben beim letzten Termin darüber gesprochen.«

»Das wird zusätzlich kommen. Das Café hat mehr Gewinn eingefahren, und der ist in der Vorsteuer noch nicht eingeschlossen.«

Ihr sank der Mut. Sie hatte nicht einkalkuliert, dass das bescheidene Extra, das sie eingenommen hatte, auch in mehr Steuern münden würde. Ihre Eigentumswohnung war nur deshalb so preiswert gewesen, weil die Küche stark renovierungsbedürftig war, und sie hatte gehofft, dass sie sich die notwendigen Arbeiten nun, da das Café etwas mehr Gewinn abzuwerfen begann, gerade eben leisten konnte. Das war offenbar ein Trugschluss gewesen. Mit den vielen unerwarteten Kosten, die von allen Seiten auf sie einprasselten, würde sie sich wohl in absehbarer Zukunft noch mit der schäbigen Küche abfinden müssen.

»Die Vorauszahlung wird im kommenden Jahr angepasst«, riss Harry sie aus ihren düsteren Gedanken. »Der Sinn dahinter ist natürlich, dass du am Ende nicht mit einer dicken Nachzahlung dastehst. Obwohl zusätzliche Steuern ja nur auf zusätzliche Gewinne verweisen, und das ist eine gute Sache. Versuch dich darauf zu konzentrieren.«

Sie wollte ja positiv denken. »Werden die Abschlagzahlungen stark steigen?«

»Das hängt immer mit den Gewinnen über das ganze Jahr verteilt zusammen, also ganz so drastisch wird es nicht werden. Außerdem werden wir im nächsten Steuerjahr den Umsatz und die Ausgaben im Blick behalten, damit du keine weiteren unangenehmen Überraschungen erlebst.« Er schob die Papiere in seine Tasche, hielt jedoch plötzlich inne. »Du siehst so betroffen aus.«

»Das bin ich auch.« Sie seufzte. »Molly und Arthur hatten

keine Hypotheken mehr abzuleisten, sie besitzen kein Auto mehr, sie bleiben im Ort und erledigen alles in Salthaven. Als ich das Café übernahm, hatte ich irgendwie angenommen, dass ich finanziell nicht schlecht gestellt sein würde, weil ich den Laden ja allein betreibe.«

»Und er wirft auch einen anständigen Gewinn ab, Jo.« Warum klang ihr Name aus seinem Mund fast zudringlich? »Mit ein bisschen Glück erlebst du in diesem Sommer einen richtigen Boom, zumal du alles renoviert hast. Und wenn ich das richtig sehe, hast du längere Öffnungszeiten, als Molly und Arthur in den vergangenen Jahren.«

»Richtig, und ich werde noch länger aufhaben, wenn erst einmal die Ferien begonnen haben.«

»Ziemlich viel Arbeit für einen allein.«

»Ich weiß, aber es macht mir Spaß. Und es steckt mehr Herzblut drin, wenn es sich um das eigene Unternehmen handelt.« Was ihr erst jetzt, da sie es aussprach, bewusst wurde. Würde sie dieselbe Leidenschaft empfinden, wenn sie ein Café für Curtis Durham managte?

»Molly und Arthur hatten damals, als wir noch Kinder waren, auch länger geöffnet, weißt du noch?«

»Ja. Damals hatten sie auch noch mehr Energie. Manchmal habe ich mich gefragt, ob sie wohl auch hier schlafen würden, wenn sie es könnten.« Vielleicht würde sie das ja tun. Jeden Abend in ihre leere Wohnung zurückzukehren brachte ihr immer stärker zu Bewusstsein, dass es vielleicht ihr Schicksal war allein zu bleiben. Ja, sie war glücklich in ihrem Städtchen, glücklich mit ihrer Arbeit, aber würde sich auch ihr Privatleben nur um diese beiden Pole drehen?

Er legte seine Hand auf ihre. »Mach dir nicht so viele Sorgen.

Du scheinst große Pläne für dieses Geschäft zu haben, und du bist definitiv eine Kämpfernatur.«

Sie entzog ihm hastig ihre Hand. Das überschritt die Grenzen ihrer geschäftlichen Beziehung, und das konnte sie nicht gebrauchen »Ich muss jetzt aufräumen, Harry.« Sie kehrte ihm den Rücken zu, nahm den Lappen vom Beistelltisch und wischte diesen zuerst, obwohl dort nichts weiter war als ein einzelnes Blütenblatt, das sich bereits aus dem Strauß gelöst hatte.

»Jo, es wäre schön, wenn wir auch weiterhin Freunde sein könnten.« Seine Bemerkung ließ sie innehalten, doch gerade lange genug, um sich abzuwenden und in die Küche zu gehen.

Sie spülte den Lappen aus, legte ihn beiseite und begann, einen Plastikbehälter mit Zutaten zu füllen, damit sie heute Abend zu Hause eine Ziegenkäse-Rucola-Tarte für morgen machen konnte und den Kopf frei für neue Ideen haben würde, wenn Matt die nächste Lieferung anschleppte.

Als sie zu Harry zurückkehrte, hatte sie sich wieder gesammelt. »Ich bin mir nicht sicher, dass es funktionieren würde. Aber wenn du Privates und Geschäftliches nicht trennen kannst, sollten wir dieses Arrangement noch einmal überdenken.« Sie hatte sich in der Küche Zeit gelassen in der Hoffnung, dass er den Wink verstand und von alleine ging, aber sie hätte es besser wissen müssen. Er hatte sich nicht geändert, er gab nicht einfach auf. Als sie damals zusammengekommen waren, war es genauso gewesen. Zuerst hatte sie ihn abgewiesen – und zwar nicht, weil er ihr nicht gefiel, sondern weil er ihr im Gegenteil viel zu gut gefiel. Ihre Mum hatte sie immer ermahnt, den Männern nicht zu schnell nachzugeben, weil sie sich ihrer dann zu sicher sein würden, also hatte sie erst beim dritten Mal eingewilligt, als er ihr den unwiderstehlichen Vorschlag machte, sich Fish&Chips

zu holen und beim Sonnenuntergang am Strand zu essen, und das hatten sie am gleichen Abend noch getan. Sie erinnerte sich noch gut an den warmen Sand, in dem sie saßen, den Blick über das Meer, das Salz auf ihren Lippen und den Duft von Essig und heißen Kartoffeln in der Luft.

Prompt stieg eine andere Erinnerung in ihr auf, nämlich die an die Nacht, in der sie sich einsam und allein an demselben Strand mit Tequila betrunken hatte und ihrer Mutter in die Arme gelaufen war. Doch obwohl sie diese Nacht und den furchtbaren Streit, der darauf folgte, das ganze Geschrei und die wütenden Wortgefechte niemals vergessen würde, hatte sie sich an kein einzelnes Wort mehr erinnern können – bis jetzt. Plötzlich hörte sie in ihrem Kopf sehr klar einen Satz: »Wir wollen nicht, dass Jo wie du wird.« Gramps hatte das gesagt, dessen war sie sich jetzt sicher. Aus irgendeinem Grund hatte der Gedanke an den Rat ihrer Mutter in Bezug auf Männer eine Erinnerung freigesetzt, die in einem Winkel ihres Bewusstseins eingesperrt gewesen war.

»Jo! Jo, setz dich.« Harry war mit einem Schritt an ihrer Seite und sah sie besorgt an. Wahrscheinlich war ihr das Blut aus dem Gesicht gewichen. »Komm, ich hole dir ein Glas Wasser. Nein, lieber einen Saft. Du brauchst Zucker.«

Es hatte beinahe etwas Komisches, wie er sich plötzlich um sie bemühte, aber sie musste zugeben, dass es ihr guttat.

Er reichte ihr ein Glas Orangensaft aus dem Kühlschrank, und sie trank es aus. Wie hatte sie diese hasserfüllten Worte bloß vergessen können? Nach diesem Streit hatte Sasha Salthaven ein für alle Male verlassen. Aber was sollte dieser Vorwurf? Es war nicht Sashas Schuld gewesen, dass Jos Vater abgehauen war. Und was sollte überhaupt so schlimm an Sasha sein? Zu jener

Zeit hatte sie eine respektable Arbeitsstelle bei der Bank gehabt und allein eine Tochter großgezogen. Hätten ihre Großeltern nicht stolz auf sie sein müssen?

»Alles in Ordnung mit dir?« Die Sorge in seiner Miene brachte Jo die Erinnerung an ihre gemeinsame Zeit zurück, und es war seltsam tröstend, so mies er sich am Schluss auch benommen hatte.

»Ja, danke.«

Harry führte sie zu einem Tisch in der hintersten Ecke, wo sie von außen nicht zu sehen waren, damit nicht jemand, der zufällig hineinblickte, das Café für geöffnet hielt. Auf Harrys Drängen aß Jo ein Stück übriggebliebene Quiche, und erst als draußen die Sonne verblasste und es im Café zunehmend dunkler wurde, wurde Jo bewusst, wie lange sie hier schon saßen.

»Entschuldige, dass ich dich aufgehalten habe«, sagte sie und erhob sich. Inzwischen konnte sie wieder klar denken. »Mit mir ist wirklich alles okay, danke.«

»Und darüber reden willst du nicht?«

»Nein, will ich nicht.« Doch sofort bedauerte sie ihre barschen Worte und brachte ein Lächeln zustande. »Aber danke, dass du dich um mich gekümmert hast.«

»Tja, ich bin nicht nur ein Mistkerl.« Seine Bemerkung hing einen Moment lang in der Luft, aber als sie nicht reagierte, suchte er seine Sachen zusammen. »Ich geh dann mal.«

Jo trat an die Theke, um die Kasse zu machen. Sie würde das Geld in den Safe legen, ihre Sachen packen und nach Hause gehen. Der schmutzige Boden konnte bis morgen warten. Sie hatte genug.

Harry wandte sich um, als er die Tür aufzog und die warme Luft und den Duft des Meeres hereinließ. »Jo …« Er wartete, bis sie ihn ansah. »Hast du jemals darüber nachgedacht, dass wir uns als Paar immer noch gut verstehen könnten?«

Er verweilte an der Tür, aber als sie nicht antwortete, ging er schließlich, während sie sich an die Theke lehnte und sich erschöpft fragte, welche Wende ihr Leben wohl als Nächstes nehmen würde.

Hatte er recht? Er hatte ihr das Herz gebrochen, aber er war schließlich einst die Liebe ihres Lebens gewesen.

Konnten sie wieder zusammenfinden?

15. Kapitel

Gedankenverloren wischte Jo am nächsten Morgen den Boden, während Steve einen der Stühle reparierte. Die Sitzfläche hatte sich an einer Seite gelöst, und Jo hatte Angst, dass sich jemand die Finger darin einklemmen und ernsthaft verletzen würde.

Vergangene Nacht hatte sie sich rastlos hin und her gewälzt, weil ihr weder die Konfrontation mit Arthur und Molly noch der Termin mit Harry aus dem Kopf gehen wollte. Die Blumen waren wunderschön gewesen, aber sie wünschte, er hätte sie ihr nicht geschickt. Am liebsten hätte sie die Zeit zurückgedreht, um zu verhindern, dass er sie so verletzlich erlebte wie in dem Augenblick, als sie sich an den furchtbaren Krach zwischen ihrer Mutter und ihren Großeltern erinnert hatte. Vor allem aber konnte sie nicht vergessen, was er zum Schluss gesagt hatte. Konnte er noch immer die Liebe ihres Lebens sein? So hatte er sie damals genannt, als sie sich zum ersten Mal die magischen drei Worte gesagt hatten – ich liebe dich! Jene Worte, die das Versprechen enthielten, ihr niemals wehzutun und immer an ihrer Seite zu bleiben. Doch damit war es von einem Moment auf den anderen vorbei gewesen, und obwohl sie wusste, dass es keinen Sinn hatte, ihm deswegen ewig zu grollen, konnte sie dennoch nicht einfach so tun, als sei alles vergeben und vergessen.

Inzwischen war Jo davon überzeugt, dass Harry hinter der mysteriösen Postkarte steckte, die sie im Frühling bekommen hatte. Im Versenden anonymer Karten hatte er ja Übung. Damals hatte er, der sich stets so selbstbewusst gegeben hatte, ein enormes Maß an Unsicherheit bewiesen, auf diese Art mit ihr Schluss zu machen, und diesmal hatte er die Karte wenigstens selbst ausgeliefert – das nahm sie zumindest an. Vielleicht versuchte er nun wiedergutzumachen, was er ihr damals angetan hatte.

Doch mit welchen Motiven sie sein Verhalten auch erklären mochte – nichts änderte etwas an der riesigen Enttäuschung, die sie empfand. Seit sie im Mai die Postkarte auf der Fußmatte entdeckt hatte, hatte die Romantikerin in ihr darin den Anfang einer epischen Liebesgeschichte gesehen. Der Mann, der ihr die Karte geschickt hatte, würde ihr Herz im Sturm erobern und sie würden bis in alle Ewigkeit glücklich und zufrieden sein. Harrys Andeutung vom Abend zuvor, aus ihnen könnte wieder ein Paar werden, war wie ein Guss kaltes Wasser gewesen, der den Zauber ihrer Träumerei weggespült hatte.

Aber war es nicht vielleicht dumm, ihn abzuweisen? Immerhin *war* er einst der Mann ihrer Träume gewesen. Hatte sie von ihrer Mutter und ihren Großeltern dieselbe Sturheit geerbt, die die drei daran hinderte, ihre Schwierigkeiten miteinander zu bereinigen, sodass sie nun jemanden zurückwies, der zu einem ausgeglichenen, verantwortungsbewussten und überdies attraktiven Erwachsenen geworden war?

»Erde an Jo«, sagte Steve. Sie blickte auf und stellte fest, dass er sie ansah.

»Entschuldige.« Sie hatte gar nicht gemerkt, dass sie zu putzen aufgehört hatte und in das trübe Seifenwasser im Eimer blickte. »Sekunde, ich muss mal kurz an die Luft.«

Sie musste aufhören, über ihr eigenes Liebesleben zu grübeln, und sich stattdessen auf das Paar konzentrieren, das eine echte Chance besaß. Draußen winkte sie Geoff, der gerade einen Köder an den Haken steckte. Er und Valerie passten gut zusammen, das konnte sie spüren.

Als sie das Gefühl hatte, wieder einen klaren Kopf zu haben, ging sie hinein und räumte Mop und Eimer auf.

»Der Stuhl ist wieder ganz«, sagte Steve und begann, sein Werkzeug einzupacken, als sie sich zu ihm gesellte.

Als Jo ihn per SMS um Hilfe gebeten hatte, war er sofort gekommen, was zur Folge hatte, dass er nicht ganz dem Anlass entsprechend gekleidet war. Wieder trug er den Neoprenanzug, der bis zur Taille offen stand, und wieder konnte Jo sich nur unter größter Anstrengung davon abhalten, ständig auf seine Brust zu starren. Ein paar Mädchen, die eben hereingekommen waren, taten das unter dem Vorwand, die Tafel zu studieren, schon zur Genüge, aber Steve schien es gar nicht zu bemerken.

Die Rädchen in Jos Kopf hatten sich bei Geoffs Anblick wieder in Bewegung gesetzt. »Hör mal, der Strand, an dem du mir meine Surf-Stunde gegeben hast …«

Steve klappte den Werkzeugkasten zu. »Willst du eine zweite?«, fragte er, als er sich aufrichtete. Prompt hatte Jo erneut Mühe, sich zu konzentrieren.

Sie schüttelte den Kopf, ging zur Theke und kassierte das Geld für zwei Dosen Cola von den Mädchen, die sich immer noch kichernd mit den Ellenbogen anstießen und verstohlen Steve beäugten. Jo verdrehte die Augen, als sie zur Tür schlenderten. »Zum Glück ist heute ein Schultag.«

»Nanu? Seit wann freust du dich denn, wenn deine Kunden gehen müssen?«

»Du hast also gar nicht bemerkt, wie sie dich angeglotzt haben?«

Er zuckte die Achseln. »Sie sind jung, wollen ihren Spaß haben, das ist alles. Sei doch kein Spielverderber.«

»Hey!« Sie versetzte ihm einen Klaps auf den Arm und schauderte, als sie seine warme Haut spürte. »Aber um auf den Strand zurückzukommen … Ist dort um diese Jahreszeit abends sehr viel los?«

»Merkwürdige Frage, aber … okay.« Er lehnte sich an die Theke. »Eher wenig. Die meisten Leute fahren früh morgens hin. Wieso? Denkst du an eine abendliche Surf-Lektion?«

»Jetzt vergiss doch mal das Surfen. Ich will wissen, wie voll es dort ungefähr eine Stunde vor Sonnenuntergang ist.«

Sein Gesichtsausdruck sagte ihr, dass sie nicht mehr aus ihm herausbekommen würde, solange sie ihm nicht erklärte, wofür sie diese Information brauchte. »Es geht um meine nächste Abend-der-Liebe-Idee.«

»Ah. Ich hatte mich schon gewundert, wie lange es dauert, bis Amor sich wieder etwas zum Spielen sucht.«

Sein lockerer Flirt-Tonfall störte ihre Konzentration genauso wie seine muskulösen Arme, und so war sie froh, als Ben und Charlie das Café betraten. »Ich erzähle dir später mehr«, flüsterte sie Steve noch rasch zu.

»Meine Lippen sind versiegelt«, raunte er, und Jo versuchte, nicht hinzusehen, als er sich mit seinen Fingern über den Mund strich, als würde er einen Reißverschluss zuziehen.

Steve ging, und erleichtert wandte sie sich den Neuankömmlingen zu. »Ben, Charlie, schön euch zu sehen.« Warum sah Ben sie eigentlich an, als hätte sie etwas Ungehöriges getan? War es so offensichtlich, dass ihre Gedanken in Bezug auf Steve nicht gänzlich platonisch waren? Sie bewunderte die Sorglosigkeit, mit der er durchs Leben ging, und überlegte in letzter Zeit immer öfter, ob er nicht ideal für ein nettes, unverbindliches Abenteuer war. Sie war so lange mit keinem Mann mehr zusammen gewesen, dass sie wahrscheinlich gar nicht mehr wusste, wie das ging.

Sie schüttelte den Gedanken ab. »Dass ihr mitten in der Woche vorbeikommt, ist ungewöhnlich.«

»Ich habe Charlie versprochen, nach den Briefbeschwerern zu sehen«, erklärte Ben, freundlich wie eh und je.

»Oh, natürlich. Eine letzte Schicht Lack, dann können wir sie einsetzen. Lauf in die Vorratskammer, Charlie. Sie liegen im Regal.« Das musste man ihm nicht zweimal sagen. Als er davonstob, beugte sich Jo verschwörerisch vor. »Ihr kommt Samstag doch hoffentlich auch, oder?«

»Sicher. Wieso?«

»Weil sich eine gewisse junge Dame auf einen gewissen jungen Mann freut.«

Er legte den Zeigefinger an einen Nasenflügel, als Charlie auch schon zurückkehrte, schwärmte, wie toll die Briefbeschwerer aussahen, und Bens Hand packte, damit er es sich selbst ansehen würde.

»Ist das in Ordnung?«

»Klar, geh ruhig.«

Die beiden gingen nach hinten, während Matt mit der täglichen Lieferung durch die Tür trat. Wie immer bewunderte Jo die Farbenpracht der Auswahl, und die prallen, dunklen Kirschen hatten es ihr diesmal besonders angetan.

»Na, was denkst du?«, fragte Matt. »Ich höre immer zu gerne, welche Rezepte dir dazu einfallen.«

Tatsächlich war ihr Kopf bereits bei der Arbeit. »Kirsch-Mandel-Kekse oder Hafer-Scones mit Kirschen.«

»Hmmmm. Klingt beides gut.«

»Finde ich auch«, sagte Ben, der gerade aus der Küche zurückkehrte.

»Ich auch«, stimmte Charlie ein und beäugte die Smarties-Kekse im Glas neben der Kasse.

»Komm, du musst zur Schule«, sagte Ben, »und ich zur Arbeit.«

Jo ließ einen Keks in ein rosa-weiß-gestreiftes Tütchen fallen und reichte es Charlie. »Als Dankeschön für die Briefbeschwerer.«

Matt hatte die Kiste in die Küche geschleppt und kehrte nun zurück. »Oder was hältst du von Kirsch-Ingwer-Scones?«, fragte sie ihn.

»Wie ich schon sagte: Ich ziehe das Zeug nur, kochen kann ich höchstens einfache Gerichte. All deine Vorschläge klingen in meinen Ohren toll.«

»Na schön. Aber ich danke dir für meine tägliche Inspiration.«

»Gern geschehen.«

Sie winkte ihm zerstreut zum Abschied, während sie schon die Kochbücher unter der Theke zu durchforsten begann. Sie wusste, dass sie darin irgendein Rezept für Scones gesehen hatte, und es wäre sicher ein Leichtes, das Obst und eine Gewürzzutat zu ersetzen. »Bingo!«, rief sie, als im selben Moment Jess eintrat.

»Ich weiß unsere Abende im Pub zu schätzen«, sagte Jess. »Aber für Bingo fühle ich mich nun wirklich noch zu jung.«

»Tut mir leid, aber ich habe gerade bloß gefunden, wonach ich gesucht habe.« Sie zeigte es Jess und erklärte, was sie im Sinn hatte.

»Das klingt sehr lecker und schlecht für die Hüften, aber es muss unbedingt auf die Karte. Heute Pub?« Als Jo die Stirn runzelte, fügte sie hinzu: »Oh, komm schon, Billy ist aus seinem Urlaub in Cornwall zurück und hat für acht Uhr eine Happy Hour angekündigt.«

Obwohl man munkelte, dass die Pubs längst nicht mehr so viel Geld einbrachten wie früher, schien es Billy zu gelingen, mit seinen Sonderaktionen immer genügend Gäste anzulocken. »Bin dabei. Wir sehen uns nachher. Übrigens kannst du dir seine Postkarte ansehen – sie hängt an der Pinnwand.« Als Jo sie gestern bekommen hatte, hatte sich beim Anblick der traumhaften Landschaft und der atemberaubenden Küste erneut Curtis Durhams Angebot in ihr Bewusstsein geschlichen.

Jess blieb nicht lange, und am frühen Nachmittag war viel zu tun. Jo servierte Kaffee, Rosinentoast und Sandwiches und wischte, wenn sie nicht bediente, und bediente, wenn sie nicht wischte, sodass sie heilfroh war, als der Ansturm vorübergehend abebbte. Die kleine Gruppe, die sich an zwei Tische verteilt hatte, war mit allem versorgt, und Jo konnte sich einen Moment Zeit für sich selbst nehmen. Sie ging in die Küche und holte die zwei roten Karten und den Kalligrafiestift hervor. Erstaunlich, dass anderen etwas Gutes zu tun ihre Lebensgeister in Sekundenschnelle wecken konnte. Sie dachte an Geoff, der so freundlich und nett, aber eindeutig einsam war. Und sie dachte an Valerie und ihr Yoga, das sie sicher noch viele, viele Jahre jung halten würde.

Sie warf einen Blick ins Café, um sich zu vergewissern, dass ihre Gäste nichts brauchten, schrieb ihre zwei Einladungen und wedelte mit den Karten in der Luft, damit die Tinte trocknete. Sie hatte die Wettervorhersage für Freitagabend überprüft und wusste von Steve, dass zu dieser Zeit eher wenig los sein würde, weil die meisten Leute lieber Samstag in der Früh surften, nach der Arbeit zu müde waren oder am Abend ausgehen würden.

Zurück im Café hatte Jo gerade noch Zeit, die Karten in ihrer Handtasche verschwinden zu lassen, als Molly und Arthur eintraten und den Duft von Sonnenmilch mitbrachten. Jo konnte sich lebhaft vorstellen, wie Molly Arthur jeden Morgen bei Sonne anwies, sich einzucremen, einen Hut aufzusetzen und viel Wasser zu trinken.

Das Lächeln, das sie ihr schenkten, verriet Jo, dass ihnen daran gelegen war, sich mit ihr zu vertragen, und sie kam hinter der Theke hervor, um sie nacheinander zu umarmen. Es war ihr unmöglich, den beiden lange böse zu sein.

»Es tut uns so leid, Jo«, sagte Molly, die Jo einen großen Kunststoffbehälter reichte. »Ein Friedensangebot: Brokkoli-Pasta-Salat.«

»Klingt köstlich. Ich stelle ihn sofort in die Auslage. Und ich bin diejenige, der es leidtut. Ich hätte nicht so hartnäckig fragen sollen.«

Sie ließen sich auf der Fensterbank nieder, und Jo bereitete ihnen einen Tee zu und räumte rasch noch einen Tisch ab, der gerade frei geworden war.

Dann zog sie sich einen Stuhl zu den beiden. Noch war etwas Zeit. »Ich muss mit Mum darüber reden, richtig?«

»Es ist nicht so, dass wir uns absichtlich sperren.« Arthur verzog das Gesicht, als er den ersten Schluck von seinem Tee trank. Er hatte sich noch immer nicht daran gewöhnt, ihn ohne Zucker zu sich zu nehmen. Obwohl ihm der Arzt eine gewisse Menge Süßes pro Tag erlaubte, hatte er offenbar schon zu viele Tassen getrunken, um noch eine weitere Portion Zucker zu rechtfertigen. »Aber unser Verhältnis zu Sasha ist schon angespannt genug, und keiner von uns will dafür verantwortlich sein, dass sie sich noch weiter von uns entfernt.«

Das war also der Grund für ihre Verschwiegenheit. Sie wollten es nicht noch schlimmer machen.

»Wir machen uns Sorgen«, sagte Molly und sah Jo direkt an. »Was, wenn sie nachher gar nichts mehr mit uns zu tun haben will? Wir hoffen immer noch darauf, dass sie eines Tages zurückkehrt, wenigstens auf Besuch, und dann können wir vielleicht endlich den Streit vergessen.«

»Rede du mit ihr, Jo«, bat Arthur. »Ich weiß, dass ich es auch versuchen müsste, aber ich denke, dass nur du zu ihr durchdringst. Du würdest die Antworten bekommen, die du brauchst, und vielleicht …« Die Hoffnung in seinen Augen schwand. »Nun, versuch es, und wir werden sehen.«

Jo legte ihre Hand auf seine. »Ich gebe mein Bestes.« Das würde sie. »Aber jetzt muss ich weitermachen.« Als das Glöckchen bimmelte, drehte sie sich um, und herein kam eine Gruppe von fünf Leuten – Touristen aus Schottland, wie ihr Akzent verriet.

Molly und Arthur gingen und fassten sich draußen an den Händen, und Jo sah ihnen nach, während die Neuankömmlinge sich niederließen.

Würde sie wohl jemals finden, was ihre Großeltern hatten – eine Beziehung, die Zweisamkeit im besten Sinne bedeutete und aus sich selbst heraus dauerhaft war?

Als Jo dafür gesorgt hatte, dass ihre Gäste alles hatten, was sie brauchten, kehrte sie in die Küche zurück. Sie wollte die Scones backen und auf die Tageskarte setzen, ehe nach Schulschluss und mit dem Feierabend der Ansturm wahrhaft ausgehungerter Kundschaft einsetzte.

Den Rest des Nachmittags über hielt der Strom der Gäste kontinuierlich an, doch Jo gelang es zwischendurch trotzdem, die Briefbeschwerer mit einer letzten Schicht Klarlack zu überziehen. Und als sich vor Schulende eine kleine Flaute abzeichnete, ergriff sie die Gelegenheit und rief ihre Mutter an.

Sie plauderten über Mallorca, die neue Schmuckkollektion, die Sasha entwarf, und Jos Arbeit im Café, und als Jo ihr erzählte, dass Harry wieder aufgetaucht war und ihr Blumen geschickt hatte, war Sasha entsetzt.

»Er hat dir wehgetan, Jo.«

»Das weiß ich. Und jetzt führt er meine Bücher.«

»Oh, Jo. Du machst einen großen Fehler, wenn du denkst, dass du vielleicht niemand anderen findest. Glaub mir, ich weiß das nur allzu gut.«

Jo blickte aus dem Fenster zum Strand, wo Leute lachten und tobten und die Vorschulkinder aufgeregt auf und ab hüpften, als die Wellen ans Ufer rauschten und die Sandburgen fortspülten, die so mühevoll errichtet worden waren. »Mach ich nicht, Mum.«

»Er mag ja behaupten, dass er sich geändert hat, aber das sagen Männer immer.«

Harry glaubte offenbar, dass sie beide immer noch gut zusammenpassten. Er war jetzt ganz anders als der Junge, mit dem sie vor Jahren zusammen gewesen war. Natürlich war er damals per Gesetz auch schon erwachsen gewesen, aber nur so gelang es Jo, den seriösen Menschen, den er jetzt darstellte, von dem Mistkerl zu unterscheiden, der sie so feige von heute auf morgen sitzen gelassen hatte.

»Jo, ich meine es ernst. Natürlich können sich Menschen ändern, aber meiner Erfahrung nach ist das eher unwahrscheinlich.«

Das war ihre Chance. *Rede du mit ihr*, hatte ihr Großvater gesagt, und nun brachte ihre Mutter das Thema Männer und ihre eigene Erfahrung von sich aus auf, um ihre Tochter vor einem vermeintlichen Fehler zu warnen. »Mum, kann ich dich etwas fragen?«

»Na klar. Was willst du wissen?« Sie klang arglos und offen, und Jo beschloss es zu wagen.

»Was genau ist zwischen dir und Gran und Gramps passiert? Warum waren sie so erpicht darauf, dass ich nicht werde wie du?«

Schweigen.

»Mum?«

»Wer hat dir gesagt, dass sie so denken?«

»Du und Gramps habt euch furchtbar gestritten, als ich mich in jener Nacht mit Tequila betrunken habe – was, falls es dich interessiert, in dieser Form nie wieder vorgekommen ist –, und mir ist neulich wieder eingefallen, wie er dich angebrüllt hat, er wolle nicht, dass ich werde wie du.« Ihre Worte mussten ihrer Mutter wehtun, aber darauf konnte sie jetzt keine Rücksicht nehmen.

»Das ist alles Vergangenheit, Jo.«

»Nein, Mum, ist es nicht.« Die Glocke über der Tür funktionierte definitiv einwandfrei, denn sie erklang schon wieder, und Jo hielt einen Finger hoch, um dem neuen Gast zu bedeuten, dass sie in einer Minute bei ihm sein würde. Sie nahm das Telefon mit in die Küche, von wo aus sie den Gastraum sehen konnte, aber außer Hörweite war. »Wenn du mit deinen Eltern nicht einmal mehr sprichst und nie wieder in die Stadt zurückkehrst, die dir einst etwas bedeutet hat, dann ist das ganz und gar nicht Vergangenheit.«

»Jo, ich werde niemals ihren Ansprüchen genügen!«, rief Sasha ungehalten, fügte dann aber etwas ruhiger hinzu: »Sie schämen sich für mich, und das schon sehr lange.«

»Dann sollten sie schnellstens damit aufhören.« Ihr Gast war inzwischen an die Theke getreten. »Mum, ich muss auflegen.« Und das zu ihrem Leidwesen, denn ihre Mutter stand kurz davor, ihr alles zu erklären, das konnte sie spüren.

»Wir unterhalten uns bald wieder, Jo.«

»Das sollten wir unbedingt.« Und als sie auflegte, konnte sie nur hoffen, dass es wirklich geschehen würde. Normalerweise ließ ihre Mutter keine Fragen zu, wenn es um diese Dinge aus der Vergangenheit ging, und der kurze Austausch war ein echter Durchbruch gewesen. Hoffte Jo jedenfalls.

Vielleicht konnten sie endlich neue Wege einschlagen. Denn was Jo sich mehr wünschte als alles andere auf dieser Welt, war eine glückliche Familie. Und das schloss jedes einzelne Mitglied mit ein.

16. Kapitel

Der Morgen war nun, da es Sommer war, so mild, dass Jo heute vor der Arbeit schon in aller Frühe einen kleinen Spaziergang um Salthaven gemacht hatte. Um diese Zeit war noch kein Mensch auf der Straße, und so den Tag zu beginnen war herrlich. Noch praktischer war allerdings, dass keiner sie dabei sah, wie sie ihre Einladungen für den *Abend der Liebe* auslieferte. Ein roter Umschlag landete in einem der Briefkästen des Mehrfamilienhauses gegenüber dem Surf-Strand, der andere fiel durch den Briefschlitz in der Tür zu Valeries Reihenhäuschen, das nicht weit vom Pub entfernt lag.

Sie war noch keine zehn Minuten im Café, als Matt auch schon mit der Lieferung vor der Tür stand. Jo konnte es kaum erwarten, sich anzusehen, was er alles mitgebracht hatte, und wie immer spähte sie gespannt in die Kiste. Inzwischen war dieser Moment zu einem der schönsten ihres Arbeitsalltags geworden.

»Ich habe wieder zwei Körbchen Kirschen mitgebracht«, sagte er. »Ich hoffe, du hast noch nicht die Nase voll davon. Außerdem Stachelbeeren, Erdbeeren, verschiedene Salate und eine ganze Menge Eier. Du solltest also genügend Auswahl haben.«

Matt hatte sich angewöhnt, ihr die Kiste in die Küche zu tragen, und sie war ihm dankbar dafür, weil sie häufig sehr schwer war. Als er zurückkehrte, reichte sie ihm eine Vorratsdose.

»Was ist das?« Er nahm den Deckel ab. »Wow, das sieht gut aus.«

»Kirsch-Ingwer-Scones.«

»Für mich?«

»Sie sind nicht von heute Morgen, aber noch keine vierundzwanzig Stunden alt, sie sollten also noch sehr gut sein. Ich habe in den vergangenen Tagen ziemlich viele davon gemacht, sie gehen weg wie warme Semmeln.« Sie waren goldbraun und gaben auf Druck in der Mitte nach, und jeder Gast, der gestern davon bestellt hatte, hatte sie gelobt.

»Du bist wie Molly.«

»Leider komme ich an ihre Koch- und Backkünste nicht heran.«

»Ich meinte vor allem ihre Angewohnheit, die Leute zu mästen.«

»Ach so. Na ja, wir versorgen eben gerne Familie und Freunde mit gutem Essen, und da du uns die Kirschen verschafft hast, ist das ein Dank an dich.«

»Und ich nehme ihn gerne an. Ich bringe dir die Dose morgen zurück.«

»Wunderbar. Oh, bevor ich es vergesse: Könnte ich für Freitag bitte mehr Erdbeeren bekommen?«

»Natürlich. Ich packe so viele ein, wie ich bekommen kann. Das Café gehört zu unseren Lieblingskunden.«

Jo wurde warm ums Herz. »Ehrlich?«

»Poppy versucht gerade, die gesamte Familie zu mobilisieren, am Samstag herzukommen. Ich weiß nicht, was sie mehr zieht, die Briefbeschwerer, die leckeren Kuchen oder die Aussicht, Charlie zu begegnen.«

»Die zwei sind so süß zusammen, findest du nicht?«

»Liebe ist einfach, wenn man so jung ist.« Er begutachtete die Steine, die sie neben der Kasse aufgereiht hatte. »Ihre Kunstwerke sind jedenfalls toll geworden.«

»Absolut. Ich möchte sie auch nicht draußen liegen lassen, aber wer immer sie braucht, bekommt einen. Angie hat sogar schon einen hier drinnen benutzt, damit ihr Buch nicht immer zuklappte, die Steine haben also in jedem Fall einen Nutzen.«

»Angie und Lesen? Das kann ich mir kaum vorstellen.« Er blickte sich um, um sich zu vergewissern, dass sie nicht schon im Café saß. »Mir war nicht klar, dass sie lange genug den Mund halten kann, um sich auf eine Geschichte zu konzentrieren.«

»Deine Zweifel sind berechtigt. Die meiste Zeit plaudert sie mit mir oder schwärmt den anderen Gästen vor, wie köstlich die Kirsch-Scones sind.« Jo hatte überlegt, ob sie vielleicht auch Angie mit jemandem zusammenbringen konnte, aber sie war nicht leicht zu durchschauen, und Jo wollte ganz sicher niemandem auf die Zehen treten.

»Ich gehe jetzt lieber«, sagte Matt. »Ich habe noch eine Lieferung für die Schule und zwei für Kunden in der Stadt, dann muss ich wieder rauf zum Hof.«

»Viel zu tun.«

»Ja, aber das ist gut so. Und am Samstag kommt meine Schwester mit Poppy vorbei.« Er winkte zum Abschied und ging.

Am Vormittag freute sich Jo nach einem kurzen Schauer aus finsteren Wolken, die inzwischen wieder abgezogen waren, über rege Kundschaft. Nun, da der Sommer sich eingenistet hatte, wollten immer mehr Leute draußen sitzen, also holte Jo sich einen Eimer mit warmem Seifenwasser, ihre Gummihandschuhe und einen Lappen und machte sich an die Arbeit, die Außentische gründlich zu reinigen.

»Hat wenig Sinn, das zu tun, finden Sie nicht?« Es war Geoff, der mit der Angel in der Hand Richtung Festland an ihr vorbeikam, als Jo sich gerade über den letzten Tisch hermachte.

Jos Herz hüpfte. Nun würde Geoff nach Hause gehen und die Einladung in seinem Briefkasten finden. Sie konnte nur noch die Daumen drücken, dass seine Reaktion ihren Plänen entgegenkam.

Sie blickte wieder auf die Tischplatte mit den klebrigen Zucker- und Marmeladenflecken. »Das bekommt wohl auch der schlimmste Platzregen nicht weg«, bemerkte sie.

»Sie sollten es mit einer Bürste versuchen«, riet er ihr.

Sie seufzte schwer. »Wahrscheinlich. Kommen Sie noch auf einen Tee rein?«

Er lehnte die Angel an die Wand und stellte seine Ausrüstung ab. »Vielleicht sollte man die Sonne ausnutzen, ehe es wieder zu schütten beginnt, also setze ich mich lieber nach draußen.«

»Ich bringe Ihnen den Tee sofort.«

»Oh, und am liebsten noch einen von den Kirsch-Scones, wenn noch welche übrig sind.«

»Es gibt noch welche. Sie sind sehr beliebt, daher mache ich nachher noch ein weiteres Blech. Sie haben sie also noch nicht über?«

»Ganz sicher nicht, und ich habe ja auch keine bessere Hälfte, die mit mir schimpft, weil ich mich zu kalorienreich ernähre.«

Wenn es nach Jo ging, würde sich das bald schon ändern. Sie jedenfalls würde alles in ihrer Macht Stehende tun, damit ihr Plan aufging.

Am Mittwochabend hatte Jo noch immer nichts von Geoff oder Valerie gehört, also nahm sie das als gutes Zeichen und fuhr munter mit ihrer Planung fort. Sie suchte nach der wunderschönen kornblumenblauen Picknickdecke, die sie vor drei Jahren zu Weihnachten geschenkt bekommen hatte, und musste feststellen, dass sie nicht mehr gewaschen worden war, seit sie mit Tilly vergangenes Jahr im Sommer am Strand von Portobello auf die Schulferien angestoßen und dabei Prosecco verschüttet hatten. Also stopfte sie die Decke in die Maschine, gab Wollwaschmittel dazu und wählte das entsprechende Schonprogramm.

Sie dankte Gott, dass Molly und Arthur genauso romantisch veranlagt waren wie sie; vielleicht hatte sie diesen Zug tatsächlich von ihnen geerbt. Als sie jedenfalls erwähnt hatte, dass sie ein Picknick am Strand plante, hatte Arthur die Stange, mit der man die Luke zum Speicher öffnen konnte, geholt, die Leiter heruntergeklappt und war die ächzenden Stufen hinaufgestiegen, um nach ihrem herrlich altmodischen Picknickkorb zu suchen. »Den haben wir schon ewig nicht mehr benutzt«, sagte er und schlug Molly vor, man könne ja jetzt, da man im Ruhestand sei, mit dem Bus einen Tagesausflug nach Cornwall machen. Molly antwortete barsch, sie habe alles, was sie brauche, hier in Salthaven und sähe überhaupt nicht ein, einen schweren Korb mit Essen in einen anderen Landkreis mitzuschleppen, und Jo staunte über die direkte Absage, die sie ihm erteilt hatte. Gleichzeitig fühlte sie sich unangenehm an ein noch offen stehendes Angebot im gleichen Landkreis erinnert, wenn sie sich auch alle Mühe gab, es in diesem Moment zu verdrängen. Solange der Betrieb im Café geschmeidig lief, verschwendete sie kaum einen Gedanken an Curtis Durhams Angebot. Aber wann immer sie Zweifel beschlichen, ob sie das Unternehmen dauerhaft in die schwarzen Zahlen bringen konnte, tauchte sein Gesicht wieder auf. Immerhin war es ein attraktives Gesicht; es hätte also schlimmer kommen können.

Während das Wasser einlief, versuchte Jo das merkwürdige Quietschen, das die Maschine von sich gab, zu ignorieren und betete, dass sie weder ihre schöne Decke ruinieren noch gänzlich den Geist aufgeben würde, um ihr die nächsten unerwarteten Kosten zu bescheren. Sie wischte den Picknickkorb mit einem feuchten Lappen ab. Mit dem hellblauen Futter und den braunen Lederriemen, mit denen man Teller, Schüsseln und Gläser befestigte, besaß er genau die Klasse, die einem romantischen Abend im Freien den letzten Schliff verlieh. Jo hatte bereits Sally, die ein paar Häuser weiter wohnte, gefragt, ob sie sich ein paar Rosen von ihrem üppig blühenden Busch abschneiden durfte, und Sally hatte geantwortet, sie solle sich ruhig bedienen, solange sie ihr später verriet, wie der *Abend der Liebe* ausgegangen war. Jo hatte die Namen der beiden zukünftigen Turteltauben bislang für sich behalten, und jeder, der nachfragte, schien ihre Diskretion zu respektieren. Wenn es nach ihr ging, würde eines Tages die ganze Welt erfahren, wie die *Abende der Liebe* den Menschen zu ihrem Glück verholfen hatten.

Nachdem der Picknickkorb sauber war, holte sie die Decke, die das traumatische Wascherlebnis sauber, unversehrt und in einem Stück überstanden hatte, aus der Maschine und breitete sie über einem Wäscheständer aus, den sie in ihr Schlafzimmer stellte. Die Decke roch wunderbar, und sie konnte es kaum erwarten, sie am Freitagabend am Strand auszubreiten. Sie hatte bei ihren Spaziergängen vergangene Woche bereits einige dicke Steine gesammelt, die die Decke beschweren sollten; der Picknickkorb würde den Rest erledigen.

Nach getaner Arbeit schenkte sie sich in ihrer kleinen Küche ein Glas Wein ein, befüllte die Waschmaschine erneut und stellte sie an, woraufhin das Quietschen lauter denn je einsetzte. Gleichzeitig klingelte das Telefon. Es war Molly, die ihr mitteilen wollte, dass sie Buttermilchkekse und Arthur Bananenbrot gebacken hatte.

»Ich komme morgen früh kurz vorbei«, sagte Jo laut.

»Was in aller Welt lärmt da so?«

»Die Waschmaschine.« Sie musste es dreimal wiederholen, dann nahm sie ihr Weinglas, verließ die Küche, schloss die Tür und ging ins Wohnzimmer. »Keine Ahnung, was damit los ist, aber sie funktioniert. Noch jedenfalls.«

»Du musst einen Techniker rufen.«

»Ja, Gran.«

Sie plauderten ein wenig über den Erfolg der Kirsch-Scones, und Molly musste lachen, als Jo ihr erzählte, wie Angie sie jedem, der durch die Tür kam, angepriesen hatte.

»Gramps hat übrigens ein Rezept für eine Stachelbeer-Baiser-Tarte gefunden.«

»Oh, gut. Obwohl ich noch nie mit Stachelbeeren gebacken habe. Und mit Baiser habe ich auch keine Erfahrung.«

»Ach, das ist ganz einfach. Vielleicht kann Gramps es dir rasch zeigen, wenn du uns am Sonntag ablöst. Dann warten wir auf eine ruhige Phase, falls es eine gibt.«

Schließlich erzählte Molly noch von einer Signierstunde im Buchladen, zu der sie Arthur schleifen wollte, und stöhnte über seine Quengelei, sie möge endlich mit ihm bowlen, doch Jo spürte, wie froh ihre Großmutter darüber war, dass ihr Mann die freie Zeit genoss und zur Ruhe kam.

Nachdem sie aufgelegt hatten, öffnete Jo die Fenster im

Wohnzimmer, damit sie das ferne Rauschen der Wellen hören und die Frische, die sie mit sich brachten, einatmen konnte.

Sie mochte ihr Wohnzimmer. Die hellen Wände hatten einen hauchzarten Fliederton und schlossen mit glänzend lackierten Fußleisten ab. Jo hatte ein hellgraues Sofa gekauft und mit vielen weißen Kissen dekoriert, doch ihr Lieblingsmöbel, in dem sie sich nun mit ihrem Glas Wein niederließ, war ein tiefer, runder Sessel, auf dem sie sich zusammenrollen und aufs Meer hinausblicken konnte. In der Ferne sah sie den goldenen Strand unterhalb der grasbewachsenen Böschung, die sich bis zum Pier hinabschwang, und auf den Sims ließ sich eine Möwe nieder und sah sich nach Essensresten um.

Als es an ihrer Tür klingelte, stellte Jo ihr Weinglas ab und stand auf, um zu öffnen. Es machte ihr nichts aus, allein die wunderschöne Aussicht auf den Pier zu genießen, der sie immer wieder daran erinnerte, weswegen sie zurückgekehrt war, aber Besuch zu bekommen war auch schön.

Mit Harry hatte sie allerdings nicht gerechnet, und so sprach sie aus, was ihr gerade durch den Kopf schoss. »Woher weißt du, wo ich wohne?«

»Du hast mir bei unserem ersten Termin deine Privatadresse gegeben.«

Oh. »Aber was … was machst du hier?« Er hatte keine Unterlagen, keine Aktentasche dabei, ein Arbeitstreffen konnte es also nicht sein.

»Kann ich reinkommen?«

»Ich hab doch keinen Fehler in der Steuererklärung gemacht, oder?« Sie hatte die plötzliche Vision, er sei gekommen, um sie zu warnen, dass die Nachzahlung weit größer ausfallen würde, als sie gedacht hatte.

»Nein, ich bin nicht wegen der Buchhaltung gekommen. Gott, was ist das für ein Lärm?«

»Die Waschmaschine.«

»Muss die so klingen?«

Das Quietschen schien plötzlich um ein, zwei Dezibel anzusteigen. »Eher nicht. Ich nehme nicht an, dass du dich mit Haushaltsgeräten auskennst?«

»Tut mir leid. Wenn etwas mit deinem Wagen ist, kann ich dir immer helfen, aber Waschmaschinen sind wirklich nicht mein Fachgebiet.«

Beinahe hätte sie sich entspannt und seiner Plauderei nachgegeben, aber nur beinahe. »Was willst du hier, Harry?« Die warnenden Worte ihrer Mutter hallten in ihrem Kopf wider, und sie blieb stehen, wo sie war, ohne Harry hereinzubitten. Wenn er eintrat, würde sie sich verpflichtet fühlen, ihm ein Glas Wein anzubieten, aber sie war innerlich so erfüllt von ihren romantischen Plänen für andere, dass sie nicht sicher sein konnte, wie sich der Wein auf *sie* auswirkte. Was, wenn der Alkohol ihr zu Kopf stieg und sie etwas tat, das sie nachher bereute?

Er streckte die Hand aus und hielt ihr ein weißes Papiertütchen hin.

»Was ist das?«

»Schau rein.«

Sie nahm die Tüte und tat es. »Aniskugeln?«

»Aus dem Süßigkeitengeschäft.«

Er wusste es noch. Als sie sich das zweite Mal miteinander verabredet hatten, hatten sie sich Süßigkeiten gekauft und auf dem Heimweg gewetteifert, wer die Aniskugeln schneller lutschen konnte, bis nur noch die Saat im Inneren übrigblieb. Sie hatte jedes Mal gewonnen.

»Ich wette, du gewinnst nicht mehr«, sagte er jetzt.

Sie gab ihm die Tüte zurück. »Harry, was versuchst du hier? Erst die Postkarte, dann das.« Dass er es nicht leugnete, bestätigte sie in ihrer Annahme, und erneut durchströmte die Enttäuschung sie. Obwohl sie es sich schon gedacht hatte, war es bis jetzt immerhin noch im Bereich des Möglichen gewesen, dass die mysteriöse Karte tatsächlich von einem heimlichen Bewunderer stammte, aber da er nichts abstritt …

»Jo, ich …« Schritte auf der Treppe unterbrachen ihn.

Jo beugte sich vor, um am Türrahmen vorbei zu spähen. »Steve?«

»Molly hat mich angerufen.« Und nun sah Jo auch den Werkzeugkasten in seiner Hand.

»Das kann doch nicht wahr sein. Die Waschmaschine?« Sie schüttelte den Kopf. »Sie weiß doch erst seit« – sie blickte auf ihre Armbanduhr – »weniger als einer Stunde, dass das Ding nicht mehr richtig läuft. Ich kann einfach nicht glauben, dass sie dich schon gerufen hat.«

Steve nickte Harry zu, ehe er sich wieder an Jo wandte. »Kann ich sie mir mal ansehen? Der Kasten hier wird etwas schwer, wenn man ihn schon drei Stockwerke raufgetragen hat.«

Sie trat einen Schritt zurück, um ihn einzulassen, und Steve verschwand in der Küche.

»Steve und du, ihr habt ziemlich oft miteinander zu tun, was?« Das kurze Beben in Harrys Stimme verriet ihr, dass seine lässige Haltung aufgesetzt war.

Harry hatte niemals Eifersucht an den Tag gelegt, wenn andere Männer an Jo Interesse gezeigt hatten, aber sie hatte spüren können, dass es ihn nicht kaltließ. Schon damals hatte er sich betont locker gegeben, und sie hatte sich im Gegenzug angestrengt, ihm klarzumachen, dass sie nur Augen für ihn gehabt hatte. Fast wäre sie in das alte Muster verfallen, doch zum Glück fiel ihr wieder ein, dass es nun wirklich nicht mehr in ihrer Verantwortung lag, ihm seine Eifersucht zu nehmen.

»Tja, ich gehe besser auch rein und schau mal, was es mit der Waschmaschine auf sich hat«, sagte sie stattdessen.

Er nickte und streckte ihr wieder die weiße Papiertüte entgegen. »Hier, nimm du sie. Du warst immer besonders scharf auf die Dinger.«

»Danke.« Sie sah ihm nach, wie er durch den Flur zur Treppe ging, und erwiderte das Lächeln, das er ihr zum Abschied schenkte.

Sie drückte die Tür zu, stellte die Tüte mit den Aniskugeln auf das Regal im Korridor und ging in die Küche zu Steve. »Und? Was ist los?« *Bitte sag ›Nichts Wildes‹*, betete sie stumm. *Bitte sag, das kostet nichts, bitte empfiehl mir nicht, den Kundendienst anzurufen.*

Er hatte die Waschmaschine unter der Arbeitsfläche hervorgezogen und die Rückseite abgeschraubt, um ins Innere blicken zu können. Zum Glück hatte er die Trommel nicht ausgeräumt, denn sie war voll mit BHs und Höschen – und nicht unbedingt ihre schönsten.

Er deutete auf einen Gummistreifen, der um etwas lag, das wie eine Seilrolle aussah. »Sieht aus, als müsste der Keilriemen für den Antrieb ersetzt werden. Ich muss erst einen neuen besorgen, aber das kostet nicht viel. Ich hole einen, wenn ich am Baumarkt vorbeikomme, und mach dir das Ding dann wieder ganz.«

Jo seufzte erleichtert. »Danke. Du bist mein Retter.«

Er brache die Abdeckplatte wieder an und schob die schwere Maschine zurück an ihren Platz.

Jo konnte nur hoffen, dass es Molly tatsächlich nur um die Finanzen und ihre Waschmaschine gegangen war, denn sie war sich nicht sicher, ob es ihr gefiel, dass ihre Großmutter *sie* verkuppeln wollte. Ganz abgesehen davon, dass sie keine Ahnung hatte, wie Steve das wohl finden mochte.

17. Kapitel

Es war Freitagmorgen, und Matt hatte gerade die Kiste gebracht, in der sich auch die von Jo zusätzlich angeforderten Erdbeeren befanden. Sie waren prall, glänzend und satt rot, und Jo wusch zuerst die, die sie für das Picknick am Abend brauchte, füllte sie in eine Schüssel, deckte sie mit einem Trockentuch ab und stellte sie beiseite. Sie hatte beschlossen, auf das Entstielen zu verzichten, denn so blieb nicht nur die Farbe erhalten, die Früchte ließen sich zum Essen auch besser anfassen.

Steve klopfte, kurz bevor sie das Café öffnete, um ihr den Schlüssel zurückzugeben, den sie ihm anvertraut hatte, damit er den Riemen ihrer Waschmaschine austauschen konnte. Kurz danach betrat Geoff das Café. Sie hatte nicht mehr mit ihm gesprochen, seit er die Einladung gefunden haben musste, und als sie ihm entgegenblickte, konnte sie bereits seiner Miene entnehmen, dass er das Thema ansprechen würde.

»Ich fühle mich sehr geschmeichelt«, begann er.

Ihr sank der Mut. »Aber …?«

»Kein ›Aber‹.«

»Wirklich nicht?«

»Meine Tochter war bei mir, als ich die Einladung aufmachte.«

»Oh, nein. Ich hoffe, ich habe Sie nicht in Verlegenheit gebracht.«

Er lächelte, was er öfter tun sollte, wie sie fand, und vielleicht würde es nach heute Abend auch geschehen. Das Wetter schien mitzuspielen; am strahlend blauen Himmel waren nur wenige weiße Wölkchen zu sehen, und laut Vorhersage war keine Änderung zu befürchten.

»Das haben Sie nicht, aber meine Tochter war der Ansicht, dass ihr alter Vater dringend Hilfe bräuchte, sodass ich seitdem keine ruhige Minute mehr habe.« Als Jo kicherte, fügte er hinzu: »Sie haben gut lachen, aber ich fühlte mich wie ein hilfloser Greis, als sie mich von Laden zu Laden schleifte, um mir ein neues Hemd, eine Hose und Schuhe auszusuchen. Ich weiß nicht, was mit den Sachen, die ich schon hatte, und meinen verlässlichen Badeschlappen nicht stimmt, aber ich könnte mir vorstellen, dass meine Beine in den kurzen Anglershorts etwas damit zu tun haben.«

Jo grinste. »Nun, was immer Sie anziehen werden, ich freue mich, dass Sie dabei sind.«

»Wissen Sie, als ich von Ihrem *Abend der Liebe* für Ben und Jess hörte, hielt ich es für eine alberne Idee, mit der Sie eine Bauchlandung erleiden würden, weil die Leute, die Sie dazu einluden, sich weigern würden zu kommen. Aber noch ehe ich auch eine Einladung bekam, fing ich schon an, es anders zu sehen. Ich musste immer wieder an den Valentinstag und den besonderen Abend denken, den Sie im Café geplant hatten.«

»Mit dem ich tatsächlich eine Bauchlandung gemacht habe, da niemand gekommen ist.«

»Stimmt, aber wissen Sie, was ich an Ihnen so großartig finde, Jo? Sie geben nicht auf. In letzter Zeit überlege ich immer wieder, was wohl gewesen wäre, wenn ich oder wer auch immer damals Ihr Angebot genutzt hätte. Und mein wirrer Geist beginnt sich Geschichten auszumalen und Hoffnung zu hegen, ich könnte ja doch noch jemanden kennenlernen.« Plötzlich schien er sich daran zu erinnern, dass er jemandem sein Herz öffnete, der dem Alter nach seiner Tochter näher war als ihm selbst. »Aber wer will schon einen einsamen, geschiedenen Angler haben?«

»Machen Sie sich nicht so runter.«

»Jedenfalls bin ich gespannt«, gab er zu. »Wer ist die andere Partei?«

»Das werden Sie zu gegebener Zeit erfahren, keine Sorge.« Das Geheimnis gehörte zum Abenteuer, und sie deutete auf einen Tisch und machte ihm seinen üblichen schwarzen Tee. Und da es im Café ruhig war und nur Jess nach ihrem Lauf kurz hereinschaute, um ihren Erdbeersmoothie mitzunehmen, setzte sie sich zu ihm und fragte ihn, wie er denn auf die Idee käme, dass niemand daran interessiert sei, ihn näher kennenzulernen.

»Ich bin seit zehn Jahren geschieden, Jo, seit zehn Jahren. Ich bin dreiundfünfzig, angle jeden Morgen allein, und der einzige Grund, warum ich noch als Hypothekenberater arbeite, statt in Frührente zu gehen, was ich mir problemlos leisten könnte, ist meine Sorge, dass es das dann gewesen ist. Dass ich dann bis an mein Lebensende an diesem Pier sitzen und mich nur noch mit Makrele, Meeräsche und diversen Ködern unterhalte.«

»Oje, das klingt nach einer handfesten Midlife-Crisis.«

»Tracey, meine Tochter, hat fast wortwörtlich dasselbe gesagt. Wussten Sie, dass sie mich auch einmal zu verkuppeln versucht hat? Das war das erste Mal seit zehn Jahren, dass ich mit einer Frau verabredet war. Kein Scherz.«

Geoff war Anfang fünfzig, gutherzig und kommunikativ und hatte dichtes dunkles, mit silbergrauen Strähnen durchzogenes Haar und freundliche blaue Augen. Es war ihr ein Rätsel, warum er noch allein war, aber natürlich wusste sie nur allzu gut, wie schwer es war, jemanden kennenzulernen und ihm dann auch noch das notwendige Vertrauen zu schenken. Auch als Lehrerin in Edinburgh hatte sie nicht gerade eine große Auswahl an potenziellen Partnern gehabt. Das Kollegium war größtenteils weiblich, die wenigen Männer verheiratet gewesen, und die, die sie privat kennengelernt hatte, hatte sie an zwei Händen abzählen können.

»Und wie war es? Das Date, meine ich?«

»Schrecklich. Wir hatten nichts gemein. Als ich sagte, dass ich gerne angele, hätte sie fast die Nase gerümpft. Und sie gehörte zu den Frauen, die nur Salat bestellen, dir dann aber die Pommes frites wegessen.«

Jo versuchte vergeblich, sich das Grinsen zu verbeißen. »Das tut mir leid. Klingt wirklich nicht besonders amüsant.«

»Sie hat sich sogar beschwert, dass ich *meine* Fritten in zu viel Essig ertränkt hätte. Und ich habe noch nie jemanden so laut lachen hören, was, glauben Sie mir, in diesem Fall keine gute Eigenschaft war. Ich traute mich nachher nicht mehr, irgendetwas Lustiges zu sagen.«

»Ich kann Ihnen versichern, dass die Dame heute Abend ein sehr schönes, ruhiges Lachen hat.«

»Und was ist, wenn wir nicht zueinander passen?«

»Dann werden Sie vielleicht einfach nur gute Freunde.« Das war nicht das, worauf Jo hinauswollte, hatte aber im Fall von Ben und Jess wunderbar funktioniert. Die beiden verabredeten sich regelmäßig – vergangene Woche waren sie zum Beispiel zusammen in einem neuen Fischrestaurant gewesen, das zwei Orte weiter eröffnet hatte –, und Freundschaft war allemal besser als Einsamkeit.

Jo tätschelte Geoffs Hand und erhob sich, als Kundschaft den Laden betrat. Hoffentlich würde ihr Plan diesmal aufgehen. »Heute Abend acht Uhr. Kommen Sie nicht zu spät.« Aber Geoff schien genauso begierig darauf, heute alles richtig zu machen, wie sie.

Jo hatte halb damit gerechnet, dass Harry sich mit irgendeinem anderen Mitbringsel erneut blicken ließ, aber er tauchte nicht auf. Vielleicht war er der Ansicht, dass er sich deutlich genug erklärt hatte und sie nun am Zug war. Ärgerlicherweise brachte er sie immer wieder aus dem Gleichgewicht, und Grund dafür war nicht zuletzt die Tatsache, dass sie nach ihm nie wieder jemanden getroffen hatte, mit dem sie mehr als ein paar Mal ausgehen hatte wollen. Harry war etwas Besonderes für sie gewesen, und vielleicht hatte er recht. Vielleicht gehörten sie immer noch zusammen, nur sahen sie es nicht, weil ihre gemeinsame Vergangenheit zwischen ihnen stand. War sie unbewusst so entschlossen, ihn für damals abzustrafen, dass sie nicht mehr wahrnahm, worauf es ankam?

Als am frühen Nachmittag der stete Gästestrom ein wenig nachließ, erschien Valerie. Die Yogamatte steckte in der dazugehörigen Tasche, die sie geschultert hatte.

»Heute noch so späte Asanas?«, fragte Jo. Wie schon bei den anderen drei Kandidaten, die sie für den *Abend der Liebe* ausgesucht hatte, sah sie der Konfrontation auch jetzt wieder mit einer gewissen Nervosität entgegen. Freute Valerie sich? War sie sauer? Oder sogar entrüstet, dass Jo sie so offensichtlich verkuppeln wollte?

»Ich bin extrem angespannt. Ich habe heute Morgen am Strand Yoga gemacht und dann noch einmal im Studio in der Stadt.« Hoffentlich war das kein schlechtes Zeichen. »Ich wollte Sie nicht unter Stress setzen, entschuldigen Sie. Es soll eigentlich etwas Schönes sein.«

Valerie schien sich ein wenig zu entspannen. »Ich weiß. Und ich habe zwar Angst, bin aber auch sehr aufgeregt. Und ich bin sehr froh, dass Sie mich ausgesucht haben, Jo.«

Jos Erleichterung war riesig, vor allem, nachdem Geoff sich am Morgen so begeistert gezeigt hatte. Sie wollte keinen von beiden enttäuschen. »Das freut mich.«

»Trotzdem war ich in meinem ganzen Leben noch nie so nervös.«

Jo führte sie zu einem Tisch. »Ich mache Ihnen einen Kamillentee. Der beruhigt.«

Sie ging und ließ Valerie Zeit, sich wieder ein wenig zu sammeln. Sie hätte nie gedacht, dass sie zur Nervosität neigen würde; sie wirkte stets so gelassen, als habe sie den Schlüssel zur inneren Zuversicht gefunden. Nun aber saß sie am Tisch, spielte mit der Ecke einer Serviette und trommelte zwischendurch mit den Fingern auf den Tisch.

Jo stellte die Tasse Tee vor sie. »Darf ich mich setzen?«

»Bitte.« Valerie legte die Hände an die Tasse.

»Ich verstehe Ihre Unruhe«, begann Jo. »Aber ich werde Ihnen dennoch nicht sagen, mit wem Sie verabredet sind. Können Sie mir vertrauen?«

»Jeder der Molly und Arthur so glücklich macht, wie sie jetzt sind, hat mein volles Vertrauen.« Sie holte tief Luft. »Was aber nicht bedeutet, dass ich mich nicht dennoch fürchte. Wenn ich Yoga mache, bin ich normalerweise vollkommen bei mir, aber heute Morgen hatte ich wirklich Mühe, mich zu konzentrieren. Und beim Halbmond bin ich fast umgefallen, obwohl ich den eigentlich gut kann.«

»Was in aller Welt ist der Halbmond?«

Valerie stand auf, machte einen Ausfallschritt – das vordere Bein gebeugt, das hintere gestreckt – und bog den Oberkörper mit gestreckten Armen zurück, sodass eine Halbmondform entstand. Als sie wieder saß, sagte sie: »Sie sollten es wirklich eines Tages probieren. Es würde Ihnen guttun.«

»Ich weiß nicht. Sie sagen mir ständig, ich solle Yoga machen, Steve will mich zum Surfen bringen – heißt das, ich bin total unfit?«

»Nein. Nein, gar nicht. Aber Sie versuchen, das Leben anderer zu verbessern, obwohl Sie doch auch noch ein eigenes haben. Es kann sich nicht alles nur um die Arbeit drehen. Andernfalls sind Sie irgendwann so alt wie ich, schauen zurück und fragen sich, wo bloß die ganzen Jahre geblieben sind.«

Jo beschloss, dass ein Themenwechsel dringend notwendig war. »Nun, der Mann, den ich für heute Abend ausgewählt habe, ist nett, rücksichtsvoll, gutaussehend …«

»Oh, nein, Sie haben mir aber keinen jungen Schönling bestellt, oder? Ich meine, ich mache zwar Yoga, aber so sehr man sich auch anstrengt, die Schwerkraft lässt sich leider nicht austricksen …«

Jo erhob sich, um sich um den nächsten Gast zu kümmern. »Keine Sorge«, sagte sie. »Er passt wirklich gut zu Ihnen.«

Jo wischte gerade den letzten freien Tisch im Café ab, als sich ein weiteres bekanntes Gesicht im Türrahmen blicken ließ. Bekannt und attraktiv, wie sie zugeben musste. Jo entging nicht, dass Valerie anerkennend nickte, als Curtis Durham auf die Theke zukam.

»Guten Tag«, sagte Jo, entschlossen, ihn so zu behandeln wie jeden anderen Gast, auch wenn das vermutlich unmöglich war.

»Hallo, Jo, wie schön, Sie wiederzusehen.« Dieses Mal trug er keinen Anzug, sondern graue Shorts, Nikes und ein schwarzes T-Shirt, das seine olivfarbene Haut zur Geltung brachte.

»Sind Sie geschäftlich in der Stadt?« Bei den vielen Ohren, die etwas aufschnappen konnten, war es sicher besser, beim Smalltalk zu bleiben.

»Zum Vergnügen«, antwortete er, und irgendwie gefiel ihr nicht, wie er es sagte.

»Ich dachte, Sie hätten in Cornwall zu tun.«

»Ich bin noch immer auf der Suche nach der richtigen Leitung für den neuen Laden.«

»Was darf ich Ihnen bringen?« Sie wollte keine Munition dafür liefern, dass die Gerüchteküche zu brodeln begann. Bisher war ihr in Salthaven nur Freundlichkeit begegnet, aber jede Kleinstadt hatte eine Affinität zu Klatsch, der hartnäckig weitergetragen wurde.

Curtis bestellte einen Softdrink und ein Würstchen im Schlafrock und schnappte sich den letzten freien Tisch. Jo hatte gehofft, dass ein anderer sich in letzter Minute an den Tisch setzen würde, sodass Curtis gezwungen gewesen wäre, seine Bestellung mitzunehmen. Aber vermutlich sollte sie dankbar sein, dass es so voll war, denn so hatte weder sie Zeit, bei ihm anzuhalten und zu plaudern, noch er die Chance, sie abzupassen und zu fragen, ob sie noch einmal über sein Angebot nachgedacht hatte. Er hatte ihr, seit er ihr den Vorschlag gemacht hatte, ein paarmal gemailt, doch noch nie hatte sie sich derart unter Druck gesetzt gefühlt wie in diesem Augenblick.

»Mir ist er ein bisschen zu jung«, flüsterte Valerie ihr auf dem Weg nach draußen zu, »aber Ihr Liebesleben könnte eine Frischzellenkur gebrauchen. Greifen Sie zu.«

»Schluss damit.« Jo kicherte. »Er ist ein Gast, mehr nicht.« Auch wenn er verdammt gut aussah, so war er für ihren Geschmack doch ein bisschen zu seriös. Allerdings machte die Freizeitkleidung durchaus einen Unterschied. Vielleicht hatte der Mann ja Seiten, von denen sie nichts ahnte.

Als sich das Café zu leeren begann und der Tag sich dem Ende zuneigte, hatte Curtis Durham zwei Kaltgetränke, eine Tasse Tee, ein Stück Quiche und einen von Mollys Buttermilchkeksen verzehrt. »Kann ich noch etwas für Sie tun?«, fragte Jo schließlich.

»Mein Angebot annehmen. Dann könnte ich endlich aufhören, mich durch die Karte zu futtern. Ich werde meilenweit laufen müssen, um mir all die Kalorien wieder abzutrainieren.«

Aus irgendeinem Grund gefiel es ihr, dass er sich auch nicht wohlfühlte – wenn auch aus einem gänzlich anderen Grund. »Ich kann nicht glauben, dass Sie nicht zahllose fähige Leute finden, die Ihr Unternehmen mindestens so gut leiten können wie ich.«

»Ich habe zahllose Leute zum Vorstellungsgespräch eingeladen, und fähig sind sie alle, aber Sie haben noch etwas anderes. Etwas, das ich auch hatte, als ich mich selbstständig machte.«

»Und was wäre das?«

»Eine Vision. Die nötige Energie. Den Antrieb. Sie arbeiten nicht nur wegen des Geldes in diesem Café. Es ist ein Teil von Ihnen, das kann ich spüren.«

»Ja, da haben Sie recht.«

Und er begann, ihr von seiner Vision für das neue Café zu erzählen, und Jo musste zugeben, dass es sich verlockend anhörte. Er sprach von den Gewinnmargen seiner Filialen, von dem Gehalt, das sie erwarten konnte, und von der Freiheit, die er ihr bei der Zusammenstellung der Karte und der Leitung des Cafés lassen würde, ohne dass sie die Belastung der laufenden Kosten und die Sorgen über unerwartete Ausgaben tragen musste.

Inzwischen hatte sie sich einen Stuhl herangezogen. »Das klingt alles sehr ansprechend.«

»Sie geraten in Versuchung, richtig?«

»Ja, das tue ich. Aber Sie haben es selbst gesagt: Dieses Café ist ein Teil von mir.«

Er rieb sich den Nacken. »Tja, dumm von mir.«

»Wissen Sie, was ich denke?«

»Was?«

»Sie gehen Ihre Personalsuche falsch an. Ich weiß, Sie sind ein Unternehmer mit großartigen Ideen und den Mitteln, sie auch umzusetzen, aber dieses Mal sollten Sie es anders machen. Sie reisen durchs Land auf der Suche nach den geeigneten Leuten, und bisher hat es gut funktioniert.«

»Absolut, deswegen mache ich es ja auch auf diese Art. So bekomme ich nur die Besten der Besten.«

»Aber wer sagt, dass Sie immer bei Ihrer Methode bleiben müssen? Ich kann mir vorstellen, dass ein guter Unternehmer lernt, sich seiner Umgebung anzupassen.«

»Ich bin mir nicht sicher, ob ich verstehe, worauf Sie hinauswollen.«

»Sie sagten, dieses Café sei ein Teil von mir. Das stimmt. Und genau deshalb habe ich die Vision und die Energie dafür. Sie sollten nach Cornwall zurückfahren und Einheimische anwerben, statt dem nächsten innovativen Management-Genie hinterherzulaufen.«

»So funktioniert das nicht. Ich stelle Leute mit Universitätsabschluss ein, die sich mit Wirtschaft und Unternehmensführung auskennen.«

»Dann wäre ich die Ausnahme. Ich habe zwar einen Abschluss, Curtis, aber nicht in Unternehmensführung. Ich war Grundschullehrerin.«

»In der Rolle kann ich Sie mir vorstellen. Sie waren bestimmt gut.«

War Curtis schon so lange auf der Suche nach seiner idealen Leitung, dass er bloß in einem netten Küstenort sitzen, sich entspannen und ein wenig plaudern wollte? Im Augenblick kam es ihr so vor. »Was ich sagen will, ist: Ich wusste nichts über Geschäftsleitung und Management, als ich das Café übernahm. Es kam alles von hier.« Sie legte sich die Finger über das Herz. »Das, was mich mit der Stadt verbindet, und die besonderen Erinnerungen, die an diesem Café hängen, sind mein Antrieb, es gut machen zu wollen.«

»Ich soll mir also einen Einheimischen suchen.«

»Das denke ich, ja.«

Er lehnte sich zurück. »Warum bin ich bisher noch nicht selbst darauf gekommen?«

Sie erhob sich. Sie musste aufräumen und saubermachen, denn sie hatte noch etwas anderes zu organisieren, und darin steckte eine ebensolche Leidenschaft wie in ihrer Arbeit für das Café. »Weil man manchmal erst einen Schritt zurücktreten muss, damit man das Gesamtbild erkennen kann.«

»Sie geben mir also einen Korb. Schade, aber der Versuch

war es wert«, fügte er hinzu, als ihr Blick es ihm bestätigte. »Aber falls Sie jemals einen Tapetenwechsel brauchen, dann sagen Sie mir einfach kurz Bescheid. Ich habe eigentlich immer irgendein neues Projekt am Horizont.«

Darauf hätte sie wetten mögen. »Viel Glück, Curtis. Ich hoffe, Sie finden bald jemanden.«

Er hielt ihren Blick fest. »Das hoffe ich auch.«

Plötzlich verlegen, begann sie, seinen Tisch abzuräumen.

»Jo …« Beim Klang seiner Stimme blieb sie mit der leeren Teetasse und dem Teller voller Krümel vor der Theke stehen. »Wenn Sie jemals Ihre Meinung ändern sollten …«

»Das werde ich nicht.« Sie schenkte ihm ein Lächeln, und als ihr die Türglocke verriet, dass er gegangen war, wurde sie sich bewusst, dass es die absolute Wahrheit war. Salthaven war der Ort, an dem sie sein wollte, und Salthaven war der Ort, an dem sie bleiben würde.

Kurz vor acht bereitete Jo am Strand, der zu anderen Tageszeiten von Surfern bevölkert wurde, das romantische Picknick vor. Nachdem sie Curtis Durham endlich offen und ehrlich gesagt hatte, dass sie an seinem Angebot nicht interessiert war, konnte sie es kaum erwarten, sich wieder den Zukunftsplänen für ihr Café zu widmen. Denn das war es ja jetzt: ihr Café, ihre Verantwortung, und sie würde nicht einfach Reißaus nehmen, nur weil es schlechtere Phasen gab. Niemals.

Im Augenblick war dieses Strandstück so gut wie verlassen; ein einzelnes Surferpaar paddelte noch hinaus, um die letzten Wellen des Tages zu erwischen. Eine Familie jenseits der Mole jubelte zum Ausklang ihrer Kricketpartie, und eine Möwe, die auf einem der dunklen Pfähle hockte, die aus dem Sand ragten, kämpfte mit etwas in ihrem Schnabel und flog dann plötzlich auf. Die Gischt der Wellen rollte weich an den Strand und färbte den hellen Sand dunkler, und das stete Rauschen und Grollen des Meeres untermalte die wunderschöne Atmosphäre mit der passenden Geräuschkulisse.

»Jo. Guten Abend.«

Sie hatte Geoff nicht kommen hören. »Sie sind aber pünktlich.«

»Man lässt eine Lady nicht warten. Und? Was sagen Sie?« Er deutete mit einer Handbewegung an seinem hellblauen Leinenhemd und der beigefarbenen Hose herab. Selbst die Segelschuhe wirkten neu. »Geht das so?«

»Geoff, Sie sehen großartig aus. Niemand käme auf die Idee, dass Sie Angler sind.« An manchen Morgen machte er sich nicht die Mühe, sich zu rasieren, doch statt mit Drei-Tage-Bart sexy auszusehen, wirkte er mit Stoppeln eher nachlässig und einen Hauch ungepflegt. Doch heute war er glatt rasiert, und Jo konnte die Frische seines Aftershaves wahrnehmen.

»Haben Sie das alles allein hergeschleppt?« Er half Jo, den Picknickkorb auf dem Rand der Decke zu deponieren, die im Wind flatterte.

»Ich musste zweimal gehen. Ich gebe Ihnen meine Handynummer, dann können Sie mich im Café anrufen, wenn Sie aufbrechen wollen. Ich mache jetzt einen langen Spaziergang, um das prächtige Wetter auszunutzen, aber wenn Sie anrufen, sammele ich die Sachen wieder ein.« Sie deutete auf den Parkplatz oberhalb der Klippe und entdeckte Valerie, die auf sie zukam. Geoff hatte seine Verabredung noch nicht gesehen, und Jo verspürte ein Ziehen in den Eingeweiden.

»Seien Sie nicht albern. Ich wohne auf der anderen Straßenseite, wie Sie ja wissen, da Sie die Einladung eingeworfen haben.

Ich nehme die Sachen also zu mir nach Hause und bringe Sie Ihnen morgen ins Café zurück. Was sagen Sie?«

»Das wäre wunderbar, danke.« Aus dem Augenwinkel sah sie, dass Valerie fast bei ihnen war. Ihr weißes, langes Sommerkleid bauschte sich um sie herum auf. Jo wickelte vorsichtig die Rosen aus dem Papier, füllte Wasser in die kleine Vase und arrangierte die Blumen darin. Anschließend stellte sie den Strauß neben den Korb, kreuzte – zumindest in Gedanken – die Finger und richtete sich wieder auf, um Valerie entgegenzublicken. »Dann wäre es das, glaube ich.«

Geoff wandte sich zu Valerie um, und seine Miene verriet sowohl Erleichterung als auch gespannte Erwartung. Valerie brachte ein Lächeln zustande, war aber noch immer spürbar nervös, und Jo wusste, dass es höchste Zeit war, sich zurückzuziehen. Sie öffnete den Korb und ratterte herunter, was sich darin befand: Erdbeeren, Sahne, eine Flasche Sekt und eine Tafel edle Schokolade, die sie im Süßigkeitengeschäft erstanden hatte.

Und dann lief Jo zurück durch den Sand, der sich nach der Hitze des Tages angenehm kühl anfühlte. Möwen kreischten hoch über ihr, als sie die Stufen zum Parkplatz hinaufstieg, und oben drehte sie sich noch einmal um.

Geoff hatte das Gesicht zur Sonne gedreht und lachte. Valerie auch.

Konnte es sein, dass sich am Ende doch ein kleines bisschen Magie in Salthaven eingestellt hatte?

18. Kapitel

»Also – Tote habe ich am Strand heute Morgen nicht gefunden«, sagte Steve, der am frühen Sonntagmorgen ins Café kam, um sich nach dem Surfen einen Snack zu holen. Er bezahlte einen Obstsalat mit griechischem Joghurt und schien auch diesmal wieder nichts von den bewundernden Blicken zu bemerken, die die Schulmädchen ihm verstohlen zuwarfen.

Jo ließ die Münzen in die Kasse fallen und schob die Lade zu. »Wovon redest du?«

»Von dem Date gestern Abend. Offenbar haben die zwei sich nicht gegenseitig umgebracht.«

»Ha ha. Davon bin ich auch nicht ausgegangen. Tatsächlich glaube ich, dass es sehr gut gelaufen ist.« Sie gab die Mischung aus Trauben, Erdbeeren, Melone und Orange in eine Schüssel und krönte sie mit dem Joghurt. »Geoff hat mir heute Morgen den Picknickkorb und die anderen Sachen zurückgebracht und meinte, sie hätten einen wunderbaren Abend gehabt.«

»Glaubst du, sie sind die ganze Nacht zusammengeblieben? Ich habe sie heute früh jedenfalls nicht am Strand gesehen.« Als sie ihm einen Blick zuwarf, fügte er hinzu: »Na ja, ich hoffe einfach, dass es klappt mit den beiden. Valerie ist mit meinen Eltern befreundet und wirklich klasse, und Geoff scheint ein feiner

Kerl zu sein. Wäre doch schön, wenn sich Liebe am Horizont abzeichnen würde.« Er nahm seine Schüssel und setzte sich an den nächsten Tisch.

Manchmal überraschte Steve sie. Meistens schien er sich in der Rolle des unbekümmerten, jungenhaften Surfers zu gefallen, doch hin und wieder ließ er eine Tiefe aufblitzen, die verriet, dass er sich mehr Gedanken machte, als er anderen offenbar zeigen wollte.

Ben und Charlie waren die Nächsten, die eintrafen, und Charlie sah sich sofort nach Poppy um. Jo drückte beide Daumen, dass seine kleine Freundin bald auftauchen würde. »Setzt euch, ich komme sofort.«

Ben führte Charlie an einen Tisch und kam unter dem Vorwand, Stifte und Malblock zu holen, an die Theke zu Jo. »Kommt sie heute?«

»Hoffen wir's«, sagte sie mit verschwörerisch gedämpfter Stimme. Matt hatte die Kiste heute Morgen schon abgeliefert und noch einmal bestätigt, dass seine Schwester heute herkommen würde, aber mit einem Baby ließ sich schließlich nicht exakt planen.

»Charlie hat den ganzen Morgen von nichts anderem geredet – Poppy hier, Poppy da. Total niedlich.«

Jo grinste. »Die junge Liebe.«

Ben schien noch etwas sagen zu wollen, doch einer der Jungs, die eben das Café betreten hatten, kam an die Theke – für Jo waren es immer noch Jungs, obwohl sie längst volljährig waren, wie sie inzwischen wusste. Dan war weit über eins achtzig groß und trat sehr selbstbewusst auf, bat sie jedoch mit sanfter, fast schüchterner Stimme um eine Cola und einen Schokomuffin, ehe er zu seinen Freunden zurückkehrte.

Als Nächstes kam ein Grüppchen junger Frauen herein, und Charlie sprang begeistert auf und warf sich einem Mädchen in einem blauen Blümchensommerkleid in die Arme. Es war Maddy, und jetzt fiel Jo auch wieder ein, dass sie Charlies Babysitterin war. Stolz zeigte Charlie Maddy den Briefbeschwerer, den Jo gerade Billy bringen wollte; der Pubbetreiber wetteiferte draußen mit dem Wind um die Kontrolle über die Tageszeitung.

Nachdem Charlie von Maddy abgelassen hatte, hatte er sich an den Tisch gesetzt, um konzentriert zu malen. Doch immer wenn die Türglocke ertönte, hob er den Kopf und sah sich um, ob vielleicht endlich Poppy eingetroffen war.

Jo brachte den jungen Frauen ihre Bestellungen, servierte den Jungs eine weitere Runde Getränke und Snacks und fragte sich einmal mehr verwundert, wo sie das alles hinsteckten. Sie fegte in der Ecke hinten am Fenster, da die Gäste dort mehr Krümel hinterlassen hatten, als es Kuchen gegeben hatte, und als Poppy endlich eintraf, richtete Jo sich auf und blickte gespannt zu Charlie hinüber. Der hatte es aufgegeben, nach seiner Freundin Ausschau zu halten, und war ganz in seine Malerei vertieft, aber Ben hatte das kleine Mädchen gesehen und wartete jetzt genau wie Jo auf Charlies Reaktion. Und als Charlie Poppy endlich bemerkte, hätte das Lächeln, das in seinem Gesicht aufleuchtete, der Sonne Konkurrenz machen können.

»Ich habe den Kinderwagen draußen stehenlassen«, sagte die Frau, die ein Baby in blauen Shorts und gelbem T-Shirt auf dem Arm trug. Jo hatte bisher nicht viel mit Babys zu tun gehabt, musste aber zugeben, dass dieses hier sehr niedlich war.

»Sie sind bestimmt Anna.« Jo kam um die Theke herum, als Poppy endlich Annas Rock losließ und zu Charlies Tisch tappte. »Ich bin Jo. Schön, Sie kennenzulernen.«

»Gleichfalls. Molly und Arthur haben ständig von Ihnen gesprochen. Es kommt mir vor, als würde ich Sie längst kennen.«

»Oh. Sie waren also früher öfter hier?«

Anna klopfte dem Baby behutsam auf den Rücken, als es seinen Kopf an ihre Schulter legte. »Bevor Poppy auf die Welt kam, sehr oft sogar. Damals habe ich auch noch geholfen, die Lieferungen auszufahren – unser Hof ist wirklich ein Familienbetrieb. Jedenfalls habe ich Molly und Arthur eine halbe Ewigkeit nicht gesehen. Geht es ihnen gut?« Sie drehte das Baby um, sodass es sich in ihren Arm schmiegte und fröhlich und zufrieden seine Umgebung wahrzunehmen begann.

Jo hielt ihm den Finger hin, und der kleine Junge packte zu; der dunkelrote Nagellack hatte es ihm offenbar angetan. »Danke, ja.«

»Matt hat sich oft Sorgen um sie gemacht.«

»Tatsächlich?«

»Er fand, dass sie an manchen Tagen sehr müde aussahen.«

»Gramps war vollkommen erschöpft, als ich Anfang des Jahres hier ankam. Zwar hat er versucht, es zu überspielen, aber es war deutlich zu spüren, dass er dringend Ruhe brauchte. Nach Feierabend schaffte er es kaum noch den Hang hinauf, und meistens blieb er für den Rest des Abends auf der Couch.«

»Jedenfalls war es gut, dass Sie einspringen konnten. Hört Arthur denn auf seinen Arzt? Oder auf Molly?«

»Ja, endlich. Und seine Schwindelanfälle sind auch vorbei.« Sie klopfte auf Holz.

»Wir hoffen, dass wir das mit der Erschöpfung und dem Bluthochdruck eindämmen konnten, ehe etwas Schlimmeres passiert. Ich möchte jedenfalls, dass sie die Zeit im Café jetzt genießen können.«

»Wenn man selbstständig ist, vereinnahmt einen das Geschäft oft derart, dass man vor lauter Arbeit nicht mehr wahrnimmt, was um einen herum geschieht.« Anna gab dem Baby ein weiches Spielzeug, das es mit den Händchen drückte, und als es knisterte, zappelte das Kind begeistert. »Matt zum Beispiel sollte auch dringend mehr an sich selbst denken.«

»Auf mich macht er einen sehr gelösten Eindruck«, sagte Jo. »Ich glaube, ich habe ihn noch nie schlecht gelaunt erlebt.«

»Tja, ich schon, denn ich bin mit ihm aufgewachsen. Aber Sie haben recht, grundsätzlich ist er ein positiver Mensch. Dennoch … neulich hat Poppy wieder von Charlie erzählt und ganz plötzlich Matt gefragt, wann er sich denn wohl endlich eine Freundin zulegen würde.«

»Ich fürchte, was Poppy und Charlie uns gerade vorleben, gibt uns allen das Gefühl, irgendwie unzulänglich zu sein.« Aber Jos Verstand begann bereits wieder, um ihr Lieblingsprojekt zu kreisen. Vielleicht war ja Matt der nächste Kandidat für ihren *Abend der Liebe*. Allerdings hatte sie einmal gehört, wie er sich mit Steve darüber unterhielt, und obwohl beide es gut zu finden schienen, wenn andere Menschen zusammenfanden, hatte sie den Eindruck bekommen, dass keiner von beiden allzu glücklich gewesen wäre, selbst verkuppelt zu werden.

Jo schnitt die nächste Ladung Obst klein und stellte die Schüssel in die Auslage. Sie liebte die Farbenpracht: Das Rot der Erdbeeren, saftige, blassgelbe Birnenstücke, leuchtend orangene Melonenwürfel und das sanfte Grün der Trauben, die sie halbiert hatte. Als sie aufblickte, fiel ihr plötzlich auf, dass durch das Café eine unsichtbare Grenze zu verlaufen schien: Links saßen fünf junge Frauen um einen Tisch, rechts vier junge

Männer. Hatte es nicht vor einer Weile eine ähnliche Szene gegeben? Und genau wie beim letzten Mal blickte Maddy auch jetzt immer wieder zu Dan hinüber, während Dan, der so tat, als sei er ins Gespräch vertieft, hin und wieder verstohlen zu ihr sah. Wann immer ihre Blicke sich begegneten, schauten beide hastig weg.

Was geschah nur in der Pubertät, dass selbstbewusste Kinder wie Charlie und Poppy, die sich ohne viel Gewese miteinander verabredeten und Spaß hatten, zu verlegenen jungen Menschen heranwuchsen, die es nicht schafften, ein paar belanglose Worte auszutauschen? Die beiden mochten sich eindeutig, aber wie viel Zeit musste noch verstreichen, bis einer von beiden es wagte, etwas Zielführendes zu unternehmen?

Jo sammelte Blütenblätter auf, die von dem Strauß, den Harry ihr geschickt hatte, abgefallen waren, und überlegte gerade, ob sie die Blumen nicht besser wegwerfen sollte, als sie plötzlich innehielt und erst zu Maddy, dann zu Dan blickte. Sah sie den Wald vor lauter Bäumen nicht? Waren die beiden nicht die idealen Kandidaten für den nächsten *Abend der Liebe?*

Sie schüttelte den Kopf und ging mit den Blumen in die Küche. Mit einundzwanzig hätte sie es bestimmt nicht lustig gefunden, wenn sich irgendeine Cafébesitzerin in ihr Liebesleben eingemischt hätte, selbst wenn sie bloß helfen wollte. Andererseits wusste man es nicht, wenn man es nicht probiert hatte. Und die beiden kamen allein ganz augenscheinlich keinen Schritt weiter.

»Hallo? Jemand hier?«, kam eine Stimme von draußen.

Jo erkannte sie sofort. Es war Valerie, und Jo konnte es kaum erwarten, sie zu fragen, wie es gestern Abend mit Geoff gelaufen war. Sie stellte die Vase ab, legte die welken Blumen in die Spüle, trocknete sich die Hände ab und kehrte ins Café zurück.

Valerie lächelte ihr entgegen. Ein gutes Zeichen.

»Wie war es?« Sie konnte ebenso gut gleich auf den Punkt kommen.

Aber Valerie sagte nichts. Sie kam um die Theke herum und schlang ihre Arme um Jo.

»So gut?«, fragte Jo.

»Ich hatte Geoff schon öfter gesehen, wir haben uns ab und zu gegrüßt, aber ich hätte nie gedacht ... Na ja, ich dachte nie, dass er sich überhaupt für mich interessiert.« Sie verzog das Gesicht. »Um die Wahrheit zu sagen, fand ich ihn irgendwie ein wenig langweilig, wie er so jeden Morgen mit seiner Angel zum Pierende ging und sich dort ganz allein niederließ. Aber er ist gar nicht so, wie ich ihn mir vorgestellt habe – ganz und gar nicht. So viel Spaß habe ich ewig nicht gehabt.«

Jo traute sich kaum, ihrer Aufregung nachzugeben. »Weiter.« Mittels Gedankenkraft befahl sie einigen Neuankömmlingen, noch eine Weile draußen zu bleiben, und den jungen Leuten im Café, sich mit Neubestellungen zurückzuhalten.

»Es lief von Anfang an gut«, schwärmte Valerie. »Ich glaube, es lag an seinem Lächeln. Er war so offen und fröhlich. Und als er die Sektflasche öffnete und es überhaupt nicht zu schäumen aufhörte, mussten wir furchtbar lachen. Wir haben über alles und nichts geredet, und ich habe nicht einmal gemerkt, wie die Zeit verging, bis die Sterne über uns funkelten.«

»Hören Sie auf, gleich muss ich weinen. Das klingt ja wie aus einem kitschigen Liebesfilm.«

»Ja, ich musste mich auch beinahe kneifen, um zu begreifen, dass es echt war.«

Jo dachte nicht daran, jetzt locker zu lassen. »Und? Ist noch mehr passiert?«

»Ich bitte Sie, Jo, eine Lady genießt und schweigt. Aber ich kann Ihnen sagen, dass er sehr weiche Lippen hat.«

Jo packte die Aufregung. Geoff war so oft an ihr vorbeigeschlendert. Er hatte immer zufrieden, aber nie ausgefüllt gewirkt. Und Valerie war immer munter gewesen, strahlte nun aber eine innere Zufriedenheit aus, die wohl erst durch etwas anderes als Yoga hatte hervorgelockt werden müssen.

Der *Abend der Liebe* im Café am Ende des Piers hatte endlich zwei einsame Menschen zusammengeführt. Ihr Plan funktionierte!

Als die untergehende Sonne den Himmel rot färbte und den Pier in weiches Licht tauchte, beschloss Jo, erst einen Spaziergang zu machen, ehe sie den Caféboden wischte. Für die kommende Woche war Regenwetter vorhergesagt worden, und sie wollte aus den prächtigen Sommertagen und den langen, lauen Nächten herausholen, was immer ging; schließlich waren sie der Grund dafür, dass sie sich einmal mehr Hals über Kopf in Salthaven verliebt hatte. Im Übrigen brauchte sie etwas Ruhe, um über ihren nächsten *Abend der Liebe* nachzudenken. Sie wusste bereits, wen sie einladen wollte, musste allerdings beide Kandidaten noch ein wenig beobachten, um sich zu vergewissern, dass sie nicht vollkommen danebenlag. Erst dann würde sie einen Plan entwickeln, was stets der schönste Teil war.

Sie schloss die Tür zum Café ab, stieg das Treppchen zum Strand hinab und sank mit jedem Schritt tief in den Sand. Sie nickte Feriengästen zu, die ihre Handtücher und Matten zusammenpackten, und lief bis zum Surferstrand, wo sie sich setzte und zwei Surfern zusah, die sich von den Wellen zum Ufer tragen ließen. Der sanfte Wind brachte den salzigen Geschmack der See mit sich.

Schließlich erhob sie sich, stieg die Stufen zum Parkplatz hinauf, ging den Hang wieder hinab und blieb am Teich stehen. Längst war die Sonne verschwunden und hatte dem Mond Platz gemacht, und hätte Jo nicht reglos am Ufer des Teichs gestanden, wäre ihr vielleicht entgangen, dass Geoff und Valerie auf einer Bank neben dem Hinweisschild am Pier saßen, und sie hielten mitnichten nur Händchen: Sie küssten sich!

Jos Herz machte einen Satz. Valerie hatte ihr ja schon erzählt, dass es gut gelaufen war, aber den Beweis dafür zu sehen, war etwas ganz anderes.

Sorgsam darauf bedacht, die zwei nicht zu stören, ging Jo um den Bootsteich herum, über den Strand und zu der Treppe, über die man etwa in die Mitte des Piers fast direkt vor das Café gelangte. Bei Flut stieg das Wasser so stark an, dass die Treppe nicht zu benutzen war, doch an diesem Abend konnte sie diskret zurück ins Café huschen, um aufzuräumen und zu putzen, ehe sie für heute Feierabend machte.

Sie wischte den Boden und die Arbeitsplatten in der Küche, schließlich auch den Küchenboden, und als sie alle Gerätschaften in die Vorratskammer räumte, fielen ihr wieder die Pfosten und ihre Sockel ein, die geduldig auf ihren nächsten Einsatz warteten. Welche Blumen würde sie das nächste Mal verwenden? Was hatte gerade Saison? Was passte zu dem nächsten Paar, das sie im Sinn hatte? Vielleicht zartlila Clematis oder blassgelbe Dahlien?

Mit den Gedanken schon weit voraus, nahm sie die Schlüssel vom Haken neben der Mikrowelle, schulterte ihre Tasche, schaltete die Lichter aus und schlängelte sich an den Tischen vorbei zur Tür. Und hielt inne. Denn dort, auf der Fußmatte, lag eine Postkarte.

Schlicht, wie beim letzten Mal. Sie musste sie nicht erst umdrehen, um zu wissen, worum es sich handelte.

Hatte Harry es denn noch immer nicht kapiert?

Oder war die Karte etwa gar nicht von ihm?

Plötzlich schlug ihr Herz wild, und sie bückte sich, hob die Karte auf, drehte sie um und las.

Liebe Jo,
manchmal findet man die Liebe dort, wo man sie zuletzt erwartet. Öffne dein Herz und richte den Blick auf den Horizont …

Also, das klang nun gar nicht nach Harry. Oder täuschte sie sich?

Wie beim letzten Mal öffnete sie die Tür und blickte hinaus – nach links Richtung Stadt, nach rechts zum Meer. Doch weit und breit war niemand zu sehen. Wer immer die Karte gebracht hatte, verstand sich vortrefflich auf die Kunst der Heimlichtuerei.

War es albern zu hoffen, dass es sich nicht um ihren Ex handelte?

Sie trat auf den Pier und schloss die Tür hinter sich ab. Ihr Herz klopfte noch immer heftig, als sie mit der Karte in der Hand über den Steg ging. Das letzte Mal hatte am Ende Curtis Durham auf sie gewartet.

Moment mal. Ihr fiel sein Besuch neulich im Café wieder

ein. Was hatte er noch gesagt? Irgendetwas mit neuen Projekten am Horizont …

Also musste er es gewesen sein, oder?

Sie blieb neben der Eisdiele stehen, die schon längst geschlossen hatte. Es war das eine Wort, das ihr zu denken gab – Horizont. Sie hatte es vor Kurzem noch einmal gehört, aber sie kam nicht darauf, von wem und in welchem Zusammenhang.

Sie trat ans Geländer des Piers und beobachtete, wie die einrollende Flut immer näher an die Felsen heranrückte, bis sie sie in ein, zwei Stunden bedeckt haben würde. Die Treppe, die sie vorhin benutzt hatte, ragte unten bereits ins Wasser, und Sterne begannen am Himmel zu funkeln.

Plötzlich fiel ihr noch ein weiterer Gesprächsfetzen aus den vergangenen Tagen ein. Hatte nicht auch Steve etwas von Liebe am Horizont gesagt?

Nun, selbst wenn – der Text auf der Karte war nun wahrhaftig nicht sein Stil. Falls Steve an ihr interessiert wäre, würde er ganz sicher nicht lange um den heißen Brei herumreden. Und falls er es wäre? Wie würde sie reagieren?

Oh, verflixt, Jo wusste nicht mehr, wo ihr der Kopf stand. Aber die Aufregung war berauschend und machte ihr sehr deutlich bewusst, was sie dem einen oder anderen Einwohner aus Salthaven mit ihren Abenden der Liebe schenkte.

Tief atmete sie die salzige Luft ein, und wie immer hatte das Meer eine beruhigende Wirkung auf sie. Dennoch. Wenn das Leben nur nicht so kompliziert wäre!

Sie steckte die Karte in ihre Tasche und setzte ihren Weg über den Pier fort, bis sie die Straße erreicht hatte. Und als hinter ihr eine Stimme, die ihr nur allzu vertraut war, ihren Namen rief, war sie sich nicht sicher, was sie empfinden sollte.

Sie wandte sich um, und da stand er mit einer einzelnen roten Rose in der Hand, und sein Gesichtsausdruck schien sie um eine Chance zu bitten.

Eine Chance auf Liebe.

Herbst

19. Kapitel

Trockene rotbraune und orangefarbene Blätter fegten über die Straße, als Jo an diesem frischen Morgen Mitte Oktober zum Pier ging, lange bevor die Sonne sich blicken ließ. Der Strandladen hatte seine Pforten mit dem Ende des Sommers geschlossen, die Betreiber der Eisdiele wussten ihre Öffnungszeiten dem Andrang nach Schulschluss anzupassen, und für den Fish&Chips-Imbiss hatte die lukrativste Saison begonnen, denn der Duft von Essig und Salz in Verbindung mit warmen Kartoffeln hatte etwas, das die Kundschaft bei kühleren Temperaturen in Scharen anzog. Fort waren die Horden von Sommergästen, die die besten Plätze am Strand zu ergattern versuchten oder sich auf dem Pier sammelten, und nun waren es hauptsächlich die Einheimischen, die über die Seebrücke schlenderten, einander grüßten und das Café als Treffpunkt und für den Austausch von Neuigkeiten und Klatsch und Tratsch nutzten.

Jo zog sich den Schal fester um den Hals, als eine frische Bö von der See sie frösteln ließ, und dachte an jenen warmen Sommerabend, an dem sie die Postkarte auf der Fußmatte gefunden hatte. Die Hoffnung, die in ihr aufgekeimt war, als eine Stimme hinter ihr ihren Namen gerufen hatte, war in sich zusammengefallen, denn es war Harry gewesen, dessen Lächeln sie nur an das erinnerte, was sie einst besessen, dann aber verloren hatte. Also waren die Karten von keinem geheimnisvollen Bewunderer, der sich als genau der Mensch entpuppte, nach dem sie ihr ganzes Leben lang gesucht hatte, sondern von ihrem Ex, der ihr vor vielen Jahren das Herz gebrochen hatte. Am liebsten hätte sie Reißaus genommen, aber in Anbetracht ihrer gemeinsamen Vergangenheit hatte sie das Gefühl gehabt, ihm wenigstens zuhören zu müssen. Zumal ihr bewusst gewesen war, dass keiner von beiden nach vorne sehen konnte, wenn sie nicht hier und jetzt einiges klären würden.

»Nanu?« Sie hatte ihm die Rose abgenommen und ihren Duft inhaliert. »Harry, was ist los? Und jetzt erzähl mir nicht, dass du das bei allen Mandanten machst.« Sie schlug einen lockeren Tonfall an, obwohl die Sache für sie nicht ernster hätte sein können. Seit Jahren wünschte sie sich, dass jemand ihr das Gefühl gab, besonders zu sein, und versuchte Harry das nicht gerade mit allen Mitteln?

»Können wir uns unterhalten?«

Sie setzten sich auf das Mäuerchen, das den kleinen Bootsteich umgab.

»Jo, ich habe einen Fehler gemacht.«

Das alte Lied also. »Harry, ich …«

»Bitte lass mich sagen, was mir auf dem Herzen liegt. Ich war ein Idiot. Tatsächlich war mir das praktisch auch damals schon klar. Aber ich war jung, ich hatte Angst mich zu binden. Ich wollte Abenteuer erleben, etwas von der Welt sehen.«

»Ohne mich.«

Sein Zögern gab ihr die Antwort. »Ja, vermutlich. Aber vor allem wollte ich ohne *irgendwen* losziehen.«

»Haben wir es also mit dem klassischen ›Es liegt nicht an

dir, sondern an mir‹ zu tun?« Ruhig betrachtete sie sein Profil. »Warum willst du jetzt einen zweiten Anlauf versuchen, Harry?«

Er legte eine Hand über ihre, und diesmal rührte sie sich nicht. »Weil all die Gefühle, die ich für dich hatte, plötzlich wieder da waren, als ich dich zum ersten Mal wiedersah. So einfach ist das.«

Aber Jo entging nicht, dass seine Stimme bebte, statt Zuversicht zu vermitteln. Sie drehte die Rose mit der dunkelroten samtigen Blüte in den Händen und fuhr mit einem Finger den Stiel aufwärts, bis ein Dorn sie aufhielt. »Harry, ich glaube, es steckt zu viel Nostalgie in deinen Gefühlen, als dass du dir ihrer sicher sein könntest. Ob du mich wirklich noch liebst, kannst du doch gar nicht sagen.« Als er den Blick abwandte, fuhr sie fort: »Ich schätze, es ist einfacher, sich einzureden, dass wir wieder zusammenkommen können, da wir beide gerade single sind, als zu warten, bis man wirklich den richtigen Menschen trifft.« Und tatsächlich wurde ihr erst jetzt, da er sich ihr öffnete, bewusst, dass es richtig war, die Dinge dort zu belassen, wo sie hingehörten: in die Vergangenheit nämlich.

»Das war's dann also?« Es war keine echte Frage, denn seinem Tonfall entnahm sie, dass er die Antwort schon kannte. »Nun, einen Versuch war es dennoch wert, denke ich.«

Sie musste der Sache ein Ende setzen, und zwar jetzt. »Ich meine es ernst, Harry. Ab jetzt keine Blumen mehr, keine Überraschungsbesuche bei mir zu Hause, keine Geschenke in Form von Aniskugeln.«

»Hast du sie wenigstens gegessen?« Die Spannung zwischen ihnen legte sich.

»Und ob. Die ganze Tüte.« Sie stand auf und hielt ihm die Hand hin. »Vergessen wir, was geschehen ist, und bewegen uns in Zukunft nur noch auf professioneller Ebene, okay?«

Aber er nahm ihre Hand nicht. Er erhob sich ebenfalls und beugte sich vor, um sie wie zum Abschied zu küssen. »Einverstanden.«

Sie griff in ihre Tasche, holte die Karte heraus, die sie auf der Schwelle gefunden hatte, und gab sie ihm. Sie wandte sich schon zum Gehen, als seine Stimme sie noch einmal aufhielt.

»Was ist das?«

»Die Karte, Harry.« Langsam wurde sie der Sache müde. »Die, die du mir vorhin vor die Tür gelegt hast. Genau wie die, die du mir im Frühling vor die Tür gelegt hast.«

»Verstehe ich nicht«, sagte Harry.

Entnervt setzte sie sich in Bewegung.

»Jo, warte!« Er holte sie ein. »Das ist mein Ernst. Die Karte ist nicht von mir.«

»Nicht?« Sie blieb stehen und versuchte, aus seiner Miene schlau zu werden, aber sie sah nur Verwirrung. »Aber alles hat auf dich hingedeutet. Und jetzt wartest du hier auf mich, gestehst mir, was du empfindest und schenkst mir die Rose …« Sie hielt sie hoch, um ihren Satz zu unterstreichen, passte aber diesmal auf die Dornen auf.

»Ich schwör's dir. Diese Karte ist nicht von mir.«

Und damit hatte er sie ihr in die Hand gedrückt und sich von ihr verabschiedet. Inzwischen ging sie davon aus, dass die Karte ein Scherz von irgendeinem Einheimischen war, der sich über ihre Versuche als weiblicher Amor lustig machte, und weder sie noch Harry hatten sie je wieder erwähnt. Und Harry hielt sich an ihre Abmachung, blieb auf Abstand und kontaktierte sie nur, wenn seine Arbeit als Steuerberater es erforderlich machte.

Das Leben war wieder zur Normalität zurückgekehrt.

Weitere Karten waren nicht gekommen.

In der Wärme des Cafés hängte Jo ihren Mantel an den Haken im Schrank neben der Küche. Man wusste, dass die kalte Jahreszeit sich näherte, wenn der Platz für mehr gebraucht wurde als einen Schirm und eine dünne Strickjacke.

Sie hatte gerade erst die Lichter eingeschaltet, als Steve an die Tür klopfte. Er hatte eine Leiter mitgebracht, die bereits an der Hauswand lehnte. Vor einiger Zeit war die Regenrinne etwas abgesackt und hatte gestern vollständig nachgegeben, sodass das Regenwasser nun über das Fenster strömte und Gästen, die es sich auf der Fensterbank bequem gemacht hatten, einen ungemütlichen Ausblick verschaffte.

Sie öffnete ihm. »Hey, danke dass du so schnell gekommen bist.« Sie rieb sich die Arme gegen die Kälte von draußen und deutete auf die Regenrinne, dann führte sie ihn einmal um das Café herum. »Ich fürchte, hier wird bald dasselbe geschehen.«

Er streckte sich, um die Regenrinne anzuheben. Komisch – vor wenigen Monaten noch hätte sein Anblick ihren Puls beschleunigt, aber inzwischen gehörte er für sie wieder in die Kategorie »Gute Freunde«. Nachdem sie herausgefunden hatte, dass Harry nicht für die Karten verantwortlich war, war Steve zunächst zu ihrem Hauptverdächtigen geworden, aber eigentlich war das nicht sein Stil, und sie vermutete, dass er ihre Freundschaft ebenso schätzte wie sie.

»Ich hole meinen Werkzeugkasten«, sagte er, »aber ich muss noch rasch beim Baumarkt vorbei. Ich habe nicht die richtigen Schrauben und muss Schellen besorgen, um die alten zu ersetzen.«

»Setz einfach alles auf meine Rechnung, ich begleiche es nachher.« Mit ihren Finanzen ging es endlich aufwärts, und Jo hoffte, dass sich der Trend auch weiterhin hielt. Dass sie den Sommer überlebt hatte – die für sie betriebsamste Zeit –, hatte nicht nur ihr Konto, sondern auch ihre Zuversicht gestärkt, und obwohl noch immer hin und wieder Zweifel an ihr nagten, war sie nun weit besser gerüstet, sich dagegen zu wehren und mit dem weiterzumachen, was sie wirklich gerne tat.

»Du frierst ja«, sagte Steve. »Geh rein und lass mich machen, ich schau mir alles an. Am besten machen wir es direkt, bevor der Winter einbricht.«

»Danke, Steve. Ich bin dir was schuldig.« Sie hielt die Hand hoch, um seine Antwort im Keim zu ersticken. Als sie ihm das letzte Mal für seine Freundlichkeit danken wollte, hatte er ihr eine weitere Surfstunde abgerungen. »Sprich es gar nicht erst an. Das Meer ist mir inzwischen viel zu kalt. Ich hatte eher an Geld plus ein Stück Kuchen aufs Haus gedacht.«

»Leg noch einen Kaffee drauf, und ich erwähne das Wort Surfen nie mehr. Bis zum nächsten Sommer«, rief er ihr hinterher, als sie ins Café zurückging.

Jo legte das Wechselgeld in die Kasse und füllte die Tütchen mit Kleingeld in die jeweiligen Fächer. Sie war froh, dass sie sich mit Steve so gut verstand. Vielleicht würde sie eines Tages versuchen, auch ihn zu verkuppeln, aber besser wäre es vermutlich, bis zum Sommer zu warten, wenn sich in Salthaven genügend Surferinnen aufhielten. Im Übrigen hatte sie noch immer Maddy und Dan im Visier. So oft hatte sie die beiden inzwischen dabei erwischt, wie sie sich verstohlene Blicke zuwarfen, aber ohne einen Schubs von außen kamen sie offenbar nicht weiter.

Sie schaltete die Kaffeemaschine ein und holte Rosinen, Zucker, Zimt, Butter und Mehl hervor, um einen Strudel zu backen. Die Gerichte an der Tafel hatten sich schrittweise der veränderten Jahreszeit angepasst, und statt der leuchtenden, farbenfrohen Beeren und den knackigen Salaten des Sommers lag der Schwerpunkt nun auf den dunkleren, gehaltvolleren Gemüsesorten. Jos Süßkartoffelfrittata hatte mit Sally, die als Erste probiert hatte, und Maisy von der Post zwei treue Fans gewonnen, die Minestrone verkaufte sich auch besser, seit das Wetter umgeschlagen war, und Jos erster Versuch, einen Rote-Beete-Schokokuchen zu backen, war gelungen. Jedenfalls weit besser als die Brokkoli-Lachs-Tarte, mit der sie vergangene Woche experimentiert hatte. Zunächst war der Brokkoli noch sattgrün gewesen, aber nachdem Jo immer wieder Gäste bedient und den Herd vergessen hatte, war das arme Gemüse grau und ungenießbar geworden.

»Klopf, klopf«, hörte sie Matts Stimme sagen. »Jemand zu Hause?«

Jo wischte sich die Hände an einem Handtuch trocken und beeilte sich, ihn mit der heutigen Lieferung einzulassen. »Du kommst gerade rechtzeitig. Ich wollte heute Morgen Strudel machen und hoffe, du hast die Äpfel mitgebracht, auf die ich so heiß bin.« Sie legte flehend die Hände aneinander und sah ihn erwartungsvoll an.

»Wie bestellt.« Er senkte die Kiste ein Stück ab, damit sie hineinsehen konnte. »Lass mich das rasch in die Küche tragen.«

Sie ging voraus, um ihm Platz zu schaffen, da sie auf der Arbeitsplatte bereits alle Zutaten ausgebreitet hatte. »Reicht die Ecke hier?«

»Perfekt«, sagte er und setzte die Kiste ab. »Und Hilda wird entzückt sein.« Er hatte das Rezept entdeckt, das Jo an die Wand geheftet hatte. »Sie hat von dem Apfelstrudel geschwärmt und meinte, du solltest ihn viel öfter machen.«

»Nicht nur das«, sagte Jo und nahm die dicken, blassgrünen Äpfel heraus, die die Herbstsonne auf einer Seite orange gefärbt hatte. »Ich backe sogar nach ihrem Rezept. Sie hat es mir extra aufgeschrieben.«

Matt betrachtete den Zettel genauer. »Dann wird sie jetzt noch glücklicher sein, da ich dir Bramleys mitgebracht habe.«

»Laut Hilda die beste Apfelsorte überhaupt.«

Er legte sich eine Hand auf den Bauch. Trotz Jeans, Pulli und Wachsjacke konnte man erkennen, dass seine Arbeit körperlichen Einsatz erforderte, denn er war ziemlich gut in Form. »Es ist noch nicht mal richtig hell, und mein Magen schreit schon nach Gebäck.«

»Du Armer.« Sie reihte sechs Äpfel auf der Arbeitsplatte auf. »Ich muss mich heute dringend von Gebäck fernhalten, nachdem Molly mich gestern Abend gezwungen hat, gleich zweimal von ihrem gedämpften Siruppudding zu nehmen.«

»Oh. Das klingt brutal.«

»Brutaler wäre es gewesen, widerstehen zu müssen.« Sie spähte wieder in die Kiste, um eine Bestandsaufnahme dessen zu machen, was Matt ihr mitgebracht hatte.

»Heute kein Brokkoli«, bemerkte er. Ihr entging der scherzhafte Tonfall nicht. »Er hatte zu große Angst, als er hörte, was du mit der letzten Ernte gemacht hast.«

»He, werd nicht frech. Aber keine Sorge, ich habe meine Lektion gelernt.«

»Freut mich. Da sind übrigens Physalis.« Er trat neben sie, und sie begutachtete das Körbchen mit den Früchten.

»Sie sehen wunderschön aus.«

Er musste lachen. »Aber du hast keine Ahnung, was man damit macht, richtig?«

»Das kannst du mir ja wohl nicht verübeln. Seit meinem Brokkoli-Gate ist mein Selbstbewusstsein dramatisch geschrumpft.«

»Unfug. Hier.« Er hielt ihr eine der Früchte vor den Mund. »Probier mal.«

Sie tat, wie ihr geheißen, und riss die Augen auf. »Oh. Die sind ja lecker.« Sie nahm sich selbst eine aus dem Körbchen und entfernte die Hülle.

»Iss nicht so viele davon, dass sie weg sind, ehe dir ein Rezept eingefallen ist«, mahnte er.

»Keine Angst, ich beherrsche mich.« Ihr Verstand hatte bereits angefangen, Rezeptideen zu produzieren.

»Poppy liebt die übrigens.«

»Respekt. Normalerweise meiden Kinder doch alles, was ihnen nicht vertraut ist. Ich hätte die in ihrem Alter bestimmt nicht angerührt.«

»Wahrscheinlich doch, wenn du auf unserem Hof aufgewachsen wärest.«

»Das ist wahr.«

»Meine Schwester nutzt sie oft für Crumble oder eine Pie. Sie machen sich auch sehr gut als Dessertsoße. Das hat meine Mutter häufig gemacht. Ich erkundige mich und schreibe dir später. Aber ich dachte, ich packe dir welche in die Kiste, damit du dein Hirn ein wenig anstrengen musst.«

»Dank dir, Matt.« Und tatsächlich liebte sie die Herausforderung – das war eine der großen Freuden, wenn man seine eigene Chefin war. Im Übrigen hätte sie sich nicht vorstellen können, das ganze Jahr über dieselben Gerichte zu kochen.

Sie brachte ihn zur Tür und blieb noch einen Moment draußen stehen, als er über den Pier zum Ufer zurückkehrte, um den

Sonnenaufgang zu genießen, der den Himmel flammend orange färbte.

Zurück in der Küche packte sie den Rest der Lieferung aus: Zwiebeln, Süßkartoffeln, ein Überraschungskörbchen Himbeeren, Eier und eine Melone. Während sie darauf wartete, dass Steve vom Baumarkt zurückkehrte und mit den Reparaturarbeiten anfing, schälte, entkernte, viertelte und schnitt sie die Äpfel, bevor sie sie mit Zucker, Rosinen, Zitronenzesten und Zimt mischte. Und noch ehe sie das Café für die Kundschaft öffnete, hatte sie den Apfelstrudel so weit fertig, dass er nur noch in den Ofen geschoben werden musste.

Geoff war der Erste, der durch die Tür kam, und sie schenkte ihm ein Lächeln. »Guten Morgen.«

»Guten Morgen, Jo.«

»Der übliche schwarze Tee?«

»Und für mich bitte eine extraheiße Schokolade«, ertönte eine Stimme hinter ihm.

»Valerie. Sie sind aber früh auf heute.«

Als sie hinter Geoff eintrat, bemerkte Jo die wetterfeste Jacke, die geblümten Gummistiefel und das Fehlen der Yogamatte.

»Ich gehe heute angeln.« Doch als sie sich neben Geoff stellte und sich bei ihm einhakte, sah sie aus, als hätte sie ihren größten Fang bereits gemacht.

Jo bereitete die Getränke zu und drückte anschließend Deckel auf die Becher. »Und wann ist Ihre erste Yogastunde, Geoff?«, fragte sie schließlich mit einem verschwörerischen Augenzwinkern in Valeries Richtung. »Wenn Valerie mit Ihnen angeln geht, ist das nur fair, oder?«

»Mal sehen.« Doch Jo war überzeugt davon, dass er nun, da er eine neue Liebe gefunden hatte, alles probieren würde, wenn es Valerie nur glücklich machte. Es tat gut, die beiden zusammen zu sehen – ihre erste erfolgreiche Verkupplung. Was sie wieder daran erinnerte, dass Amors Pfeil schon darauf wartete, erneut ins Ziel zu treffen.

20. Kapitel

Als Jo Molly und Arthur von ihrem Plan erzählte, Maddy und Dan zusammenzubringen, stellte sich heraus, dass ihnen die beiden schon im vergangenen Jahr zu Weihnachten aufgefallen waren. Damals hatte auch der Mistelzweig nichts an ihrer Schüchternheit ändern können, und auch Molly war der Ansicht, dass beide dringend Hilfe brauchten.

Der Gedanke an den nächsten *Abend der Liebe* beflügelte Jo, sodass der Morgen wie im Flug verging. Der Apfelstrudel war ein Hit, daher machte sie noch einen zweiten und sogar noch einen dritten. Zwar hatte ihr Matt viele Äpfel mitgebracht, aber als Molly und Arthur vorbeikamen, waren auch diese aufgebraucht.

»Aber Hilda hat erzählt, du bäckst einen nach dem anderen«, stöhnte Molly.

»Tue ich ja auch, aber ich habe bereits eine halbe Apfelplantage verarbeitet.« Jo reichte Vince seinen Bananensmoothie zum Mitnehmen und nahm das Geld von ihm entgegen. »Du wirst leider warten müssen, aber ich habe Matt bereits geschrieben, dass ich noch mehr Äpfel brauche. Kann ich euch in der Zwischenzeit zu einer Zitronentarte mit Physaliskompott überreden?«

»Also, das klingt aber spannend.« Beeindruckt ließ sich Arthur an einem Tisch nieder.

»Für ihn nur ein kleines Stück«, flüsterte Molly. »Er kann im Moment wieder schlecht maßhalten, also muss ich dafür sorgen, dass er es nicht übertreibt.«

»Und für dich?«

»Ich nehme auch nur ein kleines Stück, damit Arthur nicht neidisch wird.«

Molly setzte sich zu ihrem Mann, und Jo nahm die Zitronentarte aus der Auslage, schnitt zwei Stücke ab und nahm die Teller mit in die Küche, um das Kompott hinzuzufügen. Sie wurde immer mutiger mit ihren Rezepten, versuchte ungewöhnliche Kombinationen und ließ sich mehr Zeit, sie auszufeilen und zu verbessern.

»Kann ich die aufhängen?« Molly holte eine Ansichtskarte aus ihrer Tasche, als Jo aus der Küche zurückkehrte.

»Klar. Von wem ist sie?« Sie stellte die beiden Teller mit Zitronentarte auf den Tisch, wo Arthur in die Zeitung vertieft war.

»Von unserem ehemaligen Steuerberater.«

Die Karte zeigte eine idyllische Ansicht, der glitzernde Bolam Lake im herbstlichen Northumberland. Unwillkürlich dachte Jo an Harry, der ihr jetziger Steuerberater war, als sie die Karte umdrehte und von langen Wanderungen von Pub zu Pub in wildromantischer Natur las. Harry nach so vielen Jahren zu begegnen war hart gewesen, aber sie beide hatten es geschafft, sich ihrer Gefühle bewusst zu werden und sie so zu verarbeiten, dass sie ihren Weg endlich weitergehen konnten.

»Ja, häng sie auf«, sagte Jo. »Unsere erste Herbstkarte seit Langem. Die Tafel ist ja nahezu überflutet von Sommerszenen.«

Molly steckte die Karte gut sichtbar in der Mitte fest. »Es werden bestimmt bald andere kommen. So viele warme, sonnige Orte gibt es zu dieser Jahreszeit ja nicht mehr, sofern man nicht stundenlang fliegen will.«

»Mum sagt, in Puerto Pollensa ist die Temperatur auch ziemlich gefallen.«

Molly wandte bei der Erwähnung ihrer Tochter den Kopf, und ein Hauch Trauer huschte über ihre Miene, ehe sie ein Lächeln zustande brachte. »Bestimmt ist das Klima dort immer noch sehr angenehm.«

»Aber schon kühl in den Nächten«, sagte Jo, ehe sie Angie begrüßte, die just in diesem Moment zur Tür hereinkam. Sie wusste sehr gut, dass ihre Großeltern das Thema Tochter gänzlich meiden würden, wenn sie befürchteten, Zuhörer zu haben. Seit Jo sie mit dem Streit von damals – vergeblich – konfrontiert hatte, hatte sie keinen Vorstoß mehr gewagt. Sie kannte ihre Familie gut: Wenn es Konflikte zu lösen galt, hatte schon immer die Sturheit gesiegt, und sie hatte keinerlei Absicht, alles noch schlimmer zu machen.

Der Tag verging schnell, und als Jo zum Sonnenuntergang die Türen des Cafés schloss, konnte sie es kaum erwarten, den nächsten Teil ihres Plans in die Tat umzusetzen.

In der Küche holte sie die roten Postkarten, Briefumschläge und den Kalligrafiestift hervor, setzte sich und zog die Klammer aus ihrem Haar, was sich nach dem langen Tag herrlich anfühlte. Junge Liebe war ungeheuer aufregend und voller Möglichkeiten, und sie konnte nur hoffen, dass Dan und Maddy es genauso sahen und es nicht einfach nur peinlich fanden, was sie sich für sie ausgedacht hatte. Doch falls sie mit den beiden richtig lag, würden sie die Gelegenheit erkennen und ergreifen.

Falls sie sich allerdings irrte … Nun, dann konnte es für *sie* peinlich werden.

Sie lud für nächsten Freitagabend um sieben Uhr ein, wenn das Café geschlossen und der Pier nur noch von den viktorianischen Laternen beleuchtet wurde, und fügte ihre Telefonnummer hinzu, da sie annahm, dass die beiden wohl eher per SMS antworteten, als persönlich vorbeizukommen.

Sie wollte ihnen alle Wege ebnen, um es ihnen so einfach wie möglich zu machen.

Am Abend im Pub besprachen Jo, Jess und Melissa bei einem Glas Merlot, was Jo vorhatte.

»Dieses Date macht mir, ehrlich gesagt, einige Sorgen.«

»Wieso?«, fragte Melissa. »Die beiden stehen doch eindeutig aufeinander. Sie brauchen nur einen kleinen Schubs.«

»Eher einen großen«, wandte Jess ein. »Oh, ich weiß noch gut, wie das früher war. Wie man den Jungs Blicke zugeworfen hat, ohne sich je zu trauen, sie anzusprechen.«

»Als ob du sie jetzt ansprechen würdest«, sagte Melissa. »Sofern es nicht gerade das eine oder andere Wehwehchen betrifft.«

»Kommt schon, so schlimm bin ich nicht.«

Jo schnaubte. »Ach nein? Wann bist du denn das letzte Mal von dir aus auf einen Mann zugegangen – abgesehen von Ben, der nur ein guter Freund ist?«

»Das sagt die Richtige.«

Jo seufzte. »Ertappt. In der Hinsicht schenken wir uns beide nichts. Anders als sie hier.« Sie stupste Melissa an. »Du und James, ihr seid ein wunderbares Paar, und wir sind total neidisch. Da. Jetzt hab ich's gesagt.« Sie hatte im Scherz gesprochen, aber wenn sie abends in ihrer Wohnung saß und fernsah oder dem Meeresrauschen unterhalb ihres Fensters lauschte, fragte sie sich doch häufig, wie es wohl wäre, wenn auch sie jemanden hätte, der zu ihr gehörte.

»Das müsst ihr nicht sein«, sagte Melissa. »Der richtige Mann wartet schon hinter der nächsten Ecke auf euch, glaubt mir. Bei mir ist es genauso gewesen.«

Jess, der man ihre Zweifel ansah, steuerte das Gespräch zurück zu Jos Plan. »Meinst du denn, dass Maddy und Dan sich darauf einlassen?«

»Ich habe Angst, dass sie es für einen Spaß halten könnten«, gab Jo zu. »Ich meine, es soll ja Spaß machen, aber nicht auf meine oder ihre Kosten.« Als sie aufblickte, sah sie Geoff und Valerie eintreten, aber sie zogen sich schnell in die gemütliche Nische auf der anderen Seite des Billardtisches zurück. »Na, wenigstens hat es *ein Mal* so funktioniert, wie ich es mir erhofft habe.« Ein Treffer war besser als keiner.

Die Unterhaltung drehte sich bald um das romantische Picknick, dass Jo am Strand inszeniert hatte, dann wieder um das, was sie für Dan und Maddy geplant hatte, und als Jos Handy eine eingehende Nachricht meldete und sie sie las, musste sie lachen.

»Oje«, bemerkte Jess, als Jo ihr zeigte, was auf dem Display zu lesen war.

Sie zeigte es auch Melissa. »Dan glaubt, dass ihn jemand reinlegen will. Er fragt, wer von seinen Kumpels dahintersteckt.«

Jo schrieb Dan rasch zurück, um ihm zu erklären, dass die Einladung tatsächlich von Jo aus dem Café kam und beschrieb ihm als Beweis, was er beim letzten Mal bestellt und was er dabei zu ihr gesagt hatte.

Melissa riss die Tüte Chips auf, die sie an der Bar gekauft hatte, und reichte sie herum.

»Da ist ja mehr Luft als Essbares drin«, beschwerte Jo sich.

»Abzocke«, bestätigte Jess. »Jo, wie geht's Arthur inzwischen?«

Er hatte sich am Nachmittag eine Tasse auf den Fuß fallen lassen, und weil die Zehen angeschwollen waren, waren er und Molly zum Arzt gefahren. Molly hatte Jo eine Nachricht geschrieben, sie solle sich bloß keine Sorgen machen. »Der Fuß tut weh, er humpelt ordentlich und tut sich vor allem selbst leid, aber umsorgen lassen will er sich nicht.«

»Das ist oft das Problem. Hätte Molly ihn nicht gedrängt, wäre er sicher nicht gekommen.«

»Muss er im wahrsten Sinne des Wortes jetzt die Füße hochlegen?« Jo griff erneut in die Tüte.

»Am besten so oft es geht, aber er darf sich auch bewegen. Die Prellung ist nur oberflächlich, er ist bald wieder ganz fit.«

»Molly hatte Angst, dass es nicht einfach nur Schusseligkeit gewesen ist. Oh, tut mir leid«, beeilte sie sich hinzuzufügen, als sie Jess' Miene sah. »Ärztliche Schweigepflicht, ich weiß. Aber muss ich mir Sorgen machen?«

Jess schüttelte ganz leicht den Kopf, und Jo ließ das Thema fallen, als Maisy zu ihnen stieß, die mit Melissa in der Post arbeitete.

Doch das hinderte Jo nicht daran, auf dem Nachhauseweg unter dem Vorwand, die Haferkekse abzuholen, die Molly für das Café gebacken hatte, noch einmal bei ihren Großeltern vorbeizuschauen und sich selbst zu vergewissern, dass alles in Ordnung war.

Um in dieser starrsinnigen Familie auf dem Laufenden zu bleiben, musste man schon Eigeninitiative zeigen.

21. Kapitel

Der nächste Morgen verstrich rasend schnell, und sie gönnte sich gerade eine erste kurze Atempause, als Matt eintrat. »Zweimal am Tag?«, fragte sie. Wie immer hatte er das Obst und Gemüse schon am frühen Morgen gebracht, weswegen sein Kommen sie überraschte.

»Manchmal ist das Café für mich wie ein zweites Zuhause.« Er gesellte sich zu ihr an die Fensterbank. »Du siehst müde aus.«

»Anscheinend schaffen es weder die kurzen Regengüsse noch die Herbstkälte, die Leute vom Pier fernzuhalten.« Sie deutete auf die Kiste auf seinem Schoß. »Was hast du da?«

»Etwas anderes als üblich.«

Sie spähte hinein. »Wow, die sind ja hübsch.« In der Kiste lagen vielleicht zwanzig Mini-Kürbisse. »Habt ihr die gezogen?«

»Selbstverständlich.«

»So kleine Kürbisse habe ich noch nie gesehen. Richtig niedlich.«

»Niedlich hätte ich sie jetzt nicht genannt, aber meinetwegen.« Ihre Reaktion freute ihn offenbar. »Dafür weiß ich, dass man daraus eine köstliche Suppe machen kann. Besonders gut mit einen Hauch Chili.«

Vor ihrem inneren Auge sah Jo sofort Schüsseln mit dicker,

herzhafter, orangefarbener Suppe, die mit knusprigem Brot serviert wurde. Sie konnte sich auch an Kürbisscones versuchen, wie man sie in den USA aß. Und dann fiel ihr mit einem Mal etwas ganz anderes ein.

»Ich hab eine Idee«, verkündete sie.

»Ich biete mich gerne als Testesser an.«

»In diesem Fall geht es nicht um Essbares, tut mir leid. Habt ihr auch größere Kürbisse?«

»Sicher, viele. Wieso?«

»Von welcher Größe reden wir?«

Er zeigte es ihr mit den Händen, damit sie es sich besser vorstellen konnte. »Wir haben gerade die Felder zum Selbsternten geöffnet.«

Jo spielte mit einem kleinen Kürbis. »Warum weiß ich noch nichts davon?«

»Weil wir es dieses Jahr zum ersten Mal machen.«

»Und wie läuft es?«

»Recht gut.«

»Okay, dann bestelle ich am besten jetzt gleich.«

»Dann los.« Er holte sein Handy hervor und tippte ihre Bitte um vier große, zwanzig mittlere und noch eine weitere Kiste der ganz kleinen Kürbisse ein. »Was hast du vor? Mit den Mengen musst du die Suppe kesselweise verkaufen.«

»Ich veranstalte einen Halloween-Abend.«

»Die *Abende der Liebe* reichen dir also nicht mehr?«

Aus irgendeinem Grund wurde sie rot. »Du kennst mich doch. Ich habe gerne viel zu tun.«

Er lehnte sich gegen die Tischplatte. Seine Schwester hatte Jo erzählt, dass er einsam war, aber eigentlich hätten ihm die Frauen in Scharen nachlaufen müssen. Er sah gut aus, war großartig gebaut und muskulös, was seine Jeans noch unterstrichen, hatte einen Unternehmergeist, den man bewundern musste, und war darüber hinaus freundlich und gutherzig. Wenn Jo der Meinung gewesen wäre, dass er sich darauf eingelassen hätte, wäre sie versucht gewesen, ihn für einen *Abend der Liebe* einzuplanen. Aber sie vermutete, dass von den beiden eher Steve bereit war, sich als Teilnehmer aufstellen zu lassen, also war es vermutlich sicherer, mit ihm anzufangen – wenn überhaupt.

»Erde an Jo«, riss Matts Stimme sie aus den Gedanken. »Komm zurück, wo auch immer du gerade bist. Und erzähl mir, was du vorhast.«

Sie schaltete von Blind Dates wieder auf Kürbisse um. »Ich will einen Kürbisschnitzabend veranstalten. Momentan kommen zwar noch genug Kunden vorbei, aber viele verbinden das Café eher mit den Sommermonaten, und ich möchte den Einheimischen in Erinnerung rufen, dass wir das ganze Jahr über offen haben.«

»Gute Idee. Wer zu diesem Abend kommt, kommt vielleicht auch öfter.«

»Ganz genau. Vielleicht kann ich Poppy und Charlie damit beauftragen, mir Plakate zu entwerfen.«

»Das wird sie bestimmt freuen.«

»Wir hängen eins hier ins Fenster und bitten Molly, eins mit in die Schule zu nehmen, wenn sie wieder Kuchen und Kekse hinbringt. Ich frage im Pub, ob ich dort ebenfalls ein Plakat aufhängen kann, und Jess pinnt in der Praxis bestimmt eins ans schwarze Brett.«

Als ein ganzer Schub Gäste ins Café strömte, brachte Jo die Kürbisse in die Vorratskammer, wo sie bis nächste Woche lagern konnten, während Matt mit dem Versprechen, Poppy von Jos Vorhaben zu erzählen, seiner Wege ging. Jo schrieb Ben eine SMS, und dieser versprach, am Nachmittag Poppy zu sich zu holen, damit sie und Charlie malen konnten und Jo ihre Plakate morgen schon haben würde.

Was sie Matt gesagt hatte, stimmte: Sie hatte gerne zu tun, daher war sie begeistert von ihrer Idee. Je beschäftigter sie war, umso weniger Zeit hatte sie, über ihr Privatleben nachzudenken, das verglichen mit ihrer Arbeit deutlich unter den Möglichkeiten blieb. Und daher schnappte sich Jo am Ende des Tages, nachdem Böden und Oberflächen blitzsauber funkelten, auch Stift und Notizblock und entwarf das Menü für den nächsten *Abend der Liebe*.

»Oh, ich freu mich so, dass du hier bist!« Jo hakte sich bei ihrer besten Freundin unter. Tilly besuchte sie auf der Durchreise nach Exeter, wo ihre Schwester ihren Junggesellinnenabend und anschließend ihre Hochzeit feiern würde, und seit Stunden redeten die beiden unaufhörlich, um alle Themen, die sich angesammelt hatten, seit Jo aus Edinburgh weggezogen war, in die kurze Zeitspanne zu quetschen. »Und noch froher bin ich, dass du dir ausgerechnet meinen freien Dienstag dafür ausgesucht hast.«

»Ich freue mich auch.« Tilly, die ihre Kugel Rumrosineneis bereits vertilgt hatte, biss herzhaft in das Waffelhörnchen. Trotz der herbstlichen Luft hatte sie darauf bestanden, mit Jo Eis zu essen, da es sie an ihre gemeinsame Schulzeit erinnerte, in der sie die Sommer am Strand und am Pier verbracht und kaum etwas Wichtigeres zu entscheiden gehabt hatten, als welche Sorte Eis sie als Nächstes essen sollten. »Und es tut mir so leid, dass ich nicht mehr Zeit habe, aber ich konnte keinesfalls einfach hier in den Süden kommen, ohne rasch vorbeizuschauen. Dummerweise hat Mum das sofort genutzt, um mich für letzte Besorgungen mit ihr einzuspannen.«

Tilly hatte ihr die SMS, in der sie ihren Spontanbesuch ankündigte, erst gestern Abend spät geschickt. »Aber sie muss doch inzwischen längst alles haben.« Jo sah sie fragend an.

»Ich soll ihr bei der Suche nach einem Hut helfen«, antwortete Tilly. »Sie ist der Meinung, ohne Hut sei es keine richtige Hochzeit.«

Sie schlenderten den Pier entlang, den sie wie ihre Westentasche kannten. »Aber da mir das die Chance bietet, meine beste Freundin zu treffen, habe ich mich nicht beschwert. Zu Weihnachten bin ich länger hier, versprochen.«

»Das will ich dir raten.«

Sie hatten das Café erreicht und blickten hinauf zu dem Schild, das Steve im Frühling für sie gestrichen hatte. »Und? Was denkst du?«

»Sieht großartig aus. Und ich wette, der Neuanstrich hat wesentlich dazu beigetragen, dass es sich dann wie deins anfühlte, oder?«

»Oh, ja. Das und der gründliche Frühjahrsputz, ganz zu schweigen von der Beschäftigung mit den Büchern. Alles in allem war es der Neustart, den ich nötig hatte.« Jo hatte ihr Himbeereis bis auf den letzten Tropfen vernichtet.

»Jedenfalls denke ich, dass Salthaven dir guttut. Du siehst gut aus und wirkst zufriedener denn je. Dabei habe ich mir anfangs einige Sorgen um dich gemacht. Die ersten Nachrichten, die du mir geschickt hast, hörten sich ziemlich gestresst an.«

Jo steckte sich den letzten Happen Waffel in den Mund.

»Das waren sie wohl auch. Plötzlich Unternehmerin zu sein war wie ein Schock.«

»Und jetzt?«

»Und jetzt ist das Café wie ein Teil von mir, und ich kann mir gar nicht mehr vorstellen, was ich ohne tun sollte. Es war ein intensiver Lernprozess, aber Gran und Gramps haben mich unterstützt, wo immer es ging. Und sie sorgen auch dafür, dass ich einen Tag frei habe, was herrlich ist.«

Tilly winkte Molly durchs Fenster zu, die sie vorhin schon fest in die Arme geschlossen hatte. »Ich wusste immer, dass du eines Tages zurückkommen würdest.«

»Und du?«

Tilly zuckte die Achseln. »Ich weiß es wirklich nicht. Ich fühle mich in Edinburgh eigentlich recht wohl, aber wenn ich dich, meine Familie und den Strand sehe, bekomme ich durchaus Heimweh. Mal sehen.«

Molly öffnete die Tür des Cafés. »Jo, Gramps ist nach Hause gegangen, um sich ein wenig auszuruhen. Könntest du mir wohl am Nachmittag ein bisschen aushelfen?«

Jo war sofort alarmiert. »Ist alles in Ordnung?«

»Ihm geht's gut«, beruhigte Molly sie. »Er will es nur nicht übertreiben.«

»Brauchst du mich sofort?«

»Nein, amüsiert ihr zwei euch noch ein bisschen. Aber ich muss bald in die Küche zurück, dann wäre es gut, wenn jemand vorne nach dem Rechten sieht.« Sie verschwand wieder im Café, als ein Gast kam, der einen Kaffee zum Mitnehmen haben wollte.

»Wie geht es deinem Großvater?«, wollte Tilly wissen.

»Eigentlich sehr gut, aber wie Gran schon sagte, er soll es

nicht übertreiben. Keiner von beiden möchte noch Vollzeit arbeiten müssen, weswegen sie mich überhaupt gebeten haben, das Café zu übernehmen.« Sie nahm an, dass auch mit der regelmäßigen Aushilfe über kurz oder lang Schluss sein würde, aber das bereitete ihr keine Sorgen mehr. Jo wusste, dass sie so weit war.

Jo und Tilly schlenderten noch eine Weile lang plaudernd am Strand entlang und atmeten die salzige Luft ein, die ihre Wirkung selbst bei kühleren Temperaturen nicht verfehlte, bis es Zeit für Tilly war, sich zu verabschieden und ihre Mutter zu treffen.

Jo dagegen begab sich unverzüglich ins Café. Molly berichtete, was sich heute besonders gut verkaufte und was sie als Nächstes zubereiten wollte.

»Danke, dass du gekommen bist«, sagte Molly und wischte den niedrigen Tisch vor der Fensterbank ab.

»Das ist ja wohl selbstverständlich.« Jo hängte Mantel und Schal in den Schrank. »Hauptsache Gramps geht es gut.«

»Ganz sicher. Ich würde es dir sagen, wenn es anders wäre.«

Am Nachmittag kehrte Arthur ins Café zurück und wollte alles über den Kürbisschnitzabend wissen, und Jo erzählte ihm nur allzu gerne von ihrer Idee, zumal sie ihn dabei genau beobachten und sich selbst vergewissern konnte, dass sein kleiner Unfall neulich wirklich nur durch ganz normale Ungeschicklichkeit verursacht worden war. Doch abgesehen von dem leichten Humpeln wirkte er ganz normal, wenn auch etwas missmutig, sobald man anzudeuten versuchte, er solle sich besser noch eine Weile schonen.

Aber was, wenn Schlimmeres geschah? Wenn er, wie seine Mutter, damals, plötzlich bettlägerig und pflegebedürftig wurde?

Würde Sasha dann nach Salthaven zurückkehren? Und wäre es nicht schrecklich traurig, wenn erst etwas so Schwerwiegendes nötig würde, um sie zurück in ihre Heimatstadt zu bringen? Denn an diesem Punkt würde es für sie zu spät sein, ihre Beziehung zu kitten.

Am nächsten Tag waren Molly und Arthur an der Reihe, die Retter in der Not zu spielen, denn Jo erwachte mit den schlimmsten Kopfschmerzen, die sie je gehabt hatte.

»Tut mir leid, Gran.« Allein das Telefon zu benutzen fühlte sich an, als zöge eine Marschkapelle durch ihren Schädel. »Glaubt ihr, ihr schafft das?«

»Aber ja. Ben hat die Plakate vorbeigebracht, die Poppy und Charlie gemalt haben – sie sind toll geworden. Ich sorge dafür, dass sie aufgehängt werden. Außerdem habe ich Matt für Poppy ein paar Kekse als Dank mitgegeben.«

»Vielen Dank, Gran.« Sie konnte es kaum ertragen, die Augen offen zu halten. »Jetzt muss es mir nur noch besser gehen.« Sie musste vor allem für Freitag wieder fit sein, weil sie Maddy und Dan nicht im Stich lassen wollte. »Wie geht es Gramps' Fuß?«

»Mach dir darum keine Gedanken. Er hilft mir in der Küche – zum Schälen und Kleinschneiden kann er sich setzen –, das Umherlaufen übernehme ich dann schon.«

Jo sagte nichts mehr. Sie wollte nur noch ins Bett, die Decke über den Kopf ziehen und erst wieder auftauchen, wenn sie sich wenigstens halbwegs normal fühlte.

Gegen Mittag hatte sie sich immerhin vom Bett auf die Couch gehievt. Die Kopfschmerzen waren noch da, aber nicht mehr ganz so rasend, und mit dem dumpfen Pochen kam sie etwas besser zurecht. Sie hatte mehr Wasser getrunken als je zuvor in ihrem Leben, aber vermutlich war die Ruhe ausschlaggebend dafür, dass sie zumindest wieder geradeaus sehen konnte. Seit sie das Café übernommen hatte, hatte sie Vollgas gegeben. Vielleicht hatte ihr Körper beschlossen, dass es Zeit für eine kleine Auszeit war.

Ihr Magen knurrte, doch als sie auf dem Weg zur Küche war, klopfte es an der Tür. Nun konnte sie auch wieder öffnen, ohne Angst haben zu müssen, dass ihr der Schädel explodierte.

»Steve, was machst du denn hier?« Sie versuchte sich zu erinnern, ob etwas in ihrer Wohnung kaputt war, aber seit der Sache mit der Waschmaschine hatte es zum Glück keine weiteren Probleme geben. Dann wurde sie sich plötzlich bewusst, dass sie eine karierte Flanellhose und ein unförmiges, graues Oberteil trug. »Entschuldige meinen Aufzug.«

Er musterte sie von Kopf bis Fuß. »Wieso? Du siehst gut aus.« Er holte ein in Papier eingeschlagenes Päckchen hinter seinem Rücken hervor. »Ich hab gehört, dass wir es mit einem Totalausfall zu tun haben.«

»Mein Held.« Obwohl ihr Lächeln fast zur Grimasse wurde, nahm sie ihm das Päckchen ab, spürte die Wärme durch das Papier und nahm den Duft nach Essig wahr. »Ich wollte mir gerade etwas zu essen machen.«

»Du wirkst auch schon regelrecht abgemagert. Was macht der Kopf?«

»Etwas besser als heute Morgen. Aber bring mich bitte nicht zum Lachen, sonst geht es bestimmt von vorne los.«

»Dann sind Pommes frites das beste Heilmittel.«

»Komm rein.«

»Sicher? Nicht, dass mir dann doch ein Witz rausrutscht und es dir wieder schlechter geht.«

Hätte sie die Augen verdrehen können, hätte sie es getan. Aber es tat zu weh. »Willst du auch etwas?«, fragte sie, als sie die Pommes frites ausgepackt hatte und in den Schrank griff, um Teller herauszuholen.

Er beugte sich vor und nahm sich eine. »Ich will dir nichts wegfuttern. Nein, iss du. Ich leiste dir nur Gesellschaft.«

»Wenn du was zu trinken magst – bedien dich bitte. Im Kühlschrank steht etwas.« Sie schüttete alles auf einen Teller, warf das Papier weg und nahm sich eine Flasche Wasser mit.

Im Wohnzimmer kuschelte sie sich in ihren runden Sessel, stellte den Teller auf den Schoß und aß, während Steve sich auf dem Sofa niederließ und eine Dose Cola aufmachte.

»Hm, ist das lecker«, seufzte sie. Die Pommes frites waren außen goldbraun und knusprig und im Inneren weich und köstlich – ganz wie es sich gehörte. »Wieso kannst du überhaupt hier sitzen? Hast du nichts zu tun?«

Er stibitzte sich noch eine Fritte, ehe er sich wieder zurücklehnte. »Durch den Regen ist viel weniger los. Wunderbar, um ein bisschen auszuspannen, gar nicht wunderbar für das Konto.«

»Das kann ich mir vorstellen.«

»Ach, halb so wild. Dein Café gibt mir einiges zu tun, und in der Stadt werde ich auch noch oft genug gebraucht, um nicht in Schwierigkeiten zu geraten. Ich habe im Spielzeuggeschäft die Regale repariert und in der Bücherei einen neuen Aufsteller gebaut. Und Lena wollte, dass ich vor der nächsten Saison einiges in ihrem Strandladen erneuere. Du siehst, ich muss mich nicht langweilen, und mit ein bisschen Glück hört der Regen bald wieder auf.«

Jo blickte aus dem Fenster und schnitt eine Grimasse. Normalerweise konnte sie von hier aus weit über das Meer blicken und die Möwen hoch am Himmel kreisen sehen, doch heute war es so grau und bedeckt, dass nicht einmal der Pier auszumachen war. Wahrscheinlich gab es schlechtere Tage, um krank zu sein.

»Und? Was macht dein Liebesleben so?« Die Frage war schon heraus, ehe sie noch eine Chance hatte, sich eine Fritte in den Mund zu stopfen, um sich selbst zum Schweigen zu bringen. Sie waren zwar Freunde, aber aufdringlich war es dennoch.

»Du bist aber neugierig«, sagte er gutmütig.

»Entschuldigung. Aber warst du nicht vor einer Weile mit jemandem zusammen? Mit der Blonden?«

»Ah, Ruby. Nettes Mädchen. Wir haben ein paarmal etwas zusammen unternommen, aber mehr war es nicht. Sie ist als Au-pair nach Singapur gegangen.«

»Tut mir leid für dich.«

»Schon okay. Wie gesagt – wir hatten Spaß miteinander, das war alles.« Er sah eine Weile zu, wie sie die Pommes frites verschlang. »Du hast wirklich Hunger, was? Geht es deinem Kopf schon besser?«

Sie nickte mit vollem Mund, kaute und schluckte. »Tatsächlich sind die Schmerzen fast weg. Vielleicht sind es Zauber-Fritten.«

»Könnte sein.«

»Oh, fast hätte ich vergessen zu fragen. Hast du Freitagabend Zeit?« Sie stellte den leeren Teller auf den Tisch neben sich, und ehe er auf den Gedanken kam, dass sie etwas anderes im Sinn hatte, fügte sie rasch hinzu: »Du müsstest mir im Café noch einmal die Pergola aufstellen.«

»Mach ich, kein Problem. Was hast du diesmal vor?«

»Du weißt, dass ich keine Einzelheiten verraten darf.«

»Spielverderberin.«

»Aber helfen wirst du trotzdem?«

»Um wie viel Uhr brauchst du mich?«

»Um sechs.«

»Ich bin da. Und ich melde Molly und Arthur zurück, dass du überlebt hast.«

»Kommen sie klar?«

»Weißt du, es ist beinahe, als hätten sie schon einmal in einem Café gearbeitet.«

Sie beugte sich vor und boxte ihm leicht auf den Arm. »Sehr witzig.« Dann verzog sie das Gesicht.

»Wieder Kopfschmerzen?«

»Wenn ich mich abrupt bewege.«

»Ha. Das ist die Strafe.« Wieder klopfte es an der Tür. »Ich gehe dann mal. Du bist ja heute sehr gefragt.«

»Dank dir und den Pommes frites fühle ich mich fast wieder normal, also kann ich auch wieder Besuch empfangen.« Sie brachte auf dem Weg zur Tür ihren Teller in die Küche.

»Das freut mich. Hey, Ben«, sagte Steve, als sie die Tür öffnete und er hinausging. Die Männer nickten einander zu, und es hatte beinahe etwas Komisches. Wenn nicht außer Zweifel gestanden hätte, dass zwischen ihr und den beiden nichts außer eine platonische Freundschaft bestand, wäre es wie ein ausgeklügelter Plan gewesen, beide nacheinander herzubestellen, um einen direkten Vergleich zu haben und sich anschließend für einen von beiden zu entscheiden.

»Hier riecht es aber gut«, sagte Ben, als Steve die Treppe hinunter verschwand.

»Das waren wahrscheinlich die Pommes frites. Steve hat sie mir gebracht.«

»Aha. Wie geht's dir? Ich war im Café, aber Molly meinte, du seist krank.«

»Ich bin mit übelsten Kopfschmerzen aufgewacht, aber langsam wird es wieder. Verzeih meinen Schlafanzug.«

Er grinste – aus Höflichkeit, wie sie hoffte, und nicht weil ihr Aufzug Anlass zum Lachen gab. »Eigentlich wollte ich dich nur fragen, ob ich Charlie für den Kürbisschnitzabend anmelden kann.«

»Selbstverständlich, aber das ist gar nicht nötig. Jeder kann kommen.«

»Charlie befürchtet, dass er keinen Kürbis mehr abbekommt, weil du vielleicht alle schon vergeben hast. Es ist ihm sehr wichtig. Er möchte mit seiner Mutter kommen, aber weil sie arbeiten muss, kann sie nicht pünktlich zu der Zeit auftauchen, die auf dem Plakat angegeben ist.«

»Kein Problem. Wenn es so aussieht, als würde es knapp, lege ich ihm einen Kürbis zurück, versprochen.«

»Danke, Jo. Er war wirklich sehr nervös wegen der Sache. Und ich wollte mich nicht einfach darauf verlassen, dass du noch einen Platz für die beiden hast.«

»Das versteht sich doch von selbst! Denn immerhin sind er und Poppy der Grund, warum die Leute überhaupt davon erfahren. Molly hat mir erzählt, dass die Plakate großartig geworden sind.«

»Die zwei sind ein echt tolles Team. Daneben sehen wir aus wie blutige Beziehungsanfänger.«

»Da gebe ich dir recht.«

»Weißt du, ich habe das Gefühl, dass Charlie sehr genau spürt, wie fragil die Beziehung zwischen Lorna und mir ist, daher will er immer alles möglichst gut und richtig machen und steht dabei furchtbar unter Druck. Ich dachte, ich helfe ihm, so gut ich kann, damit der Abend glatt verläuft.«

»Das wird er bestimmt.«

Ben lehnte sich an den Türrahmen. »Tut mir leid, dass ich dich damit belaste. Ich hätte wenigstens warten können, bis ich dich wieder im Café treffe.«

Sie wischte seine Bedenken mit einer Handbewegung weg. »Unsinn. Ich höre gerne zu. Wann auch immer.«

»Dann gehe ich jetzt besser, damit du dich erholen kannst. Obwohl du wieder etwas Farbe in den Wangen hast.«

Kein Wunder, stieg ihr doch das Blut ins Gesicht, weil er entgegen seiner Aussage keine Anstalten machte zu gehen. Er wirkte, als wolle er noch etwas sagen, und Jo wurde plötzlich unbehaglich zumute.

»Grüß Charlie von mir«, sagte sie schließlich.

Er stieß sich vom Türrahmen ab, winkte, machte kehrt und ging den Korridor entlang zur Treppe, um das Haus zu verlassen.

Und als Jo die Tür schloss, hatte sie das dumpfe Gefühl, dass Ben mit seinem Besuch vielleicht noch etwas anderes im Sinn gehabt hatte.

22. Kapitel

Jo machte sich nicht die Mühe, zum Arzt zu gehen, aber als Jess am Freitagmorgen nach ihrem Lauf hereinkam, um sich den üblichen Smoothie abzuholen, bekam Jo sozusagen eine Privatsprechstunde.

»Das klingt nach Migräne«, sagte Jess und drückte den Strohhalm durch den Deckel des Bechers.

»So etwas hatte ich vor ein paar Jahren schon einmal, als ich als Lehrerin gearbeitet habe«, gab Jo zu, »und damals habe ich zwei Tage flachgelegen, aber diesmal war es immerhin schneller vorbei. Und ich habe nicht so verschwommen gesehen.«

»Du solltest nicht Autofahren, wenn du Sehstörungen hast.«

»Das ist das Gute an Salthaven«, sagte Jo. »Ich benutze meinen Wagen höchstens für den Großeinkauf im Supermarkt. Sonst ist alles, was ich brauche, hier im Ort.«

»Versuch herauszufinden, was die Migräne möglicherweise auslöst«, riet Jess. »Vielleicht Überarbeitung? Was meinst du?«

»Wahrscheinlich.« Jo fühlte sich seit einer Weile abgekämpft. »Der freie Tag hat mir jedenfalls gut getan. Am frühen Abend waren die Kopfschmerzen so weit abgeklungen, dass sie eher ärgerlich als schlimm waren.«

»Achte ein bisschen mehr auf dich«, ermahnte Jess sie. »Übertreib es nicht.« Und damit war sie auch schon wieder fort.

Der Herbst konnte mit seinen prächtigen Gold- und Rottönen strahlend schön sein, doch heute zeigte er sich von seiner rauen Seite. Der Wind hatte Jo auf dem Pier regelrecht vor sich hergetrieben, sodass sie das frische Baguette an sich pressen musste und vor dem Café beinahe nicht zum Stehen gekommen wäre. Zwar hatten sie die Tische und Stühle für draußen noch nicht weggeräumt, da manch ein Gast gerne mit einem Heißgetränk im Freien saß, um die aufgewühlte See zu genießen, doch an einem Tag wie diesem konnte kein noch so heißer Tee und kein bunter Briefbeschwerer auf Zeitung, Buch oder Serviette jemanden verlocken, sich draußen niederzulassen.

Jo nahm die Obst-und-Gemüselieferung von Matt entgegen, bereitete zwei Quiches und einen Obstsalat zu, bewältigte den Vormittagsandrang, während sie gleichzeitig eine Ingwer-Birnen-Tarte buk und fand dennoch kurz vor Mittag etwas Zeit, um das Essen für den *Abend der Liebe* zu planen. Sie hatte gestern Abend Mollys Schongarer ausgeliehen und schon ins Café gebracht, und nun schnitt sie Möhren und Champignons klein, nahm zwei Zweige Thymian aus dem Bund, den Matt heute in die Kiste gelegt hatte, und hackte Knoblauch. Sie erhitzte eine Pfanne auf dem Herd und briet das Stück Fleisch, das sie für heute besorgt hatte, scharf an, dann gab sie es mit den anderen Zutaten und etwas Rotwein in den Topf. Dort musste alles sieben bis acht Stunden köcheln. Zu dem Rinderschmortopf würde sie knuspriges Brot reichen, zum Nachtisch gab es Apfel-Karamell-Cheesecake im Glas.

»Hallo, Jo.« Es war Geoff, viel später als üblich.

»Ich habe schon geglaubt, Sie heute gar nicht mehr zu sehen.« Er hatte einen üppigen Strauß mit wunderschönen orangefarbenen Rosen und Zweigen mit winzigen dunkellila Blüten im Arm, und Jo empfand einmal mehr eine tiefe Zufriedenheit, dass ihr *Abend der Liebe* Geoff und Valerie zusammengebracht hatte.

Er blies die Backen auf. »Bei dem Wetter angele selbst ich nicht.«

»Valerie scheint heute auch keine Lust auf den Strand zu haben. Ich habe sie heute Morgen schon mit ihrer Yogamatte zum Gemeindezentrum gehen sehen.«

»Ja, sie ist heute Morgen schon sehr früh gegangen.« Erst als Jo die Augenbrauen hochzog, schien er zu bemerken, dass er sich verplappert hatte. »Die Dinge entwickeln sich«, erklärte er.

Jo entließ ihn aus seinem Unbehagen. »Das ist wunderbar, das freut mich für Sie. Treffen Sie sich heute hier?«

»Ja, aber erst später. Wir wollen ein Stück spazieren gehen und danach zusammen essen.« Er trat einen Schritt vor und reichte ihr den Blumenstrauß.

»Für mich?« Beinahe hätte sie gescherzt, dass die Art, wie die Dinge sich in seiner Beziehung entwickelten, ihn offenbar in blendende Laune versetzt hatte, aber sie wollte ihn nicht erneut in Verlegenheit bringen.

»Den haben Sie sich mehr als verdient, Jo. Hätten Sie nicht eingegriffen und mir die Augen geöffnet, würde ich jetzt immer noch tagaus, tagein am Pierende sitzen, angeln und ins Wasser starren.«

»Sie sind wunderschön, danke, und ich bin wirklich gerührt.« Sie senkte den Kopf und atmete den satten Duft der Blumen ein. »Aber vor allem freue ich mich sehr, dass es mit Ihnen geklappt hat. Den Strauß nehme ich nachher mit nach Hause. Da habe ich mehr davon.« Sie stellte ihn vorerst ans Fenster, durch das man den Strand und das Meer dahinter sehen konnte, damit sie die Blumenpracht zusammen mit ihrem Lieblingsausblick genießen konnte.

»Fast hätte ich vergessen zu fragen … Wie geht's Ihnen überhaupt? Molly sagte, Sie seien nicht ganz in Form, aber man sieht es Ihnen gar nicht an.«

»Es geht mir viel besser, danke.« Sie würde es immer zu schätzen wissen, an einem Ort zu leben, an dem sich die Menschen nacheinander erkundigten und stets bereit waren einzuspringen, falls Not am Mann war. Als sie ein Kind gewesen war, war es ihr nicht aufgefallen, nun jedoch umso mehr.

»Ich muss wieder los«, sagte Geoff, »würde aber gern noch einen Tee mitnehmen, wenn es geht. Jess' sonntägliche Wanderungen färben auf Valerie und mich ab, wir sind nur noch zu Fuß unterwegs. Heute geht es hinauf zu den Wiesen oben am Stadtrand. Wir treffen uns mit dem Organisationsteam für das diesjährige Feuerwerk.«

»Oh, stimmt, bis dahin ist es ja gar nicht mehr lange. Ich freue mich schon drauf.«

»Sie wissen, wie voll es hier am Pier immer wird, oder?«

»Habe ich schon gehört. Keine Sorge, ich werde vorbereitet sein.«

»Hoffentlich haben Sie selbst dann auch etwas von dem Feuerwerk. Hier am Wasser ist es nämlich ziemlich spektakulär. Wie das Meer leuchtet und funkelt – ein unvergesslicher Anblick.«

»Ich sorge dafür, dass ich auch etwas sehe.« Sie bereitete seinen Tee zu und winkte ihm zum Abschied zu. Der einst so wortkarge Mann war regelrecht gesprächig geworden, und Jo ging davon aus, dass die sich entwickelnde Liebesgeschichte mit Valerie einen großen Anteil daran hatte.

Als Steve kam, um die Pergola aufzubauen, hatte Jo gerade für den Nachtisch luftigen Cheesecake und saftige Karamelläpfel in hohe, schmale Gläser geschichtet, krönte das Ganze mit Sahne und stellte die Gläser anschließend in den Kühlschrank.

Steve und sie schleppten die Pfosten an die richtigen Stellen, und er befestigte sie, während sie inzwischen die Blumen aus der Vorratskammer holte.

»Ein Verehrer?« Während Steve sein Werkzeug einpackte, deutete er mit dem Kopf auf ihren wunderschönen Strauß.

»Geoff hat ihn mir heute als Dankeschön gebracht.«

»Valerie und er machen jedenfalls einen glücklichen Eindruck.«

»Ich glaube, sie haben Nägel mit Köpfen gemacht.«

»Ich frage besser nicht, woher du das weißt.« Er folgte ihr zu der Pergola.

Steve nahm sich eine Lichterkette und wand sie um den ersten Pfosten, und Jo befestigte anschließend die Blumen entlang des Kabels. Diesmal hatte sie Clematis ausgewählt, deren weiße glockenförmige Blütenkelche mit einem Hauch Lila gerändert waren und mit den winzigen Lichtern eine wunderbar romantische Atmosphäre schufen.

»Das müsste den Turteltauben gefallen. Und das, was immer da kocht, auch«, bemerkte Steve, als er die Lichter ganz oben an den Pfosten anbrachte.

»Es sind Maddy und Dan«, sagte sie. Sie verriet nicht vielen, wen sie für die Abende ausgesucht hatte, aber Steve half ihr so engagiert bei den Vorbereitungen, dass er es verdient hatte.

»Dan ist ein feiner Kerl, was man so mitbekommt.«

»Ja, das scheint mir auch so. Kennst du ihn gut?«

»Nur vom Surfen, er ist ziemlich gut. Drüben am Strand kennt man sich eben und passt aufeinander auf.«

»Was an Tagen wie diesen bestimmt eine gute Sache ist.«

Er wand eine Lichterkette um den nächsten Pfosten. »Was gibt's zu essen?«

Sie erzählte es ihm, während sie die Blumen an den Lichtern befestigte. »Außerdem habe ich vorsichtshalber Rot- und Weißwein und Bier besorgt. Ich hatte keine Ahnung, was sie mögen.«

»Es ist immer gut, auf alles vorbereitet zu sein.« Nun zog Steve Lichterketten von Pfosten zu Pfosten, um eine Art Dach zu erzeugen, sodass Maddy und Dan sich mit etwas Fantasie vorstellen konnten, unterm Sternenhimmel zu essen. »Und was ist mit dir?«

Sie blickte ihn konsterniert an. »Was meinst du?«

»Na ja, du hast mich am Dienstag nach meinem Liebesleben gefragt, da wollte ich dich auch nach deinem fragen.« Er machte sich an den dritten Pfosten, und sie folgte ihm wieder, zupfte Blätter und Stiele aus dem Karton auf dem Tisch und begann, auch hier zu dekorieren.

»Nichts los, tut mir leid. Da gibt es nichts zu erzählen.«

»Und was ist mit dem Kerl, mit dem ich dich im Sommer mal gesehen habe?«

Sie brauchte eine Weile, bis es ihr dämmerte. »Ach, du meinst wahrscheinlich Curtis.«

»Schicker Name. Wollte er was von dir?«

»Ja, tatsächlich wollte er das.« Sie wechselten zum letzten Pfosten. »Aber nicht das, was du denkst. Er hatte geschäftliche Interessen, keine privaten.« Sie erzählte ihm von dem Café in Cornwall. »Das Angebot ist gut.«

»Aber du würdest uns doch nicht verlassen, oder?«

»Eine Weile war ich in Versuchung.«

Er war in die Hocke gegangen, um zu überprüfen, ob die Lichter unten vernünftig befestigt waren, und schaute nun auf. »Ernsthaft?«

»Anfangs hatte ich manchmal das Gefühl, dass ich mich übernommen hatte. Gran und Gramps haben ihre Bücher nicht ganz einwandfrei geführt, und das Café lief nicht so gut, wie ich es mir erhofft hatte. Aber nachdem ich jetzt steuerlich alle Möglichkeiten ausschöpfe und das Café unter anderem mit den *Abenden der Liebe* immer wieder ins Gespräch bringe, laufen die Geschäfte besser.«

»Hochs und Tiefs wird es immer geben.«

»Ich weiß. Du hast recht.«

»Lauf nicht weg.« Er berührte sie zart am Arm. »Ich denke, ich kann für die ganze Stadt sprechen, wenn ich sage, dass wir dich ziemlich gern hier bei uns haben.«

»Lieb von dir. Ich bin auch ziemlich gerne hier.« Sie band die letzten Blütenstängel an den Pfosten. Auch wenn sie immer wieder überlegt hatte, ob nicht Steve hinter den beiden geheimnisvollen Postkarten steckte – hier zeigte sich einmal mehr, dass es nicht sein Stil gewesen wäre. Steve sprach geradewegs aus, was er dachte, und es war nur gut, dass er nichts von ihr wollte, denn seine Freundschaft war ihr zu wertvoll, als dass sie sie aufs Spiel gesetzt hätte.

Sie trat einen Schritt zurück, um ihr Werk zu begutachten. »Vielen, vielen Dank für deine Hilfe. Ab jetzt komme ich allein klar, wenn du gehen magst.«

Er hob seinen Werkzeugkasten auf. »Es wird langsam Zeit, das richtige Ambiente zu erzeugen, richtig?«

»So ungefähr.«

»Und ein herumlungernder Handwerker macht sich natürlich nicht allzu gut im Bild, das verstehe ich.«

»Ich denke, die beiden brauchen jede Unterstützung, die sie kriegen können.«

»Ich komme morgen ganz früh, um die Pfosten wieder abzubauen. Dann erzählst du mir, wie es gelaufen es.« Er zwinkerte ihr zu und ging seiner Wege.

Da die Pergola präpariert war, breitete Jo ein makellos weißes Tuch auf dem Tisch aus, deckte Servietten, Teller, Besteck und Gläser und stellte eine Vase mit blassrosa Lilien in die Mitte. Dann schaltete sie alle Lichterketten an den Wänden des Cafés und an der Pergola an und die anderen Lampen aus. Fast war es so weit.

In der Küche schnitt sie das Baguette in Stücke und legte Butterstückchen auf eine kleine Platte. Und als sie von dem duftenden Schmortopf probierte, war das Fleisch so zart, dass es auseinanderfiel.

Alles war bereit für ihren dritten *Abend der Liebe*, nur die Teilnehmer fehlten noch. Und das Einzige, was ihre Aufregung trübte, war ihre Sehnsucht, selbst eines Tages Teil einer stürmischen Romanze zu sein.

Dan traf als Erster ein, und Jo schickte ein stummes Dankgebet zum Himmel, zumal er auch noch pünktlich war, denn nichts verdarb die romantische Stimmung so gründlich wie ein Mann, der nicht auftauchte, wenn er auftauchen sollte. Dan war sauber rasiert und frisiert und brachte einen Hauch Aftershave mit, als er eintrat.

»Dan, schön dich zu sehen. Wie geht's?«

»Okay.«

Nun, dass man von ihm in dieser Situation keinen Smalltalk erwarten konnte, verstand sich von selbst, zumal Dan sehr nervös wirkte, aber sie beschloss, es dennoch zu versuchen. Sie öffnete gerade den Mund, als sie durchs Fenster Maddy nahen sah.

Bonuspunkte für Dan, der ihr die Tür öffnete, doch außer »Hallo« sagte er nichts.

Maddy war nicht gesprächiger, und Jo beeilte sich, die beiden zum Tisch zu führen.

»Danke.« Maddy setzte sich, Dan ihr gegenüber ebenfalls.

Es war, als säßen die beiden in einem edlen Restaurant, in dem es furchtbar steif zuging, und nicht in einem hübschen Café mit der entspannter Atmosphäre, für die Jo sich solch eine Mühe gegeben hatte. »Darf ich euch etwas zu trinken bringen?« Vielleicht half das ja. Alkohol würde die Situation auflockern, und sobald Jo in der Küche verschwunden war, konnten sie sich endlich in Ruhe unterhalten.

Aber es klappte nicht. Auch nach einer halben Stunde und mit Wein auf ihrem Tisch wollte sich kein Gespräch entwickeln.

In ihrer Verzweiflung griff Jo in der Küche zum Telefon. »Sie reden fast gar nicht«, sagte sie leise zu Steve. Sie hatte ihn angerufen, weil er Dan kannte und den beiden altersmäßig näher war als Molly, die normalerweise Jos erste Anlaufstelle war, wenn sie Rat brauchte. »Was soll ich bloß machen?« Dass sowohl Maddy als auch Dan sich freuten, hier zu sein, hatte Jo beiden ansehen können, als sie eingetroffen waren, aber sie wurden einfach nicht warm miteinander.

»Bin schon unterwegs.«

»Was hast du denn vor?«

»Warte ab. Ich bin noch im Pub, kann aber in fünfzehn Minuten bei dir sein.«

Jo legte auf und spähte erneut hinaus. Ihr iPod spielte auf der Dockingstation eine Zusammenstellung der romantischsten Filmsongs, und Jo hatte nicht nur das Essen serviert, das sie mit Appetit aßen, sondern auch die Gläser aufgefüllt. Doch dummerweise nutzten sie Essen und Trinken vor allem, um sich dahinter zu verstecken, statt dass sie auftauten und miteinander sprachen. Maddy war, wie Jo in den vergangenen Wochen oft im Café erlebt hatte, normalerweise extrovertiert, lustig und kontaktfreudig. Sie plauderte mit Ben und Charlie, wann immer sie den beiden begegnete, und hatte vergangene Woche spontan einer Touristen-Familie Schlechtwettertipps für die Stadt gegeben, als es Bindfäden geregnet und ihre Kinderschar kurz vor der Kernschmelze gestanden hatte. Dan dagegen schien extrem scheu, sofern er nicht mit seinen Freunden zusammen war. Äußerlich betrachtet war er groß, stark und muskulös wie Steve, doch wenn man mit ihm sprach, erkannte man, wie wenig Selbstsicherheit er besaß;

Jo bewegte sich diskret durchs Café, um die beiden nicht zu stören. Als sie sah, dass Steve sich näherte, trat sie hinaus und gesellte sich zu ihm, wo sie von innen nicht gesehen werden konnten.

»Ist es besser geworden?«

»Leider nicht. Die beiden reden weniger als bei einer Schweigeminute.«

»Gib Dan das hier.« Er reichte ihr einen Umschlag. »Du hast Glück gehabt. Als du anriefst, hatte ich gerade die Zeitung aufgeschlagen. Tu so, als hättest du den Artikel selbst eben erst entdeckt.« Jo nahm ein Aftershave wahr, das sie nicht kannte; wenn er nach dem Surfen ins Café kam, roch er nur nach Meer und Wind. »Sich auf etwas anderes konzentrieren zu können als das jeweilige Gegenüber und die eigene Nervosität hilft bestimmt. Vertrau mir.«

Jo nahm den Umschlag und schlich wieder hinein, und als sie zurück in der Küche war, holte sie den Zeitungsausschnitt aus dem Umschlag und las ihn von Anfang bis Ende durch.

Anschließend ging sie mit der Flasche Merlot bewaffnet hinaus. Der Zeitpunkt war günstig, die beiden hatten den Hauptgang beendet. Ihre Mäntel lagen übereinander auf einem Tisch hinter ihnen, und Jo hoffte inständig, dass sich die Steifheit aufgelöst hatte, bis sie sich wieder anziehen und nach Hause gehen mussten. Dieses Date löste sich rapide in Nichts auf, und das war ganz und gar nicht das, was Jo wollte – und die anderen beiden auch nicht, dessen war sie sich relativ sicher.

»Noch Wein?« Als beide nickten, schenkte Jo nach. »Ich lasse euch noch eine kleine Pause vor dem Nachtisch, okay?«

»Danke, Jo.« Maddy hatte ihr langes Haar, das ihr über den gesamten Rücken fiel, in weiche Wellen gelegt und sah in Jeans und schulterfreiem engem Oberteil atemberaubend aus. Kein Wunder, dass Dan um Worte verlegen war, obwohl er heute Abend ebenfalls verdammt gut aussah.

Jo brachte die Teller in die Küche und beschloss, Steves Rat zu befolgen – jetzt oder nie. Hoffentlich funktionierte es.

Sie kehrte zu den beiden zurück und legte den Zeitungsartikel auf den Tisch. So beiläufig, als hätte sie sich, während die beiden gegessen hatten, die Zeit mit Zeitungslesen vertrieben, sagte sie: »Hör mal, Dan, das hier habe ich gerade entdeckt. Bist du das?« Sie hatte vorsichtshalber das Datum auf der Zeitung überprüft, aber tatsächlich war sie von heute.

Er blickte auf den Ausschnitt und nickte verlegen. »Ja.«

Jo glättete den Artikel mit der Überschrift »Surferspaß für Salthavens Grundschüler«, als Maddy sich auch schon vorbeugte und ihn sich ansah. »Von wann sind die Aufnahmen denn?«, fragte sie. Die Fotos zum Text waren am Strand aufgenommen worden und zeigten unter anderem Dan, der einen Arm lässig um sein aufgestelltes Board gelegt hatte. Sein Neoprenanzug überließ im Hinblick auf seinen Körperbau nichts der Fantasie.

»Vor ein paar Tagen«, antwortete er.

»Ist das Charlie? Er hat mir schon erzählt, dass er neulich zum ersten Mal surfen durfte!« Ein Lächeln breitete sich auf ihrem Gesicht aus, als sie das Foto betrachtete, auf dem ihr kleiner Schützling und seine Klassenkameraden in ihren Neoprenanzügen stolz in die Kamera blickten.

»Ich habe Grundschülern aus dem Ort Stunden gegeben«, sagte Dan. »Es war zunächst ein Experiment, aber es ist geplant, im nächsten Sommer allen Klassen einen ähnlichen Kurs anzubieten.«

»Das ist ja großartig. Kein Wunder, dass die Zeitung das groß rausbringt«, sagte Maddy. »So etwas Aufregendes hätte ich mir für meine Grundschulzeit auch gewünscht.«

Jo trat den Rückzug an und überließ die beiden sich selbst. Steve hatte absolut recht gehabt. Nun, da sie ein Thema hatten, das sie von sich selbst ablenkte, entspannten beide sich sichtlich und plauderten ganz selbstverständlich über den Zeitungsartikel.

In der Küche schickte Jo eine SMS an Steve. *Du bist ein Genie!*

Er antwortete prompt mit einem lachenden Emoji und befahl ihr, die schreckliche Musik auszumachen. *Der totale Stimmungskiller,* schrieb er. *Such etwas Lebhaftes raus. Sie sind 21, nicht 71.*

Also servierte sie den Apfel-Karamell-Cheesecake mit den hölzernen Löffeln, die sie aus der Eisdiele stibitzt hatte, während aus dem Radio Freitagabend-Partymusik tönte, die die Atmosphäre tatsächlich weit besser entspannte als jede Playlist, die sie auf ihrem Smartphone gespeichert hatte. Die beiden unterhielten sich noch immer so angeregt, dass sie Jo kaum mehr bemerkten.

Trotz des holprigen Starts schien Amors Pfeil am Ende doch noch den richtigen Kurs gefunden zu haben.

23. Kapitel

Der nächste Morgen begann wolkenfrei und mit einem herbstlichen rot-goldenen Leuchten, während Jo in den Arbeitstag startete, indem sie Birnencrumble zubereitete und in kleinen Portionsförmchen buk. Sie servierte Geoff und Valerie Tee, den die beiden draußen in der herrlich frischen Luft genossen, und brachte ihnen zwei farbenfrohe Briefbeschwerer, damit ihre Zeitungen nicht davonflatterten. Doch als Jo sich mit den anderen Gerichten beschäftigte, die zu kochen sie sich für heute vorgenommen hatte, ballten sich finstere Wolken über Salthaven zusammen und schienen nur darauf zu lauern, ihre Schleusen zu öffnen.

»Was hast du eigentlich den ganzen Abend gemacht?«, fragte Steve, der wie versprochen früh gekommen war, um die Pergola abzubauen. Er schraubte gerade den letzten Pfosten los, den Jo festhielt, damit er nicht umkippte.

»Ich habe in der Küche gesessen. Und mich unwohl gefühlt, bis deine geniale Idee das Eis gebrochen hat.«

Er hievte den Pfosten hoch und trug ihn zur Vorratskammer. Jo hatte zuvor die Blumen abgenommen, die zum größten Teil noch unversehrt waren, sodass sie sie in kleine Vasen umfüllen und auf den Tischen verteilen konnte.

»Nachdem ich ihnen den Artikel gezeigt hatte, lief die Unterhaltung von allein«, fuhr sie fort.

»Ein witziger Zufall, dass ich gerade diesen Artikel sah, als du mich in Panik anriefst.« Er schulterte den nächsten Pfosten. »Billy hatte davon gesprochen, und als du anriefst, gab er mir die Erlaubnis, ihn für den guten Zweck rauszureißen.«

»Jedenfalls hast du das Date gerettet. Sie taten mir anfangs so furchtbar leid. Es war eindeutig, dass sie sich mochten, die erste Hürde aber einfach nicht von allein überwinden konnten. In dem Alter ist die Liebe furchtbar kompliziert.«

»In jedem Alter ist die Liebe furchtbar kompliziert.«

Sie wickelte eine Lichterkette auf und legte sie in einen Karton, den sie bis zum nächsten Mal in der Vorratskammer verstauen würde. »Sie gingen Hand in Hand, und wenn das kein gutes Zeichen ist …«

»Weißt du eigentlich, dass du Stadtgespräch bist?«

Sie rollte die letzte Lichterkette zusammen. »Wie bitte?«

»Oh, doch. Deine Date Nights werden zur Legende.«

»Das bezweifle ich.« Sie hob ein abgefallenes Blütenblatt vom Boden auf.

»Gestern Abend im Pub traf sich Geoff mit den anderen Organisatoren für das Feuerwerk, und sehr bald drehte sich das Gespräch um das, was du hier machst. Dass er begeistert ist, versteht sich von selbst. Aber du bist sehr beliebt, Jo.« Er setzte sich in Bewegung. »Du bist schon etwas Besonderes.«

Froh über Steves herzliche Worte entschuldigte sie sich, als Matt mit der zweiten Lieferung des Tages – die Kürbisse – eintrat.

»Schwer«, war alles, was er sagte, und die hervortretenden Sehnen in seinen Armen und sein Gesichtsausdruck bestätigten es. Jo ging schnell voraus in die Vorratskammer, die sich rasant zu füllen begann.

»Stell sie einfach hier ab«, bat sie ihn. Doch als er getan hatte wie geheißen, und sie die Kiste an die Wand schieben wollte, rührte sie sich keinen Millimeter.

Matt hinter ihr lachte. »Ich hab dir doch gesagt, dass sie schwer ist.« Er schaffte die Kiste für sie an die Seite. »Hast du überhaupt noch Platz für den Rest?«

»Es wird eine Weile etwas eng, aber nach Halloween werden alle Kürbisse einen Besitzer gefunden haben, also alles kein Problem.«

Steve kam mit einem weiteren Pfosten herein, stieg über die Kiste und lehnte den Pfosten an die Wand.

»Soll ich dir mit den restlichen Kürbissen helfen?«, fragte Jo. »Wo steht dein Transporter?«

»In der Ladezone vor dem Pier. Und nichts für ungut, aber ich würde mir lieber Steve schnappen. Von wegen Muskelkraft und so.«

»Hey.« Jo runzelte die Stirn. »Und was ist mit der Gleichberechtigung?«

»Die sind alle so schwer wie die da«, sagte Matt und deutete mit dem Kopf auf die Kiste Kürbisse.

»Na gut, das ist ein Argument«, sagte sie, als Steve auch schon seine Hilfe anbot. »Wir wär's, wenn ihr zwei ausladet, den Wagen auf einen regulären Parkplatz fahrt und dann auf einen Kaffee oder Cappuccino aufs Haus zurückkommt?«

»Klingt gut.« Die beiden zogen ab, um zu tun, was sie sich vorgenommen hatten, und waren in null Komma nichts zurück.

»Eine tolle Idee, deine Kürbisparty.« Matt nippte dankbar an dem dampfenden Cappuccino, den Jo ihm zubereitet hatte. Steve hatte sich schon verabschiedet, weil er zu einem Termin musste, und spurtete über den Pier, um bei dem Nieselregen, der eingesetzt hatte, wenigstens halbwegs trocken zu bleiben.

»Ich freu mich schon sehr darauf«, gestand sie. »Mit Gran und Gramps war Halloween immer toll.«

»Tatsächlich? Ich dachte, der Trend sei erst vor einer Weile aus den USA hinübergeschwappt.«

»Wir waren schon immer Fans. Und Gramps ist ein hervorragender Schnitzer. Er will schon früh hier sein und sich den besten Kürbis schnappen.«

»Ich bin übrigens auch nicht schlecht im Kürbisschnitzen. Aber ich habe anscheinend mehr Konkurrenz, als ich dachte.«

»Du kannst schnitzen?«

»Eins meiner zahlreichen Talente, ja.« Er zog sein Smartphone aus der Hosentasche und wischte darauf herum, bis er gefunden hatte, was er suchte, dann hielt er ihr das Display hin.

»Wow. Das hast du gemacht?« Ihr starrte ein mittelgroßer, ovaler orangefarbener Kürbis mit der typischen Dämonenfratze entgegen, doch Matt hatte außerdem rundherum Blätter und Ranken ausgeschnitten. »Ich nehme nicht an, dass du auch zu dem Event kommst, oder?«

»Doch, ich bringe Poppy her.«

»Und bleibst dann noch?«, hakte sie hoffnungsvoll nach.

»Wieso?«, fragte er misstrauisch.

»Weil es toll wäre, wenn ich jemanden hier hätte, der Tipps geben könnte.«

»Mach ich gerne. Was willst du zum Schnitzen nehmen?«

Sie ging mit ihm in die Küche und zeigte ihm, was sie zu verwenden gedachte. »Ich will das Ganze nicht zu professionell aufziehen, zumal es sich bei den Teilnehmern hauptsächlich um Kinder handeln wird und damit das Verletzungsrisiko auch höher wäre.«

»Stimmt. Ein abgeschnittener Finger in einer Kürbislaterne ist vielleicht ein bisschen zu viel des Guten.« Er grinste. »Weißt du was? Diese kleinen Messer und Ausstecher sind ganz wunderbar, aber ich bringe ein paar Schablonen mit, okay? Hast du fettresistentes Papier? Butterbrotpapier zum Beispiel?«

Sie zog eine Schublade auf und zeigte ihm die Rolle in Industriegröße. »Jede Menge.«

»Wunderbar. Wir suchen uns möglichst einfache Muster aus und zeichnen die Schablonen auf dem Papier ab, dann können mehrere Kinder sie gleichzeitig nutzen.«

»Fantastisch. Du bist mein Mann der Stunde.«

»Soll ich mich verkleiden?«

»Daran habe ich noch gar nicht gedacht. Aber das sollten wir wohl.«

»Absolut.«

So sehr Jo es liebte, ihre eigene Herrin zu sein, so angenehm war es, ab und zu etwas mit jemandem zu teilen. Die Vorratskammer war gefüllt mit leuchtend orangefarbenen Kürbissen, die Plakate hatten viele Anfragen ergeben, und darüber zu reden steigerte ihre Aufregung noch weiter. »Viel Zeit, alles zu organisieren, haben wir nicht mehr.«

»Anna hat noch Kostüme vom letzten Jahr. Ich schicke dir Fotos und bring dir etwas vorbei, falls dir eins davon gefällt. Ich könnte mir vorstellen, dass ihr die gleiche Größe habt.«

Etwas verlegen unter seinem prüfenden Blick, nickte sie, und er winkte zum Abschied und ging, während Jo ihre Aufmerksamkeit Hilda zuwandte, die kurz zuvor eingetreten war und nun bei einem Kännchen Tee auf Angie wartete. Und als beide Frauen am Ecktisch saßen und sich über Mollys berühmt-berüchtigte Brownies hermachten, die Jo heute Morgen ganz früh abgeholt hatte, sprang Jo so unermüdlich und energiegeladen zwischen Servieren, Kochen und Abräumen hin und her, als sei sie für diese Arbeit geboren worden.

Angie und Hilda waren inzwischen zu einer Partie Schach übergegangen, und Jo sorgte für den Teenachschub und begrüßte anschließend Ben und Charlie, die ihren üblichen Samstagsbesuch machten. Seit sie einmal überlegt hatte, ob nicht doch Ben hinter den mysteriösen Postkarten steckte, war Jo in seiner Gegenwart abwechselnd verlegen und peinlich berührt von ihrer eigenen blühenden Fantasie. Sie hatte versucht, ihn mit den Augen einer Single-Frau zu betrachten, doch genau wie bei Steve war ihr die Freundschaft zu ihm zu wichtig, als dass sie ein Risiko hätte eingehen wollen.

An diesem Morgen kreiste Charlies Interesse ausschließlich um Kürbisse, und ein Brownie schien die einzige Möglichkeit, seinen Strom an Fragen vorübergehend einzudämmen: Wie viele hatte Jo besorgt? Waren sie auch groß genug? Und wie schwer war es wohl, Gesichter in sie zu schnitzen?

»Was machen wir denn mit dem Inneren?«, wollte er wissen, als Ben ihm eine Serviette reichte, damit er sich die Schokolade vom Kinn wischte. »Meine Mum will das bestimmt nicht rausmachen. Mir macht das aber nichts.«

»Dann höhlst du den Kürbis aus, und wir machen später Suppe daraus, einverstanden?« Sie räumte den Tisch neben Bens und Charlies ab und wischte einmal über den Giraffen-Briefbeschwerer.

»Kriege ich eine Säge?«, fragte Charlie.

Jo und Ben sahen einander an. »Messer funktionieren besser, glaub mir«, sagte Jo.

Etwas enttäuscht holte Charlie sich Stift und Papier, um seinen Kürbis zu entwerfen.

»Puh, was bin ich froh, dass du ihm die Säge ausgeredet hast«, sagte Ben. »Das hätte sonst in einem Massaker geendet. Du hast ja gesehen, mit welchen Verlusten er seinen Brownie niedergemetzelt hat.«

»Wir passen schon auf. Wie läuft es denn mit dem Lesen?« Ben hatte ihr vor einer Weile erzählt, dass Charlie sich partout nicht für die Lesebücher in der Schule interessierte. Zusammen hatten sie überlegt, ob es vielleicht schlichtweg die Inhalte waren, die den Jungen langweilten.

»Nicht schlecht, eigentlich. Lorna hat Bücher von Captain Underpants gekauft, und langsam scheint er Gefallen daran zu finden. Witze über Nasenlöcher, Gestank, Unterhosen und Turbo-Klos haben offenbar ihren Reiz.«

»Ah, Jungshumor.« Jo grinste, als Charlie auch schon zurückkehrte und sich wieder zu seinem Vater setzte.

Als nach dem Mittagsandrang ihr Handy Nachrichten meldete, holte sie es hervor und sah sich die Fotos an, die Matt zu schicken versprochen hatte. Auf dem ersten war das Kostüm von Catwoman zu sehen, ein schwarzer, enger Einteiler mit Katzenohrenmütze und Maske – schick und sexy, aber Jo konnte sich nicht vorstellen, dass sie hineinpassen würde. Das zweite zeigte ein Skelett-Kostüm. Matt hatte dazu geschrieben, er würde das männliche Äquivalent tragen, sie müsse sich also im Klaren darüber sein, dass sie mit ihm im Partnerlook gehen würde, falls sie sich dafür entschied. Das dritte Kostüm war ein gestreiftes

Häftlingsoutfit, das nächste Foto zeigte Anna als Zombie mit weiß geschminktem Gesicht, schwarz umrandeten Augen und roten Flecken und Streifen, die Blut darstellen sollten, und zum Schluss sah man Anna als Hexe mit sehr, sehr kurzem Rock.

Hilda und Angie waren in ihre Schachpartie vertieft, als Jo ihre Teller abräumte und in die Küche brachte, wo sie Matts Nummer wählte, um sich zu bedanken.

»Ich hoffe, ich störe dich nicht gerade?«

»Nein, keine Sorge. Ich spiele den Aufpasser auf dem Kürbisfeld und sorge dafür, dass keiner, ohne zu bezahlen, verschwindet. Man weiß nie, ob sich nicht jemand einen Kürbis unter den Pulli stopft.«

»Auf jeden Fall kein Gemüse, das sich leicht klauen lässt«, befand sie.

»Was sagst du zu den Kostümen?«

»Also, als Zombie sollte ich wohl nicht auftreten.«

»Besser nicht, sofern wir den Kindern keine Albträume verschaffen wollen. Ich habe für mein Skelettkostüm sogar eine Maske, aber wahrscheinlich sollte ich auch die nicht tragen.«

»In das Catwoman-Kostüm passe ich wohl nicht, deshalb dachte ich an die Hexe.«

»Du klingst nicht gerade begeistert.«

Sie zögerte, aber weil er ein Freund war, konnte sie es ihm auch sagen. »Ich finde es etwas gewagt für einen Abend im Café. Der Rock ist wirklich sehr kurz.«

»Anna hat es letztes Jahr zu einer Party getragen, aber ich weiß noch, dass sie mit rot-weiß gestreiften Strümpfen hingegangen ist. Ich habe an dem Tag auf Poppy aufgepasst und kann mich noch erinnern, wie sie wiederkam und stöhnte, auf der Party sei es so heiß gewesen, dass sie die Strümpfe hatte ausziehen müssen. Meine Schwester war schon immer eine kleine Dramaqueen.«

»Meinst du, sie hat die Strümpfe noch?«

»Ich kann sie fragen.«

»Das wäre toll. Könntest du mir dann den Gefallen tun und mir das Kostüm heute oder morgen vorbeibringen?«

»Mach ich. Ich komme morgen früh vorbei. Aber willst du es auch dann, wenn meine Schwester die Strümpfe nicht mehr hat?«

»Ich bin jetzt einfach mutig und sage ja. Ich müsste zu Hause eigentlich irgendwo noch eine schwarze, blickdichte Strumpfhose haben, die ich nehmen kann.« Sie hatte sie zu ihrer Zeit als Lehrerin gebraucht, aber nicht mehr getragen, seit sie die Freiheit hatte, jeden Tag bequeme Jeans anzuziehen.

»Das wäre dann allerdings schade.«

Das Glöckchen über der Tür ertönte. »Tausend Dank, Matt. Kundschaft. Ich muss auflegen.« Das Kostüm war das richtige für den Anlass, und es würde ihr sicher passen, aber Matt hatte recht, dass es schade wäre, wenn sie statt etwas Knalligem eine langweilige, schwarze Strumpfhose tragen müsste.

Sie bediente den Kunden und brachte anschließend leere Teller und Tassen in die Küche. Das Fensterbrett war voller klebriger Fingerabdrücke, daher nahm sie sich einen Lappen, um es abzuwischen. Dabei lauschte sie Hilda und Angie, die noch immer in ihre Schachpartie versunken waren. Hilda erzählte lang und breit, wie sie einmal ihren Bruder schachmatt gesetzt und damit zum ersten Mal überhaupt eine Partie gewonnen hatte. Aber es war ihr Themenwechsel, der Jo plötzlich mitten in der Bewegung erstarren ließ.

»Ich hoffe nur, dass Sasha weiß, was sie tut«, sagte Angie.

»Molly und Arthur werden nicht jünger. Sie wird es bereuen, wenn sie nicht bald versucht, das Verhältnis wieder zu kitten.«

Zu hören, dass andere Menschen von den Problemen in ihrer Familie wussten, die Jo manchmal schier unlösbar vorkamen, machte sie traurig. Sie wischte das Fensterbrett zu Ende, achtete dabei aber darauf, hinter dem Mauervorsprung zu bleiben, damit die beiden nicht merkten, dass sie lauschte.

»Wie soll sie das denn machen? Sie schämt sich doch für das, was geschehen ist … und Molly und Arthur tun das auch, soweit ich es von Molly weiß.«

Erneut erstarrte Jo. Diese beiden Frauen wussten nicht nur, dass es Ärger in Jos Familie gab, sondern waren offenbar auch noch besser informiert als sie selbst.

»Molly und Arthur sind echte Säulen unserer Gemeinde.« Nun sprach wieder Angie. »Es wundert mich nicht, dass das, was sie und dieser Kerl angestellt haben, die Familie entzweit hat.«

Jo konnte nicht länger still zuhören, daher trat sie aus dem Schutz der Fensternische heraus. Es war Hilda, die zuerst vom Schachbrett aufblickte und sie bemerkte. Und ein Gesicht machte, als hätte man sie und Angie dabei erwischt, wie sie in die Kasse gegriffen hätten.

»Jo!«

»Von welchem Kerl reden Sie?«, fragte Jo geradeheraus. Ungeduldig spielte sie mit dem Lappen in ihren Händen. Doch die beiden Frauen blickten plötzlich sehr konzentriert auf die handgefertigten Schachfiguren, die schon so lange zum Café gehörten, wie das Café zu Jos Familie gehörte. »Meinen Sie meinen Vater?«

Hilda bis sich auf die Unterlippe. »Es steht uns nicht zu,

mit dir darüber zu reden. Wir hätten besser den Mund halten sollen.«

Die Glocke über der Tür ertönte, und Maddy trat mit einer Freundin ein. Jo hätte sie am liebsten sofort gefragt, wie das Date gestern ausgegangen war, aber das, was sie gerade gehört hatte, wollte ihr nicht aus dem Kopf gehen. Sie bediente die beiden Mädchen, ohne Angie und Hilda aus den Augen zu lassen, damit die beiden nicht unbemerkt die Flucht ergriffen, und als sie sah, wie die Frauen die Schachfiguren wegpackten, baute Jo sich vor ihrem Tisch auf.

»Du solltest darüber wirklich mit Molly und Arthur sprechen«, meinte Angie sanft, noch ehe Jo etwas sagen konnte.

»Denken Sie nicht, dass ich das schon mehr als einmal versucht habe?«

»Sie haben ihren Stolz, Jo.«

»Und Mum hat Schande über sie gebracht – wollen Sie das damit sagen?«

Hilda sah ihre Freundin an und legte ihre Hand über Angies. »Geh du ruhig. Ich werde mit ihr reden. Irgendwann muss sie die Wahrheit erfahren.«

Angie schüttelte den Kopf. »Molly und Arthur werden es gar nicht mögen, wenn du dich einmischst.«

»Aber irgendjemand muss es tun.« Sie lehnte sich zurück, und Jo ließ sich auf dem Stuhl ihr gegenüber nieder. Hilda seufzte. »Ich hab dich noch als Kind vor Augen.«

»Ich habe den Spielzeugladen geliebt. Ich bin doch ständig dort gewesen.« Jo zog die Brauen zusammen. »Aber nie mit Mum. Es war immer Gran, die mit mir hinging. Oder Gramps. Ich weiß nicht … Vielleicht fand Mum, dass Spielzeug Geldverschwendung wäre.«

Hilda ließ Jos Vermutung unkommentiert. »Deine Mum ist in schlechte Gesellschaft geraten und hat sich mit dem Falschen eingelassen.«

»Das weiß ich doch. Man hat mir schon oft genug erklärt, was für ein Taugenichts mein Vater war.«

»Nur ist das nicht die ganze Geschichte.«

»Dann erzählen Sie sie mir.«

»Aber dafür brauche ich einen sehr starken, schwarzen Kaffee.« Hilda hatte die Hände in ihrem Schoß verschränkt und offenbar Mühe, still sitzen zu bleiben, und Jo war klar, dass sie ihr den Kaffee bringen musste, wenn sie Antworten bekommen wollte.

Während die Maschine gurgelte, brummte und klickte, sah Jo immer wieder zu Hilda hinüber. Dass sie nicht diejenige sein wollte, die Jo alles erzählte, war eindeutig, und doch riskierte sie Mollys und Arthurs Zorn. Hilda war ein freundlicher, sympathischer Mensch, an den Jo zu ihrem Bedauern keine Erinnerung aus der Kindheit hatte. Dabei hatte sie wirklich viel von ihrem Taschengeld im Spielzeugladen ausgegeben, und so schlimm konnte ihre Mum es letztlich doch nicht gefunden haben, denn nach der Arbeit hatte sie sich immer gerne zu Jo gesetzt, die schon damals Café oder Restaurant gespielt und mit ihrer kleinen Eismaschine leckeres Gefrorenes zubereitet hatte.

Jo brachte den Kaffee an den Tisch, und Hilda griff danach und pustete über die Oberfläche. »Dein Vater war der typische Bad Boy. Unvernünftig, unbekümmert und verflucht gutaussehend«, begann sie. »Aber er trug Sasha auf Händen, und ich denke, wir alle wollten ihm einen Vertrauensvorschuss gewähren. Doch Sasha himmelte ihn regelrecht an und hätte alles für ihn getan.« Sie nippte an dem Kaffee, der noch immer brühend heiß sein musste. »Er hatte eine Tätowierung, die sich über den ganzen Arm zog, und deine Mutter ließ sich auch eine machen.«

»Ein winziger Delfin auf der linken Wade«, sagte Jo.

»Molly und Arthur waren entsetzt, sagten aber nichts, wie sie auch sonst aus Angst, deine Mutter könnte einfach abhauen, selten protestierten, wenn sie etwas tat, das nicht ihren Vorstellungen entsprach. Doch dein Vater wusste seinen Einfluss für sich zu nutzen, und das behagte deinen Großeltern nicht. Einmal bekam ich im Café einen Streit mit, aber deine Mutter verbat sich, dass sie schlecht über ihn sprachen – sie warf Molly und Arthur vor, dass sie Perfektion verlangten und keinen anderen Lebensentwurf als den ihren duldeten.«

»Das klingt sehr nach meiner Mum. Also hat ihre Beziehung zu einem Mann, der nicht so war, wie meine Großeltern es sich vorgestellt hatten, zu diesem Zerwürfnis geführt?«

Hilda wirkte erleichtert, als ein neuer Gast eintrat, aber Jo fertigte ihn schnell ab, da er zum Glück nur zwei Becher Tee zum Mitnehmen haben wollte. In null Komma nichts war sie wieder bei Hilda und forderte sie auf weiterzusprechen.

»Deine Mutter machte meistens die Nacht zum Tag. Natürlich tun das alle jungen Leute, aber bei ihr war es etwas anderes. Zum einen, weil sie schwanger mit dir war. Und von den Freunden deines Vaters waren viele um einiges älter als Sasha. Ich will nicht behaupten, dass deine Mutter mit Drogen experimentiert hat, aber einige von den Leuten, mit denen sie unterwegs war, sehr wohl. Dein Vater vielleicht auch.«

»Sie hat mir immer schon gesagt, dass er ein schlechter Umgang für sie war.«

Zwei junge Mütter retteten sich mit ihren Babys vor dem

Regen ins Café. Sie fragten, ob sie die tropfenden Kinderwagen innen direkt neben dem Eingang stehen lassen dürften, und Jo versicherte ihnen, sie habe genügend alte Handtücher zum Aufwischen. Sie führte die beiden zu dem Tisch, der am weitesten von Hilda entfernt war, und nahm ihre Bestellungen auf.

Wenig später waren die Frauen mit heißer Schokolade und Brownies versorgt – mit Blick auf das jämmerliche Wetter hatten beide beschlossen, auf die Kalorien zu pfeifen –, und Jo gesellte sich wieder zu Hilda. »Ich will endlich wissen, in welcher Hinsicht er ein schlechter Umgang war«, sagte sie. »Ich habe verflixt lange auf Antworten gewartet.«

Hilda senkte die Stimme. »Viele Einwohner hatten Alan in Verdacht, hinter diversen Einbrüchen und Fällen von mutwilliger Zerstörung zu stecken. Einmal war die Eisdiele demoliert und die Kasse geplündert geworden, ein andermal der Süßigkeitenladen mit Graffiti beschmiert – schlimme Worte, die Kinder nicht lesen sollten –, dann wiederum brach jemand in die Schule ein, obwohl der Hausmeister den Eindringling verjagte, ehe er etwas stehlen oder zerstören konnte. Die Polizei beobachtete Alan und seine Freunde, aber beweisen konnte sie ihm nichts.«

»Es ist also möglich, dass er es doch nicht war?«

Hilda rutschte auf ihrem Stuhl herum.

»Wir erwischten ihn in flagranti. In meinem Geschäft.«

Jo blieb der Mund offen stehen. »Oh, Gott, das tut mir leid, Hilda.«

»Muss es nicht, Liebes.« Sie legte ihre Hand auf Jos. »Schließlich kannst du nichts dafür.«

»Und dann haben Sie die Polizei gerufen?«

»Deine Mum war bei ihm.«

Jo hatte neben dem Tisch gestanden, um schneller auf die Kundschaft reagieren zu können, aber nun ließ sie sich auf den Stuhl plumpsen. »Meine Mutter war dabei?«

»Sie war diejenige, die mein Schaufenster besprühte. Sie war betrunken, vielleicht auch high, ich weiß es nicht, und als ich sie erwischte, rannte sie nicht weg, sondern erstarrte regelrecht.«

»Wurde sie verhaftet?«

»Ich sagte Alan, dass ich den Einbruch mit meiner Sicherheitskamera aufgenommen hätte, aber nichts unternähme, falls er aus ihrem Leben verschwände. Ich war außer mir. In Sashas Bauch wuchs ein kleiner Mensch – du! –, und sie setzte ihn weiß Gott welchen Risiken aus! Aber mir war klar, dass Alan sie manipulierte; sie vergötterte ihn nahezu.«

Wie hatte ihre Mutter so etwas tun können? Wie hatte sie schwanger Alkohol oder sogar Drogen zu sich nehmen können? »Ich versteh es nicht«, sagte Jo leise und schüttelte den Kopf.

»Wie ich schon sagte – er war charmant und sehr überzeugend, und deine Mutter war jung und verwundbar. Wer weiß, was er ihr erzählt hat, wenn sie allein waren, auf welche Art er sie auf seine Seite gezogen hat. Ich habe ihn nicht um seiner selbst willen gehen lassen – meinetwegen hätte er ewig im Gefängnis hocken können –, ich hab's für deine Mum getan. Oder nein. Wenn ich ehrlich bin, habe ich es eigentlich für Molly und Arthur getan. Für sie war es die Hölle. Sie hatten mit allen Mitteln versucht, ihre Tochter von diesem Mann fernzuhalten, aber Sasha war für nichts zugänglich gewesen. Sie begann schon zu toben, wenn Molly und Arthur nur ihre Meinung äußerten.«

»Das hört sich ja an, als sei Mum ein Ungeheuer gewesen.«

»Unsinn. Sie ist in schlechte Gesellschaft geraten, das war

alles, aber es war nicht zu übersehen, wie sehr deine Großeltern darunter litten.«

»Also … wie ging es weiter?«

»An dem Abend, meinst du? Der Schock, erwischt zu werden, hatte deine Mutter anscheinend wachgerüttelt; sie wirkte mit einem Mal wieder nüchterner, und ich glaube, sie erwartete, dass Alan um sie kämpfen würde. Dass er sich tatsächlich so schnell auf meine Forderung einließ, muss sie zutiefst verletzt haben. Sie hatte geglaubt, sie und er – und du! – hätten eine rosige Zukunft vor sich, doch er zerstörte diese Illusion, indem er sich, ohne zu zögern, gegen sie und sein Baby entschied.«

Falls Jo ihrem unbekannten Vater gegenüber je positive Gefühle gehegt hatte, so war das nun vorbei. Die einzigen Menschen, die ihr wirklich etwas bedeuteten, waren ihre Mutter und ihre Großeltern, doch er hatte ihnen Leid zugefügt, sie im Stich gelassen und das Weite gesucht, ohne noch einen Gedanken an sie zu verschwenden. »Entschuldigen Sie mich bitte, ich muss eben nach der Kundschaft sehen.« Sie deutete auf die beiden jungen Mütter, doch tatsächlich brauchte sie einen Moment Zeit, um sich zu sammeln und den Schock über das Gehörte zu verarbeiten.

Die Mütter baten Jo darum, die Fläschchen für die Babys zu erwärmen, und Jo, die froh war, sich beschäftigen zu können, ging damit in die Küche. Es war schlimm genug zu wissen, dass der eigene Vater einfach gegangen war – doch hatte es auch noch auf so feige Art und Weise geschehen müssen?

»Niemand hat mir je etwas davon gesagt«, bemerkte Jo, als sie sich schließlich wieder zu Hilda setzte. »Meine Mutter hätte ins Gefängnis gehen können, wenn Sie nicht gewesen wären.« Tränen traten in ihre Augen, und sie spürte Hildas Arm um ihre

Schultern. »Danke«, flüsterte sie. »Danke, dass Sie sich so für uns eingesetzt haben.«

Hilda reichte ihr ein Taschentuch. »Hey, so wird das hier eben gemacht, und du gehörst nun mal dazu. Die Frage ist doch, wie wir Sasha hierher zurückholen können.«

Jo trocknete ihre Tränen und drängte die neu aufsteigenden zurück. »Hat meine Mutter je mit Ihnen darüber gesprochen?«

»Nein, nie. Seit diesem Tag ging sie mir aus dem Weg. Sie kam nicht mehr in den Laden, wich mir auf der Straße aus, und wenn wir uns irgendwo begegneten, war sie immer schnell weg.«

»Und wie ging es an jenem Abend weiter?«

»Dein Vater tauchte ab, ohne sich auch nur von deiner Mum zu verabschieden, und ich brachte sie hoch zu Molly und Arthur, weil ich hoffte, dass sie sie irgendwie zur Vernunft bringen würden.«

»Aber daraus wurde nichts?«

»Viel mehr weiß ich wirklich nicht, Jo. Molly kam am nächsten Tag zu mir. Sie und Arthur schlossen das Café, um mir beim Aufräumen zu helfen. Wir schrubbten das Schaufenster, und als Leute stehen blieben, über den Vandalismus schimpften und spekulierten, was man mit den Tätern anstellen sollte, hielten wir einfach den Mund und machten weiter.«

Jo war beinahe froh, das Türglöckchen zu hören, doch als sie aufblickte, sah sie Molly und Arthur eintreten. Es war Hilda, die aufstand, und die beiden zum Tisch bat. »Wie wär's, wenn du eine große Kanne Tee machst«, sagte sie zu Jo.

»Was ist hier los?«, fragte Arthur. Obwohl er nicht einmal seinen Mantel ausgezogen hatte, versuchte Molly ihn schon dazu zu bewegen, seinen Fuß hochzulegen.

Jos Herz hämmerte heftig, als ihr bewusst wurde, dass es nun zur Konfrontation kommen würde. Sie kannte die Wahrheit, aber ihre Großeltern hatten keine Ahnung, was auf sie zukam. Sie kehrte mit der Kanne und drei Tassen an den Tisch zurück, als Hilda aufstand. Sie tätschelte Jos Arm und drückte sie zum Abschied.

»Was ist los? Warum geht Hilda jetzt?« Molly entging das seltsame Verhalten ihrer Freundin nicht. Die zwei Mütter dagegen waren damit beschäftigt, Regenhauben über die Kinderwagen zu ziehen und die Kleinen sicher anzuschnallen.

»Mit Hilda ist alles in Ordnung, Gran.« Jo schenkte ihnen Tee ein. Sie hatte einen kleinen Krug Milch und eine Zuckerdose auf den Tisch gestellt, denn sie konnte sich vorstellen, dass Arthur beides brauchen würde, wenn er erfuhr, dass Jo endlich Bescheid wusste. »Sie hat mir nur alles erzählt.«

Molly goss sich Milch in den Tee. »Worüber?« Sie bot die Milch Arthur an, der ganz offensichtlich früher begriffen hatte, worum es hier ging, doch er brauchte nur seine Hand auf ihre zu legen, damit sie verharrte und die stumme Botschaft verstand.

Schließlich schüttelte Molly den Kopf. »Also weißt du Bescheid.«

»Ihr hättet es mir längst sagen können.«

»Und was hätte es gebracht?« Arthurs Miene spiegelte den Schmerz wider, den ihre eigene Tochter, Jos Mutter, ihnen über viele Jahre hinweg zugefügt und den er vielleicht durch sein Verhalten noch verstärkt hatte.

»Aber ich verstehe nicht, warum. Warum ein Geheimnis draus machen, wenn offensichtlich die halbe Stadt davon weiß?«

»Sprich nicht so laut.« Molly und Arthur blickten sich um, doch niemand außer ihnen war im Café. »Und das stimmt nicht.

Hilda ist niemand, der Klatsch verbreitet. Nur unsere engsten Freunde wissen davon.«

Jo stand auf, als es ihr plötzlich dämmerte. »Oh, jetzt verstehe ich. Nicht zu fassen, dass ich es nicht eher begriffen habe.«

»Was? Was verstehst du?« Arthur schob seine Tasse weg, als sei ihm allein der Anblick zuwider.

»Ihr habt beide geschwiegen, weil ihr euch geschämt habt. Es ging gar nicht darum, wie sich die Wahrheit vielleicht auf Mum ausgewirkt hätte.«

Arthur ließ seinen Kopf in die Hände sinken. »Wir haben zugesehen, dass die Dinge halbwegs wieder in Ordnung kamen«, sagte er. »Das ist alles lange her.«

»Aber ihr habt dafür gesorgt, dass sie es nie vergisst, nicht wahr?«, sagte Jo wütend.

»Schrei ihn nicht an, Jo!« Molly legte ihrem Mann die Hand auf den Arm. »Nach der Sache mit Hildas Geschäft war es nicht leicht, deiner Mutter zu vertrauen.«

»Wisst ihr eigentlich, dass sie das Gefühl hatte, nie gut genug zu sein?« Jo hatte ihre Stimme gesenkt, aber es fiel ihr schwer, ruhig zu bleiben. »Der eine dumme Fehler, den sie begangen hat, hat eure Meinung über sie bis heute geprägt. Ihr habt ihr nie eine zweite Chance gegeben.«

Arthur wischte sich die Stirn mit der Serviette ab. »Aber sie hat Salthaven am Ende nicht verlassen, weil wir es so wollten.«

Bei Gramps' Anblick durchfuhr Jo das schlechtes Gewissen; als er das letzte Mal so ausgesehen hatte, war er im Krankenhaus gelandet, und dafür wollte sie nicht verantwortlich sein, was auch immer er getan oder nicht getan hatte. Sie setzte sich wieder. »Habt ihr denn versucht, sie daran zu hindern?«

»Dein Großvater hat sie angefleht, nicht zu gehen«, sagte Molly und sah sie eindringlich an.

»Ist das wahr?« Jo wandte sich wieder an Arthur, der neben ihr plötzlich ungeheuer zerbrechlich wirkte.

»Sie ist doch meine Tochter.« Seine Stimme war belegt, und er musste sich räuspern. »Aber die Situation war auch nach all den Jahren so verfahren, und sie wollte nicht auf mich hören. Sie hatte einen Entschluss gefasst, und daran gab es nichts zu rütteln.«

Jo sprach es nicht aus, aber sie konnte sich vorstellen, dass es nur wenig Spielraum für Verhandlungen gab, wenn zwei Dickköpfe wie Arthur und Sasha aufeinanderprallten.

Molly betrachtete Arthur noch einen Moment lang misstrauisch, um sich zu vergewissern, dass er keinen Schwächeanfall bekommen würde, dann ergriff sie wieder das Wort. »Nachdem dein Vater gegangen war, wollten wir nur, dass deine Mum auf sich und dich aufpasste, ihren Job behielt und sich von den Leuten fernhielt, mit denen Alan zusammen gewesen war.«

»Sag mir nicht, dass sie sich geweigert hat, ihre Freunde aufzugeben.«

»Oh, doch«, bestätigte Molly. »Du kennst deine Mutter – zäh, eigensinnig, eine Kämpferin. Dieser Mann hatte ihr das Herz gebrochen, und sie wusste nicht mehr weiter, aber Hilfe wollte sie keine von uns.«

»Sie ist eine gute Mutter gewesen«, sagte Gramps. Überrascht schaute Jo auf, als er auch schon fortfuhr. »Aber eines Abends, als du noch sehr klein warst, hatten wir den Verdacht, dass sie an einer neuen Einbruchsserie in der Stadt beteiligt war. Sie konnte uns nicht sagen, wo sie zum betreffenden Zeitpunkt gewesen war, und alles deutete auf sie als Schuldige hin.

Natürlich haben wir vorschnell geurteilt, und das hat sie uns nie verziehen.«

Jo legte die Hände an die Wangen und schüttelte den Kopf. »Ich kann beide Seiten verstehen«, murmelte sie. »Ich verstehe, wie wütend und gekränkt sie gewesen sein muss, weil ihr ihr etwas Derartiges unterstellt habt, aber ich verstehe auch, dass ihr glauben musstet, sie habe etwas damit zu tun, wenn sie euch nicht einmal ein Alibi präsentieren konnte. Ich kann mich an einen furchtbaren Streit erinnern, bei dem du, Gramps, Mum gesagt hast, du wolltest nicht, dass ich wie sie werde.«

Gramps fiel die Kinnlade herab. »Das hast du gehört?«

»Anscheinend hatte ich es verdrängt, bis es mir neulich wieder einfiel. Das war der Abend, als ich mich betrunken hatte. Ich schämte mich furchtbar für meinen Zustand und euer Geschrei gab mir den Rest.«

»Und ich bereue längst, was ich damals gesagt habe, Jo. Ich würde die Worte zurücknehmen, wenn ich es könnte. Aber du hast recht.«

»Recht womit?«

»Dass wir uns auch geschämt haben.« Arthur griff nach Mollys Hand. »Diese Stadt und ihre Einwohner bedeuten uns alles. Hier wollen wir den Rest unserer Tage leben, und der Respekt der Leute ist uns sehr wichtig.«

Sie schlang ihre Arme um ihn. »Ich hab dich lieb, Gramps. Und dich auch, Gran. Aber ich liebe auch Mum.«

»Wir auch, Schätzchen«, sagte Molly.

»Salthaven war ihr immer schon zu klein, Jo«, fügte Arthur hinzu. »Sie suchte das Abenteuer, und in Spanien hat sie es gefunden. Ich denke – und ich hoffe –, dass sie jetzt glücklich ist.«

Er schien zu akzeptieren, dass es nun eben so war. Jo war hier, die anderen beiden Enkel meldeten sich regelmäßig, vielleicht war das mehr, als er zu hoffen gewagt hatte. Aber ohne Sasha war die Familie nicht vollständig, und Jo dachte nicht daran, das einfach so hinzunehmen.

Nachdem sie ihren Großeltern mehrmals versichert hatte, dass es ihr trotz der Enthüllungen gut ging, und die beiden unter einem riesigen mintgrünen Regenschirm ihrer Wege gingen, beschloss sie, die Initiative zu ergreifen.

Sie nahm das Telefon und wählte Sashas Nummer. Sie musste sich die Wahrheit nur ein kleines bisschen zurechtbiegen.

Nun, wenn sie ehrlich war, würde sie ihr eine fette Lüge auftischen.

24. Kapitel

Halloween kam, und mit Steves Hilfe hatte Jo die Pfosten aufgestellt und sie mit künstlichen Spinnweben, Plastikspinnen und Totenschädellichterketten dekoriert. An einer Wand hatte sie einen Minifriedhof mit einem verwitterten Grabstein errichtet, auf dem eine riesige schwarz-orangene Vogelspinne hockte, die Tische waren mit orangefarbenem Papier gedeckt, und sie hatte einen schwarzen Spielzeugkessel, den sie in Hildas Laden gefunden hatte, mit Süßigkeiten gefüllt, die sie am Ende des Abends verteilen wollte. Steve hatte ihr außerdem geholfen, die schweren Kürbisse aus der Vorratskammer zum Tisch unter der Halloween-Pergola zu schleppen, und nun war alles bereit für den Kürbisschnitzabend, der in einer halben Stunde beginnen würde.

Molly und Arthur trafen ein, und Jo stellte fest, dass beide zufrieden und aufgeräumt wirken. Vielleicht war es wirklich heilsam für sie alle gewesen, das lang gehütete Geheimnis zu lüften, auch wenn es den Bruch zwischen ihren Großeltern und ihrer Mutter nicht gekittet hatte. Jo war sich nur nicht sicher, wie ihre Großeltern reagieren würden, wenn sie erfuhren, dass Jo ihre Mutter angelogen hatte, um einer möglichen Versöhnung Vorschub zu leisten. Nicht, dass es zu etwas geführt hätte.

Sasha hatte sich gesträubt wie immer, aber Jo wusste, dass ihre Behauptung, Arthurs Gesundheitszustand habe sich verschlechtert, Sasha in den Grundfesten erschüttert hatte. Vielleicht würde sie eines Tages doch herkommen, sodass sie diese Geschichte ein für alle Mal aus der Welt räumen konnten.

»Jo, wie wunderschön es hier aussieht«, schwärmte Molly und umfasste ihren schwarz-lila Pappbecher, auf dem ein Skelett prangte. Die passenden Teller für die Halloween-Leckereien, die es später geben würde, hatte Jo ebenfalls besorgt. Molly nahm Arthur an die Hand und steuerte auf die Küche zu, während Jo die Fenster mit weiteren künstlichen Spinnenweben verhängte. »Wohin geht ihr zwei?«

»Wir ziehen uns um«, rief Molly zurück. »Nicht reinkommen.«

»Ihr verkleidet euch?« Jo stieg vom Stuhl und schob ihn vors nächste Fenster. »Als was denn?« Doch es kam keine Antwort.

Sie blickte auf die Uhr. Auch sie würde sich gleich umziehen müssen, wenn sie pünktlich für die Gäste fertig sein wollte. Bisher war sie voll und ganz damit beschäftigt gewesen, ihre Ideen für das Essen umzusetzen, und nun gab es unter anderem hellgrünes Popcorn, Eierhälften, aus deren mit Paprika eingefärbten Füllung ein Schnittlauchhalm als Kürbisstil ragte, Lakritzstangen und als gesunde Alternative eine ausgehöhlte Wassermelone mit einer Koboldfratze, aus deren Mund Melonen- und Ananasstückchen quollen.

»Ta-daaa!«, erklang Mollys Stimme.

Jo wandte sich um – und sah Popeye und Olivia vor sich. »Wow. Ihr seht toll aus.« Molly, die ihre Haare aus dem Gesicht gekämmt und zu einem tief hängenden Knoten zusammengefasst hatte, trug eine rote Bluse mit weißen Ärmelaufschlägen, einen schwarzen Rock mit gelbem Saum und dicke Stiefel mit

Fellimitat. Gramps trug Jeans mit einem gelben Gürtel und ein schwarzes Matrosenhemd mit rotem Kragen und goldenen Knöpfen. Über die Unterarme hatte er Schwimmflügel gezogen, auf denen jeweils ein Anker zu sehen war. »Dass ihr euch verkleidet, hätte ich niemals erwartet.«

»Was? Das ist doch das Beste daran!« Arthur spannte seinen Bizeps an. »Das lassen wir uns doch nicht entgehen, was, Molly?«

Sie zwinkerte ihrem Mann zu und schob Jo in Richtung Küche, damit sie sich selbst umziehen konnte.

Vor möglichen Blicken geschützt, griff Jo nach der Tüte mit dem Kostüm, das Matt ihr gebracht hatte. Zum Glück hatte seine Schwester die geringelten Strümpfe noch gehabt, denn sie passten so viel besser als langweilige schwarze Leggings. Sie streifte sich das Kleid mit dem Petticoat aus Tüll über, zog die Strümpfe an, die bis zur Mitte der Oberschenkel reichten, setzte den spitzen Hut auf und vervollständigte das Kostüm mit den langen Handschuhen. Auf dem Foto, das Matt ihr gezeigt hatte, hatte Anna hohe Schuhe getragen, und Jo wollte es genauso halten. Ihr Haar ließ sie ausnahmsweise offen.

»Wenn das keine aufregende Hexe ist«, sagte Arthur, als Jo sich wieder zu ihnen gesellte und um die eigene Achse drehte.

Doch es blieb nicht viel Zeit, sich gegenseitig zu bewundern, da nun die ersten Gäste eintrafen.

Die Party konnte beginnen. Jo freute sich. Und ganz nebenbei bot sich hier die Gelegenheit, wenigstens vorübergehend zu vergessen, dass sie ihre Mutter schamlos angelogen hatte.

Lebhafte Gespräche mischten sich mit der Musik, die Jo gestern Abend auf ihrem Smartphone zusammengestellt hatte. Nach »Somebody's Watching Me«, »I Put a Spell on You« und

»Monster Mash« lief nun »Time Warp«, das alle Generationen zum Wippen brachte. Gramps konnte kaum noch still sitzen, seitdem er seine wahrlich exquisite Schnitzarbeit – eine Hexe mit Kessel – fertiggestellt hatte, und Molly und er bewegten sich auf ihren Plätzen im Takt zur Musik. Poppy und Charlie, beide als Gespenster in Betttücher gehüllt, die Kürbisschnitzen zu einer echten Herausforderung machten, hatten ihre Werkzeuge niedergelegt und tanzten kichernd durch das Café, doch als Charlie auf dem Boden ein paar wilde Breakdance-Figuren zeigte, stoppte Ben ihn mit dem Hinweis, es könnte mit den vielen Messern und Gerätschaften durchaus gefährlich werden.

»Das Kostüm passt wie angegossen«, sagte Jo zu Matt, der seine Skelettmaske absetzte, um ein paarmal frei durchzuatmen. Vor ihm hatten sich die Kinder nicht gefürchtet, wohl aber vor Billy, dem Wirt aus dem Pub, der als irrer Clown aufgetaucht war und für allgemeines Gekreische gesorgt hatte. Rasch hatte er die Maske abgenommen, um seine wahre Identität zu enthüllen, und nachdem Jo eine Runde Geisterbagels – halbierte Bagels mit Tomatenpaste und geschmolzenem Mozzarella in Gespensterform – verteilt hatte, war wieder etwas Ruhe eingekehrt, doch schließlich war Billy mit der Bemerkung, seine Kundschaft wisse seine Aufmachung eher zu schätzen, wieder abgezogen, um in seinem Pub Halloween-Cocktails zu servieren.

»Freut mich, dass es dir gefällt«, sagte Matt, während sein Blick von ihren Schuhen aufwärts bis zum Rocksaum wanderte. »Die Strümpfe stehen dir übrigens sehr gut.«

Poppy zupfte an seinem Arm. »Onkel Matt, dürfen wir was von dem Obst haben?«

Er deutete auf Jo. »Da musst du sie fragen. Die Hexe sorgt für das Essen, weißt du noch?«

»Ich bring dir ein Schälchen. Für Charlie auch?«

»Ja, bitte.« Und schon rannte das Mädchen zu ihrem Freund zurück.

»Nach der vielen Tanzerei müssen die zwei ja halb verdurstet sein«, meinte Matt.

Jo löffelte Ananas und Melone in Schälchen – sie hatte die Handschuhe schon lange ausgezogen, da sie das Zubereiten und Servieren erschwerten – und brachte sie an den Tisch zu Charlie und Poppy, doch nicht ehe Matt ihren Hexenhut wieder gerade gerückt hatte. »Er scheint ein Eigenleben zu haben«, bemerkte sie stirnrunzelnd.

An Bens Tisch begutachtete sie den Fortschritt der Schnitzereien. Sowohl Kinder als auch Erwachsene hatten großen Spaß dabei, mit den Schablonen die fantastischsten Kunstwerke zu erschaffen.

»Beeindruckend.« Ben hatte seinen Kürbis mit boshaftem Blick und zugenähtem Mund versehen. »Wohin soll der kommen?«

»Auf die Treppe vor unserer Haustür. Und wir sind bewaffnet mit einer ungesunden Menge an Schokoriegeln und Bonbons für jeden, der bei uns klingelt und mit Streichen droht.« Ben trug eine orangefarbene Tunika mit dicken, schwarzen Flecken, die ihn sofort als Fred Feuerstein auswies. Die Plastikkeule, die er bei sich trug, hätte er gar nicht gebraucht.

Verstohlen beobachtete Jo Lorna, die Charlie half. Er hatte angefangen, das Wort »Buh« in seinen Kürbis zu schnitzen, dann aber vorübergehend das Interesse verloren und lieber mit Poppy getanzt, doch nun saß er wieder bei seiner Mutter. Ob Lorna und Ben eines Tages in der Lage sein würden, ihre Differenzen zu bereinigen und vielleicht sogar wieder zusammenzufinden? Jo selbst war nur mit einem Elternteil aufgewachsen und hatte nichts anderes gekannt, bis Stuart, ihr Stiefvater, auf den Plan getreten war. Charlie dagegen sah beide Elternteile regelmäßig und befand sich wahrscheinlich in einem Zustand permanenter Verwirrung. Wie sollte er auch verstehen, warum die beiden nicht zusammen sein konnten, wenn sie doch nach außen hin so gut miteinander auskamen? Darüber hinaus machte Lorna als Wilma Feuerstein neben Ben eine ausgesprochen gute Figur.

Jo begann, ihre Halloween-Häppchen in Käferform herumzureichen: Sie hatte Würstchen im Schlafrock gebacken, die Enden abgeschnitten, sodass das Wurstbrät zu sehen war, mit zwei Senftupfen Augen und aus Grissini-Stücken Beine gestaltet. Dazu servierte sie die schwarzen Lakritzstäbchen, das grellgrüne Popcorn, Mollys Friedhofsmuffins mit grabsteinförmigen Karamellbonbons, die gefüllten Eier, die Obststückchen aus der spuckenden Melonenfratze und Arthurs teuflische Cupcakes mit blutrotem Zuckerguss.

Auch Melissa und Jess ließen sich blicken und boten Jo ihre Hilfe an. Statt eines Kostüms trugen beide Haarreifen mit Teufelshörnchen. Als sie erklärten, gleich noch in der Stadt um die Häuser ziehen zu wollen, stemmte Jo die Hände in die Hüften. »Ich kann überhaupt nicht verstehen, wieso ihr lieber in den Pub wollt, statt euch hier bei mir zu amüsieren.« Doch als die beiden sich entsetzt zu entschuldigen begannen, lachte Jo und scheuchte sie hinaus. Die Atmosphäre im Café heute war laut, chaotisch, überdreht und lustig, und sie wusste, dass sie nach Ladenschluss nur noch ins Bett fallen würde. Als Melissa und Jess sie also baten, später noch zu ihnen zu stoßen, winkte sie ab; nie im Leben würde sie noch Energie übrig haben, um mit den beiden zu feiern.

Als Nächstes kamen Maddy und Dan. »Hey, ihr zwei.« Jo war zu dem Schluss gekommen, dass es am besten war, den *Abend der Liebe*, der die beiden tatsächlich zusammengebracht hatte, gar nicht erst zu erwähnen, und an Themen, über die sie reden konnten, schien es ihnen wahrhaftig nicht mehr zu mangeln.

»Sie sehen toll aus«, sagte Maddy zu Jo.

»Du aber auch. Wow, lass mich raten ... Morticia! Und in Begleitung ...« Sie deutete auf Dan. »... von Gomez Adams.«

»Siehst du?« Maddy stieß Dan an, der sich unter dem angeklebten Schnurrbart zu kratzen versuchte. Unwillkürlich betastete er seine schwarze Perücke. »Er war nämlich der Meinung, niemand würde je erraten, als was wir verkleidet sind.« Sie hatte ihr blondes Haar unter einer ultralangen, glänzend schwarzen Perücke versteckt.

»Ich finde, ihr seht fantastisch aus. Kürbisse?«

»Bitte«, antwortete Maddy.

»Größe egal?« Die beiden folgten ihr zu der Pergola. »Die richtig großen sind leider schon weg.«

»Das macht nichts«, sagte Maddy. Sie nahmen die letzten beiden mittelgroßen Kürbisse und ließen sich von Jo einen Tisch am Fenster zuweisen.

Jo zeigte zwei Schulkindern, wie man mit Schablonen und Schnitzwerkzeugen umging. Das Schöne war, dass heute jeder auf jeden zu achten schien und eingriff, wo immer es nötig war, sodass der Abend nicht aus dem Ruder lief. Das Ganze entwickelte sich zu einem echten Gemeinschaftsereignis, und Jo hatte bereits beschlossen, es im nächsten Jahr zu wiederholen. Die Kostüme und das themenbezogene Essen hatten die Leute in eine wunderbare Stimmung versetzt, und obwohl Jo das Gefühl hatte, tausend Becher Tee, Kaffee und Kakao serviert zu haben, hatte auch sie an diesem Abend jede Menge Spaß.

»Erzähl ihr doch, was für Kostüme wir auf dem Weg hierher gesehen haben«, sagte Dan, als Jo wieder an ihrem Tisch vorbeikam. Er schnitt gerade den Deckel vom Kürbis ab, um ihn anschließend auszuhöhlen.

»Jemand ist als ganze Traube gegangen.« Maddy kicherte. »Das Oberteil war mit lila Luftballons beklebt und er trug eine lila Strickmütze auf dem Kopf.«

»Klingt originell.« Jo reichte Molly ein paar orangene Servietten, damit sie verschüttete Flüssigkeit vom Tisch unter der Pergola aufwischen konnte, ehe die verbleibenden Kürbisse in Mitleidenschaft gezogen wurden.

»Außerdem haben wir ein paar Mumien gesehen. Eine davon kannte ich – ich glaube, der Mann heißt Harry. Jedenfalls hat er sich von Kopf bis Fuß mit Klopapier eingewickelt, und seine Begleitung genauso.«

»Zumindest haben sie dann einen guten Vorrat, wenn im Pub Notstand auf der Toilette herrscht.« Mit einem Augenzwinkern ging Jo weiter. Sie war froh, dass Harry sich offenbar amüsierte und nicht mehr versuchte, sie in sein Leben einzubeziehen; wie versprochen war ihr Verhältnis nunmehr rein beruflich. Und gestern Abend war ganz unerwartet eine E-Mail von Curtis Durham gekommen, in der er ihr erzählte, dass er sehr vielversprechende Einstellungsgespräche führte. Sie habe den richtigen Riecher gehabt, schrieb er. Die Einheimischen, die er eingeladen hätte, seien tatsächlich viel besser geeignet als die Hochschulabsolventen, die er ursprünglich hätte rekrutieren wollen.

Wieder ging die Tür auf, und Dracula trat ein. »Hi, Steve. Nettes Outfit.«

»Wer ist Steve?« Er blickte finster, fletschte seine langen Eckzähne und warf seinen Umhang in einer schneidigen Geste zurück, ehe er sie packte und über seinem Arm nach hinten bog. »Ich bin Dracula, und ich will dein Blut, um dich zu einer Kreatur der Nacht zu machen.« Als Jo sich kichernd wand, richtete er sich wieder auf und nahm das Plastikgebiss aus dem Mund. »Mit dem Ding kann man kaum sprechen.« Dann stieß er einen Pfiff aus. »Wow, Hexe steht dir. Und die Strümpfe sind großartig.«

Automatisch rückte sie ihren Hut zurecht. »Wenn dieses Ding nur nicht immer rutschen würde.« Um ihre Verlegenheit zu überspielen, bot sie ihm einen Grabstein-Cupcake an.

»Nein, danke. Ich habe gerade schon im Pub gegessen.«

»Falls du Lust hast: Ein paar Kürbisse sind noch übrig.«

»Ja, habe ich tatsächlich. Ich hätte gerne eine kleine Laterne für mein Fenster.«

Während Steve sich mit einem Kürbis bewaffnet einen Platz suchte, ging Jo mit dem Krug herum, um die Becher mit Wasser aufzufüllen. »Alles in Ordnung?«, fragte sie, als sie Bens Tisch erreichte und feststellte, dass er ihr entgegenblickte.

Er schenkte ihr ein Lächeln. »Ja, danke. Ich wollte dich gerade um Wasser bitten, aber du warst schneller.«

Sie schenkte ihm nach und begann, ein wenig aufzuräumen. Die Kinder wurden langsam müde; fast alle Kürbisse waren verarbeitet worden, und das Essen war so gut wie vertilgt. Jo klatschte in die Hände, um auf sich aufmerksam zu machen, und rückte ihren Hut zurecht, der schon wieder zur Seite gerutscht war. »Wie ich sehe, haben wir heute Abend wahre

Kunstwerke erschaffen, und nun sollten wir ihnen den letzten Schliff geben.« Schon begannen die Kinder, unruhig zu werden, doch Jo hielt einen Finger hoch. »Bitte bleibt alle sitzen. Wer fertig ist, hebt die Hand, dann komme ich und stelle ein Teelicht in euren Kürbis. Und wenn alle so weit sind, zünden wir die Kerzen an und ich schalte das Licht im Café aus. Also – was sagt ihr?«

Fast hätte sie sich die Hände auf die Ohren gepresst, als die Kinder aufgeregt zu schreien begannen und ihre Arme hoch in die Luft reckten, um möglichst die Ersten zu sein, die ihre Kerze bekamen. Als alle eine hatten, gingen Matt und sie mit Streichhölzern erneut herum, um wie versprochen die Kerzen anzuzünden.

»Sind wir so weit?«, rief sie schließlich mit der Hand am Lichtschalter. Es war seit Stunden schon dunkel draußen, doch die Lichterketten an den Fenstern und der Pergola würden die winzigen Flammen wunderbar ergänzen. »Okay, zählt mit mir. Drei … zwei … eins!« Und dann schaltete sie die Beleuchtung aus.

Bewunderndes Seufzen ertönte, und das weiche Licht aus den Kürbislaternen brachte die strahlenden Augen in den aufgeregten Gesichtern zum Leuchten. Sie machte ein Foto zur Erinnerung und begegnete den Blicken ihrer Großeltern, die an diesem Abend eindeutig genauso viel Spaß gehabt hatten wie sie.

Da sich nun alle zum Gehen bereit machten, nahm Jo den Plastikkessel voller Süßigkeiten, stellte sich an die Tür und verabschiedete jeden einzelnen Gast persönlich.

»Ich stelle meinen Kürbis neben mein Bett«, sagte Charlie stolz, obwohl Ben meinte, das Fenster sei der bessere Ort dafür.

Matt hatte Poppy im Arm, setzte sie nun aber ab, um die Kürbisse tragen zu können. »Danke für den Abend, Jo. Es war herrlich, nicht wahr, Poppy?« Das Mädchen nickte schüchtern und bedankte sich murmelnd. »Hier muss jemand schnellstens ins Bett.«

»Vielen, vielen Dank für deine Hilfe, Matt.«

»Es war mir ein Vergnügen.«

»Soll ich euch helfen, die Kürbisse zum Wagen zu bringen? Dann kannst du Poppy tragen.«

»Du hast hier genug zu tun. Wahrscheinlich brauchst du gleich jemanden, der dich den Hügel hinaufträgt.«

»Da könntest du recht haben«, seufzte sie und winkte ihnen zum Abschied.

Ein Gast nach dem anderen zog mit seinem Kürbis davon, und Jo verteilte an jeden ein Extra-Teelicht, damit die Laternen an diesem Abend noch lange leuchten konnten. Und als alle fort waren, bis auf Steve, der sich mit Molly und Arthur unterhielt, während er bereits begann, die Dekoration von den Pfosten abzunehmen, nahm Jo sich einen großen Müllsack und sammelte im Café die leeren Pappteller und Kürbisreste ein, die ihr vorhin entgangen waren.

Mit der tatkräftigen Hilfe Steves und ihrer Großeltern war in kurzer Zeit die Pergola abgebaut, die Dekoration in Kartons gepackt, die Küche sauber, der Boden gewischt und alles wieder ordentlich, sodass Jo morgen ganz normal öffnen konnte.

Arthur ging in die Küche, und als er zurückkehrte, hielt er etwas hinter seinem Rücken. Er hatte seine Schwimmflügel abgelegt und sie mit der Konservendose mit dem Spinatetikett auf der Theke gelassen.

Jo ließ sich auf einen Stuhl neben Steve fallen. »Was hast du da, Gramps?«

»Die erste Flasche Glühwein des Jahres.«

»Immer her damit«, sagte Jo. Sie hatte ihren Hexenhut abgesetzt und ihr Haar zu einem Knoten gewunden. »Steve, du hast für die ganze Schufterei auch einen verdient.«

»Da sag ich nicht nein.«

Als Jo helfen wollte, wehrte Arthur ab und meinte, er sei durchaus in der Lage, Glühwein warmzumachen, eine Apfelsine zu zerteilen und die Getränke zu servieren.

Jo trat sich die Stiefel von den Füßen. Die verbleibenden Lichterketten verbreiteten nach dem Durcheinander und der Aufregung des Abends eine ruhige Atmosphäre. »Meine Füße bringen mich um.«

Molly betrachtete das Schuhwerk. »Das war für den Abend wohl auch nicht die richtige Wahl.«

»Mir gefällt's«, sagte Steve.

»Na, klar. Du bist ja auch ein Mann und musst solche Dinger niemals tragen.«

Er hob eins ihrer Beine an, und es durchfuhr sie wie Schockwellen, die sich in ihrem ganzen Körper ausbreiteten.

»Entspann dich. Ich verpasse deinen armen, überarbeiteten Füßen eine kleine Massage, bis der Glühwein fertig ist.«

»Na gut, Dracula«, sagte Jo zweifelnd.

»Hey, es heißt, ich hätte magische Hände.«

Molly lachte leise. »Je weniger wir darüber wissen, umso besser, würde ich sagen.«

Jo gelang es tatsächlich, sich ein wenig zu entspannen, und sie musste zugeben, dass es sich mindestens so gut anfühlte wie die professionelle Reflexzonenmassage, die sie sich vergangenes Jahr gegönnt hatte, als sie mit Tilly in einem Spa gewesen war.

»Ich möchte gerne einen Toast ausbringen«, kündigte Molly an, sobald alle Becher in den Händen hielten. Sie stand auf, und Jo entzog Steve behutsam ihre Füße; erstaunlich, wie erfrischt sie sich schon fühlte. »Auf Jo, durch die nicht nur der heutige Abend ein großer Erfolg geworden ist, sondern auch jeder andere Tag, seit sie nach Salthaven zurückgekehrt ist. Jo, wir hätten keine Ahnung, was wir ohne dich tun sollten.«

»Auf unsere wunderbare, talentierte und wunderschöne Enkelin«, fügte Arthur hinzu und hob sein Glas.

»Auf Jo«, stimmte auch Steve ein.

Sie hatten es nicht eilig, das Café zu verlassen. Das hier war ihre Belohnung für einen hektischen Tag, einen anstrengenden Abend und all die Aufräumarbeiten danach. Auch Steve hatte heute Abend und viele Male zuvor hervorragende Arbeit geleistet, die so viel mehr wert war, als sich mit Geld bezahlen ließ.

Und so plauderten sie über Kürbislaternen und kreative, komische und schreckliche Kostüme, und als Steve eine Nachricht von einem Kumpel im Pub bekam, wollten alle wissen, was ihn so amüsierte.

»Na, komm schon, erzähl es uns«, sagte Jo.

»Es geht um Harry.«

»Sprich weiter, du kannst seinen Namen durchaus erwähnen. Wir sind beide erwachsen und haben unser Verhältnis geklärt.«

»Ihr wisst ja, dass er als Mumie gegangen ist und sich dafür in sehr viel Klopapier eingewickelt hat, nicht wahr? Als er gehen wollte, stieß er draußen mit einem Raucher zusammen. Sein Kostüm ging sofort in Flammen auf.«

»Oh, mein Gott.«

Molly schlug sich die Hand vor den Mund, und Arthur setzte seinen Becher ab. »Ist ihm was passiert?«

»Nein, keine Sorge, alles okay.« Steves Stimme bebte vor unterdrücktem Lachen. »Aber andere Gäste wollten ihm helfen und rissen das Klopapier herunter. Anscheinend trug er darunter nur eine Unterhose, die leider auch noch ein Loch an einer Stelle hatte, wo niemand ein Loch haben will …«

Nun musste auch Jo kichern. »Gott, der Arme. Also ist er in einer kalten Oktobernacht mehr oder weniger nackt nach Hause gegangen?«

Auch Molly und Arthur konnten sich das Lachen nicht mehr verkneifen. »Wir sollten froh sein, dass er überhaupt eine Hose angehabt hat«, bemerkte Arthur, und alle prusteten erneut los.

»Das wäre vermutlich einer der unterhaltsamsten Abende überhaupt geworden«, brachte Jo hervor. »Und ich dachte, ich käme in ein ruhiges, verschlafenes Nest zurück.« Sie stand auf, um neuen Glühwein zu holen, entdeckte auf dem Weg in die Küche jedoch eine Gestalt an der Tür zum Café. Wie angewurzelt blieb sie stehen.

»Was ist los, Jo?«, rief Steve. »Du siehst aus, als hättest du ein Gespenst gesehen.«

»Vielleicht ist es ja Harry, der sich eine Rolle Klopapier zum Anziehen borgen will«, scherzte Arthur. »Lasst ihn bloß nicht in Herdnähe.«

Aber es war nicht Harry. Jo schloss die Tür auf, und als der Neuankömmling eintrat, verblasste das Lächeln auf Mollys und Arthurs Gesichtern.

»So sieht es also aus, wenn man auf dem Sterbebett liegt, ja?«, brüllte Sasha und deutete auf Arthur. »Was zum Teufel hast du mir denn da erzählt, Jo?«

Jo starrte sie nur an. Steve stellte lautlos sein Glas ab, murmelte einen Abschiedsgruß und stahl sich davon.

25. Kapitel

»Darf man es wagen einzutreten?« Steve steckte am nächsten Morgen den Kopf durch die Tür zum Café und sah sich misstrauisch um. »Wir freuen uns ja alle auf das Feuerwerk in ein paar Tagen, aber bei euch ist gestern Abend doch bestimmt scharf geschossen worden, oder?«

»Komm ruhig rein«, antwortete Jo. »Außer mir ist hier keiner.« Jo stand an der Theke und füllte Münzen in die Kasse. Es war ein Glück, dass sie gestern schon alles aufgeräumt hatten, sodass sie jetzt nur vier Gläser hatte spülen und die Kürbisreste zur Biotonne bringen müssen. »Warst du schon surfen?« Ihr war jedes Thema recht, solange es nicht ihre Familie war.

»Konnte mich nicht dazu durchringen. Muss am Glühwein von gestern Abend gelegen haben. Obwohl ich zugeben muss, dass ich auf dem Heimweg noch im Pub eingekehrt bin. Ich wollte hören, was über Harrys Klopapierpanne erzählt wurde, und da war ich richtig.«

Jo öffnete den Deckel der Vorratsdose mit den Lebkuchen, die Molly noch vor Halloween gebacken hatte, und gab sie in das Glas mit der großen Öffnung auf der Theke.

»Komm schon, Jo. Spann mich nicht länger auf die Folter. Was ist gestern Abend noch passiert?«

»Wie du schon sagtest: Es wurde scharf geschossen.« Ihre Mutter hatte keine Zeit verschwendet, den Flug von Spanien nach England zu buchen, Jos List hatte also funktioniert, und sie gab Steve die Vorgeschichte in stark komprimierter Form wieder.

»Du hast also Ärger gekriegt?«

»Circa fünf Minuten lang habe ich es befürchtet, aber dann fingen Mum, Gran und Gramps auch schon an, sich schreiend Dinge vorzuwerfen, mit denen ich nichts zu tun hatte.«

»Ich hab's noch bis in den Pub gehört.«

Unwillkürlich musste sie grinsen, und dafür war sie ihm dankbar. »Mum hat sich in einer Pension auf der anderen Seite des Hügels eingemietet, sodass wir zumindest räumlich etwas Abstand halten können.« So allein sie sich auch ab und zu in ihrer Wohnung fühlte, sie war doch froh, dass ihre Mutter in der Stimmung, in der sie sich befand, nicht darauf bestanden hatte, bei ihr unterzukommen. Sie wusste nicht einmal, wie lange Sasha zu bleiben plante. Neben den gegenseitigen Anschuldigungen war nicht viel Substanzielles ausgetauscht worden.

»Ach, die drei werden ihre Differenzen schon beilegen«, sagte Steve.

Sie konnte seinen Optimismus nicht teilen. »Tja. Warten wir es ab.«

Steve verabschiedete sich, und Jo grüßte Geoff, der für seinen üblichen schwarzen Tee hereinkam. »Ohne Valerie heute?«, fragte sie, als sie den Deckel auf den Becher drückte.

»Es ist ihr wohl zu kalt.« Er zählte sein Kleingeld, um sich zu vergewissern, dass der Betrag stimmte, und reichte es ihr.

»Und trotzdem macht sie an manchen Morgen noch Yoga draußen. Sehr beeindruckend.«

»Ja, sie ist einfach am liebsten draußen«, bemerkte er, als würden sie sich schon ihr ganzes Leben kennen. »Sie hätte eigentlich in einem wärmeren Klima aufwachsen müssen.«

Beim Hinausgehen grüßte er Matt, der mit der Lieferung des Tages hereinkam.

»Du wirkst aber frisch und munter heute Morgen«, bemerkte sie. Es tat gut, freundliche Gesichter zu sehen, die keinen Ärger mit sich brachten.

»Das täuscht«, antwortete er.

Staunend blickte sie auf. »Was ist denn los?« Sie folgte ihm in die Küche, weil sie es kaum erwarten konnte, durch die Kiste zu stöbern.

»Nur müde. Poppy und ich hatten gestern Abend wirklich viel Spaß hier bei dir.«

»Das freut mich. Und noch mal danke für deine Hilfe und Unterstützung. Dank dir wussten die Kinder sehr schnell, wie man das Werkzeug benutzt. Alle sind mit der richtigen Anzahl Finger und Zehen nach Hause gegangen.«

»Ich glaube, ich kann langsam recht gut mit Kindern umgehen. Offenbar so gut jedenfalls, dass Poppy unbedingt letzte Nacht bei Onkel Matt übernachten wollte.«

Jo nahm die Eier aus der Kiste und legte sie behutsam in eine Schüssel auf der Arbeitsfläche. »Kein Wunder, dass du erledigt bist.«

»Als wir zu mir nach Hause kamen, war ihre Müdigkeit plötzlich wie weggeblasen, und sie überredete mich, ihr ein Zelt zu bauen. Also haben wir noch bis zehn Uhr Möbel gerückt, Betttücher gespannt und alles mit Wäscheklammern befestigt.«

»Oh, wie schön«, sagte Jo lächelnd, während sie eine Tüte Erbsen aus der Kiste holte. »Als Kinder haben meine Brüder und ich das auch immer getan. Das ganze Esszimmer war nachher ein einziges Chaos.« Ein weiterer Beutel enthielt Süßkartoffeln. »Meine Mutter fand das wahrscheinlich nicht so lustig. Schließlich musste sie nachher die ganzen Laken waschen.«

»Vielleicht bitte ich dich beim nächsten Mal um Zeltbauhilfe«, sagte er und legte sich eine Hand auf den unteren Rücken. »Zumal ich langsam zu alt dafür werde, auf dem Boden zu schlafen.«

»Aber Kinder halten einen jung.«

»Denkst du manchmal drüber nach?«

Sie hatte gerade die Süßkartoffeln ausgeräumt, hielt nun aber inne. »Über eigene Kinder, meinst du?«

»Ja.«

»Ja, manchmal, obwohl ich langsam glaube, dass der Vater meiner Kinder sowieso nur in meinen Träumen existiert.« Sie entdeckte in der Kiste ein Schälchen Physalis und lächelte. »Ah, ich erinnere mich.«

»Ich dachte mir, dass dich das freuen könnte. Und ich warne dich besser vor: Das war die letzte Lieferung Birnen und Zucchini für dieses Jahr.«

»Der Winter nähert sich wirklich mit Riesenschritten. Wie läuft es zu dieser Jahreszeit eigentlich bei euch auf dem Hof?«

»Man weiß nie so recht, was einen erwartet. Der Oktober ist gut, um auszusähen und zu pflanzen, was kältebeständig ist, der November eignet sich, um neue Obstbäume zu pflanzen und im Treibhaus Verschiedenes zu ziehen. Der Dezember ist meistens der ruhigste Monat, was die Aussaat angeht. Aber ich liebe diese Zyklen, die immer andere Arbeit erfordern.« Er zupfte zwei der Früchte ab, reichte Jo eine und nahm sich die andere. »Ist dir bewusst, dass du hier praktisch alle Jahreszeiten einmal durchlebt hast?«

Wieder hielt sie inne und blickte nachdenklich auf. »Stimmt. So habe ich es noch gar nicht gesehen.«

»Und, bist du angekommen?«

»Ich könnte mir nicht vorstellen, anderswo zu leben. Und wie du liebe ich es, mich und den Cafébetrieb an den Wechsel der Jahreszeiten anzupassen.« Einen Moment lag dachte sie darüber nach, wie weit sie in den vergangenen Monaten gekommen war, ehe sie sich wieder ihrer Aufgabe zuwandte. »Was denkst du: Karottenkuchen …«, sie hielt eine Möhre hoch, »plus Zucchini-Tarte …«, nun nahm sie davon eine, »und darüber hinaus Crumble mit Physalis? Ich habe noch ein paar Äpfel übrig.«

»Klingt alles wie immer köstlich.« Er hob die Hand zum Abschied. »Ich gehe besser, bevor ich dir noch alles wegesse.«

»Bis später. Grüß Poppy. Und falls sie Lust hat, könnten sie und Charlie mir ein paar Weihnachtsbriefbeschwerer malen.«

»Das macht sie bestimmt gerne«, rief er von der Tür aus. »Ich sag's ihr.«

Jo machte sich an die Arbeit, und in null Komma nichts war der Karottenkuchen im Ofen. Sie schenkte Kaffee an die Pendler auf dem Weg zur Arbeit aus und bereitete zwischendurch den Teig für die Tarte zu, und als Jess nach ihrer Laufrunde einkehrte, brachte sie ihr den üblichen Smoothie. Anschließend schnitt sie die Zucchini klein, hackte Zwiebeln und Knoblauch, rieb Gruyère und verteilte alles auf den Teig, und wenig später war auch die Tarte im Ofen, die sie mit frischem Salat von Matts Hof servieren würde.

Jo schrieb gerade die Tagesangebote an die Tafel, als Angie eintrat.

»Was für Köstlichkeiten haben wir denn heute?« Angie setzte

die Lesebrille auf, die an einer Kordel vor ihrer Brust baumelte. »Bei Karottenkuchen kann ich nicht widerstehen.« Sie schnupperte. »Und es duftet, als sei ich gerade richtig gekommen.«

Jo legte die Kreide zurück auf den Tafelrand. »Er muss noch ein bisschen abkühlen, aber ich bringe Ihnen gleich ein frisches, warmes Stück. Tee dazu?«

»Pfefferminz. Und gleich ein ganzes Kännchen bitte, denn Valerie kommt auch. Sie will uns animieren, am Wochenende am Strand Yoga zu machen, aber ich glaube, ich lasse das lieber. Und eigentlich könntest du ihr auch ein Stück Kuchen bringen. Bestimmt sagt sie nicht nein.«

Amüsiert kehrte Jo in die Küche zurück, um den Tee zu machen, doch sobald sie für sich war, dachte sie unwillkürlich wieder daran, wie ihre Mutter reagieren würde, wenn sie sich wiedersahen. Sie hatte fast damit gerechnet, dass Sasha schon vor der Tür stehen würde, wenn sie das Café öffnete, und jedes Mal, wenn das Glöckchen ertönte, sah sie halb erwartungsvoll, halb bangend hinüber. Aber ihre Mum ließ sich nicht blicken, und vielleicht war das auch ganz gut so. Auch Molly und Arthur glänzten durch Abwesenheit. Wer von den dreien würde wohl den ersten Schritt machen? Nach dem gestrigen Aufeinanderprallen und der schier endlosen Streiterei waren alle in eisigem Schweigen auseinandergegangen, und soweit Jo wusste, hatten sie seitdem kein Wort miteinander gewechselt.

Als Valerie kam, waren beide Frauen bald in ein Gespräch vertieft, und Jo verdrängte die Gedanken an den Familienstreit und konzentrierte sich auf die anstehende Arbeitsroutine. Steve kam am Nachmittag herein, das Haar noch feucht vom Meer, und bestellte zwei Stücke von der Zucchini-Tarte mit Salat.

»Wo steckst du das alles bloß hin?«, fragte Hilda.

Steve klopfte sich auf den Bauch. »Es liegt nur an der stürmischen See.« Er zwinkerte Hilda zu. »Eine Stunde surfen nach der Arbeit macht enorm Appetit.« Er nahm sie in den Arm, und unter dem Gelächter der anderen wand sie sich heraus.

»Ach, die junge Liebe«, flüsterte er Jo auf dem Weg hinaus zu; sie hatte gerade Maddy und Dan, die an demselben Tisch saßen wie bei ihrem ersten Date, einen Teller mit Crumble und Vanilleeis serviert.

»Inzwischen haben sie jedenfalls keine Probleme mehr, sich zu unterhalten«, flüsterte sie zurück und gab sich Mühe, nicht hinüberzustarren, während sie die Theke neben der Kasse wischte.

»Du hast schon viel Gutes bewirkt mit deiner Idee.«

»Und mir macht sie großen Spaß.«

Was ihr allerdings im Moment ganz und gar keinen Spaß machte, war das Warten auf eine Reaktion ihrer Familie. Würde es eine Lösung geben, oder hatte sie durch ihre List einen noch dickeren Keil zwischen ihre Großeltern und ihre Mutter getrieben?

Das Wasser in Jos Badewanne schwappte gefährlich hoch, als sie sich in den duftenden Schaum sinken ließ. Das Wetter draußen war umgeschlagen, und der Herbst hatte mit Macht Einzug gehalten. Kein einziges Blatt war mehr an den Bäumen zu sehen gewesen, als sie den Hang hinaufgegangen war.

Während sie bis zum Kinn im heißen Wasser lag, das Weinglas in Reichweite, fiel ihr wieder Matts Frage ein, ob sie wohl eines Tages ebenfalls eine Familie haben wollte. Als sie vor Monaten in Salthaven angekommen war, war das Thema Einsamkeit für sie ein großes gewesen, doch nun hatte sie in der Regel so viel zu tun, dass sie nur noch selten darüber nachdachte. Sie war stark und unabhängig, was sie laut Curtis Durham als Managerin in der Gastronomie auszeichnete, aber manchmal wünschte sie sich doch ein bisschen mehr privates Glück.

Sie dachte an Matt, der ihr jeden Morgen verlässlich Obst und Gemüse anlieferte. Sie hatte beobachtet, wie er mit Poppy umging, und war sich sicher, dass er die Zeit mit seiner Nichte genoss. Matt wollte selbst eine Familie, für Jo war das eindeutig, und automatisch überlegte sie, mit wem sie ihn verkuppeln konnte. Zwar war sie bisher der Meinung gewesen, der *Abend der Liebe* sei nichts für ihn, aber vielleicht würde er sich ja doch darauf einlassen.

Eigentlich hatte sie einen Film sehen wollen, doch als sie aus der Badewanne stieg, wurde ihr bewusst, dass sie etwas anderes zu tun hatte. Ihre Familie war endlich wieder gemeinsam in Salthaven, was sie sich seit einer Ewigkeit gewünscht hatte. Zugegeben, ihre List war nicht wirklich fair gewesen, aber zumindest war ein Anfang gemacht.

Sie zog Jeans und einen schokoladenbraunen Pulli an, löste ihr aufgestecktes Haar, föhnte es rasch trocken und schnappte sich Mantel und Schlüssel. Sie hatte den Streithähnen nun fast vierundzwanzig Stunden Zeit gegeben, und genug war genug.

Einen Moment später lief sie den Hang hinab in Richtung Ort, vorbei am Bungalow ihrer Großeltern, in dem Licht brannte, und vorbei an Morris Eckles' gescheiterten Formschnitten, die nun erst im nächsten Frühling wieder gerettet werden konnten. Und als sie gerade am Pier vorbeigehen wollte, um auf der anderen Seite des Orts zum Swallow Guesthouse hinaufzugehen, wo ihre Mutter untergekommen war, entdeckte sie Sasha, die an der Eisdiele vorbei über die Seebrücke ging. Ohne nachzudenken, schlug Jo die gleiche Richtung ein.

Der Wind blies an diesem Abend so stark, dass Jo viermal nach ihr rufen musste, ehe Sasha aufsah und schließlich unter der viktorianischen Laterne direkt vor dem Café stehen blieb.

»Mum. Wir sollten reden.«

Sasha holte tief Luft, doch ihr Seufzen wurde vom Wind verschluckt. Sie lehnte sich mit dem Rücken gegen das Geländer, und Jo tat es ihr nach. Eine ganze Weile sprach keiner von beiden.

»Als Kind gab es keinen Ort, wo ich lieber war«, begann Sasha schließlich. »Ich war jeden Tag hier und half, wo ich konnte. Ich spielte zu Hause Café, in der Spielgruppe, mit dem Babysitter, wenn Mum und Dad lange arbeiten mussten, und als ich älter war, kam ich mit Freundinnen auf einen Milchshake oder Kakao her. Ich war so stolz, wenn Mum und Dad mich baten, ihnen zu helfen, und ich die Kasse bedienen oder Bestellungen aufnehmen durfte. Ich träumte davon, dass das Café eines Tages mir gehören würde und sah vor meinem inneren Auge schon den Schriftzug ›Sashas Café am Meer‹.«

»Das wusste ich nicht. Ich dachte, das Café hätte dich nie interessiert.«

»Hat es auch eigentlich nicht. Nicht ernsthaft jedenfalls. Es war nichts als eine Träumerei. Als Teenie fand ich die Vorstellung toll, aber weder kochte ich besonders gerne, noch war ich gut darin, mir Rezepte auszudenken. Und ich hasste es, mich mit Buchführung auseinanderzusetzen, was sich übrigens bis heute nicht geändert hat. Und außerdem wollte ich noch andere Orte auf dieser Welt kennenlernen.«

»Spanien zum Beispiel«, sagte Jo.

»Nicht nur. Hier in England, auf dem Festland oder noch weiter weg. In der Schule liebte ich Kunst und Werken, und ich nähte mir und meinen Freundinnen neue Sachen oder bastelte Accessoires. Und dann zog eine meiner besten Freundinnen in den Nahen Osten. Wir schrieben uns häufig, und sie schickte immer wieder Ansichtskarten. Ihre Mutter hatte mit Schmuckdesign zu tun, und sie besuchten Märkte, von denen ich nur träumen konnte.«

»Haben Gran und Gramps es dir verübelt, dass du dann doch kein Interesse daran hattest, eines Tages das Café zu übernehmen?«

»Nein, ganz und gar nicht. Sie hätten nie versucht, mir meine Träume auszureden.« Der Wind frischte auf, und sie zog sich den Mantel enger um den Körper. Ihr Haar, das denselben Braunton hatte wie Jos und zu einem Bob auf Kinnlänge gekürzt war, wehte ihr ins Gesicht, und sie schob es hinters Ohr. »Ich war sehr unabhängig, und dein Gramps hat immer gesagt, dass er das an mir bewundert, er sei auch so gewesen. Jedenfalls nahm ich bei der Bank in der Stadt einen Job an. Dass das nicht der richtige Beruf für mich war, wusste ich von Anfang an, aber ich wollte Geld verdienen, etwas sparen und dann nach London gehen. Ich wollte für mich selbst sorgen können, alles lernen, was es über Schmuckdesign zu lernen gab, wollte exquisite Stücke herstellen, die ich dann auf Märkten verkaufen würde, vielleicht irgendwann sogar in meinem eigenen Geschäft.«

»Und weswegen sind die Dinge aus dem Ruder gelaufen?«

Als Sasha Jo nun anblickte, zeigte ihre Miene keine Spur von ihrem gestrigen Zorn über die List ihrer Tochter, sie nach England zu locken. »Ich lernte deinen Vater kennen.«

Beide drehten sich um, um über das Meer zu blicken, dessen unruhige Oberfläche im Licht der Laternen auf dem Pier zu erkennen war. In der Dunkelheit wirkten Wasser und Strand so anders und so unwirtlich, dass man meinen konnte, was immer man am Tag dort gesehen habe, könne nur der Fantasie entsprungen sein.

»Ich weiß, was passiert ist«, gab Jo zu. »Im Spielzeuggeschäft.«

»Dann ist die Katze also aus dem Sack.« Sasha schüttelte den Kopf. »Ich schäme mich immer noch entsetzlich für das, was wir damals getan haben. Es war meine wilde Zeit, und ich hielt deinen Vater für weiß Gott wen; ich hätte wahrscheinlich alles für ihn getan. Als er dann einfach abhaute, war ich am Boden zerstört. Und schämte mich sogar noch mehr, dass ich mich von ihm so hatte blenden lassen.«

»Hattest du auch etwas mit den anderen Einbrüchen zu tun?«

»Nein. Der im Spielzeugladen war mein erster.« Sie schnaubte. »Und wäre dein Vater geblieben, hätte er mich wahrscheinlich auch noch zu weiteren Einbrüchen verleitet.«

»Und was war mit den Drogen?«

Sie antwortete nicht sofort. »Ich habe in der Schwangerschaft Alkohol getrunken. Ich hatte entsetzliche Angst, dass deine Großeltern mich als Mutter für so unfähig hielten, dass sie dich mir abnehmen würden. Ich entwickelte einen regelrechten Verfolgungswahn, und je mehr Angst ich bekam, umso mehr versuchte ich sie mir – und dir – vom Leib zu halten. Irgendwann war die Kluft zwischen uns so groß, dass wir nicht mehr normal miteinander umgehen konnten.«

Sie ließen die Worte nachklingen, während der Wind über den Pier und aufs Meer hinauswehte. »Ich bin froh, dass sie dir alles erzählt haben«, sagte Sasha. »Das hätte ich schon lange tun müssen.«

»Sie waren es gar nicht.«

»Wer dann?«

»Ich hörte Hilda eines Tages darüber reden. Es hatte nichts mit Klatsch zu tun«, fügte sie hastig hinzu, ehe der Zorn ihrer Mutter wieder aufkeimte und sich gegen jemand anderen richtete. »Sie hat sich Sorgen gemacht. Um dich und Gran und Gramps.«

»Die Leute hier passen aufeinander auf. Dieser Ort ist etwas Besonderes.«

Aus irgendeinem Grund freute es Jo, dass ihre Mutter es zugab. »Verzeih mir, dass ich dich mit Gramps belogen habe.«

Sashas Haare wollten nicht hinter den Ohren bleiben, also drehte sie den Kopf, damit der Wind sie ihr aus dem Gesicht blies. »Ich war so wütend, als ich gestern Abend reinkam und ihr alle gemütlich dagesessen, getrunken und gescherzt habt. Es kam mir vor, als ob ihr euch auf meine Kosten lustig gemacht habt.«

»Mum, nein. So war es ganz und gar nicht.«

»Das weiß ich. Ich konnte deiner Miene ansehen, dass du es getan hast, weil du nicht mehr weiterwusstest. Weißt du noch, wie du einmal fast alle Rosen aus Sallys Garten abgeschnitten hast?«

Jo schnappte nach Luft. »Das hab ich nicht getan.«

»Doch. Ich hatte einen ausgesprochen schlechten Tag gehabt, und du hattest verzweifelt versucht, mich aufzuheitern, und dann standst du da mit Sallys Rosen, die du in Geschenkpapier gewickelt hattest: In der Fernsehwerbung freuten sich doch immer alle, wenn sie Blumen bekamen! Erst dachte ich, du hättest sie von deinem Taschengeld gekauft, aber als ich dich fragte, rücktest du schließlich mit der Wahrheit raus.«

»Ach du lieber Himmel. Daran kann ich mich gar nicht erinnern.«

»Du warst auch erst sieben. Ich habe damals ziemlich viel gebrüllt, aber Sally war gar nicht wütend. Vielleicht hatte sie von meinen Eltern genug über die missratene Tochter gehört und hatte Mitleid. Jedenfalls schnitt sie den Rosenbusch einfach herunter und beruhigte mich, er würde im nächsten und übernächsten Jahr ja wieder blühen. Wir brachten ihr als Entschuldigung selbstgebackene Kekse.«

»Oh, Gott. Wenn ich Sally das nächste Mal sehe, muss ich unbedingt noch einmal Abbitte leisten.« Jo zog den Kopf ein. »War ich so eine Göre damals?«

»Gar nicht. Du hast mir nie viele Probleme gemacht, wirklich nicht. Allerdings hast du mir einen Riesenschrecken eingejagt, als du mich anriefst, um mir zu sagen, dass Gramps einen Unfall hatte. Geschickt, wie du mir weisgemacht hast, er sei schwer verletzt, und man wüsste nicht, was für Folgeschäden daraus entstehen könnten. Und dabei ist ihm nur eine Tasse auf den großen Zeh gefallen.« Dass beide bei dem letzten Satz losprusteten, war wohl nicht zuletzt auf die Erleichterung zurückzuführen, endlich ein paar Dinge ausgesprochen zu haben.

»Aber mal im Ernst, Mum. Die beiden werden nicht jünger.«

»Ich weiß. Und es ist gut, dass du mich angelogen hast. Immerhin bin ich kurzerhand in ein Flugzeug gestiegen und hergekommen.«

»Hast du seit gestern Abend mit ihnen gesprochen?«

»Nein, seit wir getrennte Wege gegangen sind, nicht mehr. Ich habe heute den ganzen Tag vor mich hin gebrütet. Ich hatte erst überlegt, mir heute Morgen etwas aus deinem Café zu holen, bin aber dann in den Nachbarort gefahren, am Strand spazieren gegangen und habe in weit schlechteren Cafés gegessen, weil ich den Abstand brauchte. Und eben bin ich noch einmal an die Luft gegangen, um einen klaren Kopf zu bekommen. Ich hatte geplant, morgen, wenn wir uns alle wieder beruhigt haben würden, mit dir und Mum und Dad zu reden. Was grinst du?«

Jo trotzte der Kälte und schob ihr Kinn aus dem hellroten Schal. »Du hast ›dein Café‹ gesagt.«

»Stimmt, das habe ich.«

»Es war kein Fehler, dass ich meine Zelte in Edinburgh abgebrochen haben, um herzukommen, Mum.«

Sasha legte ihrer Tochter einen Arm um die Schultern. »Ich weiß. Übrigens habe ich drüben im Nachbarort Leute über dein Café reden hören.«

»Ernsthaft?«

»Es ging um die *Abende der Liebe*, die du veranstaltest.«

Stolz schwoll in ihrer Brust. »Ich erzähle dir alles haarklein – unter einer Bedingung.« Sie hakte sich bei ihrer Mum ein. »Wir beide gehen jetzt gemeinsam zu Gran und Gramps. Ich will nicht bis morgen warten.«

»Ich denke, darauf kann ich mich einlassen.« Sie küsste Jo auf die Stirn, und während sie zusammen über den Pier schlenderten, das Café hinter sich ließen und den Strandladen und den Fish&Chips-Imbiss passierten, erzählte Jo ihrer Mutter ganz genau, was es mit den Abenden der Liebe auf sich hatte.

»Ich bin mir nicht sicher, ob ich schon so weit bin«, sagte Sasha und blieb ein paar Vorgärten von dem Bungalow ihrer Eltern entfernt stehen.

»Sie werden sich freuen, dass du da bist.« Jo drängte sie behutsam vorwärts. »Nun komm schon. Oder ich springe bei Sally rein und reiße jede einzelne Rose aus der Erde.«

Sasha ließ sich widerstrebend mitziehen, durch das Tor zum

Garten schieben und vor die Haustür bugsieren. Normalerweise machte Jo mit ihrem eigenen Schlüssel auf und rief ihren Großeltern zu, ihre Lieblingsenkelin sei da, doch das tat sie heute nicht. Stattdessen drückte sie auf die Klingel und wartete.

Arthur öffnete und sah zuerst Jo, doch als sein Blick auf Sasha fiel, wurde aus Freude Bestürzung.

»Können wir reinkommen?«, fragte Jo, als weder er noch Sasha etwas sagte.

»Kommt drauf an.«

Oh, nein. Würde es direkt wieder Streit geben? Würde er Sasha fortschicken? Denn wenn sie zurückflog, ohne dass sie sich mit ihren Eltern ausgesprochen hatte, würde sie es gewiss nie wieder versuchen, dessen war Jo sich sicher.

»Molly hat gerade die Brownies geschnitten, und ihr wisst, dass sie kein Nein akzeptiert.«

Jo umarmte ihn und trat ein. »Danke, Gramps.«

Sie wandte sich zu ihrer Mutter um, die einen Moment lang unschlüssig auf der Schwelle stand und dann zögernd in den Flur trat. Doch ehe sie an Arthur vorbeigehen konnte, streckte er die Hand aus und hielt sie am Unterarm fest. Sasha blickte auf seine Hand herab, und die Zeit schien stillzustehen. Als sie aufblickte, standen Tränen in ihren Augen, und zum ersten Mal seit vielen Jahren schlang sie die Arme um ihren Dad.

26. Kapitel

Der Wind, der die vergangenen Tage so stark über den Pier und die Promenade gefegt war, dass Spaziergänger sich gegen die Böen stemmen mussten, hatte am Vorabend des großen Feuerwerks einer Kälte Platz gemacht, die den Winter ankündigte.

»Wenigstens ist es trocken«, bemerkte Sasha nun, als sie das Café betrat. Draußen ging die Sonne langsam unter, und das Orange des Himmels verfärbte sich langsam zu Blau und Rosa.

»Du bist schon hier? Ich habe dich frühestens in einer Stunde erwartet.« Jo sammelte die leeren Tassen vom Tisch neben der Theke ein. Es war noch nicht besonders voll, und sie hatte noch viel Zeit, um das Essen für das heutige Ereignis vorzubereiten. Das Feuerwerk würde zwar oben auf dem Hügel stattfinden, doch vom Pier aus hatte man einen großartigen Blick, weswegen sich später die Leute hier drängeln würden.

Sasha zog eine Schürze aus ihrer Tasche. »Ich wollte dir helfen.«

»Im Ernst jetzt?«

»Hey, ich weiß, wie's geht. Schließlich bin ich hier aufgewachsen, oder etwa nicht? Aber keine Sorge, du bist die Chefin. Mum und Dad haben mich ermahnt, auf dich zu hören und ja nicht eigenmächtig zu handeln.« Der abwehrende Ton, der sich normalerweise in ihre Stimme schlich, sobald es um ihre Eltern ging, war verschwunden.

An jenem Abend, als Jo ihre Mutter zu Gran und Gramps geschleppt hatte, hatten sich die drei tatsächlich zusammengesetzt und geredet. Und nicht nur das: Sie alle hatten sich für die Rolle entschuldigt, die sie damals gespielt und seitdem praktisch nicht mehr abgelegt hatten. Es hatte ein, zwei heikle Momente gegeben, in denen Jo hatte vermitteln müssen, aber letztendlich wurde dadurch auch deutlich, dass sie alle unterschiedliche Persönlichkeiten mit unterschiedlichen Bedürfnissen waren und der Lebensentwurf des einen nicht zwingend zu dem des anderen passen musste. Molly und Arthur hatten Sasha zu einer unabhängigen Frau erzogen, und an jenem Abend gestand Arthur seiner Tochter endlich, wie stolz sie auf sie waren. »Nun, wenn ihr ihr das schon vor zehn Jahren gesagt hättet, wären wir vermutlich niemals an diesen Punkt gekommen«, sagte Jo abschließend, und plötzlich war das Eis gebrochen, und sie saßen zusammen und plauderten wie eine ganz normale Familie, die einander auf den neusten Stand brachte.

Und so waren auch die folgenden Tage verstrichen; Sasha, Molly und Arthur waren zusammen spazieren gegangen, hatten über Wichtiges und Unwichtiges geredet und ihr Bestes gegeben, um die Vergangenheit hinter sich zu lassen und ihr Verhältnis neu zu festigen. Sashas Leben spielte sich nun hauptsächlich in Spanien ab, und Jo bekam den Eindruck, als würden ihre Großeltern zu überlegen beginnen, ob sie ihre Tochter nicht doch irgendwann einmal dort besuchen sollten.

Jo wischte sich die Hände ab. Das Café war inzwischen wieder leer, aber es würde nicht lange dauern, bis es sich erneut füllte.

Draußen versammelten sich bereits die Leute, um sich den besten Platz für die Aussicht auf das Feuerwerk zu sichern. »Mum, wie sieht es mit deinen Bastelqualitäten aus?« Jo holte eine noch zusammengelegte Pappkonstruktion hervor. »Das hier wird ein Mini-Hotdog-Stand mit gestreiftem Dach. Könntest du mir einen Tisch hier neben die Theke ziehen?«

Ihre Mum tat wie geheißen. »Rechnest du mit großem Andrang?«

Jo deutete zum Fenster. »Es ist noch früh, und es wird schon ziemlich voll. Bald kriegen die Leute Hunger.«

Gemeinsam errichteten sie den Stand und begannen anschließend, Zwiebeln zu hacken, Würstchen heißzumachen und Brötchen längs aufzuschneiden. Sie stapelten Servietten, holten Pappbecher und -deckel, und Sasha übernahm die Produktion der kandierten Äpfel, die genau so beliebt waren wie die herzhaften Häppchen.

»Gramps hat gesagt, dass im Café während des Feuerwerks absolut nichts los ist, daher machen wir zehn Minuten vor Beginn zu, räumen ein bisschen auf und gehen dann auch hinaus.« Die erste Ladung Würstchen war im Topf und der Ofen heiß, sodass sie sie zur Not warmhalten konnten, während die nächste Ladung erhitzt wurde. Alles war bereit für den potenziellen Ansturm, aber noch wichtiger war Jo, dass dieser Abend im Zeichen der Familie stand, die zum ersten Mal seit vielen, vielen Jahren das größte Ereignis des Städtchens gemeinsam begehen würde.

Tatsächlich wurde es minütlich voller auf dem Pier, und Jo und ihre Mum reichten einen Hotdog nach dem anderen über die Theke und schenkten literweise Tee und heißen Kakao aus.

Steve trat durch die Tür und brachte einen Schwall kalte Luft mit; zu dieser Jahreszeit fiel die Temperatur nach Einbruch der Dunkelheit schnell um einige Grad. »Zehn Minuten, dann geht's los. Ihr solltet besser rausgehen.«

»Komme gleich«, sagte sie und reichte einen weiteren Becher heiße Schokolade mit Sahne über den Tisch. Die Pappbecher waren längst ausgegangen – der Ansturm war sogar noch größer als erwartet –, sodass sie auf das Porzellan hatten zurückgreifen und die Kunden bitten müssen, die Tassen nach Gebrauch wieder zurückzubringen.

»Komm, Jo«, sagte Sasha und band sich die Schürze ab. »Lass das Geschirr stehen, aufräumen können wir auch noch nachher.«

In Mäntel und Schals gehüllt und mit heißer Schokolade bewaffnet, traten sie eingehakt ins Freie. Molly und Arthur standen am Laternenmast vor dem Strandladen und winkten, und Jo und Sasha gesellten sich zu ihnen.

Ein zartes Stimmchen rief Jos Namen, und jemand zupfte an ihrem Ärmel. Sie wandte sich um und entdeckte Poppy, die mit erwartungsvoll strahlenden Augen zu ihr aufsah. In einer Hand hielt sie einen Liebesapfel, von dem sie den ganzen Zuckerüberzug abgenagt hatte; wahrscheinlich hatte man ihr nicht erlaubt, den Rest einfach wegzuwerfen.

»Wo ist deine Mum?«, fragte Jo.

»Zu Hause. Das hier ist kein Platz für ein Baby«, erklärte sie ernst. Augenscheinlich hatte sie das zu Hause aufgeschnappt. »Onkel Matt ist mit mir hier. Und nachher machen wir Wunderkerzen an.«

»Das hört sich gut an.« Sie blickte sich um, sah Matt aber nirgendwo. »Hast du deinem Onkel gesagt, wohin du gehst?«

Das kleine Mädchen verzog das Gesicht, als es ihm offenbar wieder einfiel. »Ich hab ihn verloren.«

»Keine Angst. Bleib du hier bei Gramps, und ich suche Matt, okay?«

Gramps hielt der Kleinen die Hand hin. Auf der anderen Seite hatte er sich bei Sasha eingehakt, auf deren anderer Seite wiederum Molly stand. »Komm in unsere Reihe.«

Das gefiel Poppy gut genug, um sie von ihrer Sorge abzulenken, und Jo machte sich beruhigt auf die Suche. Sie quetschte sich durch die Menge, die in Erwartung der ersten Salve Feuerwerkskörper schon aufgeregt in den Nachthimmel starrte, und tatsächlich dauerte es nicht lange, bis sie Matt auf sich zukommen sah.

»Wir haben sie«, sagte Jo, ehe er noch fragen konnte, ob sie seine Nichte gesehen hatte.

Er holte tief Luft, fuhr sich mit der Hand durchs Haar und stieß einen gewaltigen Seufzer der Erleichterung aus. »Ich hatte sie an der Hand, musste sie aber loslassen, als jemand mich anrempelte, und dann war sie plötzlich weg.«

Jo deutete mit dem Kopf in die andere Richtung. »Hier entlang. Gramps passt auf sie auf.«

Sobald Matt Poppy sah, hob er sie hoch, und das Mädchen schlang seine Ärmchen fest um seinen Hals. Heute Abend würde es nicht mehr verlorengehen, so viel stand fest.

Ben und Charlie waren die Nächsten, die zu ihnen stießen, Steve unterhielt sich mit Molly und Sasha, und Gramps wurde von Hilda in Beschlag genommen, die wissen wollte, wie kalt es wohl noch werden musste, bis Jo endlich das Fondue auf die Karte setzen würde.

Schließlich steuerte Hilda auf Jo zu und sah dabei auf die

Uhr. »Es ist gleich so weit.« Als sie wieder aufschaute, begegnete ihr Blick Sashas, und erst jetzt machte sich Jo bewusst, wie lange die beiden sich vermutlich nicht mehr begegnet waren.

Jo stupste Sasha in die Seite. »Weißt du noch, wie du mich dazu gebracht hast, mich bei Sally wegen der Rosen zu entschuldigen?«

Sasha schluckte nervös, fasste sich aber ein Herz und schenkte Hilda ein kleines Lächeln. »Können wir uns kurz unterhalten?«

Aber Hilda ließ sie gar nicht zu Wort kommen. »Das ist alles Schnee von gestern, Sasha«, sagte sie. »Du brauchst dich nicht zu entschuldigen. Ich kann sehen, wie glücklich du deine Familie gemacht hast, und das ist alles, was zählt. Fangen wir noch einmal von vorne an?«

»Sehr gerne.«

»Na, da bist du ja noch mal davongekommen«, neckte Jo ihre Mum, obwohl sie über den Ausgang dieser alten Geschichte nicht glücklicher hätte sein können.

Poppy und Charlie hatten es geschafft, sich an den Beinen der Erwachsenen vorbei bis ans Geländer zu quetschen, aber Matt ließ seine Nichte keine Sekunde aus den Augen. Er schenkte Jo ein Lächeln, ehe ein Ruf sie ablenkte.

»Hi, Jo«, sagte Harry, der ein Schälchen Pommes frites in der Hand hielt und sich mit seinen Freunden auf das Pierende zuschob. Er hatte Sasha, die hinter Hilda stand, offensichtlich noch nicht entdeckt. »Ich habe von deinem Halloweenabend gehört«, sagte er und bot ihr etwas von den Pommes frites an, aber sie lehnte ab. »Mein Neffe hat davon geschwärmt. Du könntest Events organisieren, falls du dein Unternehmen etwas ausweiten willst.«

»Danke, ich denke drüber nach.«

»Ich habe auch Neuigkeiten von der Arbeitsfront. Ich ziehe weg.«

»Aus Salthaven?«

»Ich habe eine Stelle in Philadelphia bekommen.«

»Wow. Das ist wirklich weit weg.«

Er zuckte die Achseln. »Mir war nach einem größeren Einschnitt.«

»Tja, dann … freue ich mich sehr für dich.«

»Danke. Und keine Sorge. Ich übergebe deine Bücher an einen sehr kompetenten Kollegen.«

Daran hatte Jo nicht einmal gedacht, aber vielleicht war es auf lange Sicht das Beste. Nur so konnte das, was gewesen war, in der Vergangenheit bleiben, ohne dass ständig etwas davon in die Zukunft schwappte. »Danke, Harry.« Als ihre Mutter sich zu ihnen durchdrängte, ergriff Jo ihre Chance. »Harry, erinnerst du dich an meine Mum?«

»Ähm, ja, klar … hallo«, stammelte Harry, und Jo musste unwillkürlich an den Jungen denken, der er damals noch gewesen war.

Ihre Mutter sagte nichts, sondern sah ihn nur an. Wahrscheinlich würde Harry in ihren Augen immer in dieselbe Kategorie gehören wie Alan, Jos Vater, der Herzensbrecher, der sie feige sitzengelassen hatte, als es um den eigenen Vorteil ging.

Jo neigte sich ihr zu, um ihr zum zweiten Mal an diesem Abend etwas ins Ohr zu flüstern. »Denk an Hilda. Sie hat dir auch eine zweite Chance gegeben.«

Ihre Mutter räusperte sich. »Harry. Nett, dich wiederzusehen«, brachte sie hervor, und Harry erwiderte ihr Lächeln, ging aber hastig seiner Wege. »Zufrieden? Ich war jedenfalls höflich.«

Jo lachte und atmete tief die salzige Luft ein, in die sich

Aromen von heißer Schokolade und Fish&Chips mischten. »Dann frage ich mich nur, warum er geflüchtet ist.«

»Was raucht denn da oben?«, fragte Poppy, die ihren Kopf zwischen den Erwachsenenbeinen hindurchsteckte, sodass Jo nur ihr Gesichtchen sehen konnte.

»Da ist ein riesiges Feuer oben auf der Wiese, von wo aus auch die Raketen abgeschossen werden. Vielleicht kannst du nächstes Jahr hingehen.«

»Oh, das ist toll«, erklärte Sasha dem Mädchen. »Es ist so riesig, dass man nicht so nah herangehen darf, und es knistert und knackt.«

Poppys und Charlies Gesichter leuchteten auf, doch als die erste Rakete in den Himmel stieg, war alles andere vergessen. Alle Köpfe wandten sich in Richtung Wiese, die Menge verstummte, und dann erklangen die üblichen Ohs und Ahs, denn die erste Salve Feuerwerkskörper schraubte sich in die dunkle Nacht und schoss weiße Sterne in alle Himmelsrichtungen. Wieder zischte und pfiff es, als die nächsten Raketen in rascher Folge in den Himmel stiegen, ehe sie explodierten und sich in purpurnen, goldenen und roten Farbspielen am Himmel ausbreiteten. Es stimmte, dass man von hier unten am Pier etwas Besonderes geboten bekam. Die Spiegelung auf dem Wasser verlieh dem Feuerwerk etwas Magisches, und die gesamte Seebrücke war in ein surreales Leuchten getaucht.

Die nächste Salve war wie Milliarden funkelnder Sternschnuppen, die gleichzeitig herabregneten, und einen Moment lang schien der Himmel taghell, bis die Funken und Farbtupfer wieder zur Erde sanken und erloschen. Ein gewaltiger Knall ließ Jo heftig zusammenzucken, doch der Anblick der goldenen Lichter, die eine Palme in den Himmel malten, machte den kurzen Schrecken wieder wett, und Erwachsene wie Kinder schauten staunend zu.

»Das war großartig«, sagte Sasha, nachdem das Feuerwerk in einem tosenden Höhepunkt geendet hatte und der Himmel erlosch. Überschwänglich umarmte sie ihre Tochter. »Vielen, vielen Dank.«

»Dass ich dich angelogen habe?«

»Danke, dass du … dass du du bist. Ich liebe dich und bin unfassbar stolz auf dich. Dich hier in Salthaven zu sehen, hat mir klargemacht, dass du hier hingehörst. Und das Café führst du, als seist du dazu geboren worden.«

»Apropos. Ich muss hinein und aufräumen«, verkündete Jo und winkte zum Abschied Matt, Poppy, Ben, Charlie und Lorna, die inzwischen auch zu ihnen gestoßen war.

»Ich helfe dir«, sagte Sasha. »Zu zweit sind wir ruckzuck fertig.«

Jo hielt abwehrend die Hände hoch, als Molly und Arthur ebenfalls Anstalten machten, ihr zu helfen. »Leute, es ist mein Laden, und ich schaffe das schon. Mir wäre es viel lieber, wenn ihr drei zusammen nach Hause geht und noch ein bisschen miteinander plaudert.«

Und nach ein wenig Überredung verabschiedeten die drei sich tatsächlich, aber Steve bestand darauf, ihr dabei zu helfen, die Becher hineinzubringen, die draußen stehengeblieben waren. Anschließend sammelte er den Müll ein, während sie die Tische abputzte und den Hotdogstand abbaute.

Schließlich ging auch Steve nach Hause. Jo wischte den Boden, die Arbeitsflächen und den Herd in der Küche und bereitete alles für den kommenden Tag vor, und während die Fliesen trockneten, dachte sie an das Glas Wein, das sie sich gleich einschenken und auf ihrem runden Sessel im Wohnzimmer mit Blick aufs Meer genießen würde. Kaum zu glauben, wie schnell der Himmel nach dem Dauerfeuer im Farbrausch wieder schwarz und still geworden war. Die Realität war zurückgekehrt.

Sie schaltete die Lampen in der Küche aus, dann im Café, und während die Lichterketten erloschen, steckte sie schon einen Arm in den Mantel, sodass ihr die Postkarte, die auf der Fußmatte lag, beinahe entgangen wäre.

»Wieder eine«, murmelte sie. Dabei war sie aus irgendeinem Grund davon ausgegangen, dass es damit vorbei sein würde. Sie bückte sich, hob die Karte auf und las.

Liebe Jo,
wie das Feuerwerk heute den Himmel erleuchtet hat, so bringst du mein Herz zum Leuchten … xxx

Sie öffnete die Tür und schaute hinaus, doch da waren nur ein paar Jugendliche, die mit Wunderkerzen ihre Namen in den Himmel schrieben. In der anderen Richtung entdeckte sie Maddy und Dan, die Hand in Hand in Richtung Strand davonschlenderten.

Wer also war für diese Postkarten verantwortlich? Erst eine im Frühling, dann eine im Sommer, nun die dritte.

Konnte sie es wagen, darauf zu hoffen, dass der Absender sich ihr irgendwann zu erkennen gab? Und dass vielleicht wirklich etwas Besonderes, etwas Wunderbares daraus entstehen würde?

Winter

27. Kapitel

Als Jo an diesem kalten Morgen das Café aufschloss, schaltete sie nicht nur sämtliche Lampen an, sondern steckte auch die Weihnachtsbeleuchtung ein. Der Winter war gekommen, und auf dem Weg zur Arbeit hatte sie durch den dichten Nebel, der über der Stadt lag, kaum den Pier ausmachen können.

Anfang Dezember hatte Gramps ihr seinen bewährten Adventskalender gebracht und diese Tradition somit offiziell auf sie übertragen. Molly und Arthur hatten sich in den vergangenen Monaten in dem Wissen, dass das Café in guten Händen war, gänzlich aus dem Geschäft zurückgezogen. Jo hatte den Kalender mit dem fröhlichen Schneemann neben der Tafel aufgestellt, damit jeder, der hereinkam, anhand der beiden Holzwürfel sofort sehen konnte, wie viele Tage noch bis Weihnachten verblieben.

Jo drehte den einen Würfel auf eine Zwei, den zweiten auf eine Eins. Noch drei Wochen bis zum Fest der Feste. Neben die Kasse stellte sie eine Lampe, die sie von zu Hause mitgebracht hatte. Sie hatte die Gestalt eines kleinen Baumes, der von innen heraus leuchtete, und die Blätter funkelten mit den Lichterketten, die die Wände zierten, um die Wette. Nun brauchte sie nur noch frische Stechpalmenzweige, um damit die Tafel mit dem Tagesangebot und die Pinnwand zu dekorieren. Die neuen Weihnachtsbriefbeschwerer von Charlie und Poppy lagen schon zum Gebrauch bereit. Wenn sie nicht an den Tischen eingesetzt wurden, die für sonniges Winterwetter draußen stehen geblieben waren, dienten sie einfach als zusätzliche Weihnachtsdekoration im Inneren, denn die Kinder hatten großartige Arbeit geleistet. Poppy hatte einen der Steine mit einem Weihnachtsmann, einen anderen mit einem Schneemann verziert, und Charlie hatte mit Bens Hilfe auf den größten Stein Rentiere gemalt.

Auch heute hatte Jo viel zu tun, doch das Café lief längst wie eine gut geölte Maschine. Es war ihr Privatleben, das immer noch hinterherhinkte. Abgesehen von den seltenen Malen, die sie mit Melissa und Jess in den Pub ging, schien es mehr oder weniger ächzend zum Stillstand gekommen. Molly sagte ihr immer wieder, sie müsse mehr ausgehen, aber dann dachte Jo stets automatisch an ihren heimlichen Bewunderer. Aber würde er sich überhaupt jemals zu erkennen geben? Oder würde sich letztlich herausstellen, dass alles nur ein schlechter Scherz gewesen war?

Sie öffnete die Tür, als sie Matt mit der heutigen Lieferung kommen sah. »Guten Morgen«, sagte sie und schloss die Tür hinter ihm wieder. »Ist das eisig draußen.«

Er trug die Kiste direkt in die Küche und warf ihr dabei einen Blick über die Schulter zu. »Da sagst du was. Die Sonne geht zwar gerade auf, aber davon werden wir wohl heute nicht viel zu sehen bekommen.« Schon verließ er die Küche wieder. »Warte kurz, okay? Ich habe noch etwas draußen stehenlassen.«

Verdutzt folgte sie ihm, doch als sie den großen Tannenbaum im Topf entdeckte, breitete sich ein Grinsen auf ihrem Gesicht aus. »Zieht ihr jetzt auch Weihnachtsbäume bei euch auf der Farm?«

Er stellte den Baum ab. »Nein, aber der Nachbarhof tut es. Ich habe in den letzten Jahren immer einen für Molly und Arthur besorgt und dachte, du würdest diese Tradition vielleicht fortführen wollen. Ich setze ihn dir auf die nächste Rechnung, wenn es dir recht ist.«

»Absolut, und die Idee ist großartig.« Sie schnupperte an den Nadeln, und der harzige Duft brachte die Erinnerung an vergangene Weihnachtsfeste zurück. Beinahe hätte sie ihn gefragt, ob er ihr noch einen zweiten Baum für ihre Wohnung besorgen konnte, ließ es dann aber doch. Einen Baum für sich allein zu kaufen war noch trauriger, als sich eine Mikrowellenmahlzeit für eine Person zuzubereiten. Vergangenes Jahr hatte sie noch in der Wohngemeinschaft gelebt, und sie hatten sich zusammen einen Baum besorgt, der so groß war, dass die Spitze sich an der Decke bog, was sie in ihrem angetrunkenen Zustand zu wildem Gelächter verleitet hatte, bis eine von ihnen sich erbarmt und von der Nachbarin eine Gartenschere geliehen hatte, um die Spitze abzuschneiden. Ein Weihnachtsbaum in ihrer leeren Wohnung würde sie nur schmerzlich daran erinnern, dass es in ihrem Leben nicht den einen besonderen Menschen gab, den sie sich wünschte. Molly und Arthur hatten endlich beschlossen, ihren Ruhestand zu nutzen und im Zuge der Versöhnung mit ihrer Tochter nach Mallorca zu fliegen, um Weihnachten bei ihr zu verbringen, doch sie hatten erst gebucht, nachdem Jo ihnen versichert hatte, dass Tilly in Salthaven sein würde und sie für den besonderen Tag zu ihren Eltern eingeladen hatte. Und, ja, Jo freute sich über diese Aussicht, wenn sie auch ehrlich genug war, sich selbst gegenüber einzugestehen, dass ein solches Weihnachtsfest nur zweite Wahl war.

»Jo?«, riss Matts Stimme sie aus ihren Gedanken. »Ich hatte

gefragt, wohin ich den Baum stellen soll.« Er packte den Topf, legte den Kopf zurück, um nicht von den Nadeln gepikst zu werden, und hob ihn an.

»Entschuldige.« Sie sah sich um. »Warte kurz, ja? Ich ziehe den Tisch hier beiseite, dann stellen wir den Baum neben die Tafel. Brauchst du den Topf zurück?«

»Nein, der gehört dazu.« Er grinste amüsiert über ihre Geistesabwesenheit; vermutlich machte sie heute einen etwas minderbemittelten Eindruck. Gewöhnlich war sie nicht so daneben, aber Weihnachten schien sich mehr auf ihren seelischen Zustand auszuwirken als gedacht. Es war für sie eine Zeit der Freude und der großen Feiern, aber auch eine, die zum Nachdenken anregte, was jenseits der bunten Lichter und dem Einpackpapier wirklich wichtig war. Immerhin hatte sie ihre Familie wieder zusammengeführt, sodass sie wenigstens in dieser Hinsicht etwas richtig gemacht hatte.

Sie half Matt, den Baum an die besagte Stelle zu manövrieren, und dirigierte ihn, als er ihn drehte und wendete, um die schönste Seite zu präsentieren. »Noch ein bisschen nach rechts … nein, tut mir leid, eher nach links … ja, noch ein bisschen, und wieder nach rechts.« Sie stieß ein kleines Lachen aus. »Da. Genau so. Nicht mehr bewegen.« Als sein gerötetes Gesicht aus den duftenden Zweigen auftauchte, grinste sie verlegen. »Perfekt. Vielen Dank, das war sehr lieb von dir.«

»Ich helfe gerne.«

»Ich wollte heute Nachmittag das Café schmücken, dein Timing ist also ganz hervorragend.« Sie würde den Topf mit Krepppapier und einer großen Schleife umhüllen, sodass er wie ein riesiges Geschenk aussah.

»Ich bin gespannt zu sehen, was du aus dem Café machst«,

sagte Matt. »Es ist für uns alle immer wie ein kleines Schatzkästchen am Ende des Piers, wenn im Winter so viele Läden und Geschäfte monatelang geschlossen haben.«

»Schön. Das freut mich.« Sie mochte zu Hause allein ihren Meerblick genießen, doch hier im Café hatte sie so viel Gesellschaft, wie man sich nur wünschen konnte, und sie wusste, dass man manchmal einfach für das, was man hatte, dankbar sein sollte. »Ich freue mich auch sehr auf mein erstes Weihnachten hier.«

»Man merkt's. Du grinst wie ein Honigkuchenpferd.«

Sie wandte sich dem Baum zu. »Und du? Magst du Weihnachten?«

»Oh, ja.« Er drückte ein paar der unteren Tannenzweige in Form. »Diese Bäume ziehen einen in den Bann, noch ehe sie überhaupt geschmückt sind.«

»Der Duft ist himmlisch.«

»Ich hole meiner Schwester nachher noch einen, dann meinen Eltern. Wahrscheinlich rieche ich nachher selbst wie eine Tanne.«

»Du könntest es schlimmer treffen«, scherzte sie. Sie ging in die Küche, um die Kiste auszupacken, und Matt folgte ihr. »Autofahren ist heute bestimmt nicht ganz ungefährlich, deshalb noch einmal tausend Dank, dass du mir die Sachen gebracht hast.«

»Keine Sorge, ich bin vorsichtig gefahren«, antwortete er. »Im Übrigen ist das Café einer unserer besten Kunden – ich lasse dich doch nicht im Stich.«

Sie holte einen großen Stängel heraus, der dicht an dicht mit Rosenkohl besetzt war. »So habe ich das Gemüse noch nie gesehen.«

»Ich hätte sie einzeln abernten können, aber auf diese Art halten sie sich länger frisch. Stell den Strunk einfach in einen Eimer mit Wasser.«

»Danke für den Tipp.« Sie kramte einen kleinen Plastikeimer aus der Vorratskammer, hielt ihn unter den Wasserhahn und stellte die zwei Stängel, die er mitgebracht hatte, hinein.

»Du gehörst also zur Fanfraktion?«

»Von Rosenkohl?« Sie grinste. »Unbedingt. Ich liebe ihn, obwohl vielleicht nicht alle Kunden darauf stehen, aber ich bleibe experimentierfreudig.«

»Schon eine Idee?«

»Einen Wintersalat mit Rosenkohl, Schalotten und Granatapfelkernen, beträufelt mit einem Dressing aus Balsamico, Apfelessig und Ahornsirup.«

»Wie kommst du nur immer auf die Rezepte?«

»Gran und Gramps liefern Ideen, oder ich weiß in etwa, was mir vorschwebt und suche dann in Kochbüchern. Manchmal google ich auch nach Tipps, dann wieder koche ich frei Schnauze.« Sie blickte wieder in die Kiste. »Das sieht alles wieder wunderbar aus, tausend Dank, Matt.«

»Gerne. Aber jetzt muss ich los – als Nächstes zur Schule.«

»Mit einer Lieferung Rosenkohl?«

»Hast du als Kind Rosenkohl gegessen?« Und damit ging er hinaus in den bleigrauen Tag, der keine Anstalten zu machen schien, die Sonne durchzulassen.

Während Jo den Rest der Lebensmittel auspackte – Eier zum Backen von süßen und herzhaften Gerichten, Rettich, der ihre Kreativität herausfordern würde, Lauch, den sie in einer Frittata verwenden wollte, plus Basilikum und Thymian –, überlegte sie, ob das Wetter sich diesen Monat wohl auf das Geschäft auswirken würde, denn bisher war das nicht der Fall gewesen. Wie Matt gesagt hatte, hatten viele Läden außerhalb der Touristensaison geschlossen, doch laut Molly und Arthur war Weihnachten im Café anders als in vielen Gasthäusern an der Südküste keine ruhige, sondern ganz im Gegenteil eine sehr lebendige Zeit, in der die Einwohner sich gerne trafen.

Jo machte sich an einen Blätterteig und hatte ihn gerade in Folie gepackt, um ihn ruhen zu lassen, als sie Jess' Stimme aus dem Café hörte.

»Morgen, Jess!«, rief sie vom Spülbecken aus. »Komme sofort.« Als sie endlich alle Teigreste von ihren Fingern geschrubbt hatte, trocknete sie sich die Hände und verließ die Küche. »Du bist bei diesem ungemütlichen Wetter doch nicht etwa gelaufen!«, sagte sie, während sie die Sportkleidung ihrer Freundin musterte, die nun durch Weste, Mütze und Handschuhe vervollständigt wurde.

»Man kann nicht immer das Wetter aus Ausrede vorschieben«, schnaufte Jess. Aus den Ohrhörern, die um ihren Hals lagen, drang schwach Musik. »Ich würde viel zu träge werden.«

»Ich jedenfalls erstarre in Ehrfurcht.«

»Es ist so gemütlich hier drin«, sagte Jess mit Blick auf die Lichterketten, die im Kontrast zum grauen Nebeltag umso einladender wirkten. »Und der Baum riecht wunderbar.« Sie atmete den Duft der Nadeln ein, der sich bald mit den Aromen aus dem Ofen mischen würde. »Am liebsten würde ich gar nicht mehr rausgehen, aber ich muss ja, daher heute bitte einen Bananensmoothie für mich.«

»Kommt sofort.« Jo kehrte in die Küche zurück, schnitt eine Banane klein, gab Milch und Honig dazu, mixte alles und kehrte in kürzester Zeit mit dem Getränk zu Jess zurück.

Jess stand vor den Ansichtskarten, als Jo den Trinkhalm durch den Deckel drückte, und steckte die, die sie gerade gelesen hatte, zurück. »Harry scheint sich gut zu amüsieren«, sagte sie und schloss beim ersten Schluck genießerisch die Augen.

»Die Karte ist erst heute Morgen gekommen.« Sie war durch den Briefschlitz unten an der Tür so gefallen, dass die Schrift nach oben gezeigt hatte, und Jos Herz hatte einen Moment ausgesetzt, als sie das Café aufgeschlossen hatte, wünschte sie sich doch nichts mehr, als dass ihr heimlicher Bewunderer sich noch einmal melden möge. Aber als sie Harrys Namen gelesen hatte, hatte sie den Gedanken verdrängt und sich zur Ordnung gerufen. Sie sollte froh sein, Post von jemandem zu bekommen, auf den sie immer würde zählen können. Sie freute sich, dass er diese berufliche Chance bekommen hatte, und er schien dort wirklich zufrieden zu sein. Aber noch froher war Jo, dass die Erinnerungen an gemeinsame schöne Zeiten sie nicht verleitet hatte, sich doch wieder auf ihn einzulassen. Es hätte niemals funktioniert.

»Er kommt in den USA offenbar beruflich sehr viel rum«, bemerkte Jess.

Jo blickte wieder auf die Ansichtskarte, die er aus Denver, Colorado geschickt hatte. »Ja. Er hat immer schon etwas von der Welt sehen wollen.«

»Denkst du, er hat hier seine Zelte abgebrochen, weil du ihm klargemacht hast, dass es zwischen euch nichts mehr geben wird?«

Jo lächelte, als Kundschaft den Laden betrat, und flüsterte Jess zu: »Ich glaube nicht, aber so ist es in jedem Fall am besten. Ich wünsche ihm, dass er jemanden kennenlernt, der auf seiner Wellenlänge ist.« Salthaven war nie groß genug gewesen für Harry Sadler. Und er und sie hatten sich verändert.

»Hilda, guten Morgen. Sie sind aber früh dran heute.« Jo zog sich wieder hinter die Theke zurück, während Hilda ohne Umschweife an den Baum trat, der auch ohne Schmuck prächtig wirkte, und tief einatmete, ehe sie sich zu Jo gesellte.

»Viel zu tun im Laden«, sagte sie und winkte Jess zum Abschied. »In dieser Jahreszeit ist immer die Hölle los. Ich komme mir vor wie der Weihnachtsmann persönlich. Oder die Weihnachtsfrau … ja, ich finde, das klingt schon sehr viel besser.«

»Sie brauchen einen neuen Elf.«

»Absolut. Schade, dass deine Mum nicht in der Nähe wohnt.«

Als verspätete Entschuldigung für die Zerstörung viele, viele Jahre zuvor hatte Sasha in Hildas Laden ohne Entgelt ausgeholfen, bis sie zurück nach Mallorca geflogen war.

»Ich beneide sie ein wenig um das mildere Klima«, sagte Jo. Doch tatsächlich hatte sie zum ersten Mal keinerlei Probleme damit, dass ihre Mutter in einem anderen Land lebte. Denn nun, da Sasha und ihre Großeltern die Vergangenheit ruhen lassen konnten, war die Gegenwart so viel entspannter. »Und Gran und Gramps können es kaum erwarten, sie zu besuchen.«

»Toll, dass sie es tun.«

»Da es Winter ist, wird Gramps mit den Temperaturen zurechtkommen. Ich bin mir nicht sicher, wie er reagiert hätte, wenn Gran ihn im Sommer hätte überreden wollen.«

»Stimmt, mit Hitze kann er nicht gut umgehen.« Hilda nickte. »Apropos. Ich hätte gerne einen Rharbarertee zum Mitnehmen. Daran kann ich mir auf dem Weg zurück in den Laden wenigstens noch die Hände wärmen.«

»Wird gemacht.«

»Steht das Fondue für morgen noch?«, fragte sie, als Jo einen Thermobecher nahm und den Teebeutel heraussuchte.

»Natürlich. Ich bin morgen unterwegs, aber Gramps ist hier. Und wenn der erste Fondue-Tag ankommt, veranstalten wir ihn von nun an jeden Dienstag, bis der Winter vorbei ist.«

Hilda zog ihre fliederfarbenen Handschuhe an. »Sag Arthur, dass ich morgen exakt zwölf Uhr hier zum Fondue auftauche.«

Als sie fort war, machte Jo sich wieder an die Arbeit. Der Teig war fast so weit, ausgerollt zu werden, daher bereitete sie die Lauch-Käse-Füllung für die herzhafte Pie zu, die sie heute auf die Tafel setzen würde. Sie schwenkte den Lauch in Butter, fügte Mehl, Gewürze und Milch hinzu, damit die Soße andickte, rundete die Füllung mit Käse, frischer Petersilie und Kartoffelwürfeln ab und legte den ausgerollten Teig als Deckel über die Form. Die Pie stand noch nicht lange im Ofen, als Molly und Arthur in Begleitung von Steve mit Kartons voller Weihnachtsdekoration eintraten.

»Ihr wusstest von dem Baum«, schloss Jo.

»Aber sicher.« Molly zuckte die Achseln. »Matt hat uns jedes Jahr einen ins Café gebracht und vergangene Woche nachgefragt. Wir dachten, du würdest dich vielleicht freuen.«

»Ein toller Baum.« Steve nickte anerkennend.

»Diese Kartons werden übrigens nicht leichter«, sagte Gramps. »Wohin sollen wir sie stellen?«

»Da, auf den Tisch in der Ecke. Ich schmücke den Baum, wenn ich dazu komme. Ich muss noch einen Wintersalat und die Frittata vorbereiten.« Sie wandte sich an Steve. »Bist du sicher, dass du mit dem Arm schwere Sachen tragen solltest?« Er hatte sich auf einer Baustelle vergangenen Monat verletzt und den Arm eine Weile in einer Schlinge tragen müssen, obwohl er darauf bestanden hatte, ihr auch einarmig zu helfen, wann immer Not am Mann war.

»Keine Sorge, Jess hat mir vor einer Woche schon das Okay gegeben«, sagte er. »Es war ja auch nur eine Zerrung, daher reichte etwas Ruhe aus. Sie meinte, am Weihnachtsschwimmen könnte ich in jedem Fall teilnehmen.«

»Und das willst du auf keinen Fall verpassen, richtig?«

Ihm entging der Sarkasmus in ihrer Stimme nicht. »Vorsicht, oder ich schleife dich mit mir ins Meer.«

»Hört auf, euch zu zanken, ihr zwei«, sagte Molly. »Wenn wir den Baum zusammen schmücken, sind wir ruckzuck fertig.«

»Oh, nein, das tut ihr nicht«, sagte Jo warnend. »Ihr geht jetzt nach Hause und packt. Ihr seid morgen den ganzen Tag hier und müsst Mittwochmorgen in der Früh los. Was machst du für ein Gesicht, Gramps?«

»Das Ganze behagt mir nicht so recht«, murmelte er, als Steve sie verließ, weil er zu einer Baustelle am Stadtrand musste. Da er in den vergangenen Wochen krankheitsbedingt nicht hatte arbeiten können, musste er den Ausfall aufholen, ehe über Weihnachten die meisten Unternehmen Urlaub machten.

»Kommt, setzt euch«, sagte Jo und deutete auf die beiden Stühle direkt am Fenster, wo ihre Großeltern am liebsten saßen. »Ich mache euch einen Tee.« Wenig später kehrte sie mit einer Kanne Earl Grey und zwei Tassen zurück. »Also. Was ist los, Gramps?«

»Ich bin seit Jahren nicht mehr zu Weihnachten weg gewesen.« Er warf Molly einen Blick zu. »Wir beide nicht.«

»Er hat recht. Wir gehören nach Salthaven, und es gefällt uns hier.«

»Aber ihr seid dann bei Mum – und ihr habt die gemeinsame Zeit dringend nötig.«

»Er macht sich Sorgen«, gab Molly zu, trank einen Schluck Tee und stellte die Tasse wieder ab.

»Worüber denn? Gramps?«

»Deine Mutter hat diesmal die Stadt nicht im Zorn verlassen, im Gegenteil. Wir haben uns versöhnt. Seitdem haben wir oft und lange telefoniert und so viel geredet wie bei zehn Weihnachten zusammen.« Er machte eine Pause, und Jo wartete verblüfft. »Wir sind hier zufrieden. Und du bist ja auch noch da. Das Café bedeutet viel Arbeit, wenn man es allein führen muss.«

»Das stimmt, aber das schaffe ich.«

»Du hast keine Bedenken, weil wir drei Wochen weg sein werden?«

»Gar nicht. Wenn ihr schon im Sommer geflogen wäret, dann ja, aber jetzt nicht mehr.«

»Und dann haben wir ja noch Weihnachten selbst. Molly wollte an diesem Tag für dich kochen.«

»Das ist lieb von dir.« Sie war traurig, dass sie zum Fest nicht bei ihnen sein konnte, aber sie dachte ja gar nicht daran, ihnen ein schlechtes Gewissen zu bereiten. Sie waren immer für sie da gewesen, und nun würde sie ihnen etwas zurückgeben können. »Macht euch um mich keine Gedanken. Tilly kommt, und ich freue mich darauf, tagelang mit ihr zu quatschen.«

Molly sah sie zweifelnd an. »Aber es ist immer noch ihre Familie und nicht deine. Das ist nicht dasselbe.«

Das war es nicht, das stimmte. »Jetzt kommt schon. Ihr könnt doch nicht einerseits immer wieder beteuern, dass die Gemeinde und die Freunde hier wie eine große Familie sind, aber andererseits behaupten, das sei doch nicht dasselbe.« Doch endlich dämmerte ihr der wahre Grund für ihr Zögern. »Oder habt ihr vielleicht Angst, dass das gute Verhältnis mit Mum noch zu frisch ist, um es durch einen längeren Aufenthalt zu strapazieren?«

»Meinst du, es könnte so sein?«, fragte Molly.

»Ich denke, ihr drei habt im Laufe der Jahre sehr viel gelernt, und keiner von euch wird aufs Spiel setzen, was ihr euch in diesem Herbst erarbeitet habt. Ich weiß, dass Mum sehr darauf bedacht sein wird, dass es euch bei ihr gefällt. Und sie freut sich so auf euren Besuch.«

»Ja, das hat sie uns auch gesagt«, bemerkte Arthur.

»Wann immer ich mit ihr telefoniere«, fuhr Jo fort, »spricht sie von etwas Neuem, das ihr zusammen unternehmen könntet. Sie möchte euch so gerne zeigen, wie sie jetzt lebt und was sie sich aufgebaut hat – und zwar mit dem Geschäftssinn, den ihr ihr vererbt habt! Sie will eine Bootstour mit euch machen und euch in all die tollen Restaurants schleppen, die sie entdeckt hat. Gramps, sie möchte, dass ihr wieder an ihrem Leben teilhabt.«

»Und du kommst wirklich ohne uns klar?«, fragte Gran, als Gäste, die nicht aus Salthaven stammten, durch die Tür kamen.

»Nicht, wenn ich jetzt nicht meine Lauch-Käse-Pie mit dem schönen geflochtenen Rand aus dem Ofen rette«, erwiderte sie grinsend.

»Also wirklich!«, rief Molly gespielt entrüstet. »Soll das heißen, wir sind höchstens für eine gelungene Teigdekoration gut?«

»Es sind die Kleinigkeiten, die am Ende den Unterschied machen.« Jo zwinkerte ihr zu, als sie in der Küche verschwand.

Im vergangenen Jahr waren ihre Großeltern zu dieser Zeit noch allein im Café gewesen. Jo war nun fast ein Jahr hier, und trotz ihrer anfänglichen Angst vor dem alltäglichen Stress und der Unsicherheit, sich nicht auf ein geregeltes Einkommen verlassen zu können, hatte sie nicht ein einziges Mal zurückgeblickt. Sie hatte eine Arbeit, die sie erfüllte, gute Freunde, eine hübsche Wohnung – und sie hatte das Gefühl, angekommen zu sein. Nun wünschte sie sich nur noch, dass der mysteriöse Kartenschreiber aus seiner Deckung kam und sich zu erkennen gab. Eine zynische Stimme in ihrem Kopf warnte sie, dass sich die ganze Aufregung in Wohlgefallen auflösen würde. Doch ihre romantische Natur, die fest an eine Liebe wie die von Molly und Arthur glaubte, gab die Hoffnung nicht auf.

28. Kapitel

Am Mittwochmorgen schaltete Jo sofort nach ihrer Ankunft die Beleuchtung im Café an und steckte anschließend die Lichterketten ein, die an den Wänden angebracht waren. Sie hatte es sich angewöhnt, der winterlichen Düsternis mit Licht und Gemütlichkeit zu begegnen, sobald sie ihren Laden betreten hatte.

Die Temperaturen waren noch weiter gesunken, und auf dem Pier war es rutschig gewesen, aber sobald die Sonne hervorkam, würde das Meer funkeln und die frostweißen Halme auf den Rasenstreifen zwischen Strand und Stadt glitzern. Heute sollte einer der wenigen klaren Tage im Dezember werden, aber selbst wenn sie bald in Gummistiefeln über den Pier stapfen musste und die dramatisch aufgewühlte See ihr eiskalten Sprühregen entgegenschleuderte, würde das nichts an ihrer Liebe zu diesem Ort ändern.

Nun aber an die Arbeit. Es war an der Zeit zu beenden, was sie angefangen hatte. Gramps hatte ihr heute Morgen Stechpalmenzweige aus dem Garten abgeschnitten, und diese wollte sie an Tafel und Pinnwand anbringen. Behutsam, um sich nicht an den feinen Stacheln zu verletzen, klemmte sie jeweils einen Zweig an die oberen Ecken und sicherte sie mit einem Klebestreifen. Stechpalmenzweige verliehen der weihnachtlichen Festlichkeit mit ihren glänzenden grünen Blättern und den dunkelroten Beeren immer besondere Schönheit, fand Jo.

Sie nahm den zweiten Würfel aus dem Adventskalender, um die Zahl der verbleibenden Tage zu ändern, und machte sich endlich daran, den Baum zu schmücken. Sie war den ganzen Montag nicht dazu gekommen, sich darum zu kümmern, und Molly und Arthur hatten gestern die strikte Anweisung gehabt, die Finger davon zu lassen. Jo wollte es allein machen, um das erste Weihnachten in ihrem eigenen Laden auf ihre Art zu würdigen.

Sie hatte einen kleinen Karton mit eigenem Dekomaterial von zu Hause mitgebracht und holte nun den Baumschmuck aus der Vorratskammer, den ihre Großeltern am Montag angeschleppt hatten. Zuerst nahm sie die elektrischen Kerzen heraus, die sich zum Glück mit recht wenig Aufwand entwirren ließen.

Sie zog sich einen Stuhl an den Baum, um an die Spitze zu reichen, und begann, die Lichterkette von oben um den Baum zu winden, bis sie unten angelangt war und den Stecker hinter dem Topf in die Steckdose bugsieren konnte. Sie trat einen Schritt zurück und atmete erneut den Duft der Nadeln ein, der dem Café eine wunderbare weihnachtliche Grundstimmung verlieh. Am liebsten hätte sie sich einen Kaffee gemacht und eine Weile einfach nur vor dem Baum gesessen, um ihn zu genießen, doch dazu war keine Zeit. Bald würden die ersten Kunden kommen, und sie hatte noch einiges zu tun.

Nachdem sie alle Kartons durchgesehen und Bestandsaufnahme gemacht hatte, entschied sie sich für silberne und weiße Kugeln, matt wie glänzend. In einem weiteren Karton, den ihre Großeltern mitgebracht hatten, befanden sich Figuren und

Schmuckelemente, und mit jedem Stück verband Jo Erinnerungen an vergangene Weihnachtsfeste. Es gab eine mit Glitzer bestreute hölzerne Maus und einen dazu passenden Igel, die von einem Ausflug mit ihrem Mum in die Cotswolds stammten. Sie hängte das Filzrentier mit dem Halstuch auf, das sie als Kind mit Gramps gekauft hatte, als sie einmal nach der Schule furchtbar deprimiert gewesen war und Arthur sie aufheitern wollte. Drei Glaskugeln mit weißen Seidenbändern und silbern glitzerndem Überzug hängte sie so weit oben in den Baum, dass sie vor neugierigen Kinderhändchen geschützt waren, und der Pinguin mit Weihnachtsmütze auf Schlittschuhen fand ebenfalls einen Platz an den oberen Zweigen. Als Nächstes kamen Zuckerstangen, kleine Trommeln und ein silberner Schlittschuh mit pelzverbrämtem Schaft, außerdem ein kleiner Filzstrumpf, Baumschmuck in Gestalt eines Kamins, in dem ein Feuer brannte, und ein silberner VW-Käfer. Sie sah zu, wie er auspendelte, nachdem sie das weiße Band über die Nadeln gestreift hatte, und machte sich bewusst, was alles geschehen war, seit sie das kleine Auto in Edinburgh für ihr erstes Weihnachten in Schottland gekauft hatte.

Als ihr Handy eine eingehende Nachricht signalisierte, holte sie es hervor und entdeckte eine Nachricht von Tilly. Erfreut klickte sie sie an, doch der Inhalt war wie ein Schlag in die Magengrube: Tilly hatte ihren Besuch über Weihnachten aufgrund der Wetterwarnungen abgesagt. »Na, toll«, murmelte Jo. Im ersten Impuls war sie versucht, ihre Freundin anzurufen, um sie zu überreden, aber es wäre nicht fair gewesen, ihr womöglich ein schlechtes Gewissen zu machen, weil sie verständlicherweise nicht im Schneetreiben von Edinburgh bis an die Südküste fahren wollte. Also schrieb sie zurück, es sei schade, aber nicht zu ändern, und sie würden sich im nächsten Jahr so bald wie möglich sehen. Tilly antwortete, ihre Eltern würden sie immer noch willkommen heißen, aber Jo lehnte dankend ab. Zwar kannte Jo Tillys Eltern gut und war gerührt, dass sie mit ihr feiern wollten, doch ohne Tilly würde sie lieber etwas anderes machen. Vielleicht würde sie sich ein paar verdiente Ruhetage gönnen, auf dem Sofa herumlungern, Filme schauen und essen, was immer sie wollte. Diese Freiheit zu haben erschien ihr plötzlich sehr verlockend.

Jo nahm die letzte Figur aus dem Karton, einen wunderschönen Engel in einem glitzernden, mit Spitze besetzten Kleid, von dem jedes kleine Mädchen träumte. Gran hatte ihn Jo geschenkt, als sie nach Schottland gegangen war. Damals hatte Jo sich gefragt, ob ihre Großeltern ihr die Figur als Talisman mitgegeben hatten, weil sie befürchteten, sie habe, genau wie ihre Mutter, keinesfalls vor, je wieder nach Salthaven zurückzukehren. Doch falls dem so gewesen war, hätten sie sich nicht gründlicher täuschen können. Jo hatte sich emotional niemals von Arthur und Molly entfernt, und das würde sie auch in Zukunft nicht. Hier war der Ort, an den sie gehörte, und selbst wenn sie Weihnachten dieses Mal allein sein würde, so konnte sie damit durchaus umgehen; es musste auch niemand erfahren, dass ihre Pläne hinfällig geworden waren.

Sie schluckte und wischte sich mit der Fingerspitze den Augenwinkel.

Wieder stellte sie sich auf den Stuhl, doch sie reichte nicht an die Spitze heran, so weit sie sich auch reckte. Plötzlich wäre sie am liebsten in Tränen ausgebrochen. Niemand, mit dem sie Weihnachten feiern konnte, ihre Großeltern waren fort, und nicht einmal den Baum konnte sie richtig schmücken.

»Ich scheine ja gerade zur rechten Zeit zu kommen«, ertönte Matts Stimme hinter ihr fast gleichzeitig mit der Türglocke.

Jo stieg vom Stuhl. »Das kann man wohl sagen. Wärst du so lieb?« Sie hoffte, dass sie ihr Gesicht schnell genug abgewandt hatte, denn sie war sicher, dass man ihr die Verzweiflung ansah.

Er stellte die Kiste mit der üblichen Lieferung ab, zog die Handschuhe aus und nahm den Engel behutsam in die Hand. Er stieg auf den Stuhl, positionierte ihn an der Baumspitze und richtete außerdem die Lichterkette. »So kommt er noch besser zur Geltung«, bemerkte er, als er wieder herabstieg. »Und gut, dass er so weit oben hängt. Wenn Poppy die Figur sieht, will sie sie bestimmt haben – und jedes anderen kleine Mädchen vermutlich auch.«

»Ein schöner Engel, nicht wahr? Gran und Gramps haben ihn mir geschenkt.«

»So etwas Besonderes wird heute nicht mehr oft hergestellt«, sagte Matt. »Meistens sind gerade die Baumspitzen aus billigem Plastik, aber die da … der Star in deinem Café, würde ich sagen.«

Sie wandte sich der Obst- und Gemüsekiste zu. »Ich danke dir jedenfalls – auch hierfür. Wie laufen die Geschäfte oben auf dem Hof?«

»Eher zäh, verglichen mit den anderen Jahreszeiten, aber gut genug, um über die Runden zu kommen.«

»Das freut mich.«

»Wie ist der Rosenkohlsalat angekommen?«

»Wenn ich den so genannt hätte, wäre ich wohl drauf sitzen geblieben.« Sie stupste ihn in die Seite. »Wintersalat bitte.«

»Ich bitte um Verzeihung. Wie ist der Wintersalat angekommen?«

»Sehr gut. Vince hat einen bestellt, Dan und Maddy mochten ihn, und ein paar auswärtige Gäste haben gesagt, sie würden sich freuen, wenn er öfter auf der Karte stünde.«

»Was für ein Glück, dass ich dir noch mehr Rosenkohl mitgebracht habe«, konterte er mit einem Augenzwinkern.

Sie holte erneut einen ganzen Stängel aus der Kiste. »Sie sehen so hübsch aus. Mal sehen, was mir sonst noch dazu einfällt.«

Das Glöckchen über der Tür ertönte wieder, und als gleich darauf vertraute Stimmen zu hören waren, ließ Jo alles stehen und liegen und kehrte ins Café zurück.

Zuerst schloss sie Gran, dann Gramps in die Arme. »Ganz viel Spaß, es wird bestimmt toll. Aber ich werde euch schrecklich vermissen.«

Gramps konnte die Tränen in den Augen nicht verbergen. »Steve kommt nachher vorbei, um das Regal neben dem Herd zu reparieren.«

»Was? Das ist schon wieder kaputt?«

»Nun ja, die Küche ist alt«, bemerkte er. Jo sehnte sich danach, dem Café eine neue kaufen zu können – und für ihre Wohnung ebenfalls –, doch im Augenblick mussten Reparaturen reichen. »Hilda schwärmt übrigens in der ganzen Stadt vom Fondue«, fügte er hinzu.

»Es hat sich also gelohnt gestern?«

»Hilda ist mit Angie gekommen, außerdem Bea vom Imbiss und Maisy aus der Post. Alle haben gesagt, sie kämen nächste Woche wieder.«

»Wow. Dann sehe ich besser zu, dass ich bis Dienstag alle nötigen Zutaten beisammen habe.«

»Matt sorgt schon für den nötigen Nachschub«, sagte Molly.

»Und wenn du Schwierigkeiten bekommst, hast du hier inzwischen ja genug Freunde, die dir unter die Arme greifen können.«

»Ich bekomme keine Schwierigkeiten, Gran. Ich leite das Café nun schon eine Weile ohne Probleme.«

»Sag mir einfach, was du haben willst«, meldete sich Matt zu Wort. »Ich muss den nächsten Kunden beliefern, aber ich wünsche euch eine gute Reise und tolle Ferien.« Gran errötete, als er sie auf die Wange küsste. »Kommt heil wieder.« Er schüttelte Arthur die Hand. »Frohe Weihnachten euch beiden.«

»Und dir auch ein großartiges Fest«, sagte Arthur und zwinkerte Matt – für ihn völlig untypisch – zu. Die bevorstehende Reise machte ihn offensichtlich übermütig.

»Möge der Weihnachtsmann dir etwas Besonderes bringen«, ergänzte Molly, und Jo hätte schwören können, dass auch sie Matt zuzwinkerte. Was war hier los? Die beiden benahmen sich wie zwei Kinder, die einen albernen Streich planten.

»Wie seid ihr denn drauf?«, lachte Jo, als Matt davonging. »Matt ist zwar noch nicht besonders alt, aber an den Weihnachtsmann glaubt er vermutlich nicht mehr.«

»Aber vielleicht an Magie«, gab Arthur unbeirrt fröhlich zurück.

»Mag sein. Also – habt ihr alles? Flugtickets? Pässe? Geld?«

»Jo, hör auf damit«, sagte Gramps. »Noch sind wir nicht senil.«

»Das weiß ich. Aber ich darf mir doch wohl genauso Sorgen um euch machen, wie ihr euch um mich.« Arthur ernährte sich endlich auf regelmäßiger Basis gesund und achtete auf ein ausgewogenes Verhältnis von Ruhe und Bewegung, und Jess hatte ihm neulich nach einer gründlichen Untersuchung bestätigt, dass es mit seiner Gesundheit zum Besten stand. »Wann kommt euer Taxi? Soll ich euch noch rasch einen Tee machen?«

»Nein, wir müssen los. Der Wagen wartet vorne mit laufender Uhr.«

Jo schnappte nach Luft. »Dann aber los jetzt. Ihr verschwendet Geld. Und gute Reise!« Sie drückte beide fest an sich. Sie würden nur wenige Wochen fort sein, aber sich von ihnen zu verabschieden war dennoch nicht einfach.

Rasch scheuchte sie sie zur Tür hinaus. Es war das erste Mal, dass sie das Café gänzlich in Jos Hände gaben, denn diesmal würden sie nicht in Reichweite sein, falls sich Probleme ergaben, und Jo war sich bewusst, dass es ihnen nicht leichtfiel. Jo blieb an der Tür stehen und sah ihnen nach, während sie über den Pier zum Ufer gingen und Gran dabei gestikulierend auf Gramps einredete, und der Anblick erzeugte ein sehnsuchtsvolles Ziehen in ihrer Brust.

Steve stieg das Treppchen vom Strand herauf, wie so oft im Neoprenanzug. »Ist dir nicht kalt?«, fragte er, und Jo blickte unwillkürlich an sich herab. Jeans und Pulli waren tatsächlich nicht warm genug in dieser Kälte.

»Das fragt der Richtige«, sagte sie, trat schaudernd zurück ins Café und rieb sich fröstelnd die Arme. »Sag bloß nicht, dass du im Wasser warst.«

»Natürlich. Ich bin doch kein Weichei.« Er folgte ihr hinein. »Außerdem muss ich fürs Weihnachtsschwimmen fit sein.«

»Du spinnst doch.«

»Du kannst dich noch anmelden.«

Sie ging nicht mehr darauf ein. »Was möchtest du? Ich gehe nicht davon aus, dass du schon wegen des Küchenregals gekommen bist.«

Er blickte an sich herab. »Ich wüsste nicht so recht, wohin ich das Werkzeug stecken sollte.« Als sie rot wurde, fügte er hinzu: »Und mir ist nicht entgangen, dass du das Thema gewechselt hast.« Er deutete mit dem Kopf auf den Baum. »Schön sieht er aus. Als ich gestern reinschaute und das Ding noch nackt war, befürchtete ich schon, du würdest zu diesen Puristen gehören, die möglichst alles ganz natürlich belassen.«

»Keine Chance. Kaffee?« Sie hätte sich gerne noch mit ihm unterhalten, aber sie musste die Gerichte zubereiten, die sie heute auf die Karte setzen wollte.

»Ja, bitte.« Er blickte in die Auslage, die normalerweise voller Köstlichkeiten war. »Wo ist denn das ganze Essen?«

»Ich habe noch nicht angefangen. Ich wollte zuerst den Baum schmücken. Wenn du willst, kann ich dir einen Toast bringen.«

»Gerne.«

Sie beeilte sich, ihm das Gewünschte zu holen, damit er nicht zu lange im Neoprenanzug herumstand und sich noch erkälten würde, aber andererseits war er mit Sicherheit abgehärtet. Sie steckte die Brotscheiben in den Toaster, bis sie goldbraun waren, legte ein paar Stückchen Butter dazu und brachte den Teller und den Becher hinaus zu dem Tisch, an dem er sich niedergelassen hatte.

»Gibt es sonst noch etwas?«, fragte sie.

»Wie kommst du darauf?«

Weil er so wirkte, als hätte er eine Frage auf der Zunge. »Nur so. Ich bin in der Küche, wenn du mich brauchst, ruf einfach.«

»Mach ich.«

Seltsam schien ihr das einzig passende Wort für sein Verhalten. Als er eben hereingekommen war, war er ganz normal gewesen und hatte wie immer herumgealbert, aber nun schien ihm etwas im Kopf herumzugehen, und sie hatte keine Ahnung, was es sein mochte.

Sie ließ ihn allein, ehe weitere Kunden kamen, die man nicht mit ein paar Toastscheiben abspeisen konnte, und machte sich an die Arbeit. Zuerst stellte sie erneut den Wintersalat zusammen; zwar hatten ein paar Jugendliche ihn offen verschmäht, aber sie hatte genug Abnehmer gehabt. Währenddessen beschloss sie, mit den Eiern von Matts Hof und den Bananen aus dem Supermarkt ein Bananenbrot zu zaubern und den Kürbis, den er ihr gebracht hatte, zu köstlichen Scones zu verarbeiten.

»Kundschaft«, rief Steve aus dem Café.

»Komme.« Sie wischte sich die Hände ab und ging hinaus, um Jess zu begrüßen, die wie immer im Laufoutfit hereingekommen war. Ein leichter Schweißfilm glänzte auf ihrer Stirn. »Ich weiß nicht. Neben dir und Steve komme ich mir immer extrem träge vor.«

»Unsinn.« Jess zog die Stöpsel aus den Ohren. »Was macht der Arm, Steve?«

»Alles gut.«

»Muss ja, wenn du schon wieder surfen gehst.«

Er blickte verblüfft auf, schien aber dann zu begreifen, dass sein Neoprenanzug ihrer Kombinationsgabe auf die Sprünge geholfen hatte. Er war heute wirklich ganz weit weg.

»Wie war's?«

»Wie war was?«

Nun war es an Jess, verblüfft dreinzublicken. »Das Surfen.«

Er murmelte etwas von Welle, Tide und Lippe, trank seinen Kaffee aus und ging.

»Was ist denn mit dem los?«, fragte Jess.

»Dir ist es auch aufgefallen? Ich habe keine Ahnung, aber er steht heute vollkommen neben sich.«

»Vielleicht liegt es an Weihnachten«, überlegte Jess, während

Jo ihr den üblichen Smoothie bereitete. »Manch einer verkraftet so viel Festlichkeit nicht. Apropos. Ich melde mich zum Weihnachtsschwimmen an.«

»Ist nicht wahr.«

»Doch. Dieses Jahr wird über den Wettbewerb Geld für das Hospiz gesammelt.«

Jo gab die Zutaten in den Standmixer, schaltete ihn ein und schenkte den Smoothie in einen Becher, den sie Jess reichte. »Wie wär's, wenn ich dich sponsere, statt mich selbst nass zu machen?«, schlug sie vor. Sie hatte sich mit ein paar Gästen über das Ereignis unterhalten und erfahren, dass viele sich in ganz unterschiedlichen Bereichen engagierten: Manche als Rettungsschwimmer im Wasser, andere schenkten Getränke aus, wieder andere sorgten für Handtücher und Decken, und Jo hatte sich überlegt, morgens in der Früh Mince Pies zu backen und sie am Strand an die tapferen Schwimmer zu verteilen, sobald sie wieder aus dem Wasser kamen.

»Wunderbare Idee.« Jess nahm sich einen Trinkhalm aus dem Spender neben der Kasse. »Ich schicke dir den Link vom Spendenportal. Aber du musst auf jeden Fall kommen und zusehen, bevor du mit Tilly Weihnachten feierst, okay?«

»Mach ich«, antwortete sie lächelnd. Sie hatte sich geschworen, niemandem zu sagen, dass sie dieses Jahr ganz alleine feiern würde, denn sie wollte nicht, dass jemand sie aus Mitleid einlud. Nein, sie würde den Tag schon allein überstehen, sie war schließlich alt genug. »Ich muss wieder in die Küche zurück und kochen.«

»Nur für den Fall, dass du mich zu überreden versuchst, diese fiesen, grünen Dinger zu essen, die du in letzter Zeit in den Salat wirfst – ich bin weg!«

»Du hast ja keine Ahnung. Rosenkohl ist köstlich«, rief Jo ihr gespielt empört hinterher, als Jess das Café verließ und den Becher zum Abschied hochhielt, ohne sich noch einmal zu ihr umzudrehen.

Zurück in der Küche machte sich Jo an die Scones. Sie zerkleinerte den Kürbis, garte ihn und ließ ihn abkühlen, maß Buttermilch ab und fertigte aus allen Zutaten einen klebrigen Teig, während sie immer wieder ins Café zurückkehrte, um Kundschaft zu begrüßen, Bestellungen aufzunehmen, zu servieren oder abzuräumen. Dann bereitete sie die anderen Gerichte zu und schrieb alles auf die Tafel.

Melissa kam und klagte über das Chaos auf dem Postamt, von dem sie Kopfschmerzen bekam. Hilda holte sich eine Portion Wintersalat zum Lunch, nicht ohne mit dem Zaunpfahl zu winken, dass der Fondue-Dienstag so gelungen gewesen sei und man es doch bestimmt nicht bei dem einen Mal belassen sollte. Und Geoff und Valerie kuschelten sich an einem Tisch draußen unter eine Decke und nippten jeweils an einem heißen Caffè Latte, der mit Zimt gewürzt war. Die Kundschaft kam und ging in einem gleichmäßigen Strom, und als Steve mit seinem Werkzeugkasten zurückkam und das Regal in der Küche reparierte, hatte sie sogar noch Zeit gefunden, das erste Blech Mince Pies des Jahres zu backen.

»Vorsicht, heiß«, warnte sie, aber Steve hatte bereits in ein Törtchen gebissen, und beim Anblick seiner aufgerissenen Augen und dem Dampf, der zwischen seinen Lippen hervorquoll, musste sie lachen.

»Du bist gemein«, sagte er, als sein Mund endlich wieder leer war.

»Ich habe versucht, dich zu warnen. Außerdem hättest du eigentlich auf die Brandybutter warten müssen.«

»Das wird wahrscheinlich nicht meine letzte Mince Pie sein. Bei der nächsten bin ich geduldiger.« Er packte das Werkzeug weg und hob den Kasten an. »Kaum zu glauben, dass es dein erstes Weihnachten hier ist.«

»Stimmt.« Jo lehnte sich an die Theke. Sie hatte seit ihrer Ankunft so viel zu tun gehabt und so viel Neues gelernt, dass die Monate nur so verflogen waren.

»Wenn man bedenkt, dass du anfangs noch Angst davor gehabt hast, was der Sommer dir wohl bringen würde.« Gelassen steckte er sich den inzwischen abgekühlten Rest der Pie in den Mund. »Dabei scheint mir, dass es nichts gibt, mit dem du nicht fertigwirst. Würdest du etwas ändern wollen, wenn du könntest?«

»Ehrlich gesagt, nein.«

Er nickte anerkennend. »Bis später.«

Sie winkte ihm zum Abschied, als eine große Gruppe das Café betrat; die Weihnachtsaufführung an der Schule war gerade vorbei. Jo bereitete heiße Schokolade für die Kinder zu und streute Kakaopulver mit Hilfe von Schablonen in Form eines Tannenbaums, eines Schneemanns und eines Weihnachtsmannes darüber, servierte Mince Pies mit Brandybutter und Scones und war beinahe eine ganze Stunde unablässig beschäftigt, und als die Gäste schließlich gingen, hatte die Dunkelheit das Café längst eingehüllt und Jo war so erledigt, dass sie hätte umfallen können.

Sie drehte das Schild an der Tür auf »Geschlossen« und ließ sich auf die Fensterbank fallen. Sie zog die Schuhe aus, legte die Füße auf den niedrigen Tisch und schloss für einen Moment die Augen. Weihnachten rückte mit Riesenschritten näher, und die Vorfreude und Aufregung, die die Gäste mitbrachten, erforderten starke Nerven.

Als Jo spürte, wie ihre Muskeln sich entspannten und ihr Atem ruhiger wurde, setzte sie sich auf. Wenn sie nun nicht aufräumte, würde sie vermutlich gleich hier in Tiefschlaf fallen. Seufzend betrachtete sie die Tische, die die Gruppe eben belegt hatte. Überall Krümel, verschüttete Getränke, die Stühle standen kreuz und quer im Raum. Sie musste gegen die Versuchung ankämpfen, sich wieder zurückzulehnen. Hätte sie sich bloß nicht erst gesetzt.

Sie wandte sich dem beleuchteten Weihnachtsbaum zu, um sich zu sammeln. Ein gläsernes Eichhörnchen schimmerte am Ende eines Zweigs, und eine Silberkugel glänzte so makellos, dass Jo sich fast darin spiegeln konnte. Aber da war noch etwas anderes …

Plötzlich wieder hellwach, beugte sie sich vor. Was war denn das dort oben auf einem Zweig direkt neben dem Engel?

Sie stand auf, zwängte sich an Tischen und Stühlen vorbei und reckte sich, um einen Umschlag mit ihrem Namen aus dem Baum zu nehmen. Ihr Herz schmolz. Bestimmt hatte ihr eins von den Schulkindern eine Weihnachtskarte gebastelt. So viele waren am Kürbisschnitzabend hier gewesen, anderen hatte sie beim Feuerwerk Hotdogs verkauft, und tatsächlich schienen die Leute aus Salthaven sie gerne in ihrer Mitte zu haben; die Kekse, die sie für die Schule gebacken hatte, waren laut Charlie auf dem Schulhof *das* Thema gewesen.

Der Umschlag war golden, und sie riss ihn auf in Erwartung einer typischen Weihnachtskarte mit einer Schneeszene, einem Rentierschlitten oder einem geschmückten Baum. Doch heraus holte sie ein edles Stück Papier mit einem aufgedruckten Rahmen aus Stechpalmenzweigen, auf dem eine Nachricht stand, die nicht unterschrieben war.

Ihr Herzschlag beschleunigte sich. Denn diesmal war es nicht nur eine Nachricht, sondern offensichtlich mehr.

Datum: Der Weihnachtstag
Zeit: 14.00 Uhr
Ort: Das Café am Ende des Piers

Liebe Jo,
Du hast schon vielen Menschen zum Glück verholfen, und jetzt bist du dran. Komm zum Café am Ende des Piers, damit deine Wünsche wahr werden können.

Adrenalin strömte durch Jos Adern. Ihr geheimnisvoller Bewunderer hatte offensichtlich doch nicht aufgegeben. Wie war es ihm bloß gelungen, den Umschlag in den Baum zu stecken, ohne dass sie es bemerkt hatte? Aber dann machte sie sich bewusst, dass sie bei dem heutigen Betrieb nur Augen für die Arbeit gehabt hatte. Jeder hätte es tun können.

Sie presste sich die Karte an die Brust und blickte zum Adventskalender. Noch neunzehn Tage bis Weihnachten. Neunzehn Tage, bis nicht nur das schönste Fest des Jahres gefeiert wurde, sondern sie auch endlich herausfinden würde, wer sie beinahe ein Jahr lang aus der Ferne bewundert hatte, ohne sich zu erkennen zu geben.

29. Kapitel

»Ich weiß nicht«, sagte Morris Eckles, der nicht weit von Molly und Arthur entfernt wohnte. »Vielleicht sollte ich es ganz aufgeben.«

Jos Gast sprach von seinen Versuchen, Hecken und Büsche in einen Formschnitt zu zwängen, aber Jos Verstand war heute kaum in der Lage, sich auf Mince Pies und Heißgetränke zu konzentrieren, von Gesprächen über Hobbys ganz zu schweigen. Alles, woran sie denken konnte, war die Karte, und daher hatte sie eben Orangensaft statt Milch in den Kaffee gegeben, den Kuchen im Ofen vergessen, bis es verbrannt zu riechen begonnen hatte, und den Tee so lange ziehen lassen, bis er ungenießbar gewesen war. Dass sie versehentlich beinahe das Wechselgeld unterschlagen hatte, als Hilda ihren Tee bezahlen wollte, war nur das Tüpfelchen auf dem i.

»Tun Sie das nicht«, sagte sie zu Morris, der sich den Mantel auszog und sich setzte, um seine Mince Pie zu essen. »Übung macht den Meister. Recherchieren Sie im Internet, und versuchen Sie es einfach weiter.«

»Ihr jungen Leute habt gut reden. Ihr habt den Mumm und die Energie. Schade, dass das nicht ansteckend ist.«

»Unsinn.« Sie legte sich das Handtuch über die Schulter,

nahm einen Lappen und wischte den Tisch neben seinem. »Warum schneiden Sie das, was Ihnen nicht gefällt, nicht einfach zu einer Kugel? Das ist vielleicht sehr schlicht, aber ein guter Anfang. Als ich das Café hier übernommen habe, beschränkte sich mein Rezeptrepertoire auf Toast und ein paar andere einfache Sachen.« Während sie sprach, sortierte sie die Servietten in den Spender. »Inzwischen aber probiere ich ständig Neues aus.«

Froh, genug zu tun zu haben, wandte sie sich dem nächsten Kunden zu. Servieren, Abräumen und Kochen dienten ihr heute vor allem als Ablenkung. Sie hatte keine Ahnung, von wem die Karte stammte, und das war aufregend und beängstigend zugleich. Jetzt wusste sie, wie sich Jess und Ben, Valerie und Geoff und Maddy und Dan gefühlt haben mussten, als sie sie zu dem Blind Date eingeladen hatte. Dennoch hatte keiner von ihnen gekniffen, und das würde sie auch nicht tun. Wer immer ihr die Karten geschrieben hatte, sie wollte und musste Bescheid wissen.

Am Abend war Jo mit Jess im Pub verabredet. Melissa hatte sich entschuldigt: Sie würden momentan mehr Pakete und Päckchen durch das Postamt schleusen, als der Weihnachtsmann gutheißen konnte, und sie wolle nur noch auf die Couch fallen, die Füße hochlegen und es sich mit James vor dem Kamin gemütlich machen.

Jo verließ ihre Wohnung und zog draußen in der Kälte den Schal ein Stück höher. Ein eisiger Wind wehte vom Meer herauf, und Blattwerk und Nadeln der immergrünen Pflanzen zitterten im Frost. Die Straßen waren ruhig. Wie groß der Kontrast zur Hochsaison war, wenn Touristen und Besucher aus

Nachbarorten Parkplätze suchten, Kinder bis spät am Abend herumlaufen durften, weil es lange hell war, und alle sich am liebsten draußen aufhielten, sei es am Pier, am Strand oder im eigenen Garten.

Sie lächelte, als sie an Morris' Bungalow vorbeikam, hatte er doch genau das getan, was sie ihm heute Morgen vorgeschlagen hatte. Offenbar gestärkt von Mince Pie und Kaffee, hatte er die Büsche, die ursprünglich Vögel hätten darstellen sollen, zu dicken Kugeln geschoren und sie mit einem Netz aus kleinen Lichtern umhüllt. Sicher, Perfektion war anders, aber manchmal war es doch die Unvollkommenheit, die die schönsten Dinge hervorbrachte.

Jess wartete an der Bar, als Jo eintraf. »Was willst du trinken?«

Jo hatte draußen die Tafel gesehen, auf der mit farbiger Kreide eingerahmt von Stechpalmen und Efeu ein Rotweinglas prangte. »Ich finde, es ist ein Abend für Glühwein.« Sie zog die Handschuhe aus, stopfte sie in die Taschen und legte den Mantel über einen Hocker, ehe sie sich setzte.

Jess winkte dem Pubbesitzer mit einem Zehn-Pfund-Schein. »Billy, zwei Glühwein, bitte.«

»Sofort, die Damen.« Er fragte, was es Neues in der Arztpraxis gab, schnitt das Thema Weihnachtsschwimmen an, und prompt versuchten beide, Jo zum Mitmachen zu überreden.

»Tu es für die Stadt«, sagte Billy.

»Tu es für deine liebe Freundin«, fügte Jess hinzu.

»Ich weiß gar nicht, was ihr wollt«, gab Jo zurück. »In diesem Jahr beteilige ich mich als Sponsorin *und* spendiere Mince Pies.«

»Der Punkt geht an dich«, sagte Jess.

»Vielleicht denke ich nächstes Jahr darüber nach.«

»Das ist ein Wort.« Jess sprang auf die Füße. »Alle mal herhören, Leute!«, rief sie. »Jo hier sagt, sie wird nächstes Jahr am Weihnachtsschwimmen teilnehmen!«

Ein Johlen ging durch den Pub, und Jo zog den Kopf ein, um sich auf ihrem Barhocker möglichst klein zu machen. »Du Verräterin! Ich habe nur gesagt, ich würde darüber nachdenken!«

»Und ich wollte nur verhindern, dass du wieder einen Rückzieher machst.« Jess ließ sich auf ihren Hocker zurückfallen.

»Und wer serviert dann den tapferen Schwimmern die Mince Pies, hm?«

»Du backst sie vorher und delegierst den Job an jemand anderen. Bestimmt gibt es genügend Freiwillige.«

Verflixt, offenbar kam sie aus der Nummer nicht mehr heraus. Normalerweise hasste Jo es, wenn man sie zu beschwatzen versuchte, aber diesmal war es seltsamerweise anders. Vielleicht bekam man ja wirklich umso mehr heraus, je mehr man in eine Gemeinschaft investierte. Sie musste wieder an Curtis Durhams Angebot denken und fragte sich, wie sie jemals auch nur in Erwägung hatte ziehen können, diesen Ort hier zu verlassen. Das Café brachte endlich etwas mehr Geld ein, und auch wenn es sich nicht um Riesengewinne handelte, so reichte es doch, um ihr die Furcht vor dem Scheitern zu nehmen. Und nachdem die Kürbisschnitzparty ein so großer Erfolg gewesen war, hatte sie nun noch einen Plan B in der Hinterhand, falls sie wirklich einmal mehr Geld erwirtschaften musste: Sie würde Events aller Art organisieren, denn sie wusste jetzt, dass sie in diesem Bereich wirklich gut war.

Jess stieß ihren gläsernen Becher mit den aufgedruckten Schneeflocken gegen Jos. »Also … es ist fast Weihnachten, und wir sitzen hier wie zwei alte Jungfern …«

»Hallo? Alt will ich nicht gehört haben.« Jo nippte an ihrem Wein, der nach Ingwer und Nelken schmeckte.

»Und? Zeigt sich am Horizont jemand für dich?«

Jess' Wortwahl rüttelte Jo wach, denn das Wort »Horizont« war auf der Postkarte benutzt worden, die sie im Sommer bekommen hatte. Doch dass Jess etwas wusste, war reines Wunschdenken. Nach jeder geheimnisvollen Karte hatte Jo das Vokabular jedes Einwohners von Salthaven und sogar das der Touristen analysiert, doch mit der Zeit hatte sie es aufgegeben, da ihr Bewunderer offenbar ohnehin nicht den Mut hatte, sich zu zeigen. Bis jetzt. »Nein, niemand.« Sie spielte einen Moment lang mit dem Gedanken, Jess alles zu erzählen, ließ es dann aber doch. Vielleicht wurde ja nichts daraus – welchen Sinn hatte es also? Wer immer es war, wollte kein Publikum, und das wollte sie auch nicht, wenn die betreffende Person im letzten Moment doch noch einen Rückzieher machte.

Doch zum Glück ließ Jess das Thema fallen. »Wie geht's Molly und Arthur?« Sie umfasste ihren Becher mit beiden Händen.

»Richtig gut. Wir haben heute Morgen via FaceTime gesprochen, und sie saßen draußen im herrlichsten Sonnenschein. Kein Vergleich zu dem Wetter hier.«

»Und wie läuft es mit deiner Mum?«

»Es scheint recht gut zu funktionieren. Gran sagt, Gramps musste sich ein paarmal auf die Zunge beißen, aber augenscheinlich gewöhnt er sich langsam an die Tatsache, dass seine Tochter erwachsen ist und ihre eigenen Entscheidungen trifft. Sie braucht niemanden, der sie verhätschelt. Obwohl ich den Eindruck hatte, die beiden würden es gerne.«

»Du hörst dich genauso an wie deine Mum. Ihr beide seid unabhängig und lasst euch nicht einfach reinreden.«

»Aber was Gran und Gramps bei mir immer bewundert haben, wollten sie bei ihrer Tochter nicht zulassen.«

»Vielleicht haben sie ihre Lektion einfach gelernt. Im Übrigen war deine Mutter in jungen Jahren ja wirklich schwierig. Du nicht, soweit ich weiß.«

»Ich bin so rein wie der Engel auf der Baumspitze«, erwiderte Jo mit einem Grinsen.

»Aber wie man spüren konnte, als deine Mum hier war, scheint sie ihre Familie genauso zu lieben, wie du es tust – selbst wenn sie nicht mehr in der Nähe lebt.«

»Ja, das tut sie auch. Und ich glaube, dass genau das der Grund war, warum sie so lange nicht hierher zurückgekehrt ist. Sie hatte dieselbe Angst wie Gran und Gramps, dass es durch irgendeine Kleinigkeit zu einem irreparablen Zerwürfnis kommen würde. Mir war immer klar, dass ich der Puffer zwischen allen war, aber das hat mich nie gestört. Immerhin war ich dadurch in der Lage, sie letztlich doch wieder zusammenzuführen.«

»Ich bin echt froh für dich, dass es geklappt hat«, sagte Jess und nahm die Zimtstange aus ihrem Glas, damit sie trinken konnte, ohne sich in die Nase zu piksen. »Du hast erreicht, was du wolltest.«

Jo stimmte ihr stumm zu. Sie hatte wirklich enorm viel getan und geschafft in einem Jahr, und sie war gespannt, wo sie ein Jahr später stehen würde, wie das Café dann laufen und was für Abende und Extras sie noch organisieren würde.

»Wen hast du eigentlich für den nächsten *Abend der Liebe* im Sinn?«, fragte Jess, als könne sie Gedanken lesen.

»Darüber habe ich mir, ehrlich gesagt, noch keine Gedanken gemacht. Bei all dem Trubel um Halloween, das Feuerwerk und Weihnachten bin ich nicht dazu gekommen.«

»Na ja, ich wäre ja auch immer noch da«, sagte Jess. »Du könntest noch einmal versuchen, mich zu verkuppeln.«

Jo stellte ihr Glas ab. »Ist das jetzt nur Weinseligkeit, oder meinst du das ernst?«

»Ich mein's ernst. Ich glaube, ich bin einfach hoffnungslos. Das letzte Date hat mir eine wunderbare Freundschaft eingebracht, aber ich brauche etwas mehr. Mehr als Freundschaft.«

Jo war sich ziemlich sicher, dass es zahlreiche Männer gab, die sich darum zanken würden, mit einer Ärztin auszugehen, die nicht nur Verstand hatte und schön war, sondern auch noch herzensgut. »Ich weiß nicht«, sagte Jo grinsend. »Du hast deine Chance schon gehabt.«

»Du hast recht. Es wäre all den vielen Singles gegenüber nicht fair. Aber versprich mir, dass du an mich denkst, falls ich immer noch allein bin und du alle Bedürftigen aus Salthaven bereits verkuppelt hast.«

»Abgemacht.«

»Und dir müssen wir auch jemanden finden.«

Jo schnaubte. »Klar. Wen genau?«

»Was weiß ich? Aber wir haben doch ein paar attraktive Kerle hier in der Stadt … und nette dazu. Was ist denn mit Matt? Er ist toll, und ihr zwei versteht euch gut.«

»Auf geschäftlicher Ebene.«

»Wie du meinst. Aber du musst zugeben, dass er gut aussieht.«

»Das tut er, und er ist wirklich nett. Und seine Schwester meinte neulich zu mir, sie würde sich wünschen, dass er auch einmal an sich selbst denkt.« Plötzlich kam Jo in den Sinn, Matt mit Jess zusammenzubringen, doch sie verwarf den Gedanken sofort wieder. Sie hatte die beiden oft genug zusammen gesehen und nie den Eindruck gehabt, dass da ein Funke übergesprungen war. Aber vielleicht Vince, der begeisterter Radfahrer war, Wert auf Fitness legte und obendrein noch gut aussah: Nicht viele Männer konnten sich leisten, im Lycra-Trikot zu fahren – er schon. Natürlich war da auch immer noch der attraktive, lustige und unbekümmerte Steve. Und was war mit den Männern hier im Pub? Jo hatte im Laufe der vergangenen Monate einige von ihnen näher kennengelernt, und bestimmt kam der eine oder andere für Jess ebenfalls in Frage. Vielleicht war die Liebe für ihre Freundin längst greifbar und bedurfte wirklich nur noch einen kleinen Stups durch einen weiteren *Abend der Liebe* im Café.

»Aber selbst wenn ich jemanden aufregend finde würde«, fuhr Jess nun fort, »würde ich mich noch lange nicht trauen, ihn anzusprechen. Ich meine, wie jämmerlich ist das denn? Ich bin dreiunddreißig Jahre alt und noch immer zu feige, die Initiative zu ergreifen.«

»Das habe ich auch noch nie gemacht.«

»Wir tun nicht viel für die Gleichberechtigung, nicht wahr?«

»Nein, ich fürchte, wir werfen sie um fünfzig Jahre zurück.« Jo musste lachen. Der Wein zeigte seine Wirkung; das erste Glas war schnell leer gewesen, aber Billy hatte schon für Nachschub gesorgt.

»Was gibt's denn hier zu lachen?«, fragte Steve. Er war gerade durch die Tür gekommen und nickte Billy zu, der ihn mit Gesten fragte, ob es das übliche Pint Kilkenny sein durfte.

»Wie denkst du über Gleichberechtigung, Steve?«, fragte Jess.

Steve sah sie entgeistert an. »Ich wollte eigentlich zu den Kumpels rüber«, murmelte er und warf Billy einen flehenden Blick zu, er möge sich beim Zapfen beeilen.

»Nein, im Ernst jetzt« fuhr Jess unbeirrt fort. »Hat dich schon einmal eine Frau angesprochen, um sich mit dir zu verabreden?«

Er holte ein paar Münzen aus seiner Brieftasche, zählte den korrekten Betrag ab und reichte ihn Billy über den Tresen. »Vielleicht ein-, zweimal. Noch nicht oft jedenfalls.«

»Findest du, dass normalerweise der Mann die Initiative ergreifen sollte?«, wollte Jess wissen. Sie war jetzt ganz in ihrem Element, und Jo amüsierte sich köstlich.

»Ich, ähm, hab noch nie darüber nachgedacht.«

»Wann hast *du* denn zum letzten Mal eine Frau angesprochen?«, meldete sich Jo nun auch zu Wort.

»Danke, Billy.« Er griff nach seinem Pint und trat erleichtert den Rückzug an. »Bis später dann, die Damen.«

»Zimtschnecken morgen«, rief Jo ihm hinterher, ohne sich die Mühe zu machen, sich das Grinsen zu verbeißen. An Jess gewandt, erklärte sie: »Er hat mich schon eine Ewigkeit gedrängt, welche zu machen. Außerdem will er mir sagen, ob meine so gut wie Mollys sind.«

Jess war inzwischen aufgestanden; ganz offensichtlich war sie gewillt, sich heute nicht mit der passiven Rolle zufrieden zu geben. Sie folgte Steve an den Billardtisch, forderte ihn zu einer Partie heraus und jubelte im Chor mit ein paar anderen Einheimischen, als sie drei Kugeln in Folge versenkte – nach eigenen Angaben reines Glück.

Jo winkte Billy, noch zwei weitere Glühwein einzuschenken und einen zum Pooltisch zu Jess zu bringen, wo Steve nun behauptete, sein Arm sei noch nicht wieder hundertprozentig in Ordnung, um sich gegen den Spott seiner Freunde zur Wehr zu setzen. Jo beugte sich über den Wein, um den Geruch der

Gewürze einzuatmen, und blickte diskret zu Maddy und Dan, die einmal mehr in einer Ecke die Köpfe zusammensteckten.

»Ach ja, die junge Liebe«, sagte Jess, die zu Jo zurückkehrte und das Paar ebenfalls bemerkte. »Ob ich wohl je dem Richtigen begegne?«

»Schluss mit dem Selbstmitleid«, sagte Jo. »Deine Zeit wird schon kommen.«

Und ihre ebenso. Bald.

30. Kapitel

Der Himmel war bleigrau, als Matt die Obst- und Gemüsekiste brachte. »Morgen, Jo. Ich bring die Lieferung direkt in die Küche, okay?«

Sie hielt die Tür mit beiden Händen fest, damit der Wind sie ihr nicht entriss. »Warte. Ich muss erst Platz machen.« Sie folgte ihm in die Küche und räumte Rezepte und Zutaten weg.

»Was machst du denn?« Er spähte in die Schüssel. »Sieht nicht sehr vielversprechend aus.«

Sie stieß ihn spielerisch gegen den Arm. »Werd nicht frech. Da entsteht ein Vorteig für die Zimtschnecken.«

Seine Augen leuchteten auf. »Molly hat letztes Jahr auch welche gemacht.«

Jo kreuzte die Finger hinter dem Rücken. »Hoffentlich gelingen sie mir. Bisher habe ich mich noch nie daran versucht. Ein Knackpunkt ist, die Hefe nicht zu lange stehen zu lassen, daher …« Sie nahm den Timer und stellte ihn auf zehn Minuten.

»Du schaffst das schon, und ich schicke nachher Poppy her, damit sie uns welche besorgt, wenn ich nicht selbst vorbeikommen kann.«

»Hast du viel zu tun?«

»Ich muss gleich noch eine Lieferung zum Pub bringen,

dann eine ins Hospiz, und auf dem Weg aus Salthaven hinaus fahre ich noch an der Pension oben auf dem Hügel vorbei. Danach geht es zum Hof zurück, um den verhassten Papierkram zu erledigen.«

»Ah, ja«, bemerkte sie, während sie auspackte. »Wenn man selbstständig ist, kommt man irgendwie nie zur Ruhe.«

»Leider nein. Ich fahre sogar am Weihnachtstag noch Ware aus.«

»Kein Wunder. Bei all den Partys und Familienfeiern ist der Bedarf an frischen Lebensmitteln bestimmt größer denn je.« Sie schluckte. Ihre Worte riefen ihr in Erinnerung, dass auch sie am Weihnachtstag nicht mehr allein sein würde. Stattdessen würde irgendetwas geschehen, etwas Großes, Neues, und manchmal musste sie bei der Vorstellung innehalten und durchatmen. Sie hatte den Teilnehmern der *Abende der Liebe* nie gesagt, mit wem sie verabredet waren, und damals Jess gegenüber argumentiert, dass das schließlich einen Teil des Reizes ausmachte. Und wann immer Jos Furcht vor einer Enttäuschung zu groß wurde, ermahnte sie sich, sich einfach darauf einzulassen, es auf sich zukommen zu lassen – und was es noch alles an ärgerlichen Ratschlägen gab, die man stets so gerne anderen erteilte, aber selbst ganz und gar nicht leicht befolgen konnte.

»Möchtest du einen Tee? Kaffee?«, fragte sie Matt mit Blick auf den Timer, der erst drei Minuten weitergerückt war.

»Heute gerne. Wenn du dir sicher bist, dass ich dich nicht aufhalte. Aber ich hab's nicht eilig, wieder zu gehen. Draußen ist es alles andere als schön.«

»Wenigstens regnet es nicht – noch nicht.« Sie nahm einen Becher. »Was möchtest du?«

»Man munkelt, hier gäbe es köstliche Milchkaffees mit Zimt,

also hätte ich gerne einen davon und zwar zum Hiertrinken, wenn ich darf.«

»Du bist heute wirklich willig, die Dinge ruhig angehen zu lassen, was?« Sie reinigte die Dampfdüse des Kaffeeautomaten und bereitete mit routinierten Handgriffen alles vor. Sie war froh, dass Matt noch ein bisschen blieb. Er war immer eine angenehme Gesellschaft, und sie unterhielt sich gerne mit ihm.

»Das Unvermeidliche vor mir herschieben wäre wahrscheinlich die treffendere Interpretation«, erwiderte er, während sie den Espresso, den sie zubereitet hatte, in den Becher gab. »Aber, hey, es ist fast Weihnachten …«

» … und du hast dir eine Pause verdient«, beendete sie den Satz für ihn. Sie nahm den selbstgemachten Zimtsirup aus dem Kühlschrank, gab etwas davon in einen kleinen Krug und füllte ihn mit Milch auf. Der Dampf aus der Düse würde die Mischung cremig aufschäumen, ehe sie sie über den Espresso gab.

»So ungefähr.«

Sie nahm die Schablonen und hielt sie ihm aufgefächert hin. »Du hast die Wahl.«

»Den Weihnachtsmann natürlich.« Er hatte wirklich ein nettes Lächeln, und sie hatte noch nie etwas Schlechtes über diesen Mann gehört, der stets so angenehm zurückhaltend war.

Sie legte die Schablone über den Becher und stäubte die Zimt-Kakao-Mischung aus dem Behälter neben dem Kaffeeautomaten über den Milchschaum. »Ta-da!«

Er begutachtete das Ergebnis. »Wow. Sieht ja wirklich wie ein Weihnachtsmann aus.«

»Natürlich tut es das.« Der Timer piepte, und sie richtete sich auf. »Ich muss weitermachen.«

»Darf ich zusehen? Oder wäre es dir lieber, wenn ich nach vorne gehe.«

»Wenn du magst, könntest du im Café die Stellung halten.« Sie nahm die vorher abgemessene Buttermilch und gab sie in die Hefemischung. »Molly hat mich gewarnt, Rezepte, bei denen die Einhaltung der Zeit entscheidend ist, hier zu machen, aber ich war gestern Abend nach dem Pub zu müde. Jess und die anderen haben gestern einfach kein Ende gefunden.« Sie verrührte die nassen Zutaten und gab sie ins Mehl.

»Hm, schmeckt gut«, sagte er nach seinem ersten Schluck Zimt-Latte. »Nach Weihnachten. Was kommt als Nächstes?« Er deutete mit dem Kopf auf den Inhalt der Schüssel, während sie zu kneten begann.

»Der Teig wird vorsichtig verknetet und ruht dann für eine Stunde. Und dabei sollte das Wunder geschehen und er aufgehen.«

»Ich kriege allein vom Zusehen schon Appetit.«

Das Glöckchen über der Tür ertönte, und Matt verschwand, um nachzusehen. »Es ist Steve«, rief er.

Sie stellte die Schüssel beiseite, säuberte ihre Hände und ging ins Café.

Steve hatte seinen Werkzeugkasten dabei. »Dann zeig mir mal die abtrünnige Fliese.«

Einen Moment lang hatte sie ganz vergessen, dass sie ihm früh am Morgen geschrieben hatte. Sie umrundete den Baum und trat unter den untersten Zweigen auf die Fliese, um ihm zu zeigen, wie sie wackelte. »Ich hätte es gar nicht bemerkt, wenn ich nicht Schmuck aufgehoben hätte, der heruntergefallen war.«

»Kein Problem. Das ist schnell repariert.«

»Ist dir der Baum im Weg?«

Er betastete die Stelle um die Fliese. »Nein, das sollte so klappen.«

»Kann ich dir einen Kaffee bringen?«

»Bevor ich mich schlagen lasse …« Er zwinkerte ihr zu. »Mit Milch bitte.«

»Kommt sofort.« Sie ließ die Männer stehen, die über Kacheln und Leim und Mörtel zu fachsimpeln begannen, während Steve den Bohrer hervorholte und auf den Fliesen die Stellen für Löcher markierte. Sie hatte nicht die geringste Ahnung, was er vorhatte und wie es funktionierte, aber zum Glück verstand er etwas von seinem Job. Ohne Steve wäre das Café wahrscheinlich längst baufällig.

Sie bereitete ihm den Kaffee zu und wärmte eine Mince Pie auf, und als sie ins Café zurückkam, waren die beiden in ein Gespräch vertieft, das sie unterbrachen, als sie sich näherte. »Bitte sehr.« Sie stellte Becher und Teller auf einen Tisch.

»Ich geh jetzt besser«, sagte Matt, trank seinen Becher aus, verabschiedete sich und war fort.

Kundschaft forderte ihre Aufmerksamkeit. Mit Geoff und Valerie unterhielt sie sich über deren morgendliche Yogastunde. »Mit der Zeit wirst du immer besser«, versicherte Valerie Geoff, als er sich beklagte, er würde es wohl niemals richtig hinbekommen. »Du hast einfach zu viele Jahre reglos am Pier gesessen und darauf gewartet, dass ein Fisch anbeißt. Glaub mir, danach bist du ein anderer Mensch.« Als Valerie aufstand, um sich aus dem Krug auf dem Tisch an der Tafel zwei Gläser Wasser einzuschenken, murmelte Geoff Jo zu: »Ich glaube, sie will mich umbringen.«

»Ich sollte auch unbedingt etwas für meine Beweglichkeit tun«, sagte Jo. »Aber daraus wird nichts, ehe nicht Molly und Arthur zurückkommen. Es ist einfach keine Zeit dafür.«

»Dann musst du dir die Zeit nehmen«, sagte Valerie, die mit den beiden Gläsern Wasser zurückkehrte. »Das ist wichtig, Jo.«

Als Jo wieder in die Küche ging, dachte sie über Valeries Bemerkung nach. Molly und Arthur hatten neulich etwas Ähnliches gesagt, ihre Mutter ebenfalls, und hätte Tilly ihre Reise nach Salthaven nicht abgesagt, hätte Jo von ihrer Freundin garantiert dasselbe zu hören bekommen. Jo hatte ihre ganze Kraft und Energie in das Geschäft gesteckt, aber vielleicht war es langsam an der Zeit, wieder an sich selbst zu denken.

Sie rollte den Teig, der tatsächlich auf die doppelte Größe aufgegangen war, zu einem Rechteck aus, pinselte ihn mit zerlassener Butter ein, streute die Zimtzuckermischung darauf, und rollte den Teig dann von der langen Seite her wieder auf. Mit einem scharfen Messer schnitt sie gleichmäßige Scheiben ab und legte sie auf ein Backblech.

»Bin fertig«, ertönte Steves Stimme aus dem Café, also ging sie wieder hinaus. Er reichte ihr den Eimer, den er benutzt hatte. »Wenn du den ausleeren könntest, stelle ich ihn gleich zum Schutz auf die Fliese.«

Sie tat, wie geheißen, schrieb »Bitte nicht betreten« auf einen Zettel und klebte ihn an den Eimer. »Ich bin noch nicht sicher, wie ich die Kinder vom Baum fernhalten soll, aber wenn der Mörtel nur vierundzwanzig Stunden zum Trocknen braucht, geht es schon.«

Er schien es nicht eilig zu haben. »Wie kommt es, dass ich nichts rieche? Du hast mir Zimtschnecken versprochen.«

»Geduld. Sie müssen noch vierzig Minuten gehen, dann kommen sie in den Ofen, und *dann* muss ich sie noch mit Glasur überziehen.«

»Geduld? Da verlangst du von einem Mann schier Unmenschliches!« Er schloss den Werkzeugkasten, richtete sich auf und sah sie kopfschüttelnd an. »Du müsstest dich eigentlich mit einer gezogenen Waffe gegen einen Männeransturm wehren, Jo. Wie kommt es nur, dass dich noch niemand vom Fleck weg geheiratet hat?« Sie wusste nicht, was sie darauf antworten sollte. »Na ja, es heißt doch immer, dass der Weg zum Herzen eines Mannes durch den Magen führt«, fügte er hinzu.

»Aha. Also … danke?«

»Und? Habt Jess und du inzwischen einen Mann aufgerissen?«

»Was? Herrgott – nein! Wie kommst du denn darauf?«

»Na ja, gestern Abend im Pub wolltet ihr doch unbedingt die Initiative ergreifen.«

»Wir haben doch nur herumgealbert. Als gleichberechtigte Frauen Initiative ergreifen und so. Du weißt schon.«

»Okay.« Da war er wieder, der seltsame nervöse Gesichtsausdruck, den sie neulich an ihm schon gesehen hatte. »Sag mal, Jo, hast du kurz Zeit?«

»Klar. Was ist denn?«

Er stellte den Werkzeugkasten wieder ab und machte den Mund auf, als die Türglocke erneut ertönte, und ein paar Jugendliche eintraten. Dan war unter ihnen, und als er Steve sah, steuerte er direkt auf ihn zu, um ihm eine Frage zum Surfen im Winter zu stellen, und der Augenblick war vorbei.

Was hatte er ihr sagen wollen?

31. Kapitel

Etwas belastete Steve, das war eindeutig, und Jo nahm an, dass er sich Molly und Arthur anvertraut hätte, wenn sie denn in Salthaven gewesen wären, weil er ihnen nahestand und vieles mit ihnen besprach. Dennoch hatte sie den Eindruck gehabt, dass er auch mit ihr geredet hätte, wäre Dan nicht gekommen, aber kurz danach hatte Steve gehen müssen. Da er ihr aber zuvor das Versprechen abgerungen hatte, ihm eine Zimtschnecke aufzubewahren, bis er am Nachmittag vorbeischauen konnte, hoffte sie, dass sie dann Gelegenheit haben würden, sich unter vier Augen zu unterhalten.

Der Zimtduft der Hefeschnecken zog durch das Café, als Jo sie als Tagesangebot auf die Tafel schrieb.

»Echtes Seelenfutter«, bemerkte Angie, die just durch die Tür gekommen war und begeistert in die Hände klatschte. »Darauf habe ich das ganze Jahr gewartet.«

»Dann hoffe ich bloß, dass ich niemanden enttäusche.«

Angie machte eine wegwerfende Geste. »Ganz sicher nicht. Sie duften himmlisch.«

Als Hilda kurz danach eintrat, hielt sie prompt inne und schnupperte, dann fiel ihr Blick auf die Tafel. »Zimtschnecken, Gott, ich liebe sie. Wie lange muss ich noch warten, Jo?«

»Sie sind schon aus dem Ofen heraus, ich muss sie nur noch glasieren. Ich nehme an, damit erübrigt sich die Frage, was Sie essen möchten.« Die beiden ließen sich an einem Tisch weiter hinten nieder, und Jo ging in die Küche, um ihnen eine Kanne Kamillentee zu kochen.

In der Küche begutachtete Jo die Zimtschnecken. Sie waren schön aufgegangen, golden und wunderbar weich, und der Duft war derselbe, den sie von Grans Weihnachtsbäckerei früher in Erinnerung hatte. Und als sie den weißen Zuckerguss darauf verteilte, sahen sie auch so aus wie Mollys.

Das fand Hilda offenbar auch, denn ihre Augen weiteten sich, als Jo mit zwei Schnecken an den Tisch kam und sie abstellte. »Die sehen ja köstlich aus. Willst du unser Urteil hören?«

»Selbstverständlich«, sagte Jo und schlug gespannt die Hände zusammen, während sie darauf wartete, dass Hilda und Angie probierten. »Ihr kennt Mollys Zimtschnecken, ihr könnt beide vergleichen.«

Hilda biss hinein und verdrehte genießerisch die Augen, und als Jo Angie einen Blick zuwarf, war ihre Reaktion ähnlich. »Gut?«, fragte sie eifrig.

Hilda schluckte den Bissen herunter. »Oh, ja! Und nun geh, damit ich den Rest in Ruhe verschlingen kann.«

Jo machte einen kleinen Hüpfer. Und als ihr Handy in der Schürzentasche summte und sie die Nachricht von Tilly las, in der sie sich einmal mehr entschuldigte, dass sie Weihnachten nicht hier sein konnte, befand Jo sich noch immer so in Hochstimmung, dass sie nicht einmal traurig war. Sie schrieb eine rasche Antwort an ihre Freundin, dass ihre Sicherheit angesichts des angekündigten schlechten Wetters wichtiger als alles andere war, und war wieder einen Moment lang versucht, ihre mysteriöse Verabredung zu erwähnen, doch sie tat es nicht. Im Augenblick war das ihr Geheimnis, was es umso aufregender machte.

Ben und Charlie kamen, als Jo gerade dabei war, die gläserne Auslage zu putzen. »Ah, offenbar haben die Ferien angefangen, wenn ihr zwei mitten in der Woche hier aufkreuzt«, sagte sie. »Freust du dich, dass du frei hast, Charlie?«

»Ich vermisse meine Freunde«, antwortete er.

»Zac kommt uns heute Nachmittag besuchen, und morgen geht es mit Poppy an den Teich, um die Boote fahren zu lassen, sofern das Wetter es erlaubt«, erklärte Ben.

»Schiffe fahren auch bei Sturm raus, Dad«, sagte Charlie vorwurfsvoll, schnappte sich den Becher mit Stiften und Papier und setzte sich an den Tisch mitten im Café.

»So, jetzt hat er es mir aber gezeigt.« Ben schnupperte in der Luft. »Was riecht denn hier so lecker?«

»Zimtschnecken«, antwortete sie.

»Dann hätte ich gerne drei.«

»Drei?«

»Lorna kommt auch gleich.« Er blickte auf seine Uhr. »In einer viertel Stunde. Zweimal heiße Schokolade für Charlie und mich, bitte. Mit der Bestellung für Lorna warte ich lieber noch. Ist das nicht irgendwie verrückt? Wir sind verheiratet, aber ich bin mir nicht sicher, was ich ihr bestellen soll.« Plötzlich wirkte er erschöpft, ja sogar nervös.

»Ich finde das nicht verrückt, und in meinen Ohren klingt es, als würde es ziemlich gut laufen.« Es kam ihr vor, als würde er sich erneut in seine Ex-Frau verlieben, denn sobald er ihren Namen erwähnte, wurde seine Stimme sanfter, und zuzugeben, dass er sie nicht so gut kannte, wie er es vielleicht hätte tun sollen, schien ihm nicht leicht zu fallen.

Sie bereitete die heiße Schokolade zu und brachte sie den beiden an den Tisch, und als sie zurück in die Küche ging, holte Ben sie ein. »Ich wollte mich bei dir bedanken, Jo«, sagte er, nachdem er sich vergewissert hatte, dass niemand mithörte.

»Bei mir? Wofür?«

»Dafür, so eine gute Freundin zu sein.«

»Das gebe ich gerne zurück.« Sie ging in die Küche, um die Zimtschnecken zu holen, doch Ben wartete noch immer vor der Tür, als sie zurückkam. Er wirkte verunsichert, ein wenig geistesabwesend, genau wie Steve im Moment. Was war denn los mit den Männern hier im Ort, dass sie nicht einfach direkt sagen konnten, was ihnen auf dem Herzen lag? »War noch etwas?«

»Du weißt doch, als du Jess und mich zusammenzubringen versucht hast«, begann er.

»Sicher. Es war der erste *Abend der Liebe* im Café.«

»Na ja, an diesem Abend dachte ich … also, ich dachte, dass ich das Date mit dir haben würde.«

Es dauerte einen Moment, bis Jo begriff, dass er es ernst meinte. Sie mochte Ben sehr, hatte in ihm aber niemals etwas anderes als einen guten Freund gesehen. »Oh. Wirklich?«

»Na ja, du und ich, wir haben uns sofort gut verstanden, als du nach Salthaven kamst und das Café übernommen hast, und ich habe dich immer mehr ins Herz geschlossen.« Seine Stimme bebte vor Verunsicherung. »Deine Freundlichkeit, deine Freundschaft und die Freundschaft zu Jess, die du initiiert hast, haben mir dabei geholfen, mein Verhältnis zu Lorna aus einem etwas anderen Blickwinkel zu betrachten.«

»Aus dem weiblichen Blickwinkel?«, neckte sie ihn.

Endlich entspannte er sich ein wenig. »Ja, wahrscheinlich. An dem Abend, als ich an deiner Wohnungstür klingelte, um

Charlie zu Halloween anzumelden, wollte ich eigentlich wegen Lorna mit dir sprechen, bekam aber kalte Füße. An dem Kürbisschnitzabend selbst habe ich dann erneut versucht, dich einen Moment lang allein zu fassen zu bekommen. Ich wollte dir erzählen, dass Lorna und ich die Kurve gekriegt haben. Aber wir Männer haben eben manchmal Schwierigkeiten, einfach so über Gefühle zu reden.« Er zuckte die Achseln. »Jedenfalls wollte ich dir danken, Jo. Lorna und ich hatten viele Probleme miteinander, aber dass du und Jess mir gut zugeredet habt, ihr öfter Charlie zu überlassen, hat viel geholfen.«

»Willst du mir damit sagen, was ich denke, dass du sagen willst?«

»Wir geben unserer Ehe noch eine Chance, Lorna und ich. Nicht nur für Charlie, sondern auch für uns beide. Je öfter ich mit ihr zusammen bin, umso deutlicher wird mir, dass sie mir fehlt, und ich möchte, dass wir wieder eine Familie sind.«

Wie wunderbar. Jo stellte die Teller ab und schloss Ben in die Arme. »Ich freue mich so für euch.« Der *Abend der Liebe* hatte sich vielleicht nicht so entwickelt, wie Jo oder Ben es erwartet hatten, aber er hatte zu neuen Freundschaften geführt und ihm in vieler Hinsicht die Augen geöffnet. Dass hier eine Familie wieder zusammenfand, war in Jos Augen das Schönste überhaupt.

»Dad …« Charlie wurde ungeduldig. »Mein Bauch macht schon Geräusche.«

»Das ist mein Stichwort.«

»Und da kommt schon deine bessere Hälfte.« Gerade drückte Lorna die Tür auf, und als das Glöckchen erklang, schaute Charlie auf, entdeckte seine Mutter und rannte zu ihr, um sie an der Hand zu seinem Tisch zu ziehen.

Ben gesellte sich zu seiner Ex-Ex-Frau, und Jo, die eine Träne im Auge hatte, hätte fast überhört, wie er ihr noch rasch »Zimt-Latte« zuflüsterte.

Ben und seine Familie blieben noch ein Weilchen, ehe sie sich wieder auf den Pier hinauswagten. Weil sich das Wetter mit Regen zurückhielt, kamen und gingen die Kunden kontinuierlich, während Angie und Hilda keinerlei Anstalten machten, sich vom Schachbrett zu trennen.

Als die Sonne unterging, schaute Steve wieder vorbei. Er deutete mit dem Kopf auf die beiden Damen in der Ecke, die mit gesenkten Köpfen konzentriert spielten. »Wie lange sind die beiden denn schon hier?«

»Stunden. Gut für's Geschäft«, antwortete Jo.

»Gibt es noch Zimtschnecken?«

»Ich habe dir eine aufgehoben.«

Er lehnte sich an die Theke. »Du bist ein Schatz.«

Sie verschwand in der Küche und tauchte mit dem Teller wieder auf. »Ich muss morgen noch ein Blech machen. Die gehen weg wie nichts.«

Er biss genussvoll hinein. »Ich sag's ja: Liebe geht durch den Magen. Wer das probiert, ist auf immer dein.«

»Kaffee?« Sie schaltete die Musik an, und sofort ertönten fröhliche Weihnachtslieder. Jo warf einen Blick auf den Kalender, dessen Holzwürfel die Tage herunterzählten. Noch siebzehn, bis der große Tag da war. Noch siebzehn, bis ihre geheimnisvolle Verabredung stattfinden würde. Sie konnte nur hoffen, dass die Person, die das ganze initiierte, die Zeichen nicht vollkommen falsch gedeutet hatte und Amors Pfeil diesmal zielsicher traf.

»Ja, bitte. Und am liebsten wieder den Zimt-Latte, falls der noch auf der Karte steht.«

»Sicher. Das wird er auch, bis der Winter vorbei ist. Was denkst du denn?«

»Gut so. Billy hat auch schon gesagt, dass er den Glühwein den ganzen Winter über ausschenken will. Ich glaube, in dieser Jahreszeit braucht man Wärme, wo immer man sie bekommen kann.«

»Warst du heute surfen?« Er schien gelöst und gut gelaunt, und sie wollte ihm die Gelegenheit geben, sich ihr anzuvertrauen, aber sie hatte den Eindruck, dass er erst noch ein wenig lockerer werden musste, daher griff sie sein Lieblingsthema auf.

»Jep. Ich surfe, so oft ich kann, vor allem wenn ich so viel von deinen verführerischen Kreationen zu mir nehme.«

Ein Glücksgefühl durchströmte sie. »Ach was. Du solltest für das Weihnachtsschwimmen noch ordentlich zulegen. Bei den Wassertemperaturen verbrennst du bestimmt Millionen von Kalorien.«

»Und du machst nächstes Jahr mit«, sagte er grinsend. »Ich kann nicht fassen, dass Jess dich dazu überredet hat. Ich kriege dich ja nicht einmal mehr zu einer weiteren Surf-Stunde.«

»Ich kann es ja selbst nicht fassen. Das Meer und ich finden in den Wintermonaten nicht zusammen – es sei denn, ich stehe in mehrere Schichten Kleidung gehüllt am Strand.«

Jo bereitete ihm den Kaffee zu, und begleitet vom Klacken, Zischen und Brausen des Automaten unterhielten sie sich über das bevorstehende Schwimmen. »Übrigens wolltest du mir doch heute Morgen etwas erzählen«, sagte sie, als sie ihm den Becher reichte.

»Wollte ich?« Einen Moment lang schien er sich wirklich nicht zu erinnern.

»Wolltest du, aber dann wurde es voll. Musst du irgendetwas loswerden?« Ben hatte ihr gesagt, dass er sie als Freundin ins Herz geschlossen hatte, und sie glaubte, dass es Steve ähnlich ging.

Er aß seine Zimtschnecke auf und nippte an seinem Becher. »Ich weiß es nicht mehr.« Seine Miene besagte das Gegenteil, aber offenbar hatte er sich besonnen. »Ich muss jetzt gehen. Wir sehen uns. Mach weiter solche Köstlichkeiten, und du wirst mich nie wieder los.« Mit einem letzten Zwinkern ging er.

Am Nachmittag kamen ein paar Jugendliche, die sich über ihre Ferien freuten, und Jo unterhielt sich mit einigen Müttern, scheuchte Kinder von dem Eimer über der noch instabilen Fliese weg, und als Hilda und Angie endlich ihre Partie Schach beendeten und Jo das Schild an der Tür zu »Geschlossen« umdrehte, war sie fix und fertig.

Nebel hatte sich über den Pier gelegt; die Sicht reichte nicht einmal bis zum Meer. Aber die Lichterketten und die Weihnachtsmusik sorgten für gute Laune, und Jo fegte summend den Boden, faltete die Decken, die sie für diejenigen bereithielt, die draußen sitzen wollten, und wischte die Oberflächen sauber.

Als alles war, wie es sein sollte, ging sie hinaus und schloss das Café ab. Doch anstatt direkt nach Hause zu gehen, blieb sie noch ein Weilchen auf dem Pier, lehnte sich gegen das hölzerne Geländer, spürte die Feuchtigkeit der Luft auf ihrem Gesicht und lauschte dem Nebelhorn in der Ferne, das sich redlich mühte, die dichte graue Decke zu durchdringen. Selbst in dieser unwirtlichen Finsternis war der Ort für sie der Himmel. Sie blickte hinüber zur Stadt, in der sie gerade so die Lichter ausmachte, die an klaren Abenden hell und heimelig an dem großen Baum im Zentrum leuchteten. Das Café, das verlässlich hinter ihr aufragte, stand für alles, was sie sich mit viel Energie und Kraft zu erarbeiten versuchte: Ein Teil dieser Stadt zu sein, zu diesen Menschen zu gehören, und ganz genau zu wissen, dass das hier ihr Zuhause war.

Bald würde sich ihr geheimnisvoller Bewunderer zeigen, und Jo konnte es kaum erwarten. Sie hatte keine Ahnung, um wen es sich handelte, aber er schien sie auf sonderbare Weise gut zu kennen. Vielleicht hatte er gezögert, zu bald die Initiative zu ergreifen, weil er intuitiv wusste, dass sie erst hatte Fuß fassen müssen. Wenn sie die Einladung ein paar Monate früher bekommen hätte, wäre sie vermutlich in Panik geraten, weil das Café, ihre Selbstständigkeit und ihre Familie sie zu stark in Anspruch genommen hatten, als dass sie sich auf etwas anderes hätte einlassen können. Und natürlich war da auch noch Harry gewesen. Sie hatte sich erst darüber klarwerden müssen, was sie ihm gegenüber noch empfand. Der Absender der vier Karten hatte ihr die Zeit gegeben, sich in das Geschäft einzuarbeiten und neue Freunde zu finden, während er sich die ganze Zeit im Hintergrund gehalten hatte, bis ihm der Moment richtig erschienen war – bis sie selbst zu erkennen begann, dass Arbeit nicht alles war und ihr Privatleben unbedingt wiederbelebt werden musste.

Jetzt war es also so weit. Dieses Weihnachten konnte die Krönung eines Jahrs voller Veränderungen sein.

War es zu viel verlangt, darauf zu hoffen, dass sie endlich die Liebe ihres Lebens finden würde?

32. Kapitel

Die Tage verstrichen, und zwei Wochen nachdem Gran und Gramps sich verabschiedet hatten, um ihre Tochter zu besuchen, hatte Jo mehr zu tun denn je. Das Café brummte: Die heißen Getränke flossen in Strömen, Jo buk im Akkord weihnachtliche Köstlichkeiten, und die Vorfreude und Aufregung, die Kinder und Erwachsene gleichermaßen verbreiteten, war so ansteckend, dass es sie mühelos über die anstrengende Zeit trug.

Sie ließ das Deckenlicht aus, hängte Mantel und Schal auf und streifte die dicken Winterstiefel ab, um in ihre glitzernden schwarzen Turnschuhe zu schlüpfen. Sie machte sich einen Zimt-Latte, stäubte einen Schneemann auf den Milchschaum, nahm den Becher mit ins Café und freute sich über die Weihnachtsstimmung. Es war einer der Wintertage, an denen man am besten drinnen blieb, sich vor dem Kaminfeuer auf die Couch kuschelte und höchstens den Blick aufs Meer oder auf die festliche geschmückte Stadt genoss, aber diese morgendliche Ruhe in ihrem wunderschön dekorierten Café war mindestens genauso schön. Ein Moment, der nur ihr gehörte.

Sobald sie ihren Kaffee getrunken hatte, machte sie sich jedoch wieder an die Arbeit. Heute standen Lebkuchenmänner auf dem Programm. Sie hatte ein zuverlässiges Rezept von Arthur und überlegte bereits, ob sie im kommenden Jahr vielleicht einen Pfefferkuchenbackabend für Kinder veranstalten sollte – und für Erwachsene auch, wenn sie denn wollten. Sie war sicher, dass er gut ankommen würde. Sie konnten sogar Pfefferkuchenhäuschen gestalten, falls sie irgendwo gute Vorlagen fand, und automatisch blickte sie sich um, um zu überlegen, wie sich das Café zu diesem Ereignis selbst in ein Pfefferkuchenhäuschen verwandeln ließ. Vielleicht mit überlebensgroßen Zuckerstangen aus Pappe, riesigen Lebkuchenmännern an den Wänden und karierten Decken auf den Tischen.

Den Kopf voller Ideen arbeitete sie in der Küche, bis Matt mit der täglichen Lieferung eintrat.

»Jetzt dauert's nicht mehr lang«, sagte er und rieb sich die Hände, um sie zu wärmen, nachdem er ihr die Kiste in die Küche getragen hatte.

Einen Moment lang glaubte sie, dass er sich auf ihre Verabredung bezog, und hätte ihn beinahe gefragt, ob die Leute im Ort darüber redeten, aber dann begriff sie, dass er von Weihnachten sprach. Natürlich – wovon denn sonst? Diese ganze Postkarten-Geschichte machte sie viel zu nervös.

Sie holte einen kleinen Blumenkohl aus der Kiste. »Wow, ich bin beeindruckt. Wie hübsch.«

»Und was geht dir im Kopf herum?«

»Hm ... vielleicht eine Suppe? Wir sind definitiv in der Suppensaison. Oder Reis mit Blumenkohl, Pilzen und Eiern ...« Sie wühlte weiter in der Kiste. »Möhren«, fügte sie hinzu. »Mit Ingwer und Sojasoße.«

»Klingt lecker. Oder du machst etwas Süßes daraus.«

Sie fischte den Eierkarton heraus. »Eher nicht, denke ich.«

»Doch, ich meine es ernst. Meine Schwester Anna steht im Moment darauf, Zutaten zu mischen, die man gewöhnlich nicht zusammenbringt. Wahrscheinlich liegt es daran, dass sie sich häufig mit Müttern unterhält, die verzweifelt versuchen, gesundes Gemüse in ihre Kinder zu kriegen. Neulich hat sie Blumenkohlbrownies gemacht.«

Jo legte die Eier in eine Porzellanschüssel. »Lass das nicht Molly hören. Ihre Brownies sind legendär. Dass in nächster Zeit Blumenkohl in ihrem Rezept auftaucht, sehe ich noch nicht.«

»Ich habe für Anna das Versuchskaninchen gespielt, und ich muss gestehen, dass ich beim ersten Blech beinahe zum Klo gerannt bin.«

»Was mir nur bestätigt, dass ich bei Mollys Version bleibe.«

Er schüttelte den Kopf. »Dennoch. Die Brownies können Mollys niemals ersetzen, aber man sollte darüber nachdenken. Sprich doch demnächst mit Anna, wenn sie herkommt. Es gibt seltsam anmutende Verbindungen, die wirklich köstlich sind. Wenn du mutig bist, übernimmst du sie vielleicht in dein Repertoire.«

Er ging, und ließ sie mit den Gedanken an Blumenkohlbrownies allein. Aber vielleicht hatte er recht. Vielleicht musste man einfach ab und zu etwas Neues wagen.

Als Jo nach der Mittagszeit die verlassenen Tische abgeräumt und gewischt hatte, sah sie, wie sich draußen Weihnachtssänger auf dem Pier sammelten. Sie stellte die Musik ab und machte die Tür auf. Die salzige Luft wehte herein, aber die harmonischen Stimmen, die »Stille Nacht« sangen, wärmten die Herzen ihrer Gäste. Sie verteilte Decken, als sich die Tische draußen mit Kundschaft füllten, und brachte Tasse um Tasse heiße Schokolade und Zimt-Latte, während die Sänger zwischen zwei Laternenmasten, die jemand mit roten Bändern geschmückte hatte, ihr Repertoire vortrugen.

»Magisch, nicht wahr?« Es war Matt, der auf sie zukam, als sie einen Moment lang draußen stehen bleiben konnte.

»Wunderschön.« Sie lehnte sich an den Türrahmen. »Weißt du, das ist alles, was es braucht, finde ich.«

»Weihnachten?«

Ohne die Sänger aus den Augen zu lassen, sagte sie: »Das Leben. Im Leben geht es genau darum – die Stadt, die Menschen, der Zauber, der entsteht, wenn man zusammenkommt.«

»Ich würde hier niemals wegziehen, so viel steht fest.«

»Ich auch nicht.« Sie riss sich aus der Gefühlsduselei und richtete sich auf. »Was bringt dich hierher zurück?«

»Auf dem Hof wird es langsam ruhig, deswegen bin ich mit meiner Mutter in die Stadt gefahren, um ein paar letzte Einkäufe zu erledigen. Ich habe sie bei einer Freundin abgesetzt, wo mein Vater sie und die ganzen Tüten nachher abholt, und habe jetzt ein bisschen Zeit.«

»Kaffee oder Schokolade?« Da der Ansturm der Kunden langsam nachließ und nur noch wenige Tische besetzt waren, fand Jo den Gedanken an eine Pause plötzlich auch sehr attraktiv.

Sie machte heiße Schokolade, die sie im Eingang tranken, während sie »I'm dreaming of a White Christmas« lauschten, und erst als die Sänger weiterzogen, war Jo bereit, wieder in den Arbeitsmodus umzuschalten, und sie brachte ihren leeren Becher hinein.

Mat kam ihr nach und zog einen Zettel aus seiner Tasche. »Das Rezept meiner Schwester für die Blumenkohlbrownies.

Ich habe sie angerufen, und sie hat es mir diktiert. Poppy macht wenig Schwierigkeiten mit Obst und Rohkost, verabscheut aber offenbar Blumenkohl, und das wollte Anna damit ändern.«

»Wow, deine Schwester scheint keiner Herausforderung aus dem Weg zu gehen.«

»Du doch auch nicht.« Er blickte auf die Tafel hinter sich. »Sieh doch nur, was du jeden Tag aufs Neue zauberst – immer wenn ich hereinkomme, überraschst du mich. Du bist das Gesprächsthema der Stadt, genau wie Molly und Arthur es gewesen sind, als sie den Laden geführt haben.«

Sie schluckte gerührt. »Aber auch ich habe Grenzen. Zum Beispiel, wenn es darum geht, köstlichen Schokoladenkuchen mit stinkigem Blumenkohl zu panschen.« Er hielt ihr das Rezept erneut hin, und diesmal nahm sie es. »Du bist wirklich wild entschlossen, mir das aufzuzwingen, nicht wahr?« Ohne Überzeugung überflog sie die Zutaten.

»Sie hat eine Weile gebraucht, um es zu perfektionieren, aber das Rezept ist gut, und du hast viel Blumenkohl in der Kiste, also warum es nicht probieren?«

Schließlich ging Matt, um zur Farm zurückzufahren, und Jo sah sich die Zutaten erneut an. Aber so oft sie die Liste auch durchgehen mochte, mit dem Blumenkohl konnte sie sich nicht anfreunden.

Dennoch. Schließlich zeigte sich manchmal, dass das, was man zunächst verwarf, am Ende das Beste war, das einem hätte passieren können.

Da es bis Heiligabend nur noch zwei Tage waren, war Jo am Morgen schon eine halbe Stunde früher von zu Hause aufgebrochen, um mehr Zeit für die Vorbereitungen zu haben.

Tatsächlich hatte sie beschlossen, ihre Bedenken zur Seite zu schieben und Annas Rezept eine Chance zu geben.

Lächelnd arbeitete sie sich durch die Zubereitung und vermischte Blumenkohl, Schokolade und Eier zu einem mousseartigen Teig. Überall standen und lagen Zutaten herum, aus dem Lautsprecher dröhnten Weihnachtslieder, und lange bevor es Zeit war zu öffnen, zog schon ein intensiver Schokoladenduft durch die Räumlichkeiten. Es roch himmlisch, und bald schon würden sich die Aromen von Lebkuchen und Zimtschnecken dazu gesellen. Sie wollte ihre Kundschaft verwöhnen, aber sie wollte auch genug zu tun haben, um nicht an den Weihnachtstag zu denken. Denn in rund achtzig Stunden würde sie wissen, wer hinter den Kulissen gewartet und ihr die Nachrichten geschickt hatte.

Während die Brownies abkühlten, begann sie mit dem Lebkuchenteig. Sie gab Zucker, Zuckerrübensirup, Gewürze und Zesten in eine Schüssel, rührte Butter und Mehl ein und stellte die Mischung zum Ruhen zur Seite, als ein Klopfen an der Tür ihr verriet, dass die tägliche Lieferung Obst und Gemüse angekommen war. Der Winter hatte nicht so viel zu bieten wie die anderen Jahreszeiten, aber Matt brachte, was immer er bekommen konnte, und neulich hatten sie Witze darüber gerissen, dass er zur Not bloß Eier zu liefern brauchte – eine Quiche konnte sie schließlich immer noch zaubern.

»Morgen, Matt. Wie ich sehe, hast du heute Hilfe dabei.« Jo lächelte Poppy zu, die einen Rosenkohlstängel in der Hand hielt.

»Hallo, Jo.« Poppy marschierte hinter Matt her, der die Ware wie immer direkt in die Küche trug. »Ich verdiene mir was zum Taschengeld dazu.«

Matt beugte sich verschwörerisch zu ihr, und Jo erhaschte den Duft von Aftershave, wo er sonst eher nach Acker und Erde roch. Es war nie unangenehm und gehörte irgendwie zu ihm, und die Veränderung überraschte sie. »Eigentlich versuche ich, sie Anna vom Hals zu schaffen«, raunte er ihr zu. »Der Weihnachtsmann muss langsam Geschenke einpacken, wenn du weißt, was ich meine, und meine Aufgabe ist es, sie zu beschäftigen.«

Poppy hatte sich bereits neugierig in Jos Küche umgesehen und die Brownies entdeckt. »Ich mag Mollys Brownies«, sagte sie.

»Dann sollst du einen haben«, erwiderte Jo. Eine bessere Chance für eine Blindverkostung gab es nicht. »Das geht auf's Haus, aber unter einer Bedingung.«

»Was denn?« Das kleine Mädchen sah sie so bange an, als befürchte sie eine unlösbare Aufgabe.

»Du hilfst mir, die Lebkuchenmänner auszustechen und vielleicht sogar noch, sie zu verzieren. Was sagst du?« Sie warf Matt einen fragenden Blick zu. »Du kannst sie gerne für ein, zwei Stündchen bei mir lassen, wenn du noch Ware ausliefern musst. Hol sie danach einfach wieder ab.«

»Sicher? Nicht, dass ich meine Onkelpflichten auf dich abwälze, obwohl du zu viel zu tun hast.«

»Ach was.« Jo hatte bereits eine rosa Schürze mit weißen Punkten hervorgezaubert, streifte die Schlaufe nun über Poppys Kopf und half ihr, sie im Rücken zuzubinden. »Ich freue mich, wenn ich dir helfen kann, und wenn sie die Lebkuchenmänner dekoriert, habe ich die Hände für anderes frei.« Sie legte einen Brownie für Poppy auf einen Teller und reichte Matt einen anderen.

»Etwas zu früh für mich«, wehrte er ab.

»Oh, nein, so kommst du mir nicht davon. Das ist meine Bezahlung für den Gefallen, den ich dir tue.« Sie hatte sie schon probiert und konnte für ihren köstlichen Geschmack garantieren.

Er nahm das Kuchenstück. »Wenn du darauf bestehst … Könnte ich dann bitte noch einen Cappuccino zum Mitnehmen haben? Ich muss zuerst zum Hospiz, dann in den Pub.« Matt und Poppy verzehrten ihre Brownies, während Jo Matts Kaffee zubereitete, und erst als Poppy »Die schmecken gar nicht wie Mollys« bemerkte, begriff Matt, was es mit dem Kuchen auf sich hatte, und sie zwinkerten sich verschwörerisch zu. Manchmal war es gar nicht so schwer, Kindern Gemüse unterzujubeln.

»Magst du sie denn trotzdem?«, fragte Jo, während sie Matt den Kaffee reichte, aber das Mädchen brauchte nicht zu antworten; ihr mit Schokolade beschmierter Mund sagte alles.

»Vielleicht sollte ich sie backen, wenn wir das nächste Mal ein Mutter-Kind-Treffen hier haben«, sagte Jo, an Matt gewandt.

»Du würdest einen Orden verliehen bekommen«, prophezeite Matt, zwinkerte ihr zu und ging.

Als er fort war, rollte sie den Lebkuchenteig aus und drückte Poppy die Ausstechform in die Hand, und während Jo sich an den Teig für die Zimtschnecken machte, stach das Mädchen sechzehn Figuren aus und hob sie vorsichtig auf ein gefettetes Blech. Jo verriet ihr sogar die geheime Zutat für die Brownies, und in Anbetracht der Tatsache, dass Poppy das verhasste Gemüse regelrecht verschlungen hatte, nahm sie es relativ gelassen auf. Hin und wieder kam Kundschaft auf ein heißes Getränk, und als sie Poppy gerade mit Stiften und Papier an einen Tisch gesetzt hatte, damit sie Onkel Matt ein Weihnachtsbild malen konnte, ertönte das Glöckchen erneut. Sie schaute auf und entdeckte ein Gesicht, das sie schon eine Weile nicht mehr gesehen hatte.

»Curtis. Was machen Sie denn hier?«, lächelte sie ihm entgegen. Das letzte Mal, als er vorbeigekommen war, hatte er noch versucht, sie zu überreden, die Leitung seines Cafés in Cornwall zu übernehmen. »Was führt Sie diesmal in die Stadt?«

»Weihnachten natürlich, was sonst.«

»Weihnachten in Salthaven?« Sie sammelte einen leeren Becher vom Fensterbrett ein, ehe er noch herunterfiel, und wischte verschüttete Flüssigkeit vom Tisch vor der Fensterbank.

»Einen Ort weiter, aber ich wollte wenigstens kurz reinschauen.«

Der Mann sah verflixt gut aus, das musste sie ihm lassen, und in seinem Anzug wirkte er, als sei er direkt aus einem Herrenmodegeschäft gestiefelt. Wenn Hilda ihn sah, würde sie vermutlich sofort anfangen, Andeutungen fallen zu lassen, dass Jos Liebesleben dringend einen Schubs bräuchte, um endlich wieder in Schwung zu kommen.

»Ich habe Familie in der Gegend«, fügte er als Erklärung hinzu. »Ich besuche sie für ein paar Tage.«

»Im Anzug?«

»Ich komme direkt von einer Besprechung.«

»Gehen die Geschäfte denn gut?« Sie bewunderte den dürren Weihnachtsmann, den Poppy gemalt hatte, und trat an die Tafel, um die Lebkuchenmänner auf das Tagesangebot zu setzen. Die Zimtschnecken waren noch lange nicht fertig, daher würde sie damit noch warten.

»Sehr gut, danke. Aber ich bin heute vor allem hergekommen, um mich bei Ihnen zu bedanken.«

»Aha?«

»Ja, wirklich. Wenn Sie mir nicht ins Gewissen geredet hätten, dass ich meinen Blickwinkel ändern und Bewerbungsgespräche mit Einheimischen führen sollte, wäre ich wohl immer noch auf der Suche nach dem idealen Kandidaten für mein Café in Cornwall.«

Jos Augen leuchteten auf. »Es hat also funktioniert?«

»Oh, ja. Am Ende hatte ich beinahe Schwierigkeiten, mich zu entscheiden, weil es mehr als einen sehr guten Anwärter gab.«

»Das freut mich wirklich für Sie. Und auch, dass ich von Nutzen sein konnte. Also – darf ich Ihnen etwas bringen? Wir befinden uns hier ja schließlich in einem Café.«

Er erwiderte ihr Lächeln. »Sehr gerne, ich bin nämlich ziemlich ausgehungert. Einen Brownie und einen Kaffee zum Mitnehmen, bitte.«

»Kommt sofort.« Sie servierte ihm den Brownie auf einem Teller, und er setzte sich, um ihn zu essen, während sie seinen Kaffee zubereitete, und als sie mit dem Thermobecher wieder ins Café kam, hatte er den Schokokuchen zur Hälfte vertilgt, und Poppy war gerade an seinen Tisch getreten.

»Entschuldigung«, sagte sie höflich.

»Hallo, junge Dame.« Falls Curtis verblüfft war, dass die Kleine ihn ansprach, so ließ er sich nichts anmerken.

»Mögen Sie Blumenkohl?«

Mit leicht irritiertem Blick zu Jo schüttelte er den Kopf. »Im Gegenteil«, sagte er, während er die letzten Krümel von seinem Teller mit dem Finger auftupfte. »Ein stinkigeres, fieseres Gemüse gibt es wohl kaum.«

Jo versuchte, unbeteiligt dreinzublicken, als Poppy ihr zuzwinkerte.

»Was war denn das gerade?« Curtis zog eine Augenbraue

hoch, als er Jo den Teller zurückbrachte, bezahlte und seinen Kaffeebecher entgegennahm.

»Ich habe nicht die geringste Ahnung«, erwiderte sie und gab alles, um nicht loszuprusten. Wie es aussah, ließen sich Erwachsene genauso gut täuschen wie Kinder.

Steve kam herein – wie so oft im Neoprenanzug, der in den Wintermonaten jedoch hochgeschlossen blieb; Bewunderer kamen nur in den Genuss seines durchtrainierten Körpers, wenn es mindestens zwanzig Grad wärmer war. Sein Haar war zerzaust und noch feucht, er hatte es offenbar nur kurz trockengerubbelt, und als er das Café durchquerte, bedachte er Curtis mit einem flüchtigen Blick.

Curtis bedankte sich noch einmal bei ihr, nahm seinen Kaffeebecher und sagte Lebwohl, und Steve rückte augenblicklich zur Theke auf. »Was wollte er?«

»Mich sehen.«

»Er versucht doch wohl nicht schon wieder, dich uns wegzunehmen?«

»Du hörst dich an wie ein Kind auf dem Schulhof. Als ob ich keine Freunde außer dir haben dürfte.«

»Ich will nur nicht, dass dich jemand ausnutzt, das ist alles.«

»Ganz ruhig, Steve. Er wollte sich einfach nur bei mir bedanken, dass ich ihm bei einer Personalfrage geholfen habe. Ich gehe nirgendwo hin; ich fürchte, du musst mich noch länger ertragen.«

»Was mich betrifft – gerne.« Er sah sie an, und einen Moment lang glaubte Jo, er würde noch etwas hinzufügen.

Doch in diesem Moment sah sie Matt nahen. »Poppy, ich schätze, du wirst abgeholt«, sagte sie. Das Mädchen rannte seinem Onkel entgegen, um ihm das Bild zu zeigen, und falls Matt sich über den kümmerlichen Weihnachtsmann amüsierte, so verstand er genug von Kindern, um es für sich zu behalten.

»Ich bin weg«, sagte Steve, und wieder hatte Jo das Gefühl, die Gelegenheit verpasst zu haben, um ihn zu fragen, was eigentlich mit ihm los war.

Denn das ihn noch immer etwas beschäftigte, war unverkennbar. Würde er je damit herausrücken?

33. Kapitel

Der Heiligabend brach an, und Jo war so aufgeregt wie ein Kind, als sie durch Nieselregen und Dunkelheit an den festlich geschmückten Laternen auf dem Pier vorbeieilte, um sich in die Gemütlichkeit ihres Cafés zu flüchten.

Heiligabend war immer schon ihr Lieblingstag gewesen, Sashas und Grans auch, und am liebsten hätte sie auf Mallorca angerufen, doch sie bezweifelte stark, dass um fünf Uhr morgens dort schon jemand wach war. Außerdem hatte Gramps gestern Abend noch ein Foto geschickt, auf dem alle vier draußen vor einer Taverne mit einem großen Krug Sangria an einem Tisch saßen, und die lächelnden Gesichter drückten eine solche Freude aus, dass es Jo allein beim Anblick warm ums Herz wurde.

Mit einem Kaffee in der Hand ging Jo die Papiere durch: Steves Rechnungen und dazu passenden Quittungen für die Reparaturen, Kassenzettel vom Supermarkt für zusätzliche Lebensmittel und Drogerieprodukte, eine weitere Stromrechnung und Matts Auflistung der letzten Lieferungen. Sie steckte alle Unterlagen in einen Umschlag, damit sie sie in den nächsten Tagen an die Buchhaltung schicken konnte. Es war komisch, sie jemand anderem als Harry auszuhändigen, aber nicht unangenehm.

Nachdem sie den Papierkram erledigt hatte, kehrte sie in die Küche zurück, um mit der Zubereitung ihres Tagesangebots zu beginnen. Sie buk zuerst weitere Mince Pies, stellte Brandybutter in den Kühlschrank, knetete den Teig für die Zimtschnecken und bereitete Obstsalat, Quiche und eine Riesenschüssel Wintersalat vor. Die Kundschaft kam in einem steten Strom und bis zum Vormittag war jeder einzelne Tisch besetzt. Als Jess nach einem späten Lauf hereinkam, stand Jo fassungslos da und blickte ins Gewühl. Ein paar Jugendliche quatschten und lachten laut und ausgelassen, Angie und Hilda hatten den Tisch ganz hinten in Beschlag genommen, um sich der nächsten Schachpartie zu widmen – wer immer beim letzten Mal verloren hatte, schien auf eine Revanche gedrängt zu haben –, und Ben, Charlie und Lorna lachten sich am mittleren Tisch über irgendetwas kaputt.

»Hallo, Erde an Jo«, bemerkte Jess, die vor der Theke stand. Sie hatte die Ohrstöpsel herausgezogen.

Jo kehrte in die Gegenwart zurück. »Was?«

»Träumst du, oder bist du erledigt?«

»Letzteres, aber eigentlich fühlt es sich gut an. Ich habe gerade gedacht, wie wunderschön das ist. Draußen ist es saukalt, Schneetreiben ist vorhergesagt, und ich hatte befürchtet, dass alle Welt es sich zu Hause gemütlich macht und die Zeit mit der Familie genießt, doch tatsächlich ist der Laden voll.« Sie hatte auch an ihre Verabredung morgen gedacht, aber außer ihr und dem mysteriösen Kartenschreiber wusste niemand davon.

»Machst du Witze?« Jess schenkte ihr ein strahlendes Lächeln. »Seit Jahren versammeln die Leute sich an Heiligabend hier. Das hatte bisher unmittelbar mit Molly und Arthur und ihrer Herzlichkeit zu tun, aber du hast dasselbe geschafft.«

»Glaubst du wirklich?«

»Ich weiß es. Und du siehst es doch. Warum sind die Leute denn heute hier? Morgen wird es natürlich anders sein – der Weihnachtstag wird nun einmal zu Hause verbracht.«

»Der übliche Smoothie?« Jo beeilte sich, von dem morgigen Tag abzulenken; möglicherweise sah man ihr die eigene Aufregung über die anstehende Verabredung an.

»Ja, bitte. Ich arbeite heute noch einen halben Tag. Wann triffst du dich morgen mit Tilly?« Verflixt. Jess schien entschlossen, das Thema auszuweiten. »Ich würde ihr zu gerne Hallo sagen, obwohl ich gleich nach dem Schwimmen zu meinen Eltern gehe. Ich glaube, sie haben Angst, dass ich mich verkühle. Obwohl ich ja nun Ärztin bin, machen sie sich ständig Sorgen. Aber so sind Eltern wohl einfach.«

Jo schnitt das Obst klein und gab es mit Milch und Honig in den Mixer, ehe sie das Ganze in einen Becher schüttete und den Plastikdeckel andrückte. »Das Mittagessen ist um zwei«, sagte sie, was nicht einmal gelogen war. Das war die Zeit, die auf der Postkarte gestanden hatte, und sie konnte nur annehmen, dass der mysteriöse Absender sie zum Essen ausführen würde. Vielleicht in den Pub? Ihr stieg das Blut in die Wangen – war es Billy? Er war Single, nicht viel älter als sie, und ein ungeheuer netter Kerl. Aber nicht wirklich ihr Typ. Sie verwarf den Gedanken. Das konnte nicht sein … oder? »Ich bin mir nicht sicher, was Tilly für Pläne gemacht hat«, fügte sie hinzu, um nicht erklären zu müssen, warum Jess Tilly morgen nicht begegnen konnte.

»Schade.« Jess nahm sich einen Trinkhalm aus dem Spender und stach ihn durch den Deckel.

Sie schien noch etwas sagen zu wollen, doch Jo unterbrach sie vorsorglich. »Entschuldige. Kundschaft.«

»Bis später dann«, sagte Jess und ging.

Jo schaute auf, als der Briefträger eintrat. Sie nahm die Post entgegen und drückte ihm im Austausch ein gestreiftes Tütchen mit Zimtschnecken in die Hand.

Nachdem sie einer Familie, die zum ersten Mal in Salthaven war, einen Zimt-Latte und mehrere Scheiben Rosinentoast serviert hatte, zog Jo das Gummiband ab, das den Stapel Briefe zusammenhielt. Und zwischen all dem Papierkram entdeckte sie einen kleinen Schatz: eine Postkarte ihrer Großeltern. Sie las von den Märkten, auf denen Sasha ihren Schmuck verkaufte, von der milden Wintersonne, von den Abenden in den Tavernen und wie schön die Insel war, in die sich ihre Tochter verliebt hatte. Jo nahm eine Heftzwecke und steckte das Foto der auf dem Wasser dümpelnden Boote im Sonnenuntergang an die Pinnwand. Beinahe konnte sie das Plätschern der Wellen hören und die Ruhe spüren, die an einem lauen Abend von solch einer Szene ausging.

»So, jetzt haben alle was davon«, murmelte sie.

Der Heiligabend verging wie im Flug. Zimtrollen wurden bestellt, Mince Pies verschlungen, Heißgetränke ausgeschenkt, und die Atmosphäre in dem kleinen Café war aufgekratzt und voller Freude. Zwischen ihren üblichen Aufgaben buk Jo frische Mince Pies, die sie nach dem Abkühlen in großen Kunststoffdosen verstaute, damit sie sie morgen mit an den Strand nehmen konnte. Maddy und Angie hatten versprochen, ebenfalls welche zu machen, sodass sie zusammen genug für alle haben würden. Da zweihundert Schwimmer an den Start gingen und mindestens so viele Menschen zusehen würden, bedurfte es jede Menge Backwaren.

Jo sah auf die Uhr. Der Himmel hatte sich bewölkt, und ein

eisiger Wind blies ihr entgegen, als sie das Geschirr der hartgesottenen Gäste, die sich hier draußen in Decken gehüllt hatten, abräumte und den Tisch wischte. Alles war für Morgen vorbereitet, aber in ihrem Magen flatterte es, als versuche ein nervöser Schmetterling zu entkommen. Denn inzwischen war es nach zwei Uhr mittags. In weniger als vierundzwanzig Stunden war es so weit.

Dann würde sie wissen, wer sie im Café am Ende des Piers treffen wollte.

34. Kapitel

»Fröhliche Weihnachten, Jo!« Geoff und Valerie ließen sich früher als alle anderen blicken. Geoff behauptete, seine Angewohnheit, angeln zu gehen, habe ihm die Lust, lange im Bett liegen zu bleiben, ausgetrieben, Valerie sagte, sie würde am liebsten bei Sonnenaufgang Yoga machen. Sie waren schlicht und ergreifend ein Traumpaar.

Angie redete über Sonnengrüße, aber Jo nahm kaum wahr, was sie hörte. Ihre Gedanken waren bei der Postkarte, ihrer Verabredung, beim Nachmittag. Weihnachten war in vieler Hinsicht die zauberhafteste Zeit im Jahr, aber würde es auch ihr diesmal eine Portion Magie bescheren?

Es wurde viel umarmt und gedrückt, als Hilda eine Stunde später ebenfalls eintraf und Jo draußen gerade eine Tafel aufstellte, die darüber informierte, dass das Café exakt um zehn Uhr schließen und morgen in aller Frühe wieder öffnen würde. Jo hatte ursprünglich vorgehabt, länger zu arbeiten, doch nachdem sie die Karte erhalten hatte, hatte sie beschlossen, ausnahmsweise einmal an sich zu denken.

»Du wirst morgen ein volles Haus haben«, prophezeite Hilda, nachdem sie Jo an sich gedrückt hatte. »Die Leute werden Schlange stehen, um sich von all den Familienfeiern zu erholen.«

»Je mehr, desto besser«, antwortete sie. »Ich mag es, wenn viel los ist. Kann ich Ihnen etwas bringen?«

»Heute nicht, Schätzchen, ich wollte eigentlich nur fragen, ob ich dir mit den Mince Pies helfen soll. Maddy und Angie sind mit ihren schon unterwegs zum Strand, und Angie hat außerdem noch Decken mitgenommen, falls jemand Handtuch oder Wärmefolie vergessen hat. Das Meer ist wirklich eisig um diese Jahreszeit.«

Der Himmel war klar und blau, aber es war glatt gewesen heute Morgen, und der Winter hatte Salthaven im eisigen Griff. »Jess hat mir das Versprechen abgerungen, im nächsten Jahr mitzumachen.«

»Dann solltest du das als deine feierliche Inauguration betrachten.«

Jos lautes Lachen füllte das leere Café mit dem wunderschön erleuchteten Weihnachtsbaum, den Lichterketten, die sich an den Wänden entlangzogen, den Stechpalmenzweigen an Tafel und Pinnwand und dem romantischen Ecktisch, über dem bald wieder die Pergola errichtet werden würde, wenn zwei weitere hoffnungsvolle Kandidaten zum nächsten *Abend der Liebe* Platz nahmen. »Dann müsste es ja jeder gemacht haben. Sie eingeschlossen.«

»Oh, das habe ich.«

»Niemals!«

»Aber natürlich.« Sie grinste verschmitzt. »Und zwar vor sechs Jahren. Angie hat mitgemacht. Deine Großeltern waren unsere überaus großzügigen Sponsoren und haben nebenbei alle anderen mit Leckereien versorgt.«

»Aha. Sie sind also noch nicht mitgeschwommen?«

»Nein. Ich glaube nicht.«

Jo und Hilda sahen sich an und ihre Augen leuchteten verschwörerisch auf. »Vielleicht können wir sie ja fürs nächste Jahr überreden.«

Da es kurz vor zehn war, machte Jo alle Lichter aus, vergewisserte sich, dass der Herd ausgeschaltet war, packte die Behälter mit den Mince Pies ein, drückte Hilda ein paar davon in die Hand und schloss das Café ab. In vier Stunden würde sie wieder zurückkehren, um genau hier jemandem zu begegnen.

Wie würde es weitergehen?

Hilda war nicht scharf darauf, den ganzen Weg zum Surferstrand über den Sand zu gehen, also nahmen sie die längere Strecke am Teich vorbei und den Hügel hinauf bis zum Parkplatz, der bis auf die letzte Lücke besetzt war. Die Lokalpresse war da, ein Radiosender, und hier und da sah man kostümierte Schwimmer.

»Das ist ja Wahnsinn«, sagte Jo. Sie konnte nicht fassen, wie viele Menschen von diesem Ereignis angezogen worden waren.

Hilda strahlte stolz. »Ich finde es immer wieder schön.«

»Jo.« Steve kam in Jeans und Pulli auf sie zu.

»Hey, wo ist die Badehose?«

»Keine Angst, ich zieh mich schon rechtzeitig aus.«

»Wir können es kaum erwarten«, flirtete Hilda, als sei sie vierzig Jahre jünger, ehe sie die beiden allein ließ, um zu Angie an den Strand zu gehen, die hinter dem Campingtisch mit Getränken und Kleinigkeiten zu essen stand.

»Sie mag dich«, sagte Jo.

»Tut das nicht jeder?« Er legte sich eine Hand an die Brust. »Aber ich wollte rasch mit dir reden, weil … siehst du den Mann da drüben?« Er deutete mit dem Kopf dorthin, und Jo folgte seinem Blick.

»Sollte ich ihn kennen?«

»Nein. Aber er hat offensichtlich über mehrere Ecken von deinen *Abenden der Liebe* gehört und sich nach der Café-Besitzerin erkundigt. Ich habe ihm gesagt, wer das ist, und er möchte das Café für einen Abend buchen.« Er beugte sich verschwörerisch zu ihr und flüsterte: »Für einen Antrag.«

»Einen Heiratsantrag?«

»Sieht so aus. Jedenfalls hat er von deinen Blind Dates gehört, und da seine Partnerin ebenfalls aus einer kleinen Stadt am Meer kommt – allerdings einer ohne Pier –, fand er, dass dein Café der ideale Ort für einen solchen Anlass sein müsste.«

Jo strahlte. »Wow. Ich fühle mich geschmeichelt.«

»Mit Recht. Es ist großartig, was du geschaffen hast. Du versuchst, andere Menschen glücklich zu machen.«

Sie spürte, wie sie bei dem Gedanken an ihre eigenen Pläne für später rot wurde. »Komm schon. Wir müssen runter. Sonst fängt das Schwimmen ohne uns an.«

Jo drehte ihr Gesicht zur Seite, als der Wind ihr Sand entgegenblies. Sie kämpfte sich zu dem Tisch durch, der mit dicken Steinen und Zeltleinen gesichert worden war, und lieferte ihre Behälter mit Kuchen ab. Hilda hatte das Kommando übernommen und wies die anderen Helfer ein.

»Jo, hallo!« Charlie rannte über den Strand auf sie zu. Er schien langsam aus seiner roten Jacke herauszuwachsen, aber zumindest konnte man ihn an einem Tag wie heute kaum verlieren. »Weißt du, was ich zu Weihnachten gekriegt habe?«

»Der Weihnachtsmann war da?«

»Na, klar.« Er zuckte die Achseln, als sei der Gedanke, es könne anders sein, vollkommen lächerlich. »Heute Morgen gab es das Beste überhaupt.«

»Aha, und was?«

»Meine Mummy war da, als ich aufgewacht bin.«

Offenbar lief es wirklich gut zwischen Ben und Lorna, und Jo winkte ihnen. »Das hört sich wirklich großartig an.«

»Und dann hab ich noch ein Flugzeug von Lego gekriegt, Schokoladenmünzen, Socken und einen neuen Becher mit einem Schneemann drauf.«

»Was für ein Glück du hast!«

Charlie rannte weiter, weil er jemand anderen gesehen hatte, und Jo unterhielt sich ein Weilchen mit Ben und Lorna. Frank, der Briefträger, gesellte sich zu ihnen und stellte Jo seine Frau Nicola vor, Bea vom Fish&Chips-Imbiss erzählte ihr, dass Grant für alle verkaterten Feierwütigen unbedingt Neujahr öffnen wollte, und Maisy vom Postamt berichtete, dass sie sich Urlaub bis Januar genommen hatte, was in Jos Augen dringend nötig gewesen war. Sie hoffte, dass das Mädchen ausgeruht und entspannt sein würde, wenn Jo für sie ein Blind Date organisierte, damit sie einer neuen Liebe überhaupt eine Chance geben konnte.

Der Strand füllte sich langsam. Das Wetter war zwar entschieden winterlich, aber mit viel Sonne und wenig Wind vergleichsweise freundlich. Die Leute machten Selfies, Vorher-nachher-Fotos, wünschten einander frohe Weihnachten und verbreiteten gute Laune.

»Ihr seid so tapfer«, sagte Jo, als Jess zu ihr kam, um sie zu begrüßen.

»Wohl eher irre«, antwortete Jess.

»Na, na, Frau Doktor«, gab Geoff zurück. »Die Sache bringt uns wichtige Spendengelder ein. Und denken Sie nur an die Mince Pies und die heiße Schokolade am Ende.«

»Ja, das rettet mich«, murmelte Jess und sah aufs Meer hinaus, wurde aber von einem anderen Anblick abgelenkt. »Ach, du lieber Himmel! Schau dir Steve mal an.«

Jo drehte sich um, um ihrer Blickrichtung zu folgen. Steve, der nur Badeshorts mit einem surfenden Weihnachtsmann und eine rote Mütze trug, hüpfte auf der Stelle auf und ab, um sich warmzuhalten. »Der spinnt doch. Ich trage Mantel, Schal und Handschuhe, Pulli und noch ein Top darunter, und ich würde am liebsten nichts davon ausziehen.« Aber Jo entging der anerkennende Blick ihrer Freundin nicht.

Immer mehr Teilnehmer begannen die Kleidung abzulegen. Nur noch zehn Minuten, bis auch Jess ihren Daunenmantel ausziehen musste, und Jo versprach ihr, sie unablässig anzufeuern.

Ein paar Sänger waren ebenfalls an den Strand gekommen, um die Schwimmer zu unterstützen. Aufgekratzte Kinder rannten kreischend hin und her, die Teilnehmer versuchten sich nervös warmzuhalten, die Radiomoderatoren interviewten jeden, der ihnen Auskunft geben wollte, und um dem Trubel zu entgehen, aber immer noch gehört zu werden, suchten die Sänger sich einen Platz an der Mole.

Nach »Joy to the World« begannen sie mit »Let it Snow«, und die Menge am Strand stimmte ein. Auch Jo ließ sich anstecken. Inzwischen waren die Feuer am Strand entzündet worden, und die Wärme, die von ihnen ausging, machte sich langsam bemerkbar.

Als eine Stimme über Lautsprecher verkündete, dass es bis zum Start nur noch fünf Minuten dauerte, trotzten die Rettungsschwimmer bereits der Kälte, um sich zu positionieren. Männer, Frauen und Kinder versammelten sich am Ufer, die Zuschauer scharten sich am Strand um sie, und wer Gummistiefel trug, wagte sich sogar ins flache Wasser, um die Schwimmer beim Start anfeuern zu können.

Dann setzte der Countdown ein, und die gut gelaunte Menge begann von zehn an herunterzuzählen. Immer lauter wurde das Gebrüll, bis aus allen Kehlen gleichzeitig »Los!« ertönte.

Unter lautem Jubel rannten die Schwimmer ins Meer – wahrscheinlich war das die einzige Methode, je hineinzukommen. Jo hatte keine Ahnung, wie eisig das Wasser war, aber sie konnte sich lebhaft vorstellen, dass man es niemals schaffte, wenn man zögerte, und die Gesichter, die einige Teilnehmer machten, waren wirklich zu komisch. Jess war auf Oberschenkelhöhe erstarrt, und Steve begann sofort, sie nasszuspritzen, bis sie, von Jo angefeuert, kopfüber in die nächste Welle tauchte und stolz grinsend wieder hochkam. Maddy und Dan hatten sich als Weihnachtselfen verkleidet und rannten Hand in Hand in die Fluten, während andere mit Nikolausmützen oder im Schneemannkostüm ins Wasser gingen. Eine Gruppe war als Knallbonbons erschienen, und Jo nahm an, dass die röhrenartigen Kostüme ihre Träger wie ein Schwimmring über Wasser halten würden. Es war ein echtes Spektakel, den Teilnehmern zuzusehen, und Jo war begeistert. Einen solchen Weihnachtsmorgen hatte sie noch nie erlebt.

Da das Schwimmen bei solchen Wassertemperaturen nicht ungefährlich war, kamen die meisten Teilnehmer recht schnell wieder an Land. Die Zuschauer applaudierten jedem einzelnen, und Hilda und Valerie hatten es sich zur Aufgabe gemacht, dafür zu sorgen, dass alle Handtücher und Decken bekamen, während Geoff und Billy heiße Getränke ausschenkten und Jo Mince Pies verteilte. Schon hörte man allenthalben, dass man im nächsten Jahr wieder dabei sein würde.

Das Weihnachtsschwimmen war eine der besten Veranstaltungen, an denen Jo je teilgenommen hatte. Insgesamt hatten sie mehr als zweitausend Pfund für das Hospiz gesammelt, und es bewies einmal mehr, was man erreichen konnte, wenn alle an einem Strang zogen.

Als Jo beseelt dem Strand den Rücken kehrte – die Sänger schmetterten gerade »We Wish You a Merry Christmas« – und den Pfad zum Parkplatz hinauflief, packte sie erneut die Aufregung.

Nun würde sie endlich herausfinden, wer sich mit ihr im Café am Ende des Piers verabredet hatte.

Jo schien zwei linke Hände zu haben, als sie sich die Spiralohrringe anlegen wollte, die ihre Mutter ihr zu Weihnachten gefertigt hatte. Sie hatte lange und heiß geduscht, um sich nach dem Vormittag in der Kälte wieder aufzuwärmen, sich die Haare mit teurem Shampoo gewaschen und sich dreimal umgezogen, bis sie sich schließlich für ein weiches, weinrotes Strickkleid entschied, das knapp oberhalb des Knies endete. Mit der blickdichten Strumpfhose, den kniehohen Stiefeln und einem Hauch von Chanel, ihrem Lieblingsparfum, das ihre Großeltern ihr zum Geburtstag geschenkt hatten, fühlte sie sich schließlich gewappnet, ihrem Blind Date entgegenzusehen.

Gott, wollte sie das wirklich? Ehe sie es sich anders überlegen konnte, schnappte sie sich Schlüssel und Handy und trat hinaus in die winterliche Kälte.

Bald schon hatte sie den Pier erreicht, der inzwischen wie ausgestorben dalag, und als eine Schneeflocke auf ihrer Nasenspitze landete, konnte sie es kaum fassen. Für heute war kein Schnee angesagt gewesen, aber als noch eine und noch eine

Flocke auf sie herabschwebte, drehte sie sich glücklich im Kreis und blickte zum Himmel.

Plötzlich hielt sie inne. Was, wenn irgendein Irrer ihr die Karten geschrieben hatte, um sie hierher zu locken?

Sie hätte nicht sagen können, ob es ein Gefühl tief in ihrem Inneren war oder der Zauber der ersten Schneeflocken, jedenfalls riss sie sich zusammen und betrat die hölzernen Bohlen des Piers, die bald schon unter einer leichten weißen Decke verborgen sein würden, wenn sich das Wetter hielt.

Erst als sie dem Café näher kam und angestrengt zu erkennen versuchte, ob schon jemand auf sie wartete, entdeckte sie Licht im Inneren. Die Lichterketten an den Fenstern funkelten, und schwach hörte sie Weihnachtsmusik. Als sie auf die Tür zuging, sah sie durch die Fenster die Pergola, die mit silbernen Kugeln, tiefroten Callas, weißen Rosen, grünen Zweigen und Tannenzapfen geschmückt war. Der Tisch darunter war mit einem weißen Tuch und einem passenden Blumenarrangement gedeckt. Es war die romantischste Szenerie, die Jo je gesehen hatte.

Und es gab nur einen Mann, der wusste, wie man die Pergola aufbaute.

35. Kapitel

Unschlüssig blieb sie an der Tür stehen. Was in aller Welt sollte sie ihm sagen? Diesem Mann, der ein guter Freund war, aber nichts weiter, und dessen Freundschaft sie um nichts in der Welt gefährden wollte? Am liebsten hätte sie kehrtgemacht und wäre gegangen, aber das konnte sie doch nicht tun. Er hatte sich solche Mühe gegeben.

Sie blickte hinaus über das Meer. Die Wellen hatten sich beruhigt und brandeten gleichmäßig ans Ufer, rollten schäumend im Sand aus und zogen sich zurück, um sich neu zu formieren. Sie schloss die Augen, atmete die salzige Luft ein und roch ihr Parfum und den Duft des exklusiven Shampoos, das sie eben benutzt hatte. Sie hatte ruhig und selbstbewusst und doch sexy wirken wollen, doch nichts davon hatte jetzt noch Gültigkeit.

Stattdessen packte sie eine nervöse Angst.

Und dann wurde die Tür geöffnet, und als sie die Männerstimme hörte, durchströmte sie Erleichterung, und sie schlug die Augen auf.

»Es ist ziemlich kalt da draußen«, sagte er und blickte hinauf in die flaumig-weichen Flöckchen, die von oben herabtrudelten. »Du könntest auch reinkommen.«

Und das tat sie. Nach ein paar Schritten blieb sie stehen und sah sich staunend um. Das ganze Café – *ihr* Café – funkelte. Außer dem Weihnachtsbaum und den Lichterketten, die den Innenraum gewöhnlich schmückten, und der wunderschön dekorierten Pergola hatte er noch weitere Lichterketten an der Decke angebracht und glitzernde silberne Schneeflocken in die Fenster gehängt. »Das alles hast du gemacht? Für mich?« Nun nahm sie auch die Aromen wahr, die aus der Küche zu ihr herüberdrangen, und erst jetzt begann ihr zu dämmern, wie lange er das alles schon geplant haben musste.

»Gib mir deinen Mantel.« Er trat vor, als sie den Mantel aufknöpfte und ihn ihm mit ihrem Schal reichte, ohne den Blick von ihm zu nehmen.

»Ich weiß nicht, was ich sagen soll.«

Er hängte die Sachen auf, kehrte zu ihr zurück und streckte die Hand nach ihrem Haar aus. »Da war eine Schneeflocke. Hätte ich geahnt, dass wir doch noch eine weiße Weihnacht bekommen, hätte ich Poppy nicht damit beauftragt, die Papierflocken zu basteln. Sie, Anna und Steve waren ewig damit beschäftigt, sie auszuschneiden.«

»Moment mal – so ist dir das also alles gelungen?«

»Sei nicht böse auf Steve.« Er berührte ihre Wange, und sie spürte seine Wärme. »Er hat mir mit der Pergola geholfen, aber er musste mir schwören, den Mund zu halten.«

»Das ist ihm bestimmt schwergefallen.« Jo schluckte nervös, denn seine Hand war noch immer an ihrer Wange. »Und du hast in meiner Küche ein Weihnachtsessen gekocht?«

»Bist du sauer?«

»Überhaupt nicht.« Sie wusste nicht, was sie alles fühlte – Freude, Überraschung, Aufregung, Nervosität –, aber wenn man sie gefragt hätte, was ihr im Kopf umherging, hätte sie nur eine

Antwort gehabt: »Ich Glückspilz.« Denn tatsächlich empfand sie es so. Es war ein solches Glück, dass er diesen besonderen Tag mit ihr verbringen wollte, ein solches Glück, dass dieser Mann ausgerechnet an ihr interessiert war. Sie hätte sich niemals träumen lassen, dass es Matt war, der ihr Herz im Sturm eroberte, doch nun dämmerte ihr, dass sie es vielleicht nur nicht gewagt hatte, weil sie wusste, wie schlimm die Enttäuschung gewesen wäre, hätte er sie nicht gewollt.

Obwohl er seine Hand nun zurückgezogen hatte, spürte Jo noch die Wärme seiner Haut.

»Und ich fürchte, dass nicht nur Steve – oh, und Anna und Poppy – eingeweiht waren, sondern auch Molly, Arthur und Tilly.«

»Ernsthaft?« Sie konnte kaum glauben, welche Mühe er auf sich genommen hatte. Und das alles für sie! »Aber … Moment mal. Tilly konnte doch nicht wegen des Schnees.« Als er den Kopf schüttelte, dämmerte es ihr. »Es gab ja gar keinen Schnee! Ich hätte es wissen müssen. Als sie mir schrieb, um die Verabredung abzusagen, habe ich den Wetterbericht gegoogelt, ob über Weihnachten in Schottland Schnee erwartet würde, aber nur Regensymbole gesehen. Ich bin davon ausgegangen, dass sie übervorsichtig war, aber nachdem ich deine Karte bekommen hatte, habe ich nicht mehr groß darüber nachgedacht, weil ich zu sehr mit dem anstehenden Date beschäftigt war.«

»Weil du befürchtet hast, du hättest es vielleicht mit irgendeinem Irren zu tun?«

»Der Gedanke ist mir durchaus gekommen.«

»Jedenfalls war Tilly Teil des Plans, obwohl sie es furchtbar fand, dich anzulügen. Die Probleme hatten Molly und Arthur allerdings nicht.«

»Warum überrascht mich das nicht? So wie sie sich am Tag ihrer Abreise verhalten haben, hätte ich etwas ahnen müssen.«

»Ich bin sicher, dass sie all die Heimlichtuerei genossen haben – die Schlüssel für das Café habe ich von ihnen. Und Arthur musste Molly ständig ermahnen, mich nicht immer wieder nach Einzelheiten auszufragen. Übrigens hat Tilly mir vorhin geschrieben, dass sie gut bei ihren Eltern angekommen ist. Sie wartet jetzt auf grünes Licht, damit sie sich wieder frei in Salthaven bewegen kann. Ich könnte mir vorstellen, dass sie später unbedingt noch mit dir reden will.«

»Bestimmt.« Es gab so viel, was sie mit ihrer besten Freundin besprechen musste. Zum Beispiel, dass sie sich ihre Gefühle für diesen Mann nicht einmal sich selbst gegenüber eingestanden hatte. »Ziemlich viel Aufwand für eine Verabredung. Warum hast du mich nicht einfach gefragt, ob ich mit dir ausgehen will?«

»Wo bleibt denn da der Spaß?« Er flirtete jetzt unverhohlen, und das machte sie nervös. Ja, das hier war ein echtes Date, das das Versprechen auf mehr beinhaltete.

»Hast du wirklich ein ganzes Weihnachtsmenü hier gekocht?«

»Na ja, ich habe ein bisschen getrickst«, gab er zu. »Einen großen Teil habe ich im Haus deiner Großeltern vorbereitet und heimlich hergeschafft. Aber das war es wert.«

»Warum hast du nicht vorher schon etwas gesagt?«

»Um auf diesen wunderbaren Augenblick zu verzichten?« Er trat näher und nahm ihre Hände.

»Seit Tagen habe ich den Eindruck, dass Steve mir irgendetwas mitteilen will. Gehe ich recht in der Annahme, dass es hiermit zu tun hatte?« Jo konnte noch immer nicht fassen, wie viel Mühe er sich für sie gemacht hatte.

»Ja, es stimmt, Steve wollte unbedingt mit dir reden – aber nicht deswegen.«

»Weswegen dann?«

»Er ist hoffnungslos verliebt. In Jess.«

Jo blieb der Mund offen stehen. »Ich fass es nicht. Darauf wäre ich ja nie gekommen. Dann muss ich im neuen Jahr unbedingt etwas unternehmen.«

»Das solltest du. Er macht mich nämlich langsam wahnsinnig, weil er sich nicht traut, sie zu fragen, ob sie etwas mit ihm unternimmt. Als sie im Pub Billard gespielt haben, hätte er es fast gewagt. Im letzten Moment hat er dann doch gekniffen.« Er kam noch einen Schritt näher. »Aber jetzt solltest du aufhören, immer an alle anderen zu denken. Jetzt bist du dran. Und ich hoffe sehr, dass ich mit alldem hier das Richtige getan habe.« Er zögerte. »Hab ich das?«

Sie sah in die Augen des Mannes, den sie nun seit fast einem Jahr kannte, mit dem sie immer mehr Zeit verbrachte und dessen Gesellschaft sie nicht mehr missen mochte. Vor ihrem inneren Auge erschienen Erinnerungen an all die Male, die sie zusammen gewesen waren und überlegt hatten, was sie aus dem Obst und Gemüse kochen würde. Wie oft hatte sie seine starken Arme bewundert, wenn er ihr die Kiste in die Küche getragen hatte, obwohl sie sich das, was sie für ihn empfand, nicht hatte eingestehen wollen, ehe sie nicht wusste, ob er etwas Ähnliches fühlte. Jess hatte sie einmal gefragt, ob Matt nichts für sie wäre, doch sie hatte die Idee verworfen; sie war sich sicher gewesen, dass es viele Frauen gab, die sich für ihn interessierten.

Nun, da er vor ihr stand, erkannte Jo, wie sehr sie ihn tatsächlich in ihr Herz geschlossen hatte. Sie hatte nach jemandem gesucht, mit dem sie ihr Leben teilen konnte, dabei jedoch übersehen, was direkt vor ihr lag. »Warum hast du dir so lange Zeit gelassen? Hast du mir die Karten geschickt, um mich zappeln zu lassen?«

Er schüttelte den Kopf. »Ich wusste, dass du noch nicht bereit warst. Und ich habe beobachtet, wie viel du anderen gegeben hast, ohne selbst etwas einzufordern. Das war einer der Gründe, warum ich mich in dich verliebt habe.«

»Du … du hast dich in mich verliebt?«

»Ich fürchte ja. Für mich ist das hier nie ein Spiel gewesen. Also – was sagst du, Jo. Willst du uns eine Chance geben?«

Nun trat auch sie ein Stück näher, bis ihre Gesichter nur noch Zentimeter voneinander entfernt waren, und als er den Kopf senkte und ihre Lippen sich begegneten, brauchte keiner mehr eine andere Antwort.

Die Hände ineinander verschränkt, saßen sie auf der Fensterbank und sahen hinaus. Jo hatte ihren Kopf an seine Schulter gelegt. Draußen fiel lautlos Schnee.

»Weißt du noch, wie du dich für Halloween verkleiden wolltest?«, fragte Matt. Sie murmelte zustimmend. »Und ich gesagt habe, es wäre eine Schande, wenn du die gestreiften Strümpfe meiner Schwester nicht bekommen könntest?«

»Ich war echt froh, dass Anna sie noch hatte, sie haben das Kostüm wirklich aufgewertet.«

Er löste seine Finger aus ihren und zeichnete die Linien auf ihrer Handfläche nach. »Das war es allerdings nicht, was ich meinte.«

Sie setzte sich auf und sah ihn abwartend an.

»Na ja, die Bemerkung war heraus, ehe ich sie mir verkneifen konnte, denn ich habe darüber nachgedacht, wie heiß du mit diesen Strümpfen wohl aussehen würdest. In diesem Moment war ich sicher, dass du mich durchschaut hattest.«

»Nein, wirklich nicht. Ich hatte seit meiner Ankunft hier so viel zu tun, dass ich für so etwas wohl gar nicht empfänglich war.«

»Deswegen wollte ich lieber warten.«

»Und ich bin froh, dass du gewartet hast.« Sie legte ihren Kopf wieder an seine Schulter, und er zog sie näher an sich.

»Ich brauchte auch Zeit, um dich näher kennenzulernen, ohne direkt mit der Tür ins Haus zu fallen. Ich habe beobachtet, wie du dich in das Café und die Stadt verliebt hast und dir immer sicherer wurdest, dass du hierbleiben willst. Dann hörte ich, wie du mit deinen Großeltern darüber sprachst, wie enttäuscht du über den misslungenen Valentinsabend warst, und plötzlich freute ich mich auf die Frühlieferungen, weil du die erste auf meiner Tour warst. Ich liebe es, wie deine Augen aufleuchten, wenn du überlegst, was für Köstlichkeiten du mit dem, was ich dir bringe, zubereiten kannst. Und als du mit den Abenden der Liebe anfingst, um anderen zu ihrem Glück zu verhelfen, wollte ich dir zeigen, dass auch du jemandem wichtig bist. Aber ich fürchtete, dass du dich zurückziehen würdest, wenn ich zu bald zu viel wollte.«

»Dabei habe ich überlegt, dich zu verkuppeln.«

»Wirklich?«

»Ja, aber mir fiel nie eine ein, mit der ich dich zusammenbringen wollte. Vielleicht weil ich es am liebsten selbst gewesen wäre.«

»Manchmal habe ich übrigens gedacht, du würdest dich mir wegen der Postkarten anvertrauen.«

»Ich wollte das ganz für mich allein behalten«, gab sie zu. »Es war wie ein Schatz, den ich gehütet habe.«

Er legte ihr einen Finger unters Kinn und küsste sie wieder, inniger diesmal. »Du kannst dir nicht vorstellen, wie lange ich das schon tun wollte.«

»Dann tu's gleich noch mal«, sagte sie mit einem Lächeln.

Erst eine halbe Ewigkeit später löste Matt sich von ihr, doch seine Lippen blieben so nah bei ihren, dass sie die Wärme spüren konnte. »Jo … ich muss weg …«

»Was? Wieso?«

»Ich muss in der Küche nach dem Essen sehen, es sei denn du stehst auf zerkochten Rosenkohl und angebrannte Soße.«

Sie brach in Gelächter aus, und als sie sich rasch ein weiteres Mal küssten, war sie sich bewusst, dass es niemanden gab, mit dem sie lieber hier sitzen wollte als ihn.

Diesmal hatte Amor gut gezielt und mitten ins Schwarze getroffen.

Epilog

Juni

Liebe Jo,
endlich sind wir mit dem Einzug fertig; Sasha hat uns natürlich viel dabei geholfen. Wir lieben das warme Klima hier in Puerto Pollensa, und Gramps geht inzwischen sogar täglich im Meer schwimmen, auch wenn er dafür sehr früh aufsteht, damit die Sonne nicht zu heiß ist. Wir haben auch schon mit frischen Zutaten Paella gemacht, aber bitte sag Matt, dass nichts so gut schmeckt wie das, was auf seinem Hof wächst.

Unseren Ruhestand auf Spanien und England aufzuteilen, ist ein einziger Traum, und wir schicken dir ganz viel Liebe.

Grüß alle in Salthaven
Deine Gran und Gramps

Juli

Liebe Jo,
viele Grüße aus London!

Endlich sind Semesterferien, und ich bin gerade von Exeter hergekommen, um mich mit Dan in seinem Studentenwohn-

heim zu treffen. Wir haben ein Hotelzimmer in der Innenstadt gebucht und gehen heute Abend ins Theater.

Noch mal danke für alles. Dan sagt ja meist nicht viel, aber er ist unglaublich froh, dass du uns damals ausgewählt und zusammengebracht hast.

Liebe Grüße an dich, Molly und Arthur

Deine Maddy und Dan

August

Liebe Jo,

wir haben es geschafft, jetzt sind wir also wirklich in Italien! Davon habe ich schon eine Ewigkeit geträumt, aber nie im Leben hätte ich mir vorstellen können, dass mir der Angler, den ich jeden Morgen am Ende des Piers habe sitzen sehen, eines Tages dabei hilft, mein eigenes Yoga-Retreat aufzubauen. Er übt jeden Tag mit mir und wandert wie ein Weltmeister – er ist wirklich ein neuer Mensch. Demnächst gehen wir zusammen angeln, das habe ich ihm versprochen.

Wir lieben den Wein, die Sonne und die wunderschöne Toskana, und als wir vorhin draußen spazieren waren, hat Geoff mir einen Antrag gemacht.

Was sagt man dazu!

Ich bin die glücklichste Frau der Welt, und wir beide sind dir unendlich dankbar.

Alles Liebe von Valerie und Geoff

September

Liebe Jo,
die spinnen, die Amerikaner! Nachdem Charlie mir immer wieder in den Ohren gelegen hat, sind wir drei tatsächlich in Florida gelandet. Wir waren schon in Disney World, Sea World, dem Busch Gardens Freizeitpark, und heute geht's zu den Universal Studios, wo es hoffentlich nicht zu viele Achterbahnen für Wahnsinnige gibt. Ein Wunder, dass ich bei all den grausigen Fahrgeschäften, in die meine Frau und mein Sohn mich schleifen, noch nicht schlohweiß geworden bin. Die beiden haben sich gegen mich verschworen, da bin ich mir sicher.

Grüß bitte Matt von mir, und wehe, er ist nicht gut zu dir. Niemand hat es mehr verdient als du.

Alles Liebe
Ben, Lorna und Charlie

Oktober

Liebe Jo,
hast du mir inzwischen verziehen, dass ich dich schamlos angelogen und in dein Café eingebrochen bin? Oh, und dass ich deine Freundin Jess zum Surfen nach Bali entführt habe? Es geht das Gerücht, dass sie sich im kommenden Jahr rächen und mich zum Skifahren zwingen will, aber ich fürchte, dass ich mir bloß ein paar Knochen breche, wenn sie mich einen Hang runterjagt. Im Wasser bin ich sicherer.

Danke, dass du mir ein Date mit dieser wunderbaren Frau

verschafft hast, auch wenn sie mich jetzt gerade dazu bringen will, mein Bier abzustellen und mit ihr laufen zu gehen.

Von wegen.

Wir sehen uns bald

Steve & Jess

Dezember

Grüße aus Salthaven, Gran und Gramps!

Ich schicke euch eine Ansichtskarte, damit ihr euer zweites Zuhause nicht vergesst.

Nochmal vielen, vielen Dank, dass ihr euch um das Café gekümmert habt, als Matt und ich uns im September die dringend benötigte Auszeit genommen haben – mit unseren beiden Unternehmen haben wir alle Hände voll zu tun.

Was habt ihr übrigens nächsten Juni vor? Ich weiß, bis dahin geht noch ein halbes Jahr ins Land, aber es kann ja nicht schaden, frühzeitig zu planen. Und in Anbetracht der Tatsache, dass ihr beide in gewisser Hinsicht daran beteiligt wart, Matt und mich zusammenzubringen, finden wir es nur fair, dass ihr für mich einspringt, wenn ich in Mutterschutz gehe.

Ja, ganz genau: Ihr werdet Urgroßeltern.

Nicht böse sein, dass ich euch das nicht persönlich am Telefon sage, aber Matt fand es witziger, die Postkartentradition fortzuführen.

Frohe Weihnachten. Und möge das kommende Jahr so viel Schönes bringen wie das alte.

In Liebe

Jo, Matt und das Baby

PS.: Jess wird das gar nicht passen. Matt sagt, ich sollte wegen meines Zustands doch lieber auf das Weihnachtsschwimmen verzichten … Das tut mir aber leid!

Danksagungen

Tausend Dank an Clare Hey, Verlagsleiterin bei Orion, die mir und meiner Geschichte eine Chance gegeben hat. Ziegenkäse-Kanapees auf einer Party in London schweißten uns zusammen, und die Idee für diese Reihe war geboren. Ich danke dir, Claire, für deinen Input bei der Redaktion. Es war ein Vergnügen, mit dir zu arbeiten.

Danken möchte ich auch vielen anderen Leuten bei Orion, die dazu beigetragen haben, dass das Buch erschienen ist. Da wäre vor allem Olivia Barber, die Lektoratsassistentin, die sich mit meinen E-Mails und tausend Fragen zur Redaktion auseinandergesetzt hat. Außerdem danke ich Britt Sankey, der Marketingassistentin, für ihre Expertise mit Grafiken und Bannern, und allen Designern, die das wunderschöne Cover für mein Buch gestaltet haben. Und schließlich ein dickes Dankeschön an den Online Sales Manager Mark Stay für seine Geduld bei meinen Bedenken mit der Autorenseite. Ich glaube, an einem Punkt wollten wir beide nur noch unsere Köpfe gegen die Wand schlagen, aber am Ende haben wir es geschafft!

Ich habe 2011 angefangen, Romane zu schreiben, und trat in die Romantic Novelists' Association ein, nachdem ich mir einen Platz im New Writers Scheme sichern konnte. Das Feedback, das ich erhielt, war Gold wert, und nachdem ich zwei Romane zur Beurteilung eingereicht hatte, veröffentlichte ich mein erstes Buch. Bei der RNA habe ich wunderbare Freundschaften geschlossen, und die Bestärkung der Mitglieder – von dem Spaß, den wir auf diversen Veranstaltungen hatten, ganz zu schweigen – ist das, was mich in meiner Entwicklung als Autorin immer wieder vorangebracht hat.

Wie immer danke ich meinem Mann und meinen Kindern. Ich widme ihnen viele Geschichten, weil ich ohne ihre Unterstützung diesen Beruf, den ich so liebe, niemals ausüben könnte.

Und zum Schluss einen Dank an meine Leser, die dieses Buch in die Hand genommen und hoffentlich gerne gelesen haben. Ich verspreche, in den nächsten Jahren noch viele weitere Bücher herauszubringen.

Helen Rolfe